JESSE
KELLERMAN

Jusqu'à la folie

Traduit de l'anglais (États-Unis)
par Julie Sibony

J'AI LU

Titre original :
TROUBLE

Éditeur original :
G.P. Putnam's Sons, New York

À Gavri

Elle lui fit boire un philtre pour calmer ses douleurs
Son goût amer, hélas, redoubla son malheur.

Le Livre des pensées en vrac, 5 : 7

I

CHIRURGIE

Chapitre 1

Jeudi 19 août 2004
CHIRURGIE VISCÉRALE ET DIGESTIVE, PREMIÈRE SEMAINE

Jonah Stem entendit un cri.

Il était 3 heures moins le quart du matin et il marchait en direction de Times Square pour s'acheter de nouvelles chaussures. Les banales et robustes Rockport Walker qui avaient survécu à deux ans de médecine théorique avaient fini par succomber à ses réalités bassement glaireuses. Souillées au-delà du réparable, elles faisaient un bruit de succion et laissaient une traînée dans leur sillage, comme deux escargots géants. Parmi les qualités peu communes qu'elles avaient récemment acquises, on pouvait noter leur épouvantable odeur de merde humaine.

Mais ce n'était jamais que des chaussures. Leur dégradation en soi ne dérangeait pas Jonah, si ce n'est qu'elle mettait cruellement en évidence sa propre incompétence, chose qu'il n'avait pas besoin qu'on lui rappelle ces temps-ci vu le nombre de personnes qui se faisaient un plaisir de s'en charger.

Pour ce fiasco, comme pour tout en général, Jonah ne pouvait s'en prendre qu'à lui-même. Il connaissait les règles ; il avait lu la Bible, il avait eu des échos par les Gentils Fantômes de la Troisième Année. Dès que vous aviez fini votre journée, la seule stratégie fiable, c'était la DLP : débarrasser le plancher. Et le plus vite possible. Pour peu que vous vous attardiez et qu'on vous mette le grappin dessus, vous étiez DLM. Dans la merde. Surtout en chir. Les chirurgiens – ou plutôt les internes en chirurgie – se fichaient pas mal que vous ayez fini votre service depuis plus de vingt minutes (les praticiens se fichaient pas mal de vous tout court). Quand ils avaient besoin de vous, vous y alliez, point-barre. Et la meilleure façon d'éviter qu'on ait besoin de vous, c'était de déguerpir plus vite que votre ombre.

Au lieu de quoi il avait traîné. Il avait douze semaines à passer là, ça valait le coup de faire une reconnaissance du terrain. À trop poser de questions – même des questions inoffensives du genre : « Où est-ce qu'on se retrouve ? », ou bien : « Où sont les toilettes ? » – on passait pour un bleu. Et c'était la porte ouverte au harcèlement, parce que si les dieux de la Chirurgie ne se rappelaient jamais votre nom, ni que vous aviez peut-être d'autres obligations, que vous étiez un être humain avec du sang dans les veines et une volonté propre, en revanche ils n'oubliaient jamais, *jamais*, vos faiblesses. Ils repéraient ceux qui laissaient paraître leur ignorance et ils leur tombaient dessus, avides de leur transmettre leur implacable pédagogie médicale, dépourvue du moindre état d'âme et tournant en boucle sur elle-même, jusqu'à les faire pleurnicher comme des fillettes qui auraient fait pipi dans leur culotte.

Jonah aimait les hôpitaux à ce moment-là, théoriquement la fin de la journée de travail, quand les patients avaient fini de dîner à l'heure des poules et s'installaient en gémissant devant leur télé et leur kétorolac. Alors, en plein cœur de Manhattan, Saint Agatha – un ogre vrombissant de linoléum stérile, de fauteuils roulants, de montagnes de paperasse, d'oreillers hypo-allergéniques, de blessés accidentés, de malades du cancer, de râles, de calculs rénaux, d'armoires à échantillons, de seaux à serpillière remplis d'eau grisâtre, de fraudes aux assurances, de virus, de bactéries, de prions, fractures, lésions, déchirures, de récepteurs nociceptifs tantôt en alerte, tantôt relâchés –, Saint Agatha reprenait son souffle. Un endroit comme celui-là n'était jamais réellement silencieux, mais, à l'instar de tous les grands établissements médicaux, il semblait ralentir aux alentours de 18 h 30, créant une illusion de paix ; ou une idée de ce à quoi aurait pu ressembler la paix si vous n'étiez pas cloîtré dans un foutu hôpital.

Il erra dans les couloirs variqueux, se délestant de toute cette moiteur, de toute cette douleur, de cet auto-apitoiement. Il était là pour apprendre. Il allait devenir médecin ; il avait trimé pendant des années pour gagner le droit de se faire malmener ainsi. Il avait suivi des prépas d'été intensives en plus de ses cours à la fac. Il avait passé des heures le nez dans ses bouquins, triomphé du concours d'entrée en médecine et cartonné ses exams de fin de deuxième année[1]. Tout ça pour en arriver là. Terminer la journée en ayant l'impression d'être une vieille capote usagée était un *privilège*. Alors tant pis pour les odeurs d'antiseptique, la lumière crue bleutée, les dessins au pastel hyper-enthousiastes comme autant de petits bouts de Miami parachutés en plein Manhattan. Il se sentait mieux, et soudain on claquait des doigts sous son nez.

— Hé, ho. Y a quelqu'un ?

---

1. Aux États-Unis, il faut avoir fait quatre ans d'études universitaires généralistes avant de pouvoir entrer en faculté de médecine. Les études de médecine se déroulent alors en quatre ans : deux ans de cours théoriques (sanctionnés par un premier examen), puis deux ans de stages pratiques en hôpital dans les différentes spécialités (l'équivalent de l'externat en France). *(NdT.)*

C'était comme ça. À prendre ou à laisser. Vous trouviez des façons de faire avec. Vous vous imaginiez dans un contexte différent – une fête par exemple –, où vous preniez au moins trente longueurs d'avance sur le connard en question.

Vous comptiez vos victoires.

Un : l'hygiène. Les internes ne sortaient pas beaucoup, et celui-ci en particulier souffrait d'une production excessive de cérumen, que deux ans plus tôt Jonah aurait appelée de son nom ordinaire et bien plus parlant : une Colossale Avalanche de Cire d'Oreille. Avantage, Stem.

Deux : le style. Le tour de taille de l'interne, déjà en voie d'épaississement, avait succombé à une invasion de bipeurs, Palm, téléphones et autres BlackBerry, lui donnant un petit air de Batman, les oreilles pointues et le physique hollywoodien en moins. Avantage, Stem.

Trois : le charme. Là-dessus, il n'y avait pas photo. Regardez-moi ce type qui était en train de lui tapoter le bras avec ce rictus impérieux en lui ordonnant de descendre au plus vite. Avantage, St...

— Arrête de me dévisager comme si t'étais sourd.

Le badge de l'interne tressautait sur son torse chaque fois qu'il gesticulait. Il s'appelait BENDERKING DEVON, INTERNE 2e ANNÉE. Il avait un bec-de-lièvre, présentement contracté en un demi-sourire narquois.

— Je sais que tu m'entends.

— Pardon.

— Il nous faut des mains.

Jonah adorait ça. Le reste de son corps, cerveau compris, comptait pour du beurre.

Il avait fini sa journée depuis belle lurette ; il n'était pas dans l'équipe de Benderking ; il avait besoin de rentrer chez lui pour avoir ses quatre heures de sommeil. Mais c'était son troisième jour dans ce service et il voulait faire bonne impression. Aussi répondit-il « Je viens » en souriant et suivit-il l'interne jusqu'à la salle d'opération. Sauf si un supérieur vous demandait de laver sa voiture ou de sucer son chien, vous obtempériez, et avec amour.

Alors qu'ils descendaient l'escalier quatre à quatre, Benderking le briefa sur l'essentiel : femme caucasienne, trente-sept ans, maux de ventre. Après une heure d'attente aux urgences, les infirmières la trouvent en train de suffoquer, tachycardique, hypotendue, ballonnée, frisant les 39,5, en pleine détresse respiratoire. Dix-huit mois après la pose d'un anneau gastrique, elle avait perdu cinquante-sept kilos. Comme reposer quelqu'un à terre après l'avoir porté vingt ans sur son dos.

Passé les portes battantes, elle était là : la peau molle qui pendouillait de partout, cette peau qui ne lui allait plus, triste robe de mariée rose dont elle ne pouvait se départir.

Au bloc, c'était la folie ; tout le monde courait pour tout préparer en attendant le chirurgien, ne s'interrompant que pour s'adonner au passe-temps favori des salles d'opération : hurler sur l'externe de service. Jonah prit une casaque chirurgicale et des gants, et la panseuse lui hurla : « Tu l'as contaminée, prends-en une autre ! », alors que tout était encore emballé et stérile, comme si c'était lui qui était particulièrement, monstrueusement contagieux. Discipliné, il retourna à la réserve en traînant les pieds et en revint avec une nouvelle casaque et une nouvelle paire de gants.

Au milieu de ce tourbillon déboula un homme efféminé d'une soixantaine d'années, au visage aussi gris que ses cheveux : Gerard « Scalpel » Detaglia. Il agita en l'air ses mains de pianiste en disant :

— On ouvre le bal ?

D'abord, au lavage. Detaglia se passa cinq coups d'éponge imbibée de Bétadine sur chaque face de chaque doigt. Ce rituel – exécuté avec une solennité monastique – le rangeait irrémédiablement dans la catégorie vieux jeu ; les chirurgiens de moins de quarante ans préféraient la méthode plus rapide et tout aussi efficace de la friction. Mais Jonah n'allait pas répéter son erreur de la veille, quand il s'était aspergé de solution hydro-alcoolique pendant que le chirurgien maniait l'éponge et que le reste de l'équipe lui jetait des regards horrifiés, lui faisant comprendre instantanément qu'il avait merdé.

Elles étaient partout, ces règles dont personne ne vous parlait mais qui vous garantissaient une bonne engueulade si vous les enfreigniez. Ce que vous faisiez forcément. Vous ne pouviez pas faire autrement que de les enfreindre, vu que *personne ne vous avait rien dit*.

Le principe fondateur des études de médecine était que les gens apprenaient mieux sous la menace d'une humiliation publique.

Alors qu'il attendait son tour au lavabo, dernier dans la queue, Jonah songeait qu'il y avait du vrai dans cette proposition. Aussitôt après le faux pas du lavage de mains, une nouvelle règle – *toujours faire comme le chir* – était apparue automatiquement dans son cerveau, produite par le même mécanisme qui fait que les mouffettes sécrètent un liquide toxique, que les anémones se contractent et que les oiseaux s'éparpillent au son d'un revolver. Il avait compris ; il ne recommencerait pas.

Les dieux de la Chirurgie étaient jaloux et cruels, et Jonah avait fauté. En tant qu'étudiant de troisième année, il ne pouvait guère espérer faire plus que suturer, écarter, aspirer. Comme tout apprenti, son véritable rôle n'était pas de se rendre utile mais de donner raison à la hiérarchie. Il était là pour souffrir, ainsi que tous les médecins qui l'avaient précédé à cette place.

Toute l'équipe regagna la salle d'opération, mains en l'air, dégoulinantes. La panseuse présenta des serviettes à Detaglia et aux internes, laissant Jonah se débrouiller par lui-même. Finalement il n'eut pas le temps d'en trouver une, et il avait encore les mains mouillées lorsqu'on lui enfila sa casaque et ses deux paires de gants, forcé de supporter la désagréable sensation d'humidité sous la double couche de latex.

— Hé, le carabin !

Une autre façon qu'ils avaient de vous rabaisser : ne jamais vous appeler par votre prénom. *Obéis sans réfléchir, sous-homme.* En l'occurrence, la panseuse lui tendait les housses de protection pour les poignées des lampes scialytiques en lui disant :

— Alors, tu te bouges ?

Il s'exécuta.

Curieusement, la chirurgie allait beaucoup plus vite sans la vidéo. Detaglia avait les mains plongées dans la peau, la graisse, les muscles. Il dirigeait ses infirmières comme un sultan. Elles lui obéissaient au doigt et à l'œil tout en flirtant de façon éhontée. Au bout d'une heure à tenir les chairs écartées, Jonah avait des crampes terribles aux bras. *C'est pour la bonne cause, tu vas devenir médecin, Dr Stem, docteur, oui docteur, bien docteur, la vache, qu'est-ce que ça fait mal, arrête de trembler, tout le monde te regarde.* C'était faux, bien sûr ; personne ne faisait attention à lui. Il fallait qu'il arrête de penser comme ça. S'il voulait arriver au bout de l'année – *troisième jour* –, il allait devoir s'endurcir. Il n'avait jamais été du genre chochotte – du moins il n'en avait pas l'impression – et ce n'était pas le moment de commencer. Il raffermit sa poigne.

Les viscères de la patiente jaillissaient là où on ne les attendait pas, c'en était gênant, et devoir lui maintenir le ventre ouvert paraissait terriblement intrusif, comme débarquer dans la chambre de quelqu'un avant qu'il ait eu le temps de planquer ses sous-vêtements. Pendant que Detaglia faisait son travail, Jonah repensait à la scène des *Aventuriers de l'arche perdue* où ils ouvrent la boîte-à-laquelle-il-ne-fallait-surtout-pas-toucher et où tout le monde à un kilomètre à la ronde se transforme en fromage fondu. Il se força à regarder. *Allez, sois courageux, tu ne pourras jamais apprendre si tu ne vois pas ce qui se passe*. La plupart de ses petits camarades – pour autant qu'ils avaient obéi à Benderking – auraient déjà déconnecté mentalement depuis un moment. Mais Jonah avait un sens du devoir impérieux, presque victorien, et puisqu'il avait répondu présent, il avait bien l'intention de l'être. C'était répugnant mais c'était la vie, parfois on faisait des choses qu'on n'avait pas envie de faire. Et puis il était très conscient du coût des frais de scolarité, alors il avait intérêt à en tirer le maximum. Il était à deux doigts de vomir. Il cligna des yeux. *Regarde*.

Alors qu'il se penchait pour observer l'incision de plus près, le péritoine éclata et une gerbe de boyaux sanguinolents gicla sur la table d'opération, son torse, le sol, ses…

Ses chaussures.

Il baissa les yeux. Dans sa hâte, il avait oublié d'enfiler des surchaussures.

Le Scalpel soupira et laissa échapper un « Et merde ».

Les organes que Jonah connaissait d'après ses livres et ses TP étaient robustes, lisses, tièdes. Ceux de cette dame lui faisaient penser à un chili con carne ; ils résistaient à toute catégorisation : ils se mélangeaient, se déchiraient, se délitaient. Elle fuyait de partout. La merde, la bile, les cellules, le tout formant un infâme jus caillé. La terminologie à laquelle Jonah avait recours pour décrire la situation – ischémie mésentérique aiguë, infarctus de l'intestin – était impuissante à rendre compte de son véritable désordre tandis que le corps choqué de la femme était sorti de la feuille de route prévue par la nature.

C'est alors qu'elle fit une hémorragie. Le sol se couvrit de sang. L'aide op se mit à éponger comme une malade en invectivant Jonah, histoire de déverser son mécontentement sur quelqu'un :

— Hé, le carabin, dégage-moi le passage. Bouge ta jambe de là, bordel. J'aimerais bien ramasser ce truc, tu ne vois pas que tu me gênes, bordel ?

Il se contorsionnait pour la satisfaire tout en s'efforçant de ne pas lâcher prise.

Le pire, c'était l'odeur ; le corps exhalait du gaz comme un zeppelin crevé. Une puanteur qui lui rappelait un dortoir de fac un dimanche matin de lendemain de fête. Les miasmes penauds, post-bacchanales du « sur le coup ça semblait une bonne idée » : une odeur de viande putride et de flatulences stagnantes, comiquement amplifiée. Pour éviter de tourner de l'œil, Jonah se concentrait sur les dégâts irréparables occasionnés à ses chaussures.

Il fallut cinq heures pour retirer à la dame quatre-vingts pour cent de son intestin, lequel émergea noirci et entortillé telle une moisson d'algues. Lorsque Detaglia revascularisa le peu qu'il restait, les tissus rosirent aussitôt, la couleur cardinale de la vie s'empressant de reprendre sa place. Jonah était impressionné. Tout le monde était impressionné. Le Scalpel était connu pour être un dieu du stade, mais là c'était spécial. À condition de passer la nuit, la patiente était susceptible de vivre encore longtemps, et heureuse. Avec une poche de colostomie.

— Ben voilà, lança Detaglia en jetant un coup d'œil au sac-poubelle rouge dévolu aux déchets anatomiques, en l'occurrence rempli de viscères. Elle voulait perdre du poids.

Le temps que Jonah se débarbouille, il était 2 heures et demie. Le service reprenait à 6 heures. S'il rentrait chez lui, il arriverait à grappiller au mieux quatre-vingt-dix minutes de sommeil avant de devoir reprendre le métro. Il aurait dû demander une récup, mais il trouvait maladroit – et dégonflé – de commencer à s'octroyer des libertés avec le planning après seulement trois jours de travail.

L'idée de devoir enchaîner encore dix-huit heures à rester debout – dans ces chaussures-là – lui donnait la chair de poule. Mais bon, c'était New York, la capitale mondiale des solutions nocturnes.

Il sortit dans la rue.

Il faisait chaud dehors et il entendait le grondement de la circulation qui filait sur la West Side Highway. À l'exception de l'hôpital, la 11e Avenue au nord de la 50e Rue consistait en une succession de concessionnaires automobiles proposant des véhicules de luxe parfaitement inadaptés à la vie new-yorkaise. Au premier étage des ateliers de carrosserie fermés pour la nuit, des vitres cassées brillaient d'un bleu-noir entartré, poissons pris au piège d'une nappe de pétrole. Près du tas de détritus et de fiente de pigeon qui constituait le parc DeWitt Clinton, quelqu'un avait abandonné un siège de toilettes sur le trottoir – réservoir, cuvette et tout le bazar –, telle une sculpture dadaïste. Jonah lui donna un titre : *Ma vie de merde*.

La lune était mesquine ; la lumière des réverbères tremblotante.

C'est alors qu'il entendit le cri.

Venant de la 53e Rue, on aurait dit un cri d'opéra : il avait une beauté épurée, stridente, diabolique.

En tournant le coin dans sa direction, Jonah aperçut une femme à quatre pattes par terre. Derrière elle se tenait un homme vêtu d'un pardessus flasque trois fois trop grand pour lui. Il n'avait pas l'air particulièrement pressé ; affalé avec désinvolture contre la paroi d'une benne à ordures, il la regardait s'éloigner en rampant.

Oh, mon Dieu, il m'a poignardée !

Malgré la chaleur étouffante, elle portait un anorak et des collants noirs. Elle avait des mouvements saccadés comme un jouet mécanique, gîtant pour éviter de prendre appui sur sa main gauche, le bras dégoulinant de sang brunâtre. Elle criait, criait, criait. La carcasse désossée d'un chantier de démolition voisin réverbérait sa voix selon des angles inattendus.

Au secours, aidez-moi !
Au secours, aidez-moi !
Au secours, aidez-moi !

Elle regardait Jonah droit dans les yeux, le visage irradiant de terreur, zébré par des mèches de cheveux volants, un masque de détresse livide. *Aidez-moi, aidez-moi !*

C'était à lui qu'elle s'adressait. *Aidez-moi !*

Par la suite il se rendrait compte que la plupart des gens à sa place auraient passé leur chemin. Quelques-uns auraient appelé la police et attendu, observant la scène à distance. Mais pour Jonah la situation se présenta de façon assez différente. Il vit l'homme, la femme, la lune, et non seulement il n'éprouva aucune envie de fuir, mais au contraire une écrasante obligation de rester, comme si la voix de la femme – *au secours* – était en réalité celle de Dieu, canalisée, filtrée et brisée, certes, mais tout aussi impérieuse : un moment spécialement choisi pour lui.

Et il allait devenir médecin.

Il ne réfléchit pas.

Il s'élança en faisant de grands signes.

— Hé !

L'homme leva les yeux et fut aussitôt saisi d'agitation : se balançant d'un pied sur l'autre, roulant des épaules, grattant sa barbe broussailleuse et se tirant les cheveux par poignées. Il parlait tout seul. Torse nu sous son manteau dont les manches dépassaient de ses mains, lui donnant l'air d'un gamin perdu. Jonah reconnut cet état ; il le connaissait intimement, il y était confronté régulièrement. Et il sentit un grand calme l'envahir. Il savait quoi faire.

Il dit :

— Regardez-moi.

L'homme le regarda.

Jonah dit :

— Personne ne va vous faire de mal.

— Je vais mourir ! cria la femme.

Sans se retourner, Jonah lui répondit :

— Ça va aller.

mourir

mourir

Je vais mourir.

— Vous voulez bien m'écouter ? Monsieur ? S'il vous plaît. Reculez d'un pas.

L'homme grimaça d'impatience, comme si Jonah avait sauté une réplique. Il fit un pas de côté et Jonah l'imita pour rester face à lui.

— D'accord, attendez. Je n'ai pas l'intention de...

L'homme tenta à nouveau de le contourner et Jonah s'avança vers lui.

— … écoutez, je n'ai aucune intention de, personne ne veut…

Alors tout se précipita.

Cheveux, chaleur, une odeur organique suffocante ; un bras tordu ; la chute ; le sol ; et, pour la deuxième fois de la soirée, Jonah se retrouva à patauger dans une mare de sang.

Chapitre 2

— Je vous en supplie, je ne veux pas retourner à l'hôpital.

— Retourner ?

Deux ambulanciers étaient penchés sur lui. Le premier testait ses réflexes pupillaires tandis que le second lui demandait s'il connaissait son identité, la date, le nom du président. Il dit :

— J'ai une commotion cérébrale.

— C'est ça, monsieur je-sais-tout.

— Aïe. *Aïe*.

Il rétracta son coude d'un geste brusque.

— Allez, mon chou, sois gentil.

Le secouriste brandissait une compresse de gaze imbibée de Bétadine orange. Jonah céda. Il ne pouvait pas voir la taille de l'éraflure, mais tout son bras irradiait de douleur. Encore une compresse ; du sparadrap. Puis la porte de l'ambulance s'ouvrit. Gyrophare et grésillement radio. Silence. Il était seul.

Il ferma les yeux et son cerveau se peupla d'arrêts sur images : l'homme, la femme, la lune. Il avait envie de s'asseoir mais il ne pouvait pas ; sa tête tombait sur le côté ; il perdait l'équilibre.

Pourquoi est-ce que je perds l'équilibre ?

Bizarrement, il n'avait aucun mal à se remémorer le fonctionnement du système vestibulaire. *L'équilibre spatial est produit par le traitement synchrone de signaux émis par la rétine et par le mouvement du fluide endolymphe dans les canaux semi-circulaires et les utricules. La réorientation de la tête provoque une agitation du corps ciliaire…*

Quelque temps plus tard il fut réveillé par le chuintement d'un tissu qu'on déchire. Un gros infirmier était en train de lui découper sa chemise avec une paire de ciseaux émoussés. Des visages – il en reconnaissait certains, mais était incapable de retrouver les noms – tournoyaient dans son champ de vision : lui enlever ses chaussures, le secouer, mesurer ses paramètres vitaux, le sangler, crier, noter des chiffres. Il n'avait jamais assisté à un bilan primaire d'urgence traumatique vu d'en dessous, et son esprit s'emplit aussitôt de formules mnémotechniques.

ABCDE ! A comme *airway* (contrôle des voies aériennes) – B comme *breathing* (ventilation) – C comme *circulation* (circulation) – D comme *disability* (bilan neuro) – E comme *expo*…

— Mais arrêtez, bon sang ! Arrêtez !

Il se redressa en position assise en s'efforçant de chasser les mains qui s'apprêtaient désormais à découper son pantalon.

— Arrêtez. Je vais très bien.

— Il est réveillé.

— Oui, je suis réveillé. Je suis réveillé. Et je vais bien.

— Vous vous êtes cogné la tête.

— Je vais… *Laissez mon pantalon tranquille !*

Il savait ce qu'on allait lui faire, il voulait donc quitter le déchoquage au plus vite. Ces connards d'ambulanciers l'avaient ramené à Saint Agatha. C'était comme dans *Un jour sans fin*. Après avoir constaté qu'il était dans un état stable, on convoquerait l'équipe chirurgicale de garde, y compris BENDERKING DEVON, INTERNE 2e ANNÉE ; on le déshabillerait pour le bilan secondaire ; ceux avec qui il allait travailler le lendemain (il pensait encore pouvoir venir au boulot) le verraient tout nu, un grand classique des cauchemars en train de lui arriver *pour de vrai*.

Au bout d'une longue négociation, il finit par les convaincre de le laisser ôter son pantalon lui-même. À ce stade, il était capable de marcher et de se tenir droit, alerte, pas du tout désorienté. Il n'arrêtait pas de leur répéter qu'il allait bien, mais ils lui firent subir l'intégralité humiliante du processus : oreilles, nez, bouche, rectum. Ils voulaient l'envoyer au scanner.

— Je vais bien.

— Vous vous êtes cogné la tête.

Il savait qu'ils avaient raison. Il fallait vérifier qu'il n'y avait pas d'hémorragie. Mais quelque chose en lui les soupçonnait de prolonger l'examen juste pour se marrer. Maintenant qu'ils étaient à peu près rassurés sur son état, ils s'étaient mis à faire des blagues. *Le Dr Kunu est demandé d'urgence.*

On le poussa en chaise roulante jusqu'au service d'imagerie médicale. Il ferma les yeux, grelottant, alors qu'on l'allongeait sur la table. Les salles de radiologie étaient maintenues en permanence à une température polaire, et la blouse qu'il portait lui semblait terriblement fine. Il se promit d'être attentif à l'avenir aux patients qui lui réclameraient plus de couvertures.

— Hé, mec, j'ai entendu dire que t'avais une belle paire de fesses, lui lança le technicien.

Ils le laissèrent partir une heure et demie plus tard. Il retourna au poste de déchoquage pour voir ce qu'était devenue sa chemise (envolée, bien sûr). Alors qu'il avait abdiqué et décidé de rentrer chez lui, il fut accosté par une femme au visage poupin vêtue d'un élégant tailleur-pantalon à rayures.

— Salut, fit-elle. Sacrée nuit, pas vrai ?

Il prit la carte qu'elle lui tendait : Meredith Scott Vaccaro, procureur adjoint, avec le sceau officiel de l'arrondissement de Manhattan représentant un aigle planant au-dessus d'un père pèlerin et d'un Indien.

— Appelez-moi Scottie.

Il la dévisagea.

— Si vous vous en sentez la force, reprit-elle, on pourrait papoter tout de suite, non ? Ici, ça ira ? Attendez, on va vous trouver une tasse de café. Vous devez bien avoir une cafétéria quelque part. Comme ça on s'en débarrasse le plus vite possible, hein ?

Il examina de nouveau sa carte de visite. La Justice voulait lui dire deux mots. Comment cette dame était-elle arrivée si promptement jusqu'à lui ? Avait-il fait quelque chose de mal ? Il s'efforça de se remémorer ce qui s'était passé, mais il y avait des trous dans le film, des passages sombres et flous. Il avait eu peur. Il ne savait pas ce qu'il avait fait, mais c'était sans doute ce qu'il fallait faire, forcément. La femme – ou plutôt la fille – était tellement menue. Il voulut savoir si elle allait bien.

— Blessée. Mais elle va s'en sortir.

Vaccaro marqua une pause avant d'ajouter :

— En revanche, j'ai bien peur que l'homme n'ait pas eu autant de chance.

Jonah ne dit rien. Il agaçait du bout de l'ongle le bord de la carte de visite.

— Donc, bon, poursuivit Vaccaro, j'aimerais entendre votre version des faits, histoire de tirer ça au clair le plus vite possible. Pas la peine de vous compliquer la vie pour rien.

— Ce formulaire m'autorise à vous poser des questions. Alors, si vous voulez me donner votre version des événements, vous devez le signer. Pas d'inquiétude, c'est ultra-standard. N'oubliez pas que vous n'êtes pas obligé de me parler si vous n'en avez pas envie. Allez-y, lisez-le, tout est dedans. Vous voulez un café ? Prenez votre temps, et quand vous êtes prêt, vous paraphez et vous signez, d'accord ? Je reviens tout de suite.

Il la regarda traverser la salle déserte de la cafétéria et disparaître dans l'alcôve de la machine à café. Les six questions qu'il avait sous les yeux lui étaient familières via la télé et le cinéma. Son droit de garder le silence, de consulter un avocat. En paraphant chacune des clauses, il reconnaissait les avoir comprises... et y renoncer. Il tenta d'analyser le texte, mais il perdait constamment le fil, distrait par une voix à peine audible : celle de son père. D'habitude grave et généreuse, elle devenait de plus en plus stridente. *Jonah, ne signe pas. Appelle-moi d'abord. Jonah,* NE SIGNE PAS.

Il s'arrêta de lire et se reposa les yeux en écoutant le ronronnement du tapis mécanique.

On ne pouvait qu'admirer les avocats d'avoir su concevoir un document si simple et pourtant capable de vous entuber à ce point. Anéantir vos droits civiques en un coup de plume. Il n'était pas en état d'arrestation – du moins pas à sa connaissance –, donc il n'était pas tenu de coopérer.

Mais il n'avait aucune raison non plus de *ne pas* coopérer. Il ne voyait pas quel tort il pouvait se faire en livrant sa version des faits. Il n'avait rien à cacher, et très envie de rentrer chez lui.

Il parapha et signa.

Aussitôt Vaccaro réapparut avec deux gobelets en carton, à croire qu'elle l'avait surveillé grâce à un système en circuit fermé, attendant juste qu'il ait posé son stylo.

— Parfait, dit-elle. Commencez par me raconter ce qui s'est passé avec vos mots à vous.

Il raconta. Vaccaro prenait des notes. Une partie de son cerveau, la partie qui produisait des commentaires sur lui-même, lui fit remarquer qu'il bafouillait.

Il essaya d'interrompre le flot de ses paroles, mais elles se bousculaient dans sa bouche. Il se trompa dans l'ordre des événements, revint en arrière. Il était sûr, et ça le rendait malade, qu'à l'écouter on aurait parié qu'il avait quelque chose à cacher. Un agent d'entretien arriva avec une serpillière ; deux femmes aux cheveux enveloppés dans un filet prirent place derrière les caisses. Par la baie panoramique de la façade ouest, il distinguait les eaux de l'Hudson, noyées dans la brume ; les prémices de l'aube sur le fleuve ; le rivage morne du New Jersey.

Il indiqua qu'il ignorait qui avait appelé la police.

— Vous, lui répondit Vaccaro.

— Moi ?

— Ouais.

Puis elle entreprit de lui poser des questions. Elles avaient l'air innocentes, mais il avait déjà du mal à établir une chronologie sans avoir en plus à expliquer ce qu'il faisait dehors à cette heure-là, à quel moment il avait quitté le travail et si oui ou non il connaissait cette femme.

— Non.

— Et son agresseur ?

— Non plus.

— C'étaient des inconnus pour vous ?

Il opina du chef.

— Ce que vous avez fait était assez périlleux, vous savez ?

— Peut-être.

C'était la première fois qu'il le voyait comme ça.

— Oui, peut-être, répéta-t-il.

— Alors qu'est-ce qui vous a décidé à intervenir ?

Il repensa à la femme. À ses collants filés, à son blouson qui semblait l'engloutir. Dans son souvenir, elle paraissait tellement menue. Se porter à son secours avait été un élan du cœur.

Ce qui l'avait décidé à intervenir ?

Vaccaro se pencha en avant pour lui tendre un mouchoir.

— Ça va, dit-il.

Elle désigna son gobelet d'un hochement de menton : sans s'en rendre compte, il avait renversé du café partout. Marmonnant des excuses, il essuya la table, puis coinça ses mains tremblantes entre ses cuisses.

Elle lui posa d'autres questions. Quarante minutes s'écoulèrent.

— Je n'en peux plus, finit-il par dire.

— Très bien, répondit-elle en mâchonnant le bout de son stylo. On va vous ramener chez vous.

Il se leva. Son pantalon aussi était maculé de café.

— Je ne vais pas avoir d'ennuis ? demanda-t-il.

— Je vous recontacterai si besoin est.

— D'accord, fit-il, tout en pensant : *elle n'a pas dit non*.

Chapitre 3

Un flic le raccompagna en voiture. En chemin, Jonah laissa un message sur le répondeur de son chef, résumant et esquivant un peu. Il parla d'un *accident*. Il s'excusa, promit de rattraper son absence et se pelotonna sur la banquette arrière, menton sur les genoux, tremblant.

D'autres images lui revinrent. Le cri, la femme, ses cheveux plaqués sur sa joue. Il se rappelait s'être battu ; avoir trébuché ; une pile de sacs-poubelle. Il se rappelait une main levée. Une lame comme un bec d'oiseau. Qu'il avait repoussée. Et ensuite la nuit tiède, de plus en plus tiède.

Il se souvenait aussi de l'homme qui tombait à la renverse, se roulait en boule dans le caniveau, et d'un susurrement résigné, comme une bouteille qui se vide.

— Hé, bonhomme !

Le flic l'observait dans le rétroviseur. Jonah laissa échapper un rot.

— Tu vas vomir ?

— … Non.

— Tu as vraiment mauvaise mine.

— Je vais vomir.

Ils s'arrêtèrent sur la 23e Rue. Ses spasmes bruyants attirèrent l'attention des Pakistanais aux yeux bouffis qui s'affairaient au cul d'un camion pour décharger une livraison. BAGEL BEURRE ŒUF MUFFIN CAFÉ THÉ. Bien qu'il soit à jeun depuis quatorze heures, l'idée de manger lui provoqua une nouvelle vague de nausée. Il avait la nuque trempée. Il eut un haut-le-cœur, cracha. Ce qui était resté jusque-là sombre et indistinct devint criard et tridimensionnel. L'homme prit une carrure extravagante ; son couteau s'allongea en une machette. L'ouverture de ses veines déclencha un raz de marée, et la femme poussa un cri à fendre les pierres. Pire, il voyait à présent où la lame s'était enfoncée : pile dans la carotide. Comme un bœuf qu'on égorge.

Il demanda au policier de le déposer sur Washington Square, sortit de la voiture et rentra chez lui par des chemins détournés, marchant jusqu'à ce qu'il commence à retrouver ses esprits.

L'East Village se levait tard. Des joggeurs en Puma, des filles promenant leurs chiens en minijupes de fausse fourrure, des prophètes de quartier adressant leurs prières au soleil fraîchement levé. Des Latinos costauds – à moitié dissimulés dans la pénombre, rouages anonymes de la métropole – traînaient des sacs-poubelle et des cageots de fruits. Sur Saint Mark's Place, des rideaux de fer graffités condamnaient cafés, bars à sushis, bars à cocktails, baraques à glaces et échoppes de babioles aux bacs débordant de chaussettes fantaisie. Des vêtements d'occasion plus chers que du neuf ; la pauvreté fétichisée. Une orgie de tee-shirts affichant les slogans politiques du moment ; les nombreux visages du Che ; des mots d'esprit subtils du genre « Conduire ou choisir, je préfère boire ». Le favori de Jonah était une croix gammée barrée d'un 🛇. Il se demandait souvent qui, à part les bizuts de la New York University voisine, pouvait être assez naïf pour y voir une position nuancée.

Le long de Tompkins Square, un skateur tentait obstinément de sauter une bouche d'incendie, frôlant chaque fois d'un peu plus près la victoire et la portière de la Cadillac garée à côté. Un ami équipé d'une caméra vidéo l'encourageait en lui montrant le croissant formé par son pouce et son index : *à ça*. La rosée se mêlait à l'eau des tuyaux d'arrosage pour couler en ruisseaux d'écume sur le trottoir, faisant mousser tout soluté tapi dans le béton. Jonah flairait l'odeur du jour qui s'annonçait : l'été à New York. Un mélange d'excréments, de sérum phy, de friture et de marc de café. La palette des sensations lui faisait du bien, dissipait la boue dans sa tête. La lumière du soleil sculptait les visages : un gosse désenchanté dribblant avec un ballon de basket ; une ado tatouée empruntant la clope de son copain pour allumer la sienne ; un clodo au sourire narquois partageant un banc avec un vieux monsieur vêtu d'un pantalon en polyester qui jetait des miettes aux pigeons. Tous avaient l'air de le saluer d'un signe de tête, de lui dire : « On sait ce que tu as fait. » Il s'engouffra dans le hall de son immeuble et grimpa quatre à quatre l'inquiétant escalier de guingois.

Une fois chez lui, il pendit son trousseau de clés au clou près de la porte. Il n'attendit aucune réponse à son « Salut ! ». Lance se levait rarement avant midi. Ces trois derniers jours, ils s'étaient à peine croisés : juste une heure pendant que Jonah révisait et que Lance se préparait à sortir à la conquête de la nuit. C'était bien parti pour durer comme ça toute l'année, le nocturne et le diurne.

L'eau qui coulait dans le bac de la douche était marron alors qu'il lavait la terre et le sang de son corps ; il dut sacrifier un gant de toilette pour en venir à bout. La compresse de gaze se décolla de son coude, révélant qu'il avait perdu un lambeau de peau grand comme une carte à jouer. Il se servit de pansements, de Bétadine et de Kleenex afin de se rafistoler un nouveau bandage.

Au moment où il se mettait au lit, le téléphone sonna : son chef l'excusait pour la journée. Plein de gratitude, il régla son réveil pour 15 heures et s'enfouit sous la couverture. En s'endormant, il vit le visage de l'homme qu'il avait tué, blême, contorsionné et accusateur tandis qu'il se vidait de son sang par un trou dans sa gorge.

Le téléphone le réveilla à 14 heures.

— ... Allô ?

— Bonjour, je cherche à joindre Jonah Stem.

— ... est moi.

— Ici Christopher Yip du *New York Post*, j'ai entendu parler de votre acte héroïque de la nuit dernière et je voulais vous poser quelques questions, en premier lieu quel âge avez-vous et...

— Excusez-moi. (Il avait le cerveau en compote.) Je n'ai pas envie de rép...

— Vous travaillez où en ce moment ? Vous êtes interne en médecine, c'est ça ?

— Oui... enfin, non, je suis externe. S'il vous plaît, je...

— Lorsque vous êtes intervenu dans la bagarre, étiez-vous conscient qu'il avait un couteau et si oui...

— Excusez-moi, je vais raccrocher.

Et comme il joignait le geste à la parole, il entendit encore :

— Espérez-vous une récomp...

Il débrancha le téléphone et se pelotonna dans une mare de sueur, espérant reprendre le fil de sa sieste. N'y parvenant pas, il enfila un peignoir et se traîna hors de sa chambre pour se préparer un petit déjeuner (ou un déjeuner tout court ?), tellement ensuqué qu'il faillit trébucher sur Lance, accroupi dans le couloir.

— Salut, mon choupinet. J'ai eu une idée de génie hier soir. Ça va dépoter, tu vas voir.

Lance déchira d'un coup de dents un bout de chatterton et le plaqua contre la plinthe pour fixer un mètre de câble informatique. Il se déplaça en crabe de quelques enjambées et renouvela l'opération.

Après un an et demi de colocation, ce genre de spectacle n'étonnait plus Jonah.

— D'accord, répondit-il tout en continuant son chemin vers la kitchenette, un espace ouvert sur le salon et qui s'en distinguait principalement par un effort d'imagination.

— Hier soir (coup de dents, collage), je suis allé au Brooklyn Museum avec Ruby voir *Rashomon*, qui, soit dit en passant, est un indéniable classique, carrément canon, tu l'as vu ?

— Non.

Jonah tâtonna dans le congélateur jusqu'à trouver une boîte de steaks de tofu et en jeta un sans ménagement dans le micro-ondes.

— Tu devrais. Enfin bref, pendant le film je me rends compte que la tendance du dernier, disons, demi-siècle a été d'explorer les perspectives *multiples*, tu vois ce que je veux dire (coup de dents, collage), de faire état de la subjectivité. Mais maintenant on se retrouve totalement *fragmentés*. Incapables de se concentrer sur une seule chose à la fois. Partout où on va, il y a ces gens, ces idées, ces *images* qui bougent à cent kilomètres-heure, et finalement quand est-ce qu'on voit, je veux dire, qu'on voit *vraiment* ? On est tellement hyperactifs, regarde moi, par exemple, je prends de la Ritaline depuis que j'ai quatre ans.

— Et tu la sniffes depuis que tu en as neuf.

— Exactement.

Lance tira le canapé et rampa derrière.

— La seule façon de combattre ça, c'est de regarder vers l'intérieur, de revenir aux fondamentaux, putain. Surtout après le 11 Septembre, c'est vraiment la voie que notre civilisation doit prendre. Ça m'est tombé dessus comme une ogive nucléaire, ou peut-être une bombe sale. Enfin bref, ça fait des mois que je me triture la cervelle, mec, mais maintenant j'ai pigé : tout est une question d'ego. Et pile au moment où ça me traverse l'esprit, il se passe un truc de dingue : le projo tombe en panne. Tu y crois ? Bande de connards.

— Je suis sûr que tu peux le trouver en DVD.

— Ça ne vaut pas le grand écran, mon pote. Mais je n'ai pas tout perdu puisque à cet instant précis j'ai compris une chose essentielle. Qui est la suivante : quand le film s'est arrêté, il s'est *arrêté*. C'est la différence entre le cinéma et le cours du temps réel. J'ai dit à Ruby : « Tu vois, c'est avec ce genre de conneries qu'on se rend compte que notre médium de prédilection n'est qu'une construction. » Tu piges ? C'est une réduction ridiculement artificielle de la vie à deux heures et quarante minutes. On s'autolimite et, en tant qu'artistes, c'est pas cool. D'où…

De derrière le canapé surgit un poing levé brandissant une gerbe de câbles.

— … le cinéma en temps réel ! Je vais passer au niveau supérieur. Tout moi, tout le temps. Des webcams dans toutes les pièces. Ça va devenir un genre nouveau du cinéma intimiste, la mise en réseau de la conscience. Et j'ai même trouvé une appellation géniale, tu es prêt ? L'*ego*mentaire. C'est pas dément ?

Jonah ne trouvait pas l'idée particulièrement novatrice. Des tas de gens possédaient des webcams. Il se demandait ce qui faisait croire à Lance que des anonymes le choisiraient, lui, plutôt qu'une fille à poil. Mais il se garda bien d'objecter quoi que ce soit.

— Démentissime.

Depuis sept ans que Jonah le connaissait, Lance DePauw avait toujours été bouffi d'une ambition protéiforme. À la Michigan University, il avait épuisé plusieurs choix de carrières (le commentaire sportif, le design de jeux vidéo et, l'espace d'un semestre hilarant, la physique des solides), échouant chaque fois à accéder à la renommée mondiale avant que son intérêt ne s'essouffle. Sa meilleure idée – un service de livraison de bière à domicile baptisé « Allô Mousse » – avait vu son implacable business-plan succomber à la décision de Lance d'utiliser tout le stock initial pour organiser la plus grosse fête du club étudiant Alpha Sigma Phi depuis le gouvernement Kennedy.

Jonah avait souvent le sentiment que Lance était né à la mauvaise époque. Il avait un don pour jeter l'argent par les fenêtres et il aurait été comme un poisson dans l'eau dans la Florence des Médicis, jouant les mécènes auprès d'un sculpteur miséreux ; ses passions couraient après l'air du temps comme une banderole derrière un avion à hélice. De nos jours, cependant, on était ou bien talentueux ou bien un conformiste à la con, et Lance ne se serait jamais contenté de la seconde option.

Il incombait à Jonah d'écouter, de réagir, de jouer le jeu des châteaux en Espagne. Écouter, c'était quelque chose qu'il savait faire ; il s'était entraîné toute sa vie. Même si, en l'occurrence, il se sentait trop fatigué pour intercaler plus que quelques « oui », « non », « génial ».

— Tu sais combien ça coûte, une petite caméra comme ça ? Vingt dollars, genre. Et elles sont vachement bien, en plus, pour leur taille. On dirait un truc tout droit sorti de *Max la Menace*. Putain, qu'est-ce qu'elle était bien, cette série ! La moitié des trucs qu'ils inventaient, tu les trouves aujourd'hui dans n'importe quel grand magasin d'électronique. Et puis, du coup, je ne dépenserai rien en pellicule.

Le micro-ondes bipa. Jonah posa le steak de tofu dans une assiette en carton et y ajouta une pointe de ketchup. Étourdi de nausée, il prit appui contre le plan de travail, regardant son meilleur ami tirer des câbles jusqu'au frigo, derrière le frigo, *dans* le frigo. Il avala une bouchée de hamburger, réprima un haut-le-cœur.

— Je croyais que le numérique, c'était du blasphème.

— Il faut s'emparer des monstres sacrés et passer ces salauds à la mitraillette, entonna Lance. Tu crois que Michel-Ange en avait quelque chose à foutre, de la tradition ? Tiens, regarde : celle-là, c'est une sans fil, pour transmettre en direct, sur le vif. Ou alors on la met dans ta chambre.

— Comme tu veux.

— Ouais, rétorqua Lance, songeur, tu as raison. Je ne suis pas sûr que ce soit une bonne idée de s'écarter de mon personnage.

Incapable de digérer le hamburger, Jonah le reposa. Il se frotta le visage. L'homme la femme la lune. À son grand désespoir, les images semblaient s'affiner, prendre des couleurs acidulées. Il y avait l'homme, son souffle comme un baiser à distance, le couteau. Il y avait du sang. Il s'efforça de ne plus y penser. *Sois humain*. Lance le regardait, toujours en attente de son point de vue. S'il ouvrait la bouche, peut-être que ça s'en irait.

— Et le projet Intersection, qu'est-ce qu'il est devenu ?

Pendant trois mois, Lance avait pris des photos par la fenêtre, toujours le même cadrage du coin entre l'avenue A et la 11e Rue, avec un temps de pose de trois heures.

— C'était de la merde, j'ai arrêté.

— Tu disais que c'était comme un film de Warhol.

— Du point de vue du temps que ça bouffait. Mais là on est beaucoup plus dans le réel.

— Je suis content que tu aies trouvé ta muse.

— C'est elle qui m'a trouvé, mec.

Lance plaça une caméra sur la télé du salon.

— Pas là, objecta Jonah.

— Ce n'est pas pour te filmer, toi, c'est pour filmer le salon. S'il se trouve que tu es dans le...

— Non.

Après une moue de quelques secondes, Lance se remit à dérouler du chatterton.

— Quel rabat-joie, putain !

Il replaça le canapé et contempla son œuvre avec satisfaction. Il enroula le câble qui lui restait et fila dans le couloir en direction de la troisième chambre à coucher, réaménagée en salle de montage. Peu après il en revint avec une petite boîte en bois sculpté – souvenir d'un voyage au Maroc, année de licence – dont il sortit les matières premières nécessaires à la fabrication d'un joint.

— Qu'est-ce que tu fais là ? Je croyais que tu avais du boulot. C'est férié ? C'est l'armistice ? s'enquit Lance en léchant son papier. Putain, j'ai complètement perdu la notion du calendrier.

— J'ai fini tard hier soir, je suis rentré dans la matinée.

Jonah marqua une pause avant d'ajouter :

— J'ai vu une femme se faire assassiner.

— *Quoi ?*

Jonah lui raconta. Les pupilles de Lance se dilatèrent comme s'il était déjà défoncé.

— Putain de merde ! Et moi, pendant tout ce temps, je suis là à déblatérer. Pourquoi tu ne m'as rien dit, bordel ?

Jonah eut un haussement d'épaules.

— Mais *ça va* ? Qu'est-ce que tu t'es fait au coude ? Merde, mec, merde alors.

— Je suis fatigué. J'ai des cours à réviser, je bosse dem…

— T'es grave ou quoi ? l'interrompit Lance en agitant le joint encore éteint. Tu devrais passer cette journée en hommage à toi-même.

— Je ne crois pas qu'on va me remettre un trophée, tu sais.

— Attends un peu.

Lance fonça dans sa chambre.

Secouant la tête, Jonah marcha vers le coin du salon où une table pliante ployait sous une pile d'énormes livres brochés. Comme la plupart des étudiants en médecine, il obéissait au mythe selon lequel le savoir est proportionnel au nombre de manuels possédés. Il prit au hasard un livre de chirurgie premier niveau et l'ouvrit au chapitre du traitement des plaies.

Lance revint.

— J'adore Internet, dit-il.

— Tu m'as vraiment commandé un trophée ?

— Je veux, ouais ! Je n'arrive pas à croire que tu ne m'aies pas raconté ça plus tôt. C'est un moment qui mérite d'être gravé pour la postérité. Regarde la caméra sans fil.

— Arrête ça.

Il tourna les pages et tomba sur un schéma de la vascularisation du cou. Son estomac se retourna et il laissa tomber le livre par terre.

— Oyez, oyez, notre héros est las, mais au bout du compte il vaincra… et il triomphera.

Jonah partit en direction de sa chambre.

— Attends, tu bouges trop vite.

Jonah lui claqua la porte au nez.

— Tu ne pourras pas m'échapper indéfiniment, Stem. Je finirai par faire de toi une star.

Trachée sectionnée, œsophage percé, vaisseaux principaux dévoyés, du sang qui chuinte, du sang qui crache, du sang qui bave, qui sort par le nez et les oreilles, un feu d'artifice humain.

— Hé, mec, tu crois que tu vas passer à la télé ?

En quoi était-ce si différent de la chirurgie ? Les fluides étaient des fluides ; les plaies des plaies. Il avait opéré pour la sauver. Oui, voilà : il était chirurgien, il avait procédé à l'ablation de la violence d'un homme. Une violencectomie. Il avait sauvé une vie. C'était un guérisseur.

Il entendit Lance abdiquer et s'éloigner dans le couloir.

L'homme la femme la lune.

Assis sur le bord de son lit, il fixait des yeux le tapis. Parler à Vaccaro avait été une erreur, décida-t-il. Au moment où elle lui avait demandé de renoncer à ses droits en signant le formulaire, il était encore à moitié dans les vapes. Sans doute y avait-il là la possibilité d'un recours juridique. Il l'espérait.

Le *New York Post* publierait l'article avec ou sans son consentement. Ses parents lisaient le *Times*, mais il ne pouvait compter leur cacher la nouvelle très longtemps : Erich tomberait sur un exemplaire du *Post* qui traînerait dans le train ; il le dirait à Kate, qui le dirait à leur mère, qui, après avoir retrouvé son sang-froid, le dirait à son tour à leur père. Et si ce n'était pas Erich, ce serait quelqu'un d'autre. C'était inévitable.

Face aux mauvaises nouvelles, sa mère adoptait une attitude inquiète et distante. Son père, analytique et directive. D'habitude le rôle de Jonah dans ces minidrames consistait à les laisser suivre leur cours, à rassurer ses parents sur son sort et à supporter leurs conseils avant de les oublier aussitôt. Il avait tendance à ne pas les écouter même quand il savait qu'ils avaient raison, un réflexe qu'il partageait sans doute avec la moitié du monde. Mais là c'était un problème d'un genre nouveau. Il avait besoin d'aide.

Vous êtes bien chez Paula et Steven Stem...

— Coucou, dit-il au répondeur. Coucou coucou coucou couc...

— Jonah.

— Salut, Madonna. Ma mère est là, s'il te plaît ?

— Je te la passe.

Fracas du téléphone qu'on repose.

Ses parents avaient pour règle de filtrer tous les appels, qu'il soit midi ou minuit. Il avait fait pression en vain pour les convaincre d'investir dans un appareil avec identification du numéro. Bien que loin d'être des technophobes – son père adorait les gadgets en tout genre –, sur ce point ils étaient intraitables.

Et si c'est important ?

Je décroche quand je t'entends, Jonah.

Et si je suis en prison et qu'on ne m'autorise que trois sonneries avant de me couper la ligne, et que tu n'entends pas ma voix et que je reste là à croupir jusqu'à la fin de mes jours ?

C'est un risque que je suis prête à prendre.

Il était curieux de savoir si elle referait la même blague à présent.

L'ironie de sa mère venait d'une personnalité éduquée trop à l'étroit dans une vie trop domestique. Elle avait l'art, sans jamais se départir de ses bonnes manières, de sobrement tourner en ridicule les excès de pathos, et le même art de balayer les critiques quand c'était justement elle qui perdait son calme. Aucune de ces deux réactions ne réjouissait particulièrement Jonah à l'avance.

— Mon fils chéri, c'est vraiment adorable de ta part de m'appeler du travail. On dirait ton père tout craché.

— Je suis à la maison.

— Alors je trouve ça vraiment adorable de m'appeler pendant ton jour de repos. Quel gentil garçon !

Il ne put s'empêcher de sourire.

— Comment ça va, maman ?

— Je suis en train de faire du canard laqué. C'est drôlement plus compliqué que ce que je croyais. Il faut découper des échalotes en bouts minuscules pour la garniture. Je n'ai certainement pas été un grand chef chinois dans une vie antérieure.

— Tu ne m'as jamais fait de canard laqué, à moi.

— Je ne ressentais pas le besoin de t'impressionner. Et puis ç'aurait été jeter des perles aux cochons. Tu sais que, pendant deux ans, tu as refusé de manger autre chose que des coquillettes au fromage ? On commençait à s'inquiéter que tu aies le scorbut. C'est pour ça qu'on s'est mis à te donner des cocktails de vitamines, pour que tu ne finisses pas par ressembler à un marin du XVIe siècle.

Il entendit son couteau racler contre ce qu'il supposa être la grosse planche à découper en bambou.

— Je suis tellement contente de t'entendre, reprit-elle. Tu as besoin d'argent ?

— Ce n'est pas toujours pour ça que j'appelle.

— Bien sûr que non. Tu en as besoin ?

— Écoute, maman…

— Hou là ! (Elle posa son couteau.) Ça va être une conversation *sérieuse* ?

— Peut-être, oui.

En fond sonore, il l'entendit dire à Madonna qu'elle *coupe ça en tout petits cubes* ; puis le frottement du téléphone contre son épaule anguleuse tandis qu'elle s'essuyait les mains sur un torchon en vichy. Il la voyait très bien. Il n'avait pas envie de ça.

— Voilà, je t'écoute.

— Tu es dans le salon télé ?

— Dans la salle à manger. Pourquoi ?

— Je… je me demandais où tu étais.

Il marqua une pause avant d'ajouter :

— Je t'aime, maman.

— Moi aussi, je t'aime, dit-elle d'une voix anxieuse. Qu'est-ce qui se passe ?

C'était beaucoup plus dur de lui raconter qu'à Lance. À mi-chemin, il se mit à trembler. Elle se taisait, ses longues respirations emplissant distinctement les silences.

— Mais moi, je n'ai rien, conclut-il. Tu comprends ? Je vais parfaitement bien. Pas une égratignure. Maman, dis-moi que tu comprends.

— Je comprends.

Elle déglutit bruyamment.

— Et qu'a dit la police ?

— Que c'était un accident.

— Ils le savent ?

— Oui.

— Qu'est-ce qu'ils ont dit pour toi ?

— Ils n'ont rien dit.

— Tu as appelé ton père ?

— Tu es la première au courant. À part Lance.

— Il faut l'appeler. On peut le mettre en téléconférence, attends.

Il voulut refuser, mais elle avait déjà éloigné le combiné de son oreille.

— *Maman*.

En l'entendant composer le numéro, il laissa échapper un grognement et donna un coup de poing dans son matelas.

— Je suis sûre qu'il saura quoi dire, affirma-t-elle par-dessus la tonalité. Parce que, pour être tout à fait honnête, moi pas.

— Je comptais l'appeler juste après.

— Comme ça on peut discuter tous ensemble.

— Cabinet médical, j'écoute.

— Bonjour, Laurie. Ici Paula, c'est important.

Pendant qu'ils attendaient, Jonah dit :

— Tu es fâchée contre moi.

— Pourquoi voudrais-tu que je sois fâchée contre toi ?

— Je le vois bien et ça ne m'aide pas beaucoup. Pas du tout, même. C'est déjà assez dur...

— Allô ?

— Steve, c'est moi.

— Laurie m'a dit que c'était important. J'allais manger, qu'est-ce qui se passe ?

— Tu manges ? Comment se fait-il que tu manges maintenant ?

— Je n'ai pas eu une minute, je ne me suis pas posé de la journée.

— Il est trois heures. Si tu manges maintenant, tu n'auras pas faim pour le dîner que je suis en train de préparer.

Elle avait un ton hystérique. *Pitié, maman, pitié.*

— D'accord, céda son père, je ne vais pas manger. Je repose mon sandwich. Voilà, il est sur mon bureau. Tu es contente ?

— Excusez-moi, intervint Jonah.

— Jonah ?

— Jonah a des ennuis.

— *Maman.*

— Quels ennuis ?

— Stop, stop, stop, stop. Plus personne ne parle, d'accord ? Maman, c'est *moi* qui vais expliquer à papa ce qui s'est passé, et je n'ai pas besoin d'aide, alors, s'il te plaît, ne m'interromps pas.

— Est-ce que quelqu'un peut me dire ce qui se passe ?

Jonah, qui en était à la quatrième version de son récit, était cette fois trop préoccupé par l'affolement de ses parents pour se laisser submerger par les détails sanguinolents.

— Tu leur as parlé sans la présence d'un avocat ?

Et voilà.

— J'aurais dû t'appeler d'abord, reconnut-il. J'étais trop fatigué pour penser de façon rationnelle, et puis je voulais mettre les choses au clair avant qu'ils puissent croire que j'avais quelque chose à me reprocher.

— Tu n'as *rien* à te reprocher, intervint sa mère.

— Je sais, c'est pour ça que…

— Tu aurais pu te faire tuer. Jonah ? Tu aurais pu te faire poignarder.

— Mais je suis là.

— Ce qui m'inquiète, rétorqua son père de son ton impassible et docte, c'est que tu aies pu dire quelque chose de compromettant sans t'en rendre compte.

— Il n'y a rien de compromettant dans ce qu'il a fait.

— D'accord, Paula, mais j'essaye d'imaginer comment le bureau du procureur pourrait tourner les choses.

— Elle ne m'a pas donné l'impression de penser que j'étais coupable de quoi que ce soit.

— C'est son boulot, Jonah. De te faire parler.

— Est-ce qu'ils savent ce qui va se passer ensuite ? demanda sa mère.

— Elle m'a dit qu'elle me recontacterait si nécessaire.

— Ça ne me plaît pas beaucoup, marmonna son père.

— Ils doivent bien avoir une façon de prouver que c'était un accident, suggéra sa mère. D'après… je ne sais pas, la position du corps. Ils font ça tout le temps.

— Aucun témoin, fit remarquer son père.

— La fille, indiqua Jonah. Elle a tout vu.

— Sa parole vaudra de l'or, j'imagine. Il faudrait qu'on arrive à la retrouver.

— *On* ?

— Demain, je veux que tu ailles… Non, encore mieux, je peux l'appeler tout de suite… Attends.

— Qui tu appelles ?

— Chip Belzer. Un vieux copain.

— C'est un des plus grands avocats pénalistes de New York, précisa sa mère.

— Je n'ai pas besoin d'un *avocat pénaliste*.

— Pas encore. Laurie...

Son père posa son combiné.

— Ce n'est pas ce que j'attendais de cette conversation, dit Jonah.

— Tu as besoin de te protéger.

Il commença à argumenter mais se ravisa aussitôt. Les parents défendaient leurs enfants, par définition. C'était forcément ça qui les inquiétait en priorité. Son inquiétude à lui, en revanche, était d'un tout autre ordre. Son cœur gambadait à une allure terrifiante.

Il revit les images encore une fois.

STOP.

Encore une fois.

Stopstopstopstopstopstop.

— Jonah ? Tu m'écoutes ?

— ... Oui.

— Je t'ai demandé si tu connaissais déjà ton planning.

— Pour quand ?

— Pour Thanksgiving.

Aux yeux de sa mère, Thanksgiving dépassait Noël, les anniversaires et toutes les autres fêtes réunies. Elle commençait à y penser dès l'été et s'en servait comme d'une étoile qui l'aidait à naviguer à travers les déceptions et les victoires de l'année.

Tu m'avais dit que tu me préviendrais quand tu aurais ton emploi du temps.

— D'accord.

— Et tu l'as eu ?

— On est en août.

Sa mère ne releva pas.

— Kate et Erich viennent avec leur nounou.

— Ils sont déjà venus avec elle l'an dernier.

— J'ai du mal à m'habituer aux nouvelles personnes.

— Tu t'es habituée à Gretchen plutôt vite.

— Ce n'est pas une personne, c'est un ange.

Au moins avait-elle retrouvé son sens de l'humour, et pas seulement le côté cassant. Jonah décida de surenchérir. Il lui dit qu'il pouvait foncer et faire un enfant avec la première venue si ça la rendait tellement heureuse.

— Je croyais que c'était déjà fait, rétorqua-t-elle. J'ai toujours pensé que j'avais une flopée de petits-enfants illégitimes qui se baladaient dans la nature quelque part, je ne sais pas, au Canada.

— Bon, déclara son père en reprenant le téléphone, j'ai parlé à Chip. Il peut te recevoir, mais il n'a pas beaucoup de temps, alors tu ferais bien de te dépêcher.

— Comment ça… *Maintenant* ?

— Il est au 47 de la 55e Rue Est, entre Park et Lexington. Son cabinet s'appelle Belzer & MacInnis.

— Je ne peux pas y aller tout de suite.

— Tu n'as pas le choix, intervint sa mère.

— Je lui ai dit que tu y serais dans une demi-heure. Prends un taxi.

— Et… Jonah ? N'oublie pas de me prévenir quand tu auras ton emploi du temps.

— Oui, *d'accord*.

Il raccrocha, lança le téléphone sur son lit et se mit à la recherche d'une paire de chaussures de rechange.

Chapitre 4

Malgré deux diplômes d'Harvard et une kyrielle de publications intellos, Chip Belzer parlait la langue des voyous du bon vieux temps, comme s'il sortait tout droit de *West Side Story* dans ses chaussures de claquettes. Jonah était content qu'ils soient du même camp.

D'après Belzer, le risque d'une inculpation officielle était minime. Afin d'étayer cette opinion, il lui lut à haute voix la définition légale de l'homicide.

— « Avec l'intention de causer la mort d'autrui... », et patati et patata. Sauf – écoute ça –, sauf si tu avais « des motifs raisonnables de croire qu'un autre participant avait l'intention d'adopter un comportement susceptible de conduire à la mort ou à une atteinte physique grave », termina-t-il avant de reposer le livre. Ce qui inclut le fait de porter une arme. Crois-moi, gamin, ils ne vont pas perdre leur temps avec toi. Cela dit, en attendant, tu la mets en veilleuse. Par précaution.

— Vous croyez que j'ai fait quelque chose de mal ?

— De mal ? répéta Belzer d'un air quasiment dégoûté. Tu veux dire sur le plan moral ? Certainement pas. Pourquoi ? Toi, oui ?

— Non. Je ne sais pas.

— Eh ben, moi je sais, affirma Belzer en souriant. Écoute. Cette gosse avait des embrouilles.

— Oui.

— Et le type t'a menacé avec un couteau.

— Je crois.

— Tu crois ou tu sais ?

— On se battait. Il faisait noir.

Jonah marqua une pause avant d'ajouter :

— Il avait un couteau.

— Voilà. Tu l'as vu et tu t'es senti menacé. Sauf si c'est toi qui l'as agressé, suggéra Belzer en haussant un sourcil.

— Pour quelle raison j'aurais voulu l'agresser ?

— Bonne question. Pour aucune raison, d'ailleurs tu ne l'as pas fait. Tu n'es pas un dangereux fumeur de crack, tu es *étudiant en médecine*. Tu as vu une femme se faire dézinguer et tu as réagi en conséquence. C'est un usage approprié de la force. Tu me suis ? Tu es aussi innocent que l'agneau qui vient de naître. En tout cas sur ce point précis. Maintenant je ne sais pas ce que tu fais de ton temps libre.

— ... D'accord.

— Je te trouve un peu dur avec toi-même, non ?

Jonah répondit par un haussement d'épaules.

— Ce type a essayé de tuer quelqu'un. Il a même essayé de *te* tuer. Tu devrais plutôt te féliciter. Tu as fait ce que tu devais faire. Maintenant il faut tourner la page.

Jonah eut du mal à ne pas ricaner. *Tourner la page*. Il était prêt à parier qu'en cherchant bien il arriverait encore à trouver des flocons de sang séché sur son dos. Et puis il n'avait jamais été doué pour tourner la page, surtout sous la contrainte.

Mais le boulot d'un avocat était de classer les comportements humains en deux catégories distinctes : défendables ou pas. Sans doute appliquait-il la même philosophie aux hommes qui avaient commis de vrais crimes, volé, violé, tué. *Donc vous avez écrasé le crâne de cette femme à coups de brique, bof, la belle affaire...*

Belzer jeta son code pénal au fond d'un tiroir et croisa les doigts. Une grosse chevalière en or brillait à l'auriculaire de sa main droite.

— Ton père est un gars super, tu sais ça ?

— Je sais.

— Un des types les plus intelligents que je connaisse.

— Merci.

— Et toi, tu ressembles à ta mère.

— Re-merci.

— Écoute, reprit Belzer en tripotant sa bague, sors-toi ça de la tête. Ressasser le passé, ça n'a jamais aidé personne à mieux se porter.

Avec la parution du *Post* le vendredi, cependant, l'option de se le sortir de la tête s'élimina d'elle-même.

— Yo, Superman !

Le bruit se répandit vite.

— Hé, Superman, tu veux pas m'ouvrir ce bocal, s'te plaît ? Attention à pas le casser.

— Dis donc, Superman, M. Méga-Kyste-Intestinal doit passer une radio. T'as qu'à utiliser ta vision laser.

L'article était partout. Sur les tableaux d'affichage et dans les toilettes ; il tapissait les parois des ascenseurs de service et de la cafétéria ; il était placardé dans les vestiaires, où on l'avait collé par-dessus des tracts annonçant des discussions sur les RÉCENTS DÉVELOPPEMENTS DANS LA GREFFE DU REIN et l'IRMF DES LÉSIONS CARDIAQUES CONGÉNITALES.

Partout où Jonah allait, il tombait nez à nez avec lui-même : la photo pourrie que Christopher Yip avait réussi à dégoter. On aurait dit les portraits de victimes de meurtres qu'on trouvait dans les journaux – les joues en pomme, le sourire aux lèvres –, et elle ne manquait pas de semer l'hilarité parmi les internes de son service.

— Fais gaffe, tu marches sur ta cape.

Ils l'alpaguaient aussi en lui citant des extraits du texte : une demi-page de niaiseries aggravées par une épidémie d'intertitres et chapeautée par un gros titre racoleur en corps quarante. Dans l'article, Jonah était tour à tour « interne », « interne de troisième année » et « chirurgien ».

— Félicitations pour ton internat, Superman ! Tu ne voudrais pas m'écrire une lettre de recommandation ?

Les récits de sa virée aux urgences donnèrent rapidement naissance à une mythologie vivante dans laquelle il était question de ses fesses et d'autres traits marquants de sa physionomie. Le potentiel comique était tout simplement *inépuisable*.

— Superbite !

— Superqueue !

Il avait l'impression qu'on l'avait obligé à se présenter aux élections avec pour slogan de campagne :

SUPERDOC TRIOMPHE D'UN BARJO
ARMÉ D'UN COUTEAU

Le mal étant fait, il décida de jouer le jeu. Quand les gens l'appelaient Clark, il écartait les bras et imitait le bruit du vent. Il fredonnait la chanson du générique et faisait semblant de déchirer sa chemise avec un panache athlétique. Les infirmières venaient tâter ses biceps. Elles faisaient des commentaires sur son pantalon *très* moulant. Il répondait :

— Vous voulez vérifier par vous-mêmes ?

Des gens dont il n'avait pas eu de nouvelles depuis des années lui envoyaient par e-mail leurs félicitations et leurs témoignages maladroitement admiratifs. Une fille de son lycée doutait qu'il se souvienne d'elle (non), mais voulait savoir s'il n'avait pas envie d'aller boire un café avec elle (non plus).

Son copain Vik, en stage ce trimestre-là au service de médecine gé du CHU-Nord, lui fit parvenir un gros bouquet de fleurs accompagné d'une carte disant : « Tu as du bol que ce ne soit pas pour ton enterrement, imbécile. »

Le mercredi, il reçut un coup de fil de sa sœur.

— Mais qu'est-ce qui t'est *passé* par la tête ?

— Rien, justement.

— Tu aurais pu te faire *poignarder*.

Parfois elle avait tellement les intonations de leur mère qu'il en avait la chair de poule.

— Je sais, concéda-t-il.

— Ça ne te travaille pas ? Je ne sens aucun trouble dans ta voix.

— Bien sûr que ça me travaille.

— Alors pourquoi ça ne s'entend pas ?

— Je suis épuisé, dit-il.

Ce qui était vrai. On était désormais jeudi, il avait passé six jours d'affilée à Saint Agatha, au rythme de seize heures par jour. Ses supérieurs ne lui avaient pas explicitement donné l'ordre de rattraper sa journée d'absence, mais les attentes tacites pesaient sur lui comme les Saintes Écritures. Il avait travaillé samedi, dimanche, lundi. Le mardi, il était resté de garde jusqu'à minuit, et ce jour-là il avait dû aller à l'hôpital pour un TP sur les soins post-opératoires. C'était un zombie, mais il préférait tout plutôt que rentrer chez lui et rester seul dans l'appartement – désert dès que Lance était sorti pour la soirée –, hanté par le silence et l'insomnie. La moindre chose était prétexte à cristalliser ses cauchemars : le crissement de freins d'un autobus, tellement semblable au râle d'un homme agonisant.

— Le journaliste raconte n'importe quoi. Il t'a vieilli.

— Je me demande bien d'où il a sorti toutes ces infos. Pas de moi, en tout cas.

— Il dit que tu es de Manhattan.

— C'est vrai.

— Pas *à l'origine*. Il laisse entendre que tu es *né* à Manhattan.

— Ouais. Je sais. Il se trompe. C'est moche, hein ?

— Ne sois pas passif-agressif, Jonah-chéri.

— Pardon, dit-il en fermant les yeux très fort.

— Pas grave, je t'aime quand même.

— Merci, Katie.

— Retourne travailler. Attends, tu veux que je te raconte un truc drôle ? J'ai annoncé à Gretchen aujourd'hui que maman allait avoir un nouveau bébé. Je lui ai dit : tu sais, comme le frère de maman. Et je lui ai montré ta photo. Devine ce qu'elle a dit.

Il pianota sur la feuille de température de son patient.

— Je donne ma langue au chat.

— Elle a dit « Onton Jonah ». J'ai trouvé ça incroyable pour son âge.

Il sourit.

— Tu as raison, c'est incroyable.

— Évidemment, je ne pense pas qu'elle ait vraiment *compris* ce que ça impliquait d'avoir un frère ou une sœur. Je m'attends à la colère du siècle à un moment ou un autre. Allez, ça suffit, va travailler. Bisous. Oh… et… Jonah ? Ne te fais pas poignarder, s'il te plaît.

Un des bons côtés de l'article du *Post* fut de lui permettre de clarifier ce qui s'était passé cette nuit-là. À en juger par le nombre d'erreurs émaillant sa biographie, il estimait que le récit devait être véridique à environ vingt pour cent.

L'« agresseur fou » était un certain Ramón « Raymond » Iniguez, trente-huit ans, ancien prof et résident actuel de la Beacon House, un foyer social accueillant les malades mentaux dans le quartier d'Hell's Kitchen. Son frère, musicien dans le Bronx, s'était refusé à tout commentaire. Sa victime, Eve Jones, trente et un ans, enseignait la thérapie par la danse à la Beacon House. La police pensait qu'Iniguez l'avait suivie après son travail et, sans vouloir avancer d'hypothèses sur les réelles intentions de l'agresseur, l'intervention héroïque de, etc., etc.

Toutes les moqueries que Jonah avait pu endurer suite au reportage hyperbolique de Christopher Yip n'étaient rien à côté du soulagement qu'il éprouva en apprenant qu'Eve Jones avait été soignée pour ses blessures et avait quitté l'hôpital le lendemain matin.

Les obsèques d'Iniguez étaient prévues pour le samedi 28 août.

Sa photo en encart – très sombre et chiffonnée – ne correspondait pas à l'image que Jonah avait en tête, bien qu'il n'ait pas été dans les meilleures conditions pour se livrer à une étude détaillée au moment des présentations. Le Raymond Iniguez du journal était rasé de près, affublé d'une cravate, d'une casquette des Yankees et d'une expression paisible et niaise qui mettait Jonah mal à l'aise. Il s'efforça de retoucher mentalement ce visage, de remplacer le sourire par un rictus carnassier, de creuser les joues rebondies afin de les rendre décharnées. Au bout du compte, il finit par déchirer cette partie de la page.

Eve Jones, en revanche, collait parfaitement : emmitouflée dans son énorme anorak, des jambes en allumettes qui sortaient du cadre, un tronçon de rubalise au premier plan. Les yeux écarquillés, pleins de supplication. La voir confirma son instinct de protection et, même, le redoubla. Si misérable qu'il puisse se sentir, il savait qu'il avait fait ce qu'il fallait. Elle était en vie.

Et puis il remarqua autre chose à son sujet. Non pas que ça fasse une différence – même si, sous un angle quasi cosmique, il s'en réjouissait. Non pas que ça fasse une différence. Une personne en détresse était une personne en détresse, indépendamment de son origine, de son genre ou de sa religion. Jonah était un sauveur qui ne faisait pas de discrimination. Mais il remarqua – il fut bien obligé de le remarquer, parce qu'il n'était pas aveugle, après tout, que c'était un garçon normal et que de toute façon la chose était indiscutable : Eve Jones était très, très jolie.

Chapitre 5

Samedi 28 août 2004

Le matin des obsèques de Raymond Iniguez, Jonah marcha jusqu'à la station d'Union Square et prit la ligne L. Le wagon était vide, ultra-climatisé, placardé de publicités pour une école de langues dans le Queens qui promettaient de vous faire parler l'anglais couramment et d'éliminer votre accent en quelques mois. Des figurants de « Chine », d'« Ukraine » et du « Ghana » levaient le pouce en l'air.

Si, au lieu de la L, il avait pris la 6, il aurait pu aller jusqu'au funérarium du Bronx où se tenait la cérémonie. Il y avait songé et, l'espace d'un bref instant d'auto-apitoiement, il avait hésité à s'y rendre. Mais pour quelle raison, au fond ? Pour rester dans un coin en attendant que les proches le reconnaissent et viennent le tabasser à coups de plateaux de crudités ? Sans parler de ce que Belzer en dirait.

T'es allé où, gamin ?

De toute façon, il avait d'autres obligations.

Il changea à la 8e Avenue pour prendre la A et descendit à Penn Station, où le prochain train de la ligne Long Island Rail Road partait pour Great Neck à 9 h 22. Il avait un abonnement de dix trajets en heures creuses sur lesquels il lui en restait quatre. Après avoir pris place dans une voiture déserte – peu de gens voyageaient vers la banlieue avant 10 heures le samedi matin –, il hissa son sac sur ses genoux et en sortit des livres. Au bout de quelques minutes, il posa la tête contre la vitre et ferma les yeux.

Le train était à l'heure, mais, voyant que personne n'était venu l'attendre à la gare, il se mit en route à pied. Il y avait deux kilomètres et demi à parcourir et il ne faisait pas encore trop chaud.

Il passa devant le supermarché Waldbaum's, dont la taille lui faisait toujours un choc quand il n'avait pas quitté Manhattan depuis un moment. Une exposition-vente d'artisanat avait eu lieu récemment, on voyait encore les posters punaisés aux gros chênes qui donnaient de l'ombre et de la verdure aux trottoirs. Il passait un doigt sur le dessus des boîtes aux lettres métalliques, certaines encore humides de rosée. Sortant du centre-ville, il s'enfonça dans le silence immobile des zones résidentielles, que rien ne venait perturber à part le volettement des pinsons et les vocalises des chiens et des chats. Toits en bardeaux et grosses voitures ; grands espaces ombragés et arbustes plantureux ; un agréable soulagement après la grisaille de la ville.

À 10 heures et demie il était sur le perron d'un pavillon écru au fond d'une impasse verdoyante. Le jardin témoignait de bonnes intentions qui avaient mal tourné : d'un côté de l'allée courait une rangée de fleurs disparates (lavande, pétunias, renoncules) à des stades divers de décrépitude, tandis que l'autre côté n'était bordé que jusqu'à la moitié, comme pour encourager les visiteurs à s'écarter des dalles fendillées et à couper par la pelouse, trop haute par endroits et ratiboisée à d'autres. Visiblement, les occupants du lieu avaient baissé les bras. Mais bon, l'été aidant – soleil resplendissant, douces odeurs de charbon de bois –, l'ensemble produisait un effet de confort miteux plutôt que de désolation totale. L'hiver, c'était bien pire. Jonah le savait.

Il avait la clé, mais toqua d'abord.

Le vestibule était poussiéreux et sombre, avec une moquette orange vieillotte et trois rayons de soleil émoussés qui filtraient à travers les découpes de la porte d'entrée. Dans le salon, cependant, il remarqua que les coussins avaient été requinqués et les surfaces astiquées. La femme de ménage était passée.

Il suivit le son de la télé jusqu'à la pièce du fond, où un homme d'une cinquantaine d'années était assoupi dans un gros fauteuil : ronflant à plein tube, le visage tanné et figé dans un rictus. Il était vêtu d'un caleçon trop grand et d'un tee-shirt fané sur lequel on pouvait lire FLORIDA KEYS. Il avait une paire de lunettes de vue toutes barbouillées posée sur le crâne et les doigts ballants plongés dans un verre de whisky vide à même le sol.

Il s'appelait George Richter et n'avait pas de lien de parenté avec Jonah. Avant que Jonah commence à venir chez lui régulièrement, ils s'étaient rencontrés seulement à deux reprises : les deux fois lors de dîners de fêtes, les deux fois avec davantage de politesse que de sincérité. Par certains côtés, Jonah savait beaucoup de choses sur lui – quelle tête il faisait en dormant, par exemple, ou comment il pleurait sans larmes –, mais par d'autres il lui était totalement étranger. Jonah ne connaissait pas son deuxième prénom, ne savait pas s'il préférait les Beatles ou les Stones. Il ne savait ni quand ni comment George avait développé un penchant pour la boisson ; le whisky, surtout, en particulier de la marque Old Overholt. Est-ce qu'il avait toujours trop bu ? Jonah l'ignorait. Il ne risquait pas de poser la question à George directement, et la seule autre personne qui aurait pu lui fournir des réponses n'était pas en état de le faire.

Jonah retira le verre avec précaution et le porta à la cuisine, où il le rinça avant de le remplir d'eau fraîche qu'il trouva dans un pichet au frigo. Il mit la cafetière en route. Pendant que le café passait, il compulsa la pile considérable de courrier non ouvert sur la table. Une grille de mots croisés à moitié remplie gisait sous un tas d'offres publicitaires pour des crédits revolving postées dans le Delaware. Jonah trouva un moignon de crayon mordillé et compléta certaines des définitions restées vides. Alors que la cafetière commençait à gargouiller, la chatte s'approcha d'un pas furtif et se mit à lui lécher la cheville.

— Salut, Lazy.

Il prépara une tasse de café en y ajoutant une dosette de crème sans lactose et trois aspartames, puis retourna dans la pièce du fond. Il posa la tasse et le verre d'eau sur une table basse près du tapis de jogging obsolète. La télé était une vieille Zenith avec une antenne en V, encastrée dans un meuble en contreplaqué. Jonah l'éteignit.

George remua.

— Jonah. Quelle heure est-il ?

— Il doit être 11 heures.

— Tu ne m'avais pas dit que tu venais.

— Je te l'ai dit.

— Je serais allé te chercher.

Il se leva pour ouvrir les rideaux. Dehors, l'arrière-cour était en pleine floraison, faisant fi de la négligence de George.

— Je croyais que tu devais venir la semaine dernière, reprit celui-ci.

— Je ne pouvais pas, répondit Jonah. J'étais de garde, je t'ai envoyé un mail.

La chatte vint se blottir contre le tibia imberbe de George, qui se pencha pour lui gratter la tête.

— Hannah dort ?

George ramassa le verre d'eau et le fit tourner dans sa main, comme s'il espérait récupérer un peu d'alcool sur ses parois. Voyant que ça ne marchait pas, il l'abandonna au profit du café.

— Mauvaise nuit. Je n'ai pas réussi à m'endormir avant 5 heures.

— Mon pauvre, compatit Jonah.

George haussa les épaules.

— Et toi, quoi de neuf ? Tu étudies toujours… Qu'est-ce que tu étudies, déjà ?

— La chirurgie.

George parut déconcerté.

— Je croyais que c'était les neurosciences.

— La neurologie. C'était le mois dernier. Cette année je tourne dans toutes les spécialités.

— Ahhhh. Par roulement.

— Voilà.

Il s'attendait à une question au sujet de l'accident, mais visiblement George n'était pas au courant. Ou bien il avait déjà oublié, ce qui était assez prévisible ; il avait la mémoire courte pour les petits malheurs des autres.

— De toute façon, quoi que tu choisisses, tu seras super, dit George. Tu vas faire un très bon toubib.

Il est bien placé pour le savoir, songea Jonah.

Ils se firent un petit déjeuner. Jonah montra la vieille grille de mots croisés à George, qui la jeta avant de revenir avec la nouvelle sous le bras. Il tailla un crayon et se servit trois doigts de whisky, ce que Jonah considéra comme le début d'une diminution. Ils allèrent s'asseoir au salon et attendirent qu'Hannah se réveille, Jonah relisant un cours sur les fistules tout en soufflant quelques réponses à George.

— Ornement en forme de bec, en six lettres, R-O-S.

— Rostre.

— *Ros… tre*. Parfait. Merci.

— Mais de rien.

Il connaissait toutes les définitions les plus obscures ; les auteurs de mots croisés se répétaient, et les études de médecine avaient irrémédiablement détruit son filtre à débilités inutiles. Il lui arrivait souvent de mémoriser quelque chose par inadvertance et de se surprendre à s'en souvenir par la suite.

Il consulta sa montre sur le coup de 13 heures. À cet instant précis, Raymond Iniguez était en train de disparaître sous terre.

À 14 heures, George dit :

— Tu devrais peut-être aller voir ce qu'elle fabrique.

Jonah referma son livre.

À l'étage, il examina son reflet dans le miroir de la salle de bains. Hannah aimait qu'il ait la même apparence qu'à la fac et, s'il ne pouvait endiguer les effets progressifs de l'âge – ces derniers temps sa mâchoire commençait à épaissir, comme celle de son père –, il se raccommoda du mieux qu'il put, se mouillant les cheveux et déplaçant sa raie du côté au milieu. Il fut satisfait du résultat. Pour un peu, il aurait presque besoin de ressortir sa fausse pièce d'identité.

Il toqua à la porte de sa chambre et l'entendit se retourner sous les nombreuses couches de couvertures. Elle avait toujours froid. Le terme technique était une *hypothermie aux antipsychotiques*.

Il l'appela par son prénom et, ne recevant pas de réponse, entra dans la pièce.

L'odeur de parfum lui sauta au visage. Le dessus de la commode – où elle entreposait d'habitude toute une gamme de vaporisateurs qui prétendaient imiter des eaux de toilette chics – était vide. Les produits emballés éveillaient parfois ses soupçons. Si c'était le cas avant que George n'arrive à mettre la main dessus, ils connaissaient inévitablement une fin violente.

Elle n'avait pas refait la déco depuis ses douze ans. Les posters de Janet Jackson et Johnny Depp avaient perdu leurs coins, dévoilant des morceaux de papier peint aux couleurs encore vives. Ses anthologies de littérature anglaise, le trombinoscope de sa classe. Des photos de ses amies de collège scotchées au mur ; son équipe de softball ; la photo de groupe prise avec le gouverneur l'année où elles avaient remporté le championnat inter-États. Punaisé à la porte, le pompon du chapeau qu'elle avait porté le jour de la remise des diplômes. Des piles de caissettes et de tiroirs remplis de maillots. Ses trophées – trop durs, trop pointus – avaient été remisés à la cave depuis longtemps. Sur la table de chevet, près du téléphone en forme de coccinelle, une photo de sa défunte mère. Le seul signe d'une vie récente était un drapeau du Michigan que Jonah avait accroché au mois d'octobre.

— Hannah.

Elle était amorphe.

— Tu dors ?

Une main se fraya un chemin pour sortir de sous les draps, suivie par deux yeux comme des cibles.

— Je peux m'approcher du lit ?

Elle acquiesça.

Il s'assit à côté d'elle.

— Comment tu te sens ?

Elle toussa.

— J'ai soif.

Elle s'extirpa du lit. Elle portait un jean et un pull en laine sous un peignoir en éponge bordeaux. À travers un trou de mite au niveau du ventre, il aperçut des bourrelets de peau cireuse. Son poids faisait le yoyo en raison des *dérèglements pondéraux liés aux antipsychotiques*.

Il n'essaya pas de la toucher, mais, alors qu'ils descendaient l'escalier, elle lui posa une main sur le bras.

— Je ne suis pas là, dit-elle.

Il ne savait pas comment le prendre.

— Moi oui, répondit-il.

Ils s'installèrent dans la cuisine, loin des oreilles indiscrètes de George. Elle donna presque tout son petit déjeuner à la chatte et Jonah lui demanda si elle voulait qu'il lui prépare autre chose. Elle secoua la tête. Elle avait les cheveux tellement embroussaillés qu'il proposa de les lui démêler. En l'absence d'un refus, il remonta à l'étage chercher un peigne à grosses dents et un flacon d'huile pour bébé.

Il s'assit derrière elle, se mit à lui parler à voix basse, rien de sérieux, faisant de son mieux pour lui arracher un sourire. Ses humeurs tournaient tels les rouleaux d'une machine à sous. Posée, comme ce jour-là ; ou bien distante et confuse ; ou cassante et méfiante. Il avait appris à observer les glissements subtils.

— Tu es tout emmêlée, dit-il en brossant un nœud.

Il imaginait ses cheveux comme des neurones détraqués qui auraient poussé à l'extérieur de son crâne, cherchant refuge à l'air libre, le plus loin possible de son cerveau en perpétuelle insurrection. Il la remettait en ordre, il la rendait lisse et d'aplomb.

À ce stade de ses études, il avait vu des quantités de cerveaux, il en avait manipulé en TP d'anatomie, il avait analysé des coupes transversales, et il savait que ce dont elle souffrait était généralement considéré comme un problème *neurochimique*. Certains n'étaient pas du même avis, affirmant qu'il était au contraire *anatomique*. D'autres encore (de moins en moins au fil des ans, à mesure que la psychiatrie devenait de plus en plus biologisée) le qualifiaient de *psychosocial*. Et si, dans son cas, tout le monde s'accordait à dire qu'il était *non différencié*, *chronique* et *évolutif*, personne ne semblait vouloir assumer et l'appeler par son véritable nom : *horrible*.

— Qu'est-ce que tu regardes à la télé en ce moment ? *L'Île de la tentation* ?

Elle haussa les épaules.

— Non.

— Quoi alors ?

— *Top Chef*.

Jonah éclata de rire.

— La prochaine fois que je viens, tu pourras me préparer à dîner.

— Je te ferai une fricassée, dit-elle en souriant.

Et voilà : c'était tout elle. La vraie Hannah qui restait tapie quelque part et pointait le bout de son nez de temps en temps pour dire bonjour. Ça lui broyait le cœur. Il s'empressa de profiter de cet instant de lucidité :

— Toc, toc, toc.

— Qui est là ?

— La vache qui coupe la parole, dit-il.

— La vache qui c...

— *Meuuuh*.

Elle sourit.

— Toc, toc, toc, poursuivit-il.

— Qui est là ?

— La vache dyslexique qui coupe la parole.

— La vache dyslexique qui c...

— *Euuuhm*.

Ils rirent en chœur.

— À moi, dit-elle. Toc, toc, toc.

— Qui est là ?

— La tortue qui coupe la parole.

— La tortue qui c...

Elle étira lentement le cou en avant, comme si elle émergeait de sa carapace.

— Toc, toc, toc, reprit-il.

— Attends, c'est à moi.

— Pardon. C'était le raconteur de blagues qui coupe la parole.

— Toc, toc, toc.

— Qui est là ?

— La tortue dyslexique qui coupe la parole.

— La tortue dyslexique qui c…

Et elle se rétracta dans sa carapace invisible.

Ils eurent un joyeux fou rire. C'était elle qui lui avait expliqué le principe de ces blagues, à l'époque.

— Tu m'en racontes une autre ? demanda-t-elle.

Il ne lui venait à l'esprit que des plaisanteries salaces qu'il avait entendues au bloc. Il doutait qu'elle les trouvât drôles.

— Je suis à court, dit-il.

Erreur. Elle se glaça de nouveau, repoussant la fin de son bagel. Lazy Susan chercha à l'atteindre, mais Hannah la posa par terre et la chassa vertement.

Jonah se mit aussitôt à parler, à enchaîner les mots d'esprit, faisant tout son possible pour l'amuser et l'inciter à revenir. Elle tirait sur sa lèvre avec une apathie consommée. Puis elle s'attaqua à une cuticule jusqu'à ce qu'elle commence à saigner. Il avait envie de la secouer, mais il savait qu'il ne fallait pas faire ça, aussi il finit par se taire et ils restèrent là sans rien dire.

Dehors, un voisin criait qu'on lui apporte plus de charbon.

— Tes cheveux sont démêlés, dit Jonah. Tu pourrais aller prendre un bain.

— J'en ai déjà pris un.

— Quand ça ?

— Ce matin.

Mensonge ou confusion, il ne savait pas. Elle avait besoin d'une toilette. C'était souvent le cas, car George, gêné de la voir nue, n'aimait pas lui donner le bain, laissant ce soin à Jonah ou à Bernadette, l'infirmière qui venait trois fois par semaine.

— Pour rincer l'huile, dit-il.

— Il veut jamais, répondit-elle en se mordillant le pouce.

Jonah jeta un coup d'œil en direction du salon. George s'était assoupi, la bouteille lovée contre lui comme une minuscule et difforme amante.

Jonah se tourna vers elle.

— D'accord. Que toi et moi, alors.

Elle avait le dos si blanc qu'il était presque vert. Elle ne s'était pas rasé les jambes depuis une éternité. Ni les aisselles. Autrefois, son épaule gauche était légèrement plus grosse que la droite, signe qu'elle la sollicitait plus. Désormais elles étaient pareilles, aussi ratatinées l'une que l'autre, les muscles ramollis et mangés par la graisse. Il se disait néanmoins qu'elle devait encore avoir de la force cachée là-dessous. Ces derniers temps, il arrivait à la battre au bras de fer, mais c'était nouveau.

Elle se penchait en avant tandis qu'il la savonnait, se couvrant la poitrine dans un dérisoire réflexe de pudeur. Il n'avait aucun mal à se rappeler le moment où elle était devenue asexuée à ses yeux : la première fois qu'il l'avait vue avaler des sédatifs de force. En la regardant gigoter, cracher, se cabrer, vociférer, il avait trouvé qu'elle ressemblait trait pour trait à un bébé. Une telle vulnérabilité rendait toute idée de sexualité nulle et non avenue, et tout son désir avait implosé, disparu en un éclair.

Cette prise de conscience l'avait rendu amer, car une des choses qui l'attiraient le plus chez elle était le regard admiratif qu'elle portait sur lui, et elle avait toujours eu un petit air de nouveau-né : de ses grands yeux de poisson à sa manie de se blottir contre son corps, cherchant un abri et une palpitation. Même avant de tomber malade, elle lui donnait l'impression d'avoir besoin de lui. Habitué à être le petit frère, à ce qu'on pense à sa place, il adorait être son héros.

Ils s'étaient rencontrés à la Michigan University. C'était Lance qui les avait présentés ; sa mère était une amie de Wendy Richter, et quand Hannah était revenue à la fac à l'automne 1998 – après un semestre d'absence – suite au décès de Wendy d'un cancer du sein, il s'était fait un devoir de lui remonter le moral en lui présentant des bizuts sympas (plus tard elle avoua à Jonah qu'elle n'avait pas osé faire remarquer à Lance que « bizut sympa » était un oxymore).

— Il te plaira, lui aussi il vient de New York.

— Non merci, avait rétorqué Hannah.

Loin de chez eux, les gosses de la côte Est avaient la fâcheuse tendance de traîner toujours ensemble, et elle avait envie de prendre ses distances.

— Non merci, avait rétorqué Jonah.

À l'époque, il connaissait Lance depuis un mois, suffisamment pour douter de ses talents d'entremetteur.

Mais Lance avait réussi à les convaincre et, le soir d'Halloween, Jonah s'était retrouvé au comptoir du Skeepers à parler avec une brunette plutôt large d'épaules, assez vite ils avaient décrété qu'il y avait trop de bruit à l'intérieur, assez vite ils s'étaient embrassés, assez vite ils s'étaient mis à s'envoyer douze mails par jour, et assez vite la sœur de Jonah les avait déclarés « ensemble ».

Une formule bien commode pour quelqu'un d'extérieur, mais dont, rétrospectivement, il se rendait compte de l'imprécision : il ne s'agissait pas tant d'un ensemble que d'une absorption, Hannah pénétrant à l'intérieur de lui. Timide, solitaire, elle préférait se concentrer sur une seule chose à la fois. Cette même focalisation à l'extrême expliquait le sport qu'elle avait choisi, puisque l'activité du lanceur résume le monde à un point unique qui se déplace le long d'une ligne terminée par des mains humaines. Elle avait la monomanie des vrais athlètes et se donnait à lui avec une dévotion vingt-quatre carats, si pure qu'elle était parfois douloureuse pour Jonah.

Avec le recul, bien entendu, il s'interrogeait sur la réelle profondeur de ce qu'ils avaient partagé. Ils étaient jeunes alors ; maintenant il était différent, rouillé. Candide Hannah. Confiante, optimiste : des qualités qui lui paraissaient aujourd'hui étonnamment naïves ; une révision de son jugement provoquée ironiquement par le spectacle de sa déchéance, la succession de ces banales tragédies. S'il pouvait revenir en arrière, la voir à travers le prisme du présent... Mais il ne pouvait pas revenir en arrière, c'était impossible, et il ne servait à rien de rester là à faire des plans sur la comète, alors passons.

Ce qui lui avait plu chez elle : sa générosité. Elle était humble, elle avait ses opinions sans éprouver le besoin de les imposer aux autres. Même dans ses moments les plus tristes, elle n'était jamais dénuée de lumière. À part ses fameuses épaules, elle était délicieuse à serrer contre soi, et il s'habitua aux épaules. Elle n'aimait pas particulièrement les fêtes mais l'accompagnait quand il le lui demandait. Elle avait un dos magnifique, musclé, lisse, couleur caramel. Elle lui glissait en cachette dans son sac des bouteilles de lait chocolaté qu'il découvrait juste au moment où il cherchait sa carte d'identité pour s'acheter à boire. Elle prenait bien les compliments. Contrairement à beaucoup d'autres filles, elle ne pensait pas, pour être séduisante, devoir un peu simplifier ses phrases, abandonner quelques points de QI. Elle le convertit au jogging ; ensemble, ils faisaient des circuits paresseux à travers le campus. Elle se fichait pas mal de la spécialité qu'il choisirait, mais, lorsqu'il lui dit qu'il pensait à l'oncologie, elle le prit comme un cadeau – un hommage à sa mère –

et elle se mit à pleurer, tellement heureuse de l'avoir dans sa vie, de savoir qu'elle l'aurait toujours.

Au début de leur quatrième et dernière année de fac, ils étaient convenus d'un plan en béton : ils iraient s'installer à New York pour qu'il puisse commencer ses études de médecine, tandis qu'elle trouverait un boulot dans... cet aspect-là n'avait jamais franchement été élucidé. Ils partageraient un appartement jusqu'à ce qu'il termine sa troisième année de médecine et, à ce stade, à rebours des mœurs et de la prudence ambiantes, ils se marieraient.

La mère de Jonah ne voyait pas d'un très bon œil qu'ils habitent ensemble mais, n'ayant aucun argument religieux ni pudibond à faire valoir, elle se contentait de leur dire : « Vous n'êtes pas un peu jeunes ? » Son attitude restait encore à ce jour un sujet délicat, car Jonah pensait qu'elle n'avait jamais beaucoup aimé Hannah. Il en voulait pour preuve l'empressement avec lequel elle l'avait poussé à se remettre sur le marché. « Ce n'est pas sain, Jonah. La vie continue. Kate a des amies. » Il finit par lui dire que ça suffisait comme ça. Avec sa mère, c'était assez pour lui clouer le bec.

Il lui semblait incroyable d'avoir pu passer à côté des premiers symptômes : un feu d'artifice qui lui explosait à la figure. Mais qu'en savait-il alors ? Il était occupé. D'abord par ses études à la fac. Des tonnes de livres à lire. Des tonnes de partiels. Il était vraiment trop, trop occupé. Trop occupé pour dire quoi que ce soit quand, au mois d'avril juste avant son diplôme, elle avait arrêté le sport, prétextant un manque de concentration. Choqué – mais désireux de la soutenir –, il n'avait rien dit (et depuis combien de temps avant ça, se demandait-il, combien de fois au cours des trois années précédentes, combien d'imperceptibles fissures ?). Trop occupé pour y voir un problème quand elle avait commencé à se renfermer, à ne plus sortir avec ses amies, à ne plus vouloir aller au cinéma. Elle était trop fatiguée pour courir, ils avaient arrêté de courir. Une ou deux fois, en arrivant à Brooklyn dans la maison de Greenwood Avenue qu'elle partageait avec quatre de ses coéquipières, il l'avait trouvée pelotonnée sur son lit, hurlant dans un oreiller (ou peut-être plus qu'une ou deux fois, peut-être plus que ça, finalement). Sitôt remise, ayant retrouvé sa contenance, elle classait négligemment l'épisode comme un reste de dépression due à la mort de sa mère et lui, trop occupé pour envisager d'autres possibilités, la croyant sur parole, il ne disait rien.

L'été de cette année-là, en 2002, ils étaient revenus à New York et avaient pris un minuscule quatrième sans ascenseur sur la 103e Rue Est, d'où il pouvait se rendre à pied à l'hôpital. Les exigences des études de médecine ne lui laissèrent même pas le temps de défaire ses cartons, mais Hannah lui assura qu'elle s'occuperait de tout. Elle avait l'intention de remettre l'appartement en état ; avec l'aide de Jonah, elle dressa la liste de tous les trucs dont on oublie qu'on a besoin jusqu'à ce qu'on en ait besoin : des tampons Jex, des cotons-tiges, des ampoules, des cintres, des assiettes en carton, des piles, un tournevis, un tapis de bain, du vinaigre. Elle parlait d'aller faire des courses au Bed Bath & Beyond à l'angle de la 60e Rue et de la 1re Avenue. Elle espérait qu'ils livraient à domicile.

Elle ne fit jamais rien de tout ça. Ne voulant pas inaugurer leur vie commune par des chamailleries – trop occupé –, il ne releva pas.

Elle ne trouvait pas de boulot, restant des heures à contempler d'un œil morne les petites annonces du journal ou sur Internet. Elle n'appelait jamais d'amis. Elle n'allait pas à la gym. Elle se plaignait d'une grande fatigue. Elle relisait à l'infini les mêmes mots, encore et encore ; ils avaient des tas de livres de poche cornés à la page 3. Elle oubliait des choses. Elle ne se brossait pas les dents pendant quelques jours, puis une semaine, puis plusieurs ; elle développa une méchante carie mais ne prit jamais la peine de trouver un dentiste. Elle était irascible, labile, pleurnicheuse, imprévisible. Elle sanglotait en imaginant qu'un jour il ne l'aimerait plus, et lui – la tête ailleurs, imperturbable, absorbé par des kilotonnes de détails anatomiques insignifiants, mettant ses crises sur le compte du temps, de l'ennui, de l'anomie ou même des règles –, il la gratifiait d'un bisou et d'un câlin sans un mot. Il se racontait qu'elle était stressée de ne pas avoir de travail, et que lui mettre la pression ne ferait qu'empirer les choses. Il ne disait rien. Rien du tout, pendant des mois et des mois, bien qu'elle continuât de s'effriter. Il se levait la nuit pour aller aux toilettes et la trouvait debout à la fenêtre, marmonnant dans sa barbe. Il pensait qu'elle était somnambule ; il ne disait rien.

Rétrospectivement, il passait pour un imbécile. Mais il n'y avait pas eu de cassure nette, pas de grosse flèche au néon clignotante. La vie fournit rarement des points d'exclamation. Il était resté là à ne rien faire pendant qu'elle montait peu à peu à son degré d'ébullition.

Ce n'est qu'en décembre, un soir où il était rentré tard après être resté travailler à la bibliothèque et qu'il avait trouvé leurs étagères entièrement vidées de leurs livres et Hannah dans une mer de confettis, qu'il avait compris.

— J'ai enlevé toutes les lettres pointues.

Il était planté dans l'entrée, son sac à dos pailleté de neige encore sur l'épaule.

— C'est trop dangereux.

Il ramassa par terre son exemplaire de *Darwin et les grandes énigmes de la vie*. La couverture était griffée de profondes éraflures, de sorte qu'on n'y lisait plus à présent que *ar in e es gran es nigmes e a ie*.

Hannah, tremblante, le sourire triste, ajouta :

— Ça peut couper.

Il la calma et lui fit couler un bain. Il subtilisa tous ses Bic Lady, l'installa dans la baignoire et dit :

— Je reviens tout de suite.

Il fouilla dans son téléphone pour trouver le numéro de George au travail.

— Y a un truc qui va pas.

À quoi George répondit – laissant ainsi penser qu'il attendait ce coup de fil :

— Je serai là dans une heure.

Il la ramena à Great Neck. Deux semaines plus tard, en rentrant du marché, George entendit l'eau couler à l'étage. Elle était sous la douche, avec le jet qui la frappait en pleine poitrine, ses vêtements collés à elle comme autant de rats noyés. Elle avait gardé ses chaussures. Elle criait, apeurée, lançant des invectives dans le vide. Elle l'attaqua à l'aide d'une bouteille de shampoing. Elle passa la main à travers la tablette en verre sous le miroir : vingt-six points de suture au poignet.

Bien qu'ayant un partiel le lendemain, Jonah prit un taxi jusqu'au CHU de Nassau, où George l'accueillit par une poignée de main. Il n'y avait pas de colère sur son visage, pas de « Pourquoi tu n'as rien dit ? », ni de « Comment tu as pu faire ça à ma fille ? » Non, ce que vit Jonah était la même résignation hagarde que celle qu'il avait entendue au téléphone, comme si George trouvait ce désastre – cette inversion de l'univers – ni plus ni moins surprenant que la présence de sable sur une plage. Et Jonah, qui avait toujours cru que la mère d'Hannah était morte d'un cancer du sein – car c'était ce qu'elle lui avait dit –, déclara :

— Vous avez déjà vécu ça.

George opina du chef.

— Avec Wendy.

Nouveau hochement de tête.

Jonah ne dit rien. Il ne demanda pas ce qui était réellement arrivé à Wendy, mais il aurait pu mettre sa main à couper que ce n'était pas un cancer du sein. Assis dans la salle d'attente sur une chaise en plastique dure, entouré par les bruits de l'hôpital qu'il commençait à bien connaître – talkies, bipeurs et crissements de roues en caoutchouc –, au prix d'un effort suprême, il se repassa mentalement les conversations qu'il avait eues avec Hannah au sujet de sa mère, un réexamen qui lui laissa la nette impression – était-ce une réécriture de l'histoire ou une certitude ? – que la réticence d'Hannah à évoquer sa mort ne venait pas de la douleur qu'elle éprouvait, mais de la crainte qu'il ne la quitte s'il apprenait la vérité. Il observa George, qui caressait le lino propre du bout de ses richelieus, et comprit qu'on lui avait menti sur la marchandise.

Un mois plus tard, il sous-loua illégalement leur appartement et s'installa en colocation avec Lance. Habiter dans le Village impliquait des trajets de quarante minutes deux fois par jour, mais Jonah n'avait pas l'intention de rester dans l'Upper East Side, encore moins dans cet appart. Il ne lui fallut que quelques heures pour rassembler ses affaires : la plupart n'étaient jamais sorties des cartons. Il les y laissa pendant encore un mois, après quoi il se rendit compte qu'il en avait pour un bout de temps et commença à déballer.

Un an et demi plus tard, il était là, dans cette même salle de bains à l'étage. Les fixations de la tablette en verre avaient été retirées, laissant deux trous calfatés dans le carrelage sous le miroir. Un an et demi ; un temps infini ; un temps de vieillissement ; un temps de famine et de gloutonnerie ; de soins prodigués et d'activités en suspens ; de trajets par carnets de dix en heures creuses, de mots croisés, de déni, de regret et de futilités, surtout de futilités, le refuge qu'offre la routine. Il n'avait pas tourné la page parce qu'il ne savait pas ce que ça pouvait bien vouloir dire. Elle était encore en vie. Elle était nue. Il lui savonna le dos. Il lui mouilla les cheveux.

À 5 heures et quart, George commanda une pizza. Tout en mangeant, Jonah se demanda si les funérailles d'Iniguez avaient dégénéré en fiesta animée. Mais ils n'étaient ni irlandais ni rien, ils avaient sans doute une maison remplie de sombres petits bouquets de fatalisme catholique. Il n'avait pas envie d'y penser.

À 6 heures, il se leva pour partir. George fit :

— Non, non, non, je te ramène en voiture.

Jonah déclina. Il avait besoin d'air frais, de se dégourdir les jambes. Surtout, il avait besoin de se tirer de là. Et il se détestait pour ça.

— Il ne vaut mieux pas la laisser seule trop longtemps, expliqua-t-il.

George ricana.

— Cinq minutes, tu parles !

Sur le trajet, il lui demanda :

— Tu as repensé à ce dont je t'ai parlé ?

— C'est-à-dire ?

— J'ai fait quelques recherches. J'ai trouvé un truc tout compris. C'est une croisière, je t'en ai parlé la dernière fois.

— Je ne m'en souviens pas.

Il s'en souvenait très bien.

— La semaine de Noël. Soirée du réveillon incluse. Dans les Caraïbes. Il y a des escales. Les îles et tout.

— Ça a l'air bien.

George acquiesça.

— Alors, qu'est-ce que tu en penses ?

— Je pense que ça a l'air bien.

George lui jeta un coup d'œil et, voyant qu'il n'ajoutait rien, il dit :

— Ça me rendrait un énorme service. Tu pourrais dormir au sous-sol, tu connais le lit.

Jonah hocha la tête.

— Hmm-mm.

— Tu viens déjà assez souvent comme ça, reprit George en se tournant à nouveau vers lui. Bernadette pourra assurer la journée, tu n'auras qu'à être là la nuit.

— C'est pendant mes vacances.

— Tu me l'as dit et je comprends.

— Moi aussi, j'espérais partir quelque part.

— Tu peux encore, c'est juste une semaine.

— Oui, donc…

— Tu m'as dit que tu avais deux semaines de vacances.

— Je… C'est vrai, mais…

— Donc tu aurais une semaine ici et une autre pour toi. Tu peux partir au Nouvel An.

— Pourquoi elle ne viendrait pas avec toi ?

— Tu connais la réponse aussi bien que moi.

— Honnêtement, je ne vois pas le problème.

— C'est un *bateau*, Jonah.

— Je suis sûr qu'ils ont des médecins à bord.

— Ce n'est pas la question, rétorqua George en secouant la tête. J'ai besoin de *vacances*.

Jonah ne dit rien.

— Je ne te demande pas grand-chose.

Toujours rien.

— Si ça ne tenait qu'à moi, je prendrais Bernadette à plein temps. Mais ça ne marcherait pas, tu sais bien.

— Et Reese, alors ?

La tante d'Hannah – la sœur de sa mère – vivait dans l'Ohio.

— Ils emmènent les enfants chez les parents de Lewis à Delray Beach.

— Il doit bien y avoir quelqu'un de dispo.

— C'est toi qu'elle a demandé, Jonah.

La culpabilité est malléable. Et entreprenante. Elle se cherche un levier ; elle relie entre eux des événements qui n'ont rien à voir, donnant l'apparence d'un lien de cause à effet. Un homme mort ; une fille malade. La machine à culpabiliser de Jonah, déjà fumante, se mit à bouillir.

Et c'était vrai, non, que George ne lui demandait pas grand-chose ?

D'ailleurs, il ne lui avait jamais demandé de venir, même au début. Pas plus que de faire du café, de démêler les cheveux d'Hannah, ni d'apporter des fleurs de temps en temps. Il s'était mis à faire ces choses de son propre chef, et elles étaient devenues des vérités. Si chaque jour où il venait lui en coûtait dix autres, il était le seul responsable : c'était lui qui avait fixé le taux de change.

Ils arrivèrent à la gare.

— Je peux te payer, dit George.

— Tu n'as pas besoin de me payer, répondit Jonah en zippant la fermeture éclair de son sac. Je vais réfléchir.

— Passe-moi un coup de fil.

— D'accord.

Ça ne voulait pas dire oui.

— Dis-le-moi vite parce qu'il faut qu'on prenne les billets.

— Je t'appelle.

Il était en train de dire oui. George lui posa une main sur l'épaule.

— Tu me sauves la vie.

— Je te téléphone.

Il tombait une légère bruine estivale, cette brume sans origine qui réussit l'exploit de laisser la ville encore plus sale qu'avant, transformant les plaques d'égout en pièces de monnaie mates et charriant dans l'air des effluves de poubelle. Bien qu'il fût 8 heures passées, la plupart des magasins étaient encore ouverts. La serveuse du Bar Racuda faisait une pause-cigarette sur le trottoir. Sous un parapluie tout fripé, un homme affublé de faux cils agitait la main en espérant arrêter un taxi, s'interrompant pour lancer un clin d'œil à Jonah qui remontait l'avenue A d'un pas traînant.

Ciao la vie, songea-t-il. *Faut que j'y aille. À demain.*

Il s'engouffra dans une épicerie de quartier, attrapa un sachet de bretzels et s'approcha de la guérite en vitre blindée. Le vendeur encaissa sans quitter des yeux le poste de télé noir et blanc qui retransmettait le match des Red Sox contre les Athletics d'Oakland.

— Et les Yankees, ils ont fait quoi ? demanda Jonah.

— Annulé pouh causse te piluie.

Le vendeur fit tomber une pièce, se pencha pour la ramasser et, quand il se redressa, c'était Raymond Iniguez. Jonah eut un brusque mouvement de recul, faisant dégringoler tout un rayon de pots de beurre de cacahuète avant de se cogner contre le bac à surgelés.

— *Heya !* s'exclama le vendeur en se levant d'un bond. Ça ua pas ou quoi ? Bous êh malate ?

C'était un Coréen d'une soixantaine d'années.

— Bous allez casser quelleque sosse.

— Je suis désolé, marmonna Jonah, qui sortit précipitamment.

Il s'arrêta au coin, plié en deux, pétri d'humidité, les ongles enfoncés dans les paumes. Délirant. Absurde. S'il était capable de métamorphoser ce type en Raymond Iniguez, il pouvait le faire avec n'importe qui.

Il se retourna vers la vitrine de l'épicerie. Le vendeur s'était remis à sa télé. Affaire classée.

Alors relax. *Relax*.

Comme il pénétrait dans le hall de son immeuble, la porte buta contre un énorme colis en papier kraft sur lequel figuraient son nom et une adresse d'expéditeur à Bismarck. L'espace d'un instant, il eut des sueurs froides en imaginant que c'était une bombe envoyée par Raymond d'outre-tombe ou par un membre de sa famille. Elle allait exploser entre ses bras et l'étaler sur les murs comme de la gelée de framboises, *mais, bon sang, tu vas te calmer, oui, arrête tes conneries*.

Il passa les mains sur l'emballage. Pourquoi quelqu'un lui enverrait-il une bombe du Dakota du Nord ? L'Amérique du Midwest n'avait rien contre lui ; il avait étudié dans un de ses établissements les plus prestigieux. Les gens de là-bas n'envoyaient pas des explosifs par la poste à des inconnus tirés au hasard, à part le fameux Unabomber, qui était en train de croupir en prison. C'était sans doute un... il n'en savait strictement rien.

Le papier kraft cachait une simple boîte blanche en carton scellée des deux côtés par des agrafes industrielles. Il les arracha à l'aide de sa clé, répandant une pluie de petits 8 en polystyrène.

— Quel con ! lâcha-t-il.

C'était un trophée géant, haut d'environ un mètre vingt, le cousin acromégalique de la Stanley Cup, avec des poignées en « or » en forme de vigne et un socle en « marbre ». Jonah l'estima à quatre-vingt-dix mille codes-barres de boîtes de céréales, plus 13,95 dollars pour la gravure.

AU MAJESTUEUX JONAH STEM
SAUVEUR DE LA GENTE FÉMININE
PAYEUR DES FACTURES D'ÉLECTRICITÉ

ROI DU COSMOS DE L'AMOUR ÉTERNEL
AVEC UN SCEPTRE EN OR MAGIQUE

Une fois remis de son fou rire, il extirpa la chose de son conditionnement et la traîna tant bien que mal dans l'escalier, s'efforçant d'éviter les flaques boueuses qui s'étaient formées dans les creux du lino. La porte de chez lui était restée entrebâillée et il entra sans frapper.

— T'es dingue, lança-t-il à la cantonade. Où est-ce que tu veux que je mette ça ?

— Il n'est pas là. Il m'a dit que je pouvais vous attendre à l'intérieur.

Jonah se retourna. Là, sur le canapé, se trouvait Eve Jones.

Chapitre 6

L'endroit qu'elle avait suggéré était un bar en sous-sol miteux à six rues de là.

— C'est la première idée qui m'est passée par la tête, dit-elle en se mordant la lèvre comme elle balayait des yeux les murs en plâtre moisis. J'ai habité dans le coin, mais ça fait un moment.

Il la rassura, ça allait très bien.

— Je ne suis pas difficile, je sors rarement.

Ils s'assirent à une table, elle alla leur chercher à boire. Il lui demanda comment elle se sentait.

Elle lui montra sa paume bandée.

— Plus l'épaule, dit-elle. Soixante-deux points de suture au total.

— La vache !

— C'est grâce à vous si ce n'est pas pire. Et vous, mon pauvre. Regardez-moi ça.

Il comprit qu'elle parlait de sa blessure au coude.

— Il n'y aura même pas de cicatrice. Et s'il y en a une, j'aurai une bonne histoire à raconter.

— Merci, dit elle en souriant. Beaucoup.

De près, elle avait les traits encore plus délicats que sur la photo du journal : un menton au cimeterre, les lèvres légèrement renflées. Sous son col roulé moulant, ses petits seins se tenaient bien droits. Elle avait les yeux comme deux bols de fumée. Ses oreilles, soucoupes de porcelaine, étaient percées de plusieurs trous : son tragus gauche arborait un simple diamant, tandis qu'un grenat se balançait au bout d'une chaîne en or qui lui traversait le lobe droit. Chaque fois qu'elle bougeait, tout scintillait comme si des larmes lui coulaient par les tempes.

— J'espère qu'ils vous ont laissé un temps de récupération adéquat, dit-elle.

— J'ai repris le boulot dès vendredi.

— Quelle honte ! Vous méritiez... je ne sais pas. Un congé pour bravoure.

Il éclata de rire.

— Vous devriez en parler à mon chef.

— Et l'article, vous avez dû voir ça, j'imagine.

Il grommela quelque chose.

— Quoi ?

— Cette photo, se lamenta-t-il.

— Qu'est-ce qu'elle a ?

— J'ai l'air d'un abruti là-dessus.

— Mais non ! Je la trouve charmante.

— En plus il a tout inventé. Je ne suis pas interne, je ne suis pas chirurgien, et certainement pas Superman.

— Au moins il ne s'est pas trompé sur votre nom.

Jonah haussa les sourcils.

— Vous ne vous appelez pas Eve ?

— Si. Mais il l'a mal orthographié.

— Pourquoi ? Comment vous écrivez Eve ?

— Pas ça : Jones.

— Et comment vous écrivez Jones ?

— Avec un G.

— G-O-N-E-S ?

Elle hocha la tête.

— Comme un *gône* glacé ?

— Ça se prononce Jones, avec un J, mais ça s'écrit Gones, avec un G. Ça veut dire la même chose, mais il a dû y avoir un cafouillage. Le G et le J ne sont pas loin sur un clavier, et si vous n'avez pas une écriture très soignée, ils se ressemblent beaucoup en minuscules. Votre nom aussi est intéressant : Stem, « la Tige », la racine de tous les bienfaits, le dieu nourricier bienveillant.

— C'est tout moi, dit-il. Ce qui explique mes pouvoirs.

— Ça vient d'où ?

Il avala un glaçon.

— Une erreur, là aussi. Au départ c'était Stein, mais quelqu'un s'est gouré à Ellis Island.

— Quelle bévue ! Nous voilà donc frères dans l'erreur.

Il sourit et but une gorgée.

— Au moins c'est un vrai nom, reprit-elle. Pas comme Gones.

— Ce n'est pas fréquent. Mais ça va.

— Ça veut *dire* quelque chose. Moi, je dois rappeler les sociétés de cartes de crédit cinq ou six fois. La photo de mon permis de conduire est abominable, mais ce serait un tel parcours du combattant de le faire refaire que je n'y pense même pas. Les passeports, les comptes en banque, les diplômes, les concours, j'en passe et des meilleures. Toutes les pubs que je reçois par la poste écorchent mon nom. La même chose ?

Il regarda son verre et fut surpris de le trouver vide. Depuis combien de temps n'avait-il pas bu d'alcool une veille de boulot ? Jamais, ça ne lui arrivait plus jamais depuis qu'il avait commencé à l'hôpital. Certains de ses camarades se pointaient avec la gueule de bois. Pas lui. Il avait des Responsabilités.

D'un autre côté… Un petit moment de détente forcée ne pouvait pas lui faire de mal. Pas après la journée qu'il avait eue. Il était humain. Et puis il se tuait au travail. Sans parler d'Hannah, de George… Le pire qui pouvait lui arriver était de dormir comme une souche, et quelle bénédiction ce serait après toutes ces nuits de cauchemars !

Il opina du chef et elle retourna au comptoir.

Pendant qu'elle attendait d'être servie, il examina sa silhouette. Elle était mince, ses cheveux tombaient sur ses épaules. Il distinguait la bosse que lui faisait son pansement dans le dos. Il ressentit une envie soudaine de la toucher.

Elle revint avec un verre et un bol de cacahuètes.

— Merci, dit-il.

— Vous m'avez sauvé la vie, ça vaut bien quelques gin tonics, non ?

— Soit, rétorqua-t-il avant d'avaler une gorgée. De toute façon ils sont très dilués.

— Je sais, je suis désolée, soupira-t-elle. À l'époque, ce bar était le nec plus ultra. Tout le monde venait ici. Lou Reed a embrassé ma mère contre ce mur, là-bas.

— C'est vrai ?

— Quand j'étais enfant, l'East Village était encore l'East Village, pas le parc d'attractions qu'il est devenu.

Elle se mordit la lèvre avant de reprendre :

— Je ne voulais pas vous vexer, désolée.

— Ça ne me vexe pas. J'habite ici parce que ça ne me coûte presque rien.

— Une tante qui possède un appartement à loyer plafonné ?

— Un coloc qui vit sur ses rentes.

— Ouhhhh ! s'exclama-t-elle. Une sous-espèce en voie de disparition.

— Il était défoncé ? Quand vous l'avez vu.

— J'attends les résultats de mes analyses d'urine.

Jonah éclata de rire, laissant échapper un filet de gin sur son menton et sur la table. Gêné, il tendit la main vers une serviette qui n'était plus là... car Eve l'avait ramassée pour la lui glisser dans son autre main. Il s'essuya.

— Charmant, dit-il.

— Ne vous en faites pas. Vous n'êtes pas le premier à qui j'en fais baver.

Jonah rit à nouveau.

— Il, euh... Lance, il va au cinéma cinq soirs par semaine avec une fille qui n'est pas sa copine, mais une cinéaste qu'il a rencontrée dans un festival. Ils fument un joint ensemble et ensuite ils vont au BAM, au Film Forum ou à l'Ange... je ne me souviens plus du nom.

— L'Angelika.

— C'est ça.

Regrettant aussitôt sa caricature impromptue, il ajouta :

— C'est un mec sympa. Il me loge gratuitement du moment que je paye les charges. Il est intelligent. Juste un peu paumé.

— Je vois le genre.

Culpabilisant encore un peu, Jonah préféra changer de sujet.

— C'est un de vos repaires ici ?

— C'était. Avant c'était toujours bondé, dit-elle en balayant la salle du regard pour vérifier qu'ils étaient bel et bien les seuls clients. Maintenant... c'est plutôt dépeuplé, vous ne trouvez pas ? Même s'il est encore tôt.

Sa façon de parler amusait Jonah. *Dépeuplé*. On aurait dit une hybride des sœurs Brontë. Ses phrases étaient saupoudrées de dentelle, comme des petits patchs de préciosité. Ou bien l'inverse : elle s'efforçait en vain de cacher une éducation impeccable. Les zèbres ont-ils des rayures blanches sur fond noir ou des rayures noires sur fond blanc ?

— Il faut dire, ajouta-t-elle, que ça fait plus de vingt-cinq ans que je n'ai pas mis les pieds ici.

— Vous avez... trente ans ?

— Trente et un.

— Ce qui signifie qu'il y a vingt-cinq ans vous en aviez six.

— J'ai dit *plus* de vingt-cinq ans, précisa-t-elle. J'avais moins que ça. Trois ou quatre ans.

— Vos parents vous emmenaient dans les bars à trois ans ?

— Ils étaient contre les baby-sitters.

— C'est...

Toutes les objections normatives qui lui venaient à l'esprit sonnaient terriblement bourgeoises, si bien qu'il se contenta d'un commentaire factuel :

— Comment se peut-il que vous vous en souveniez ?

— Comment aurais-je pu oublier ?

— Mais c'est trop jeune pour... pour avoir des souvenirs.

— J'ai des souvenirs de mes un an et demi.

Il reposa son verre.

— D'accord. C'est impossible.

— Je vous garantis que non. Je me revois en train de faire de la balançoire dans le jardin de mes grands-parents. Je me souviens que je portais une salopette rose et que mon père me divertissait avec un canard en plastique. À l'âge de huit ans, j'ai demandé ce qu'était devenu ce canard. Il m'a répondu : « Quel canard ? – Le canard en plastique de chez mamie. » Il m'a dit : « Ah, celui-là, on l'a jeté le jour où on l'a acheté, il sentait mauvais. » Un seul jour. J'avais joué avec une seule fois. Mais je pourrais vous le dessiner.

— Vous reconstituez, dit Jonah. D'après une photo ou d'après ce qu'on vous a raconté.

— Il n'y a aucune photo de ce jour-là. Et mon père n'y avait jamais fait allusion avant que je lui pose la question. C'est *lui* qui a mis un moment à comprendre de quoi je parlais.

— Alors c'est votre mère qui avait dû l'évoquer.

— Elle avait déjà quitté le domicile conjugal depuis trois ans. Le baiser de Lou Reed s'était terminé à San Francisco.

— Votre mère s'est fait la malle avec Lou Reed ?

— Brièvement. Je crois que ça n'a pas duré très longtemps.

— Et après ?

— Après elle n'est jamais revenue, dit-elle en se reculant contre la banquette, un sourire aux lèvres, croisant les bras d'un air triomphal. Incroyable mais vrai.

— C'est... ouah...

Il attrapa une poignée de cacahuètes.

— J'ai une vie terriblement monotone, à côté.

— Ça m'étonnerait. Je veux tout savoir sur vous. C'est pour ça que je suis venue vous voir. Sincèrement, Jonah Stem, j'ai du mal à réaliser si vous existez ou pas.

— J'existe.

— Vous avez fait quelque chose d'exceptionnel. Vous en êtes conscient ?

— Peut-être.

— Arrêtez de minimiser. C'est grâce à vous que je suis en vie.

— D'accord, dit-il en levant les yeux.

— Merci.

— Je vous en prie.

Il faillit ajouter, par modestie, *je l'aurais fait pour n'importe qui,* mais à la regarder de plus près – son cou parfait, ses oreilles de porcelaine –, il se demandait si c'était bien vrai. Si elle avait été hideuse ? Si la victime était Raymond Iniguez ?

— Parlez-moi d'abord de vous, suggéra-t-il.

— Eh bien, dans l'épisode de la semaine dernière, ma famille nucléaire est tombée aux mains du Velvet Underground. Hélas, l'intrigue s'amenuise considérablement à partir de là. Mon père vendait des voitures, ce qu'il a continué à faire après avoir divorcé de ma mère. Je suis allée au lycée. Puis à la fac. J'ai eu mon diplôme. J'ai vécu à Brooklyn jusqu'à ce que ça devienne *Brooklyn*. À l'heure actuelle, je suis confortablement installée dans ce grand eczéma périurbain répondant au nom d'Hoboken.

— Vous êtes venue de là-bas juste pour me voir ? Un retour aux sources, en somme.

— C'était la moindre des choses, répondit-elle en souriant.

— Vous étiez à quelle fac ?

— Yale.

— Sans blague ?

— *Lux et veritas*.

— C'est là qu'était ma sœur. La promo de... 1994. Elle s'appelle Catherine. Ou Kate. Kate Hausmann. C'est son nom de femme mariée. À l'époque elle s'appelait encore...

— Catherine ou Kate Stem ? devina Eve.

— Euh, ouais, fit-il en riant de sa propre bêtise.

— Je savais bien que ce nom me disait quelque chose. Le monde est petit, vraiment. Vous n'avez pas remarqué que les Blancs new-yorkais surdiplômés ont l'air de tous se connaître ?

Il opina.

— Deux degrés de séparation, dit-il.

— Je me souviens de votre sœur, elle avait plein d'amis.

— Oui, ça doit être elle.

— Ne me dites pas qu'elle a épousé quelqu'un de notre classe, ce serait le pompon.

— Non. Un type d'une école de commerce. Un Allemand.

— Un vrai ? Du *Vaterland* ?

— Il est né à Berlin. Il travaille pour la Deutsche Bank. Ils habitent à Greenwich, dans le Connecticut, et ils ont une petite fille de deux ans et demi. Elle s'appelle Gretchen. Et là elle est de nouveau enceinte. Kate, pas Gretchen. Voilà, en gros.

— Je n'aurais jamais imaginé votre sœur en mère au foyer.

— C'est loin d'être le cas. Elle travaille pour un fonds spéculatif. Elle a aussi un master de gestion de l'école de commerce de Wharton.

— Mazette ! Quoi encore, Jonah Stem ? Ne m'épargnez aucun détail, je trouve ça captivant.

Il lui parla de lui, de sa famille, de Scarsdale, dans la banlieue nord de New York. Il lui raconta quand il était enfant et qu'il jouait avec le stéthoscope de son père ; quand il était ado et qu'il avait dû surmonter ses réticences à marcher dans les traces paternelles. Deux ans d'abstinence avaient fait de lui un petit joueur ; Lance pouvait descendre une bouteille de gin et vingt dollars de marijuana et réussir à planter un clou sans se blesser, alors que Jonah se sentait déjà anormalement volubile. Son corps le picotait d'une façon plutôt agréable. Il décida de se laisser porter. Elle l'écoutait. Elle était drôle, et jolie, et intelligente. Et, surtout, *intéressée* : elle buvait ses paroles comme si ce qu'il disait avait de l'importance. Sans doute qu'à ses yeux il avait une certaine importance : il lui avait sauvé la vie. Mais il voyait quelque chose de plus que ça, quelque chose de beau et d'honnête. Elle s'intéressait à lui. Et il éprouva un élan qu'il n'identifia pas tout de suite comme de l'attirance, non, car la machine était rouillée depuis trop longtemps. Il parlait, elle parlait, il apprenait des choses sur elle et elle sur lui. Sentant de la chaleur au bout de ses doigts, il remarqua du coin de l'œil que leurs mains se touchaient presque. Il lui raconta que son père avait fait ses études à Radcliffe, une université réservée aux femmes, et sa mère à Harvard, elle lui demanda s'ils s'étaient fait opérer pour changer de sexe, il éclata de rire et décréta :

— Plus d'alcool.

— En tout cas on reste dans l'oligarchie, dit-elle. Et vous, vous êtes plutôt Harvard ou Yale ?

Il secoua la tête.

— Michigan University. Leur emblème, c'était un vilain petit canard.

— Eh oui, soupira-t-elle, tout le monde ne peut pas avoir de la chance.

— Oh, ça va, hein !

— Je suppose que votre orientation universitaire n'a pas dû emporter tous les suffrages.

— Ils n'ont pas eu le choix. J'aurais pu être pris à Brown ou à Columbia, mais je ne *voulais* pas aller à Brown ou à Columbia parce que j'étais un jeune rebelle.

Elle pouffa.

— C'est vrai ! Enfin, c'*était* vrai. Plus maintenant. Pas rebelle. Plutôt… têtu.

— Jonah-tête-de-bois !

— Oui, et je pensais que le meilleur moyen de les emmerder était de choisir une université publique.

Il termina ce qui restait de cacahuètes.

— Et, malheureusement pour vous, ils vous ont soutenu d'une façon répugnante, dit-elle. *Dans nos temps modernes, il n'existe pas d'horreurs plus dignes que celle*, ajouta-t-elle dans un français approximatif.

— *Yo hablo español*, riposta-t-il.

— J'ai dit : « Mon pauvre. »

— Là, vous frimez.

— Mon casier judiciaire comporte plusieurs condamnations pour cabotinage actif.

Il rit.

— Et laissez-moi deviner, reprit-elle. Votre petite amie a fait ses études à Princeton.

— … Non.

— J'ai dit quelque chose qu'il ne fallait pas ?

— Non, non.

À la façon dont elle le dévisageait en fronçant les sourcils, il sentait qu'il devait avoir l'air furieux. Ce qui n'était pas le cas. Il n'avait simplement pas l'habitude de répondre à cette question. Eve commença à s'excuser et il la coupa :

— Ça va. Vous n'avez rien fait de mal.

Un horrible silence s'ensuivit, pendant lequel il la vit passer en revue les différentes possibilités qui s'offraient à elle : sortir une blague, lui réitérer ses excuses, trouver une nouvelle approche, s'éclipser aux toilettes, mettre un terme à la soirée. Il considéra la même liste à contrecœur, jusqu'à ce qu'une solution lui saute au visage, violente et irrépressible : tout lui raconter. Il lui avait sauvé la vie, le moins qu'elle puisse faire était de l'aider à le débarrasser de cet éléphant sur sa poitrine. Il ne parlait jamais d'Hannah. Sa famille avait appris à ne pas lui poser de questions ; et Lance – qui la connaissait depuis l'enfance, qui avait été le catalyseur, bordel – se montrait extrêmement nerveux sur le sujet, refusant de prononcer son nom, comme si elle avait cessé d'exister, une superstition qui, aux yeux de Jonah, était le signe d'une culpabilité partielle. À part eux, seul Vik connaissait toute l'histoire, et Vik était suffisamment intelligent pour savoir que Jonah *ne voulait pas* en parler. En tout cas d'habitude. Mais les jours comme celui-là où il se sentait seul, incapable de garder sa façade de docteur, au contraire il avait *envie* d'en parler. Et justement quelqu'un était assis en face de lui.

Plus que quelqu'un. Il avait envie de parler d'Hannah, certes, mais, encore davantage, il avait envie de parler d'Hannah *avec Eve*. Inconnue et intime, l'interlocutrice idéale, car même si elle lui plaisait bien – elle lui plaisait beaucoup, à vrai dire, il avait une putain d'érection – parce que, après seulement deux heures d'une discussion anodine, elle avait l'air de devancer ses pensées, il doutait qu'ils soient amenés à se revoir. Et alors qu'il s'attendait à s'en vouloir horriblement, à trouver ce déballage pathétique, un pauvre stratagème pour s'attirer la compassion d'autrui, tout en parlant il sentit le ressort se détendre, sans compter que l'alcool lui apportait tout son soutien, et qu'Eve jouait son rôle en l'écoutant, en hochant la tête, en l'écoutant encore. Elle l'écouta et, lorsqu'il eut fini, elle tendit le bras par-dessus la table pour lui toucher la main.

— Je suis désolé, dit-il. Pour tout ça.

Elle le regarda.

— Il ne faut jamais, jamais s'excuser d'être amoureux.

Tandis qu'ils approchaient de son immeuble, il lui exprima de nouveau ses regrets, cette fois parce qu'il était obligé d'écourter la soirée.

— Je dois être au boulot dans cinq heures.

— Arrêtez de vous excuser, Jonah Stem, ça ne convient pas à un super-héros.

Ils arrivèrent en bas de chez lui. Il se tourna vers elle.

— J'étais ravi de passer ce moment avec vous, Eve.

Elle opina du chef en disant oui. Elle se pencha vers lui et il fit ce qui lui semblait naturel : il lui donna une accolade. La sensation des bras d'Eve autour de son cou lui parut étrangement familière. Elle faisait à peu près la taille d'Hannah, le haut de son crâne frottant contre le bas de sa mâchoire, désormais rugueuse d'une barbe naissante, si bien que, lorsqu'elle recula, ses cheveux restèrent collés à lui comme du velcro. Il rit et fit un mouvement pour les écarter, mais elle leva le visage et attrapa le sien pour l'attirer vers elle, et sa bouche s'avéra très douce.

Puis elle s'éloigna en lui adressant un bref signe de la main. Il la regarda disparaître dans la brume tiède avant de pénétrer dans le hall de son immeuble et de monter les étages en titubant un peu et en se demandant pourquoi il n'avait pas eu la présence d'esprit de prendre son numéro.

Chapitre 7

Extrait de la page 17 du *Guide de l'étudiant de troisième année*, la brochure officielle distribuée par le bureau de la vie étudiante du centre hospitalier universitaire de Manhattan Nord :

> En particulier, le stage de chirurgie peut se révéler une période de stress important. Les horaires peuvent être longs et le rythme quotidien s'accélère de façon significative. Les étudiants qui ne prennent pas assez soin d'eux, que ce soit sur le plan physique ou psychologique, s'apercevront qu'ils sont moins disposés à donner le meilleur d'eux-mêmes. N'oubliez pas : *un élève en bonne forme est un élève qui réussit*.

Extrait de la page 9 de la Bible, une compilation – sous forme de photocopies agrafées – de la sagesse collective des étudiants du CHU-Nord, établie pour la première fois en 1991 par les troisième année Gary S. Glaucher et Connie Teitelbaum, désormais mari et femme et heureux propriétaires d'un lucratif cabinet d'orthopédie à Tenafly, dans le New Jersey :

COMMENT SURVIVRE EN CHIRURGIE
ou
ET DIRE QUE JE PAYE DES FRAIS DE SCOLARITÉ POUR ÇA !

Les principes de base pour survivre en chirurgie sont les suivants :
— Pas manger.
— Pas dormir.
— **Pas de problème !**

Au bout de sa troisième semaine en chirurgie viscérale, Jonah commençait à se sentir comme un poisson dans l'eau au milieu des tas de boyaux. Quand le personnel d'entretien eut fait disparaître le dernier exemplaire de l'article du *Post*, les internes abandonnèrent leur croisade pour le renverser de son piédestal et se mirent à le traiter de la même façon que n'importe quel autre externe, à savoir comme un chien.

Son équipe était composée de Yokogawa, le chef de clinique ; d'un interne senior ; de deux internes juniors ; de deux internes première année ; et de deux externes en plus de lui. Collectivement, ils dépendaient d'un praticien référent que Jonah n'avait pas encore rencontré, un mystérieux et légendaire chirurgien du nom d'Holtz. Dans le service, leur équipe était baptisée Holtz Deux. Il y avait aussi Holtz Un et Trois, que Jonah imaginait être des clones d'Holtz Deux, si bien qu'il n'avait pas un mais deux sosies en circulation dans les parages.

Les deux autres externes étaient Lisa Laroux, une rousse boutonneuse aux modestes aspirations pédiatriques, et Patrick Nelgrave, un petit ambitieux hirsute et belliqueux qui venait aussi les week-ends parce qu'il s'ennuyait. Avec Lisa ça allait, mais Nelgrave était un cauchemar, ouvertement désireux de faire passer ses camarades pour aussi bêtes que possible devant leurs supérieurs. Il potassait son exemplaire de *Rappels de chirurgie* – un manuel de bachotage que tous les troisième année possédaient – afin de repérer des faits obscurs auxquels il feignait ensuite de « réfléchir à haute voix » pendant la tournée des patients. *Quelle est la différence, déjà, entre la hernie de Bochdalek et la hernie d'Hesselbach ? Ah oui, il y en a une qui traverse le diaphragme postérieur, le plus souvent à gauche, et l'autre qui se situe sous les ligaments inguinaux, parallèlement aux vaisseaux fémoraux, c'est ça !* Jonah avait appris, quand on lui posait une question directe, à répondre le plus vite possible ; toute hésitation incitait Nelgrave à venir mettre son grain de sel, brandissant son vocabulaire. C'était une crapule, un flagorneur pompeux et jargonnant, toujours prompt à vous planter un couteau dans le dos et à souffler la vedette aux autres, une tactique que Jonah trouvait d'une puérilité pathétique jusqu'à ce qu'il se rende compte que beaucoup de chirurgiens étaient pareils, avec juste de plus gros emprunts immobiliers et un peu moins de cheveux. Les ambitieux étaient des ambitieux, à n'importe quel âge.

Mais c'était la chirurgie : vous bouffiez de la merde en vous pourléchant les babines.

Il arrivait à 5 h 25 pour faire les pré-visites et les basses besognes : debout au poste de soins, il martelait le clavier d'un ordinateur préhistorique afin de copier les paramètres vitaux sur le tableau général et de les coller dans un autre tableau regroupant les patients de son équipe. Cette tâche relativement simple prenait souvent plus d'une demi-heure car les consoles n'étaient pas reliées en réseau et, immanquablement, les internes de nuit avaient mis les données à jour sur un poste mais pas sur les autres, de sorte que chaque ordinateur possédait des listes de patients et des statistiques différentes. Il incombait donc aux externes de courir dans tout le service pour collecter les bons chiffres sur des disquettes qu'ils avaient achetées de leur poche.

Puis venaient les visites proprement dites. La devise de Yokogawa, c'était : « La viscérale se magne le cul. » Pas de temps à perdre à soulager les peurs des patients, on note ce qui entre et ce qui sort : la bouffe, la pisse, les saignements, les gaz, la merde, le vomi. Le cœur. La respiration. La cicatrisation des plaies ? De la fièvre ? Dès qu'un patient était en état de se débrouiller tout seul, rayé de la liste. RDL & DLP fissa, sinon DLM. Le mot d'ordre, c'était le turn-over. Tous ceux qui ne se pliaient pas étaient de jeunes naïfs, des bleus qui méritaient une AADG (amputation au-dessus du genou).

Invariablement, l'équipe devait faire face à des maux et à des souffrances qui avaient éclos, tels des crocus, avec le jour nouveau. *Pendant que je suis là pour mon hystérectomie*, semblaient se dire ces patientes, *pourquoi est-ce que je ne développerais pas aussi un méga-urticaire ? Ou une conjonctivite ? Je peux aussi faire une pneumonie, si vous préférez*. Des patients qui priaient, braillaient, agrippaient leur poitrine flasque de leurs mains couvertes de taches brunes. Ils avaient mauvaise haleine, la peau molle et des cancers rampants qui finiraient par les tuer tôt ou tard. Ils devenaient incontinents et pleurnichaient sur la fadeur des repas. Ils s'énervaient quand vous ne preniez pas le temps d'apprécier leurs réminiscences. Des vieillards grincheux tout droit tirés des pages d'*Au seuil du paradis*, qui confirmaient ce que son père lui avait dit un jour : toute branche de la médecine est une sous-spécialité de la gériatrie.

Jonah (ou Lisa, ou Nelgrave, toujours ce foutu Nelgrave) se tenait à l'extrémité du lit et discourait avec animation sur le tonus sphinctérien et l'état de l'ampoule rectale du patient, qu'il se représentait vissée dans le grand tableau de bord du corps humain. *L'ampoule rectale est allumée, mon commandant, la voie est libre, on défèque quand vous voulez. Bien reçu, mon côlon, lâchez les gaz.*

Cependant le vrai boulot de l'externe pendant les visites consistait à porter le Haricot, une petite bassine turquoise remplie de compresses, bandages, ciseaux, seringues, gants. Des pansements stériles transparents en trois tailles ; si l'interne en réclamait un moyen et que vous n'aviez que des grands et des petits, la Terre s'arrêtait de tourner pendant que vous fonciez en chercher dans la réserve. Des tonnes et des tonnes de gel lubrifiant. Surtout en viscérale. Yokogawa vous tendait son gant : « Tartine-moi, Superman. » Jonah avait l'impression d'être un vendeur de hot dogs ambulant.

Il s'estimait heureux les fois où il avait le temps d'avaler une barre de muesli tout en courant au bloc. Mais le plus souvent non, et il devait tenir debout sans manger pendant huit ou dix heures de cholécystectomies, d'ablations de polypes rectaux, d'appendicectomies. Il entaillait, il suturait, il aspirait, il écartait. Dans la ligature jusqu'aux coudes, il apprit d'abord le nœud à deux mains ; puis le nœud à une main ; après quoi il passa toute une opération à divaguer sur les implications philosophiques d'un nœud à *zéro* main.

Sur les résections du côlon, il maniait l'agrafeuse pneumatique, un engin qui ressemblait à la version années 1980 d'une « arme futuriste ».

— Paré pour la mise à feu, dirait-elle de sa petite voix électronique saccadée.

Le médecin acquiescerait d'un hochement de tête et Jonah appuierait sur la détente.

— Feu !

Et un boyau de moins, un !

Il croisait un tas de chirurgiens. Il y avait Kurt Bourbon, qui venait deux fois par semaine faire des sessions de dix-huit heures d'affilée, un emploi du temps lui laissant ses mardis, jeudis, vendredis, samedis et dimanches libres pour se consacrer à ses aventures extraconjugales. Il y avait « MC » Albert Zakarias, ou Dr Hip-Hop, qui aimait opérer en braillant en chœur sur *Real Niggaz Don't Die*. Il y avait Elliot Steinberger, qui, bien que chauve et bedonnant, avait été en son temps un don Juan, sa nostalgie du passé se manifestant par de longs monologues dans lesquels il se lamentait que les amies de sa fille soient aussi insupportablement sexy. Elles avaient treize ans. Est-ce que c'était grave ?

Dans l'après-midi, les gourous du calendrier imprimaient le planning du bloc pour le lendemain, dont les règles de confidentialité interdisaient la circulation. Toute personne désirant avoir cette information, praticiens et internes compris, devait se rendre au poste de soins pour consulter l'original. En réalité, l'équipe de Jonah l'envoyait faire des photocopies, une mission rébarbative transformée en véritable défi par le fait que, presque tous les jours, il devait s'en acquitter en repoussant une foule d'externes paranos délégués par *leur* équipe, s'arrachant tous le classeur en vinyle bleu pour essayer de localiser la liste de *leur* chirurgien et de la fourrer dans la photocopieuse qui ne démarrait jamais sans un solide coup de hanche. Toujours prévoyants, les externes faisaient systématiquement des copies en trop qui restaient abandonnées dans le bac de sortie ou finissaient dans la corbeille sans être passées à la déchiqueteuse, annihilant ainsi tout semblant de confidentialité et par là même tout l'intérêt d'avoir un seul original.

Avant la tournée de visites du soir, il mettait à jour les tableaux du matin, notant les paramètres vitaux de la journée et les éventuels résultats d'analyses revenus du labo. Transcrire ces données était comme mémoriser le nombre pi. Ça faisait :

Kim, Hyun Joo : sodium, 135 ; potassium, 3,9 ; chlorure, 101
Blackwell, B. : sodium, 144 ; potassium, 4,2 ; chlorure, 106

... avec trente valeurs par patient.

Là où le travail devenait intéressant, c'était quand les chiffres d'un patient crevaient le plafond ou le plancher. Alors au moins il pouvait s'émerveiller de la remarquable élasticité du corps humain et du fait que ce pauvre bougre serait mort d'ici peu.

Il nageait dans le jargon, noyé sous les abréviations. ASP, BPCO, CCMH, Dx, ECBU, FOGD, GDS, HTIC, IRT, KT, LVA, MICI, NFS, PAC, RTUP, SNG, TJ, UGD, VGM. Des mots qu'il croyait connaître prenaient un sens nouveau. Un PV n'était pas une contravention, mais un prélèvement vaginal. Un MIG n'était pas un avion militaire russe, mais un membre inférieur gauche.

Comme dans l'argot des vieilles dames superstitieuses, le cancer devenait « le K ». Un puissant vortex de jargon médical, un gouffre d'incompréhension séparant les patients des soignants, les non-initiés des élus, un vocabulaire pesant et confidentiel qui, une fois intégré, rendait toute conversation impossible dans la vraie vie. Pas étonnant que les médecins épousent des infirmières ou d'autres médecins. Après ça, il n'y avait plus de vraie vie.

Là, vous acceptiez l'extravagant. L'humanité se réduisait à un enfant en train de mourir ; à un patriarche entouré de ses héritiers cupides. Le personnel, les patients, les familles : chacun jouait un rôle, en s'inspirant de ce qu'il avait vu dans des mélos au cinéma. Pour Jonah, le suspense d'observer des poumons en fonctionnement dépassait n'importe quelle fiction. Tout ce pathos – le vrai pathos – rendait les choses d'autant plus grotesques que les internes passaient leur temps libre dans la salle de télé à regarder des séries sur la vie d'autres internes.

Il se faisait exploiter jusqu'à l'épuisement. Il encaissait les insultes. Il pardonnait aux chirurgiens leur brusquerie et leur arrogance. Eux, ils devaient à tout prix éviter l'erreur médicale et maintenir leur quota de décès ; ils devaient s'occuper des VIP d'une main encore plus assurée. Placé aux premières loges, Jonah était en mesure d'apprécier les miracles qu'ils accomplissaient mieux que quiconque, et certainement mieux que les patients, qui ne se sentaient déjà pas très bien en s'endormant et souvent pire au réveil. Il avait envie de faire partie de ce monde, mais il en était encore loin. Il espérait avoir l'air plus sûr de lui, plus compétent qu'il ne se sentait réellement. Il était fatigué. Pétri de culpabilité. Il se demandait comment il allait réussir à survivre. Tout ça dans une seule journée de travail.

Mercredi 1er septembre 2004

CHIRURGIE VISCÉRALE ET DIGESTIVE, TROISIÈME SEMAINE

Le dernier patient de la matinée était un Hongrois de soixante-quinze ans dont l'épouse ne quittait pas le chevet, intimidant tous ceux qui entraient dans la chambre par sa gigantesque choucroute. M. Szathmáry était en préopératoire mais monopolisait un lit depuis un jour et demi, luxe étonnant en ces temps de contrôle des dépenses de santé. Son prolapsus anal et son mauvais caractère lui avaient vite valu d'être rebaptisé « le trou du cul dont le trou du cul lui est sorti par le trou du cul ».

Ils pénétrèrent dans la chambre avec un seul objectif en tête : lui faire signer son autorisation d'opérer. Au lieu de quoi ils se retrouvèrent à la lutte avec Mme Szathmáry, qui affirmait qu'ils n'avaient aucun droit de confisquer le petit déjeuner de son mari.

— Je faire pour lui, disait-elle en brandissant un Tupperware de *pierogi* fourrés à la prune.

— C'est très gentil à vous, lui rétorqua Yokogawa, mais ce n'est pas bon pour lui.

— Il ne pas manger, objecta-t-elle en essayant de rattraper la boîte que Jonah avait exfiltrée dans le couloir et remise entre les mains d'un gardien perplexe.

Quand il revint, Gillers, l'interne première année, était en train d'expliquer à la dame que, malgré sa très grosse faim, son mari allait devoir jeûner ce matin-là.

— Il peut boire quelque chose s'il veut, précisa Gillers, mais rien de solide.

— Il peut boire d'eau ?

— De l'eau, ça va, oui.

— Thé ?

— Euh… Ce serait mieux, madame, s'il…

— De jus ?

De plus en plus cramoisie, Lisa Laroux se rongeait le poing. Nelgrave s'essuyait le nez et prenait des notes.

— Il peut sucer de la glace pilée, offrit Yokogawa.

— Petite tartine, non ? tenta Mme Szathmáry.

— Non, madame, pas de tartine.

— Pourquoi ?

— Une tartine n'est pas un liquide.

— *Hajna, Hajna,* intervint M. Szathmáry. *Maradj cs… ndben…*

— Mari dire qu'il est faim.

— Laissez-moi vous expliquer la procédure, s'il vous plaît, répliqua Yokogawa.

Cela prit également plus de temps que d'ordinaire. Mme Szathmáry, tout en traduisant, ne cessait de s'interrompre pour exprimer son opinion ou bombarder les médecins de questions. Pourquoi étaient-ils obligés de l'endormir ? Était-ce dangereux ?

L'opération était-elle vraiment nécessaire ? Où avaient-ils obtenu leurs diplômes ? Étaient-ils mariés ? Elle avait souvent des migraines, pouvaient-ils lui prescrire quelque chose ?

— Et une fois que nous aurons rattaché le rectum à l'anus..., poursuivit Yokogawa.

— *Agnus* ?

— Euh... oui.

— C'est quoi, *agnus* ?

Avec son accent, on aurait dit qu'elle prononçait *Agnès*, et Jonah imagina le chirurgien en train de coudre une jeune fille au trou du cul de M. Szathmáry.

— Son, euh..., hésita Yokogawa en jetant des coups d'œil désespérés autour de lui.

— Je ne connais pas *agnus*, insista Mme Szathmáry avant de se tourner vers son mari. *Agnus* ?

Jonah se rendait bien compte qu'il était celui qui tenait le mieux. Huberman avait le nez plongé sous son aisselle. Gillers avait l'air de vouloir se donner une claque à lui-même. Prise d'une subite quinte de toux, Lisa Laroux était sortie dans le couloir.

— L'anus, expliqua Nelgrave, est l'ouverture à l'extrémité inférieure du canal alimentaire, qui s'ouvre durant la défécation mais se referme le reste du temps. Le prolapsus anal, par opposition au prolapsus de la muqueuse anale, implique...

Le sonotone de Mme Szathmáry émit un cri strident, faisant sursauter tout le monde. Son mari lui tapota l'épaule et lui désigna son oreille. Elle baissa le volume, puis s'adressa à son époux avec une véhémence émue, jusqu'à ce que Yokogawa, perdant patience, dise :

— Madame Szathmáry.

— Il besoin *agnus* ?

— Grand besoin.

Elle transmit cette information à son mari, qui grommela son consentement et serra mollement la main de Yokogawa.

— Eh ben, putain, marmonna Gillers.

Nelgrave s'empressa de noter.

— J'appelle de la part de ma copine, dit Vik.

Natif de Brookline, dans le Massachusetts, Vikram Rakhe était laconique, sec, rationnel ; autant de qualités souhaitables chez un futur chirurgien traumato. Double vainqueur du tournoi de tennis junior de la Nouvelle-Angleterre, il avait fait sa première apparition en TP d'anatomie vêtu d'un haut de survêtement sur lequel étaient brodés l'emblème de son club et, dessous, son surnom : « le brahmane de Boston ».

— Je crois qu'on doit se partager un cadavre.

Il agitait une feuille en l'air.

Au cours des deux années suivantes, Jonah avait appris à apprécier ses airs paternalistes. C'était un bon partenaire de TP, fiable et instruit, laissant toujours aux autres leur part du mérite même quand il était le seul à avoir étudié sa leçon. Il contrebalançait agréablement Lance ; en compagnie de Vik, Jonah prenait plaisir à être le chien fou.

La petite copine en question était une conseillère en gestion en déplacement cinq jours par semaine. Jonah, tout en recopiant le taux de lymphocytes T de *Pontebasso, Salvatore*, était incapable de se rappeler où elle se trouvait en ce moment même.

— À Omaha.

— Y a quoi à Omaha ?

— Rien, répondit Vik. C'est pour ça qu'ils ont besoin d'une conseillère.

Le plan était d'aller skier. Deanna avait dégoté une super-affaire pour louer un chalet dans le Vermont la première semaine des vacances. Vik comptait appeler d'autres élèves de leur promo : Olivia et Jeremy, Harold et Anita. Ce serait sympa.

Jonah le remercia mais déclina.

— Je suis pris.

— Tu pars ?

— Je reste avec Hannah.

— Hmm.

Une oreille sans entraînement aurait pu prendre ça pour de l'indifférence, mais Jonah perçut son empathie. Comme toujours, Vik eut la délicatesse de changer de sujet :

— Tu as reçu mes fleurs ?

— Oui, merci.

— De rien. Prends-en de la graine. C'est comment, la chir ?

Jonah lui fit un résumé en cinq minutes, filant quelques tuyaux à Vik pour quand ce serait son tour, au printemps.

— Balade-toi toujours avec un dossier sous le bras. Comme ça, si quelqu'un veut t'envoyer faire un truc, tu peux toujours dire : « Pas de problème, dès que j'ai fini avec ça... »

— Pas con.

— Marche toujours l'air occupé. Tu connais la chanson, je suis sûr que c'est pareil en médecine gé.

— À peu près, ouais.

Jonah songea un instant à lui parler d'Eve Gones. Jusque-là il n'avait rien dit à personne, et qu'elle ne soit pas revenue depuis quatre jours semblait confirmer sa première intuition : ce qui s'était passé n'était qu'un épisode sans lendemain. Encore maintenant, alors qu'il se tâtait pour en parler à Vik, il sentait s'amenuiser la chaleur qu'elle avait dégagée – en un coup, comme une allumette qui s'enflamme, gagnant en intensité juste au moment d'atteindre la fin de sa brève et pathétique existence.

— Tu remercieras Deanna d'avoir pensé à moi, dit-il.

— D'accord.

Dix minutes plus tard, une infirmière le secoua par le bras.

— Y a quelqu'un pour vous.

Elle hocha le menton en direction des ascenseurs, où un homme trapu en short avec une sacoche de coursier violette en bandoulière attendait en se faisant craquer les phalanges. Jonah s'avança jusqu'à lui.

— Que puis-je pour vous ?

— Jonah Stem ?

Le type trifouilla dans son sac et en sortit une liasse de documents qu'il fourra entre les mains de Jonah.

— Monsieur est servi, déclara-t-il avant de sourire et de s'en aller.

Jonah fit « Quoi ? », mais l'homme était déjà parti.

Il avait l'impression qu'on venait de lui lancer une couche sale qu'il continuait à tenir d'un air imbécile. Plusieurs infirmières – ainsi qu'un médecin qui faisait partie de son jury – le dévisageaient. *Servi* était un mot qu'il associait aux restaurants et aux hôtels, des gens qui travaillaient à vous rendre la vie plus facile. Pourtant il était presque sûr que la sienne venait de se compliquer.

Chapitre 8

— Mouais, fit Belzer, sale coup pour la fanfare.

— C'est vraiment... vraiment dégueulasse !

— Arrête de tourner en rond comme ça, gamin, tu vas faire une attaque.

— C'est *eux* qui me poursuivent en justice ?

— Deux secondes, deux secondes, on s'emballe pas. Personne ne t'a encore poursuivi en justice.

— Et ça, c'est quoi, à votre avis ?

— En ce qui me concerne, un procès n'est pas un procès tant que la partie adverse n'a pas gagné. En attendant, ils ont toujours le droit de prendre leurs rêves pour des réalités.

— Je n'ai rien fait de mal !

— Bien sûr que non, m...

— J'ai fait quelque chose de mal ?

— Non, je te dis. Tu vas t'asseoir, oui ? Assieds-toi. Ah, merci.

Belzer appuya sur une touche de son téléphone.

— Mandy, on a quelque chose pour humecter le gosier de mon client ? Parfait. Bon, maintenant concentrons-nous sur les points positifs. Premièrement, tu es en bonne santé, ne sous-estime jamais ça. Et tu es au-dessus de tout soupçon, pénalement parlant. J'ai reçu un coup de fil des flics ce matin. Ils ont parlé à ton hosto. Tout le monde t'a couvert de fleurs. Le procureur ne va jamais me le garantir, mais pour moi il y a une chance sur cent qu'ils t'inculpent.

Le soulagement qu'éprouva Jonah le surprit lui-même. La peur de l'incarcération s'était perdue dans un maquis d'angoisses plus tapageuses.

— Merci, dit-il.

— Tout le plaisir est pour moi. Maintenant parlons un peu de la famille Iniguez. Le frère, comment est-ce qu'il... Je peux avoir le... Merci.

Il chaussa ses lunettes avant de poursuivre.

— Simón Iniguez. Si-*mone*. Y a un petit machin sur le *o*. C'est pas un prénom de fille, ça ?

La porte du bureau s'ouvrit et une blonde élancée entra avec un plateau d'eau minérale Fiji qu'elle posa sur une table en bois pliante. Elle sourit à Jonah et disparut. Belzer lui tendit une bouteille.

— À partir de maintenant je ne prends plus ce qu'on essaye de me donner.

Belzer éclata de rire.

— Bravo, tu apprends vite. Alors... Simon – je vais continuer à l'appeler Simon pour l'instant, parce que Simón c'est trop compliqué pour moi. Essayons d'imaginer ce qui se passe dans sa tête. Il est en deuil. Il reçoit un coup de fil d'un gars qui lui explique qu'il a des droits, qu'il peut se faire du pognon, qu'il peut se venger. Cet escroc, Roberto Medina, je connais ce type. Je suis sûr que tu l'as déjà vu, il a des pubs dans tous les autobus du Bronx. Un avocat véreux et haineux. Il a des spots télé qui passent super tard le soir. Tout le temps en train de gueuler. Il a un truc pour lui, faut le reconnaître, c'est qu'il est rapide. Ça fait combien, deux semaines ?

— Même pas.

— Ils n'ont pas lambiné. Ils doivent vraiment en vouloir à ton fric. La première chose, c'est que je vais lui causer. Je vais lui répéter ce que m'a dit le proc, ce que m'ont dit les flics, ce que cette jeune Eve Jones a dit.

Il bipa de nouveau sa secrétaire.

— Appelle-moi ce couillon. Medina. Me-di-na. Roberto. Tu lui dis que je représente M. Stem et que je voudrais prendre un rendez-vous pour lui parler rapidos. La semaine prochaine, genre. OK ? Merci.

La semaine prochaine ne lui paraissait pas si rapidos que ça, mais Jonah ne dit rien.

— Pour moi, reprit Belzer, c'est juste un coup d'esbroufe. N'importe quel tribunal de bon sens rejettera cette affaire en une seconde. S'ils veulent se faire de l'argent en t'attaquant au civil pour décès imputable à une faute, il faudrait d'abord qu'ils prouvent une négligence de ta part et une perte financière de la leur. Revenons-en aux faits, si tu veux bien. Ce type était chômeur, instable, et il avait un couteau dans la main. Il était sur le point de commettre un meurtre. Tout le monde l'a lu dans la presse. Il n'y a pas un juge, pas un jury au monde qui va punir Superdoc. Maintenant, ajouta-t-il en s'ouvrant une bouteille d'eau, ça ne veut pas dire qu'ils ne vont pas essayer de te plumer au passage. S'ils pensent que tu es une proie facile, pourquoi ils s'en priveraient ? C'est ça qu'ils espèrent, un accord à l'amiable rapide. Si on leur fait bien comprendre qu'on sait que le procès est ingagnable et qu'on ne leur lâchera pas les couilles, je peux t'assurer qu'ils rentreront dans leur trou en rampant.

— Je fais quoi alors ?

— Rien.

— Mais je veux que ça bouge.

— Ça va bouger, d'accord ? C'est ce que je suis en train de te dire. Laisse-moi m'en occuper. La première chose à faire, c'est de réclamer un non-lieu.

— Et si ça ne marche pas ?

— Ça va marcher.

— Mais sinon ?

— Ça *va* marcher, gamin. Les faits ne sont pas constitués.

— Et s'ils le sont ?

— Comme quoi ? soupira Belzer.

— Je ne sais pas, moi, n'importe quoi.

— Tu l'as vue ramper sur le trottoir.

Jonah acquiesça.

— Elle avait reçu des coups de couteau.

— Oui.

— Il a essayé de te poignarder.

— Oui, euh… je…

— OK, oublie ça, laisse-moi le formuler autrement : tu t'es senti *gravement menacé*.

— … Oui.

— Ben évidemment ! Et n'importe qui à ta place aurait ressenti la même chose. Tu sais pourquoi ? Parce que c'est *normal* de se sentir gravement menacé quand il est tard dans la nuit, qu'une femme crie, qu'un type parle tout seul et qu'il s'avance vers toi avec un couteau. On a déjà vu tout ça ensemble. Par définition, tu n'es pas négligent. La négligence, c'est s'il crache sur tes godasses et que tu l'écrabouilles avec une bétonneuse. Toi, tu as agi pour sauver ta vie et celle de la fille.

— Je sais.

— Alors de quoi tu t'inquiètes ?

— Je n'aime pas qu'on m'attaque en justice.

— Personne n'aime ça. Mais ça fait partie de la vie.

— Pas de la mienne.

— Bienvenue dans la cour des grands, alors. Tu vas devenir médecin, tu en auras, des procès. T'as qu'à prendre ça pour une répétition générale. Et arrête de te faire du mouron. Tu as l'air inquiet.

— Je *suis* inquiet.

— Eh ben, arrête. On va se les bouffer à la croque au sel. Pigé ?

— Ouais.

Il avait pigé ; ce qui ne voulait pas dire que ça lui plaisait. Il se sentait déjà assez mal comme ça sans être obligé de tirer à vue sur la famille endeuillée de Raymond Iniguez.

Mais sans doute que c'était le jeu : on vous bousculait, vous filiez un coup de pied. On vous sortait un revolver, vous dégainiez un bazooka. Le droit civil américain ne laissait pas beaucoup de place à l'idée de tendre l'autre joue.

— Parfait, déclara Belzer. Et sinon, comment va la vie ? Les études ?

— Ça va.

Il était parti plus tôt pour pouvoir venir au rendez-vous. Il le paierait cher le lendemain.

— Un peu stressant, ajouta-t-il.

— Allez, courage, la vie n'est pas si mal, conclut Belzer en se levant. Mes amitiés à tes parents.

Trop agité pour rentrer chez lui, il sortit du métro à Union Square, se frayant un chemin parmi une foule clairsemée de manifestants préoccupés par les prochaines élections, auxquels se mêlaient d'autres causes : des gens qui protestaient contre tout, du gouvernement à la mondialisation en passant par la viande et les 4 × 4, chaque escouade occupant ses quatre mètres carrés. Deux types à dreadlocks déambulaient dans la cohue, essayant d'écouler huiles essentielles et bracelets de chanvre sentant le patchouli. Jonah observa les skateurs, ainsi qu'un groupe de breakdancers émaciés en tee-shirts orange assortis portant l'inscription DÉMINEUR. Il compta les gens qui entraient et sortaient du café Starbucks. Il prit Broadway en direction du sud et flâna un peu jusqu'à s'engouffrer dans la librairie Strand.

Cela faisait des lustres qu'il n'y avait pas mis les pieds. Il aimait son atmosphère feutrée, ses piles de bouquins chancelantes. L'été de sa troisième année de fac, il avait fait un stage à la Rockefeller University et il venait souvent flâner là en fin de journée ; il restait debout dans le fond, piochant des livres au hasard qu'il lisait sur place jusqu'à ce qu'il en ait marre. Un jour, il avait lu en entier *Le Pont du roi Saint Louis*, trois heures sans bouger. Suite à quoi il s'était senti si coupable qu'il avait fini par l'acheter.

Les livres – les livres non médicaux – lui rappelaient la maison de son enfance. Le salon de ses parents était tapissé de bibliothèques du sol au plafond, remplies de livres de poche acidulés de la collection « New Directions », d'anthologies du théâtre russe, de biographies de présidents, de traités épuisés sur l'humanisme séculier. Sa mère possédait une large collection de poésie ; à un moment elle avait eu l'ambition d'écrire (quand on lui demandait pourquoi elle avait renoncé, elle répondait : « Parce que j'ai renoncé. »).

Ses parents avaient déjà tout lu et relu. Jonah savait que s'ils gardaient leurs rayonnages garnis, c'était pour inspirer à leurs enfants le goût des choses de l'esprit, leur propre vie intellectuelle se résumant désormais à des donations pour soutenir la télévision publique et une explosion épidémique d'abonnements à divers magazines. Ils recevaient *The Atlantic*, *The New Yorker*, *Smithsonian* et *The Economist*. Et aussi *Cook's*, *Harper's*, *Granta* et *American Art Review*. Et encore *National Geographic*, *Scientific American* et *The New Republic*. Plus les petits plaisirs coupables de sa mère *(Us Weekly)* et les annales du dernier hobby en date de son père (*The Astronomer*, ou la revue trimestrielle des lépidoptéristes). Le tout s'accumulait en tas sur la table basse laquée. Jonah avait parfois l'impression que cette maison était le bureau central des salles d'attente du monde entier.

À son grand regret, au cours des deux dernières années il en était venu à craindre et à détester la lecture. Un de ces jours, il reviendrait du front et il se remettrait à lire pour le plaisir. À condition qu'il n'ait pas perdu la vue d'ici là.

— Jonah Stem. Vous voulez que j'appelle un médecin ?

Planté devant un rayon d'histoires militaires d'occasion, il tourna la tête.

Eve lui posa une main dans le creux des reins.

— Tu fais un épisode hypnagogique ? demanda-t-elle.

— Je ne t'avais pas vue, dit-il. Qu'est-ce que tu fais là ?

— C'est l'endroit qui me manque le plus maintenant que je vis dans le New Jersey. Je m'y arrête parfois après le travail. Tu n'as pas l'air d'aller.

— Euh… si, si.

— Tu as vraiment une mine de chien battu.

— Je…

Il secoua la tête pour dissiper sa rêverie, sourit.

— Ça y est, ça va mieux, dit-il.

— Tu es sûr ?

— Beaucoup mieux.

— Très bien, répondit-elle en lui prenant la main et en se tournant vers les rayonnages. C'est ton antre secret, c'est ça ?

Elle se mit à toucher une à une les tranches des livres.

— Alors… lequel ouvre la Batcave ?

Ils sortirent de la librairie et prirent vers l'est comme si c'était convenu d'avance.

L'appartement était désert. Lance avait laissé les restes de son dîner – une pizza vitrifiée comme une reproduction en cire –, ainsi qu'un Post-It avec écrit « Mange-moi ». Jonah regarda dans le frigo et ne trouva rien. Il suggéra le Yaffa Café. Ou alors le café Gigi, ou…

— Tu as une couverture ? demanda-t-elle.

Ils grimpèrent l'escalier de secours jusqu'au toit et étalèrent le plaid en flanelle de Lance sur le revêtement en goudron. Le ciel était rempli d'étoiles qui criaient pour se faire entendre à travers la pollution lumineuse.

— J'ai pensé à toi, dit-elle.

— Moi aussi.

— Je n'arrive pas bien à m'expliquer pourquoi.

— Moi non plus.

— Alors on n'a qu'à pas essayer.

Il acquiesça.

— Viens là, dit-elle.

La couverture sentait la bière Pabst Blue Ribbon et le cannabis de synthèse. Jonah devinait la présence de gens qui les observaient depuis les fenêtres voisines pendant qu'Eve s'agenouillait sur ses bras, lui déboutonnait sa chemise et lui descendait sa braguette.

Il fermait et rouvrait les yeux toutes les quatre secondes et la trouvait transformée à chaque déclic de l'obturateur. D'abord le charme de la nonchalance alors qu'elle cherchait son rythme. Puis comme en transe, pivotant sur elle-même, déchiffrant son torse nu. Frénétique enfin, le visage croissant et décroissant alternativement : un disque plein en forme de cœur ; concave dans un demi-profil ; un quartier d'extase. Il voulut lui toucher les seins, mais elle lui attrapa les mains et les glissa sous sa jupe, les plaqua violemment contre ses fesses. Elle semblait aimer ça, il le refit. De la musique salsa et des klaxons dans la rue en bas. Des graviers dans les cheveux. Les citernes d'eau qui les applaudissaient de loin. Ils n'étaient pas seuls. Huit millions de paires d'yeux les regardaient. La lueur boréale de l'Empire State

Building, les traînées des avions de ligne, le doigt d'Eve entre ses lèvres.

— Tu as vu ça ? dit-elle.

— Quoi ?

— Combien de personnes habitent dans cet immeuble, à ton avis ?

— Ça fait... quoi ? Sept étages ? Disons cinq appartements par étage, ce qui fait trente-cinq. Et sans doute entre deux et quatre personnes par appart. On n'a qu'à dire une centaine.

— Un joli chiffre rond. Pratique pour les pourcentages.

Il opina du chef.

— Sur cent personnes dans cet immeuble, pense à combien sont aux toilettes en ce moment.

Il rit et lui caressa la nuque.

— Je n'ai pas envie de penser à ça.

— Essaye, juste une seconde. Combien sont en train de faire l'amour ? Au moins huit.

— C'est à ça que tu penses quand tu marches dans la rue ?

Elle hocha la tête contre son torse.

— Le monde doit te paraître vraiment surréaliste, reprit-il.

— Partout où je vais, je me demande combien de gens sont en train de faire quoi à cet instant précis. Sur cent personnes, au moins huit font l'amour et huit autres se masturbent. Quelques-unes mangent et environ le même nombre regarde la télé. Il y a des recoupements entre ces deux groupes. On pourrait dessiner un diagramme de Venn. Certaines lisent, d'autres repassent, d'autres encore prennent une douche ou sont en train d'enlever leurs lentilles de contact. Ou d'avaler une aspirine, ou de fumer une cigarette. Certaines sont en train de mourir, d'autres de penser au divorce. Il y en a une qui pense au suicide. Elle est peut-être même en train de passer à l'acte à la minute où je dis ça ; si ça se trouve, elle a une lame de rasoir sur le poignet. Et si une main géante venait arracher la façade extérieure, exposant chaque cavité dans laquelle les gens se terrent pour faire leurs saletés, toi et moi pourrions les contempler comme autant de pièces exposées dans le grand musée des petites faiblesses humaines. Voilà à quoi je pense quand je vois cet immeuble.

Silence. Jonah frissonna.

— Il fait chaud ici, dit-elle. Tu as froid ?

— Non.

— Moi, j'ai toujours froid, reprit-elle en s'emmitouflant dans son tricot en laine. J'ai une mauvaise circulation.

— Je te dirais bien d'aller consulter un médecin, mais on est nuls sur ça. Va plutôt voir un acupuncteur.

Beaucoup plus tard, quand ils redescendirent l'escalier de secours et rentrèrent dans l'appartement par la fenêtre, ils constatèrent qu'il y avait du bruit dans la troisième chambre, celle occupée par le studio de Lance : un fragment de sept secondes de vocalises sous la douche, répété en boucle. Jonah regarda Eve en haussant les sourcils. Elle rigola.

— Je crois qu'on ferait mieux de laisser le maestro travailler, suggéra-t-elle.

— Je te raccompagne au métro.

Devant l'entrée de la ligne L, il déclara :

— Cette fois-ci je ne vais pas oublier : ton numéro.

— Me croiras-tu, Jonah Stem, si je te dis que je suis la dernière personne du monde occidental à ne pas avoir de portable ?

— C'est admirable.

— Non, juste économique.

Elle lui donna son adresse e-mail.

— Franchement, c'est le meilleur moyen de me joindre. Moi, je peux t'appeler quand j'ai un moment de libre au boulot.

Il lui donna son numéro de portable, de bipeur, de fixe, et son e-mail.

— Et puis tu sais où j'habite.

Elle l'embrassa sur le menton.

— Je sais où tu habites.

Le même fragment sonore tournait toujours en boucle quand il rentra chez lui. Il décida d'accorder encore cinq minutes à Lance avant d'aller lui dire stop, au dodo. Un ultimatum qui s'avéra finalement inutile : un énorme fracas suivi d'un silence résolut le problème.

Jonah soupira et s'avança consciencieusement dans le couloir.

Dans son studio, Lance entreposait des trésors de matériel audiovisuel haut de gamme, dont la majeure partie gisait à présent sur le sol en un invraisemblable et désastreux amas. Lance, en tenue de combat intégrale, fumait une Gauloise et se grattait le menton.

— Essaye de retrouver un objectif là-dedans, dit-il.

Jonah le contempla de haut en bas.

— Je croyais que tu étais contre la guerre.

— On fait une partie de combat laser en réseau avec Ruby. Tu veux jouer ?

Jonah le remercia, déclina l'invitation et retourna au salon.

— J'ai besoin de faire une pause, mec, déclara Lance en lui emboîtant le pas. J'ai bossé comme un malade. Internet est une invention de toute beauté, je t'assure. Mon nombre d'abonnés grandit de minute en minute.

— Tu as des abonnés ?

— Seize. La plupart sont des potes, et il y a aussi ma mère, mais j'en ai deux au Canada et un à Kuala Lumpur.

— Tu déconnes !

— À un dollar quatre-vingt-dix-neuf pièce. Ce qui fait trente dollars par mois pour que des gens puissent me regarder en train de chier.

— Ne me dis pas que tu y vas avec ta webcam.

— Ça fait partie de mon image. L'honnêteté. C'est ce qui fait qu'ils restent connectés.

— Si tu le dis.

— Mais je m'arrange pour que le cadre soit en partie masqué. On ne peut pas voir mon machin. Il faut laisser le spectateur sur sa faim, c'est la base du teasing. Une pincée de mystère engendre quelque chose comme neuf cents quintaux d'addiction. C'est comme ma belle-mère.

La nouvelle femme d'Edward DePauw, qui avait la moitié de son âge, était la gérante plastinée d'une agence immobilière, celle-là même qui lui avait trouvé un appartement de standing après que les choses avaient tourné vinaigre avec Mme DePauw version 1.0.

— Elle connaissait très bien son affaire, poursuivit Lance. Une allumeuse de première, mon pote. Elle a attendu d'être sûre d'avoir la bague au doigt avant de passer à la casserole.

Jonah avait quelques doutes sur cette théorie. Il acquiesça néanmoins.

— D'ailleurs, ça me fait penser : ma mère aussi a un nouveau mec.

— Ah ouais ?

— C'est un comte.

Jonah trouvait ça désopilant.

— Et il porte une cape ?

— Je te jure, mec.

— Et de quatre ! Quatre maris, hé hé hé.

— D'après ce que j'en ai vu, il est moins débilos que le précédent. Il a proposé de nous emmener voir son château. On va y aller pour Thanksgiving. Tu crois qu'il a des douves ?

— Il est où, son château ?

— À Venise, je crois.

Jonah fit remarquer que tout Venise avait des douves. Lance s'illumina.

— Qu'est-ce que t'es malin, putain ! C'est pour ça que je t'aime.

Il s'assit par terre et dégaina le nécessaire pour se rouler un joint.

— T'es rentré tard, dis donc, observa-t-il.

— J'ai rencontré quelqu'un en chemin.

— Ah ouais, qui ça ?

— Eve Gones.

Lance hocha la tête sans que le nom semble lui dire quoi que ce soit.

— Tu te souviens d'elle ? demanda Jonah. La fille dans le journal.

— Ah. Génial. C'est devenu une copine ou quoi ?

— Elle est passée pour me remercier. C'est même toi qui lui as ouvert il y a quelques jours. Tu ne te rappelles pas ?

— J'ai fait ça ?

— C'est ce qu'elle m'a dit.

Lance reposa son papier à rouler, prit une mine renfrognée.

— De quel jour on parle, là ?

— Samedi. Elle dit que tu lui as donné la permission de m'attendre ici.

— Je… c'est possible.

— Tu étais défoncé ?

— Est-ce que j'étais défoncé ? Samedi, est-ce que j'étais défoncé ? Est-ce que… Attends… Oui ! Oui, je crois bien que oui.

— Défoncé comment ?

— Complètement déchiré.

— Donc tu ne peux pas te rappeler si tu l'as vue, déclara Jonah.

— Ça ne serait pas la première fois.

— Ça ne te pose pas de problème pour les réunions de famille ?

— On ne fait pas de réunions de famille, mec. Mes parents ne se parlent pas.

Il lécha le papier et termina de rouler son joint avant de reprendre :

— Alors comme ça, elle est venue te remercier. Sympa. Un gramme de bonnes manières dans ce monde de brutes. Qu'est-ce qu'elle a fait, elle t'a baisé ?

— *Hein ? !*

— Pas besoin de gueuler.

— Pourquoi tu dis ça ?

— Parce que tu le mériterais.

Lance l'observa attentivement. Puis il se leva d'un bond, semant des graines de marijuana entre les poils du tapis.

— Elle t'a baisé, elle t'a baisé, c'est clair !

À cet instant Jonah comprit ce que c'était qu'être paranoïaque au sens médical du terme, de voir des complots partout. Lance les avait espionnés, il en était sûr, grâce à une technologie innovante de logiciel-espion-satellitaire jusque-là réservée à l'armée américaine, illégale dans quarante-sept États et à Porto Rico.

Puis il songea : *c'est Lance*.

Comme pour entériner les faits, Lance dit : « Putain, meeeeec… », le tout avec des yeux exorbités qui rendaient la chose absolument grotesque. Jonah laissa échapper dans un éclat de rire la respiration qu'il retenait, ramassa ses livres et se dirigea vers sa chambre. Alors qu'il refermait la porte, il entendit :

— Espèce de bête sauvage, je vais devoir te commander un deuxième trophée.

Chapitre 9

La semaine suivante, il vit Eve tous les soirs.

Sa journée de travail s'écoulait dans une sorte de brouillard hébété, il consultait sa montre frénétiquement jusqu'à l'heure de partir. S'entasser dans le métro ; descendre la 14e à toute vitesse ; tourner le coin et la découvrir debout sur les marches du perron ou à l'ombre de l'orme rabougri. Monter l'escalier quatre à quatre agrippés l'un à l'autre, cinq étages en une minute trente, pas le temps pour les préliminaires, la séduction. Il n'arrivait jamais à la déshabiller complètement, elle insistait pour garder son haut, ce qui pimentait leurs ébats d'un soupçon d'interdit, comme s'ils faisaient ça en cachette dans des toilettes d'avion.

En l'absence de Lance, ils en profitèrent pour explorer l'appartement de fond en comble. La cuisine, le canapé, le couloir, la salle de bains, la baignoire, les WC, la penderie, la salle de montage : chaque mètre carré recelait son potentiel. Leurs accouplements étaient architecturaux, d'éphémères exploits de grâce biomécanique qui s'effondraient alors qu'ils reprenaient leur respiration avant de plonger de nouveau vers le creux d'un genou, la cambrure d'une nuque ou quelque rondeur appétissante. Il n'y a pas de limite au nombre de contorsions possibles pour deux corps aux articulations jeunes et à l'imagination débridée.

Ils s'inventaient des records qu'ils s'efforçaient de battre eux-mêmes : combien de fois par heure ? Jusqu'où peut-on pousser une jambe dans cette direction ? Combien de temps je peux faire ça avant que ça fasse mal ? Et une fois que ça fait mal ? Sur le coup de 1 heure du matin, elle l'embrassait et le laissait somnoler pendant trois heures et demie.

Par moments il regrettait son incapacité à lui dire non. Le lundi matin, alors qu'il dormait debout pendant son exposé, ce qui lui avait valu des regards intrigués de la part de Yokogawa et un air de triomphe pervers dans celui de Nelgrave. Ou le mardi soir, quand elle l'avait fait jouir cinq fois au cours de la soirée et que le simple fait d'aller jusqu'aux toilettes lui était douloureux.

Mais comment lui dire non ? Elle lui offrait exactement ce dont il avait besoin : un exutoire. Un exutoire à la pression de devoir être quelqu'un de bien vingt-quatre heures sur vingt-quatre. Quelqu'un d'intelligent vingt-quatre heures sur vingt-quatre. Surveillé. Jugé. Dans le court laps de temps depuis qu'ils s'étaient rencontrés, l'été avait claqué la porte, se refermant comme une souricière, et il sentait déjà les jours raccourcir. Trois semaines à aller et revenir du boulot dans le noir avaient laissé des traces ; il avait pénétré dans un monde sans soleil.

Au milieu de ce tourbillon, ses moments avec Eve agissaient comme une longe le reliant à la réalité ; ils lui rappelaient que la folie du bloc opératoire n'était pas la norme pour le commun des mortels, ce qui était pourtant facile à oublier lorsque vous passiez vos journées sous la coupe de vos supérieurs.

Le sexe y était pour beaucoup, mais elle lui servait surtout de confidente. L'intensité avec laquelle elle arrivait à le faire parler donnait à Jonah l'impression qu'elle avait branché un câble entre leurs deux cerveaux et qu'elle téléchargeait directement les données de l'un à l'autre. Bien qu'il n'ait jamais été du genre loquace, avec elle les mots le brûlaient ; et plus il se livrait, plus il avait besoin de le faire, les confidences entraînant les confidences. Il se sentait comme un adolescent, emmagasinant toutes ses observations et ses traits d'esprit de la journée pour les partager avec elle le soir venu, alors qu'ils gisaient enlacés entre les draps.

Il lui confiait ne pas savoir quelle spécialité choisir. Il avait toujours été sûr de vouloir se consacrer à la lutte contre le cancer. Mais après la maladie d'Hannah, la psychiatrie lui était apparue comme une orientation naturelle. Un Devoir, la main de Dieu intervenant pour le pousser sur la bonne voie (même si d'ailleurs il ne croyait pas en Dieu, lui dit-il, elle non plus, lui répondit-elle, ce qui leur faisait un nouveau point commun). Était-ce ridicule ? Pouvait-on choisir ce qu'on voulait faire pour le restant de ses jours sur la base de quelques semaines d'apprentissage peu convaincantes ? Franchement, se lamentait-il, les facs de médecine avaient de drôles d'idées sur la façon dont les gens prenaient leurs décisions.

Eve ne le jugeait pas, ne lui imposait pas ses opinions, ne lui disait pas qu'elle le trouvait étriqué. Elle l'écoutait et lui rétorquait qu'il était trop dur envers lui-même.

— Peut-être, répondait-il.

— C'est sûr.

— Si tu le dis.

Il lui confiait qu'il lui arrivait souvent d'être tellement en colère contre Hannah qu'il se faisait peur. Parfois il avait envie de la frapper, comme pour lui montrer qu'il ne plaisantait plus, maintenant : *Ça suffit, les conneries. Maintenant tu te tiens au programme, merde.* Plus il était obligé d'être gentil, plus il avait de mal à dissimuler son agacement. Et plus il s'énervait, plus il culpabilisait. C'était un vrai cercle vicieux. Normal, lui répondait-elle ; à force de répéter les mêmes rengaines, elles finissent forcément par sonner creux.

— Tu n'es pas un ange, Jonah Stem. Tu n'as pas été envoyé sur Terre en mission divine. Sauf peut-être pour me sauver.

Il riait.

— Je ne suis pas un ange, répétait-il.

— Ça, je m'en suis rendu compte.

Il ne prenait pas la peine de se demander si c'était à Eve en particulier qu'il avait envie de parler ou juste à n'importe quel être humain. À ses yeux c'était une question rhétorique ; il se contentait de constater qu'il allait mieux. Pour une fois, il avait décidé de ne pas se torturer l'esprit.

Elle lui faisait comme des parasites dans la tête qui couvraient de leurs grésillements les autres fréquences plus gênantes : la première fois qu'il avait vu un patient mourir, par exemple, ce qui s'était produit un vendredi et lui avait provoqué des cauchemars tout le week-end, où le cadavre se levait de la table d'opération – traînant ses tubes derrière lui, affolant les écrans de contrôle –, puis s'écroulait de nouveau, et ainsi de suite à l'infini, tantôt avec les traits de Raymond Iniguez, tantôt avec les siens. « Pauvre Jonah Stem. » Voilà ce qu'elle lui disait : « Mon pauvre, pauvre Jonah Stem. » Elle savait à quel moment parler et à quel moment se taire. Il se rappelait alors que, dans la vraie vie, elle était thérapeute (mais elle ne soignait pas les gens par la danse, non, Christopher Yip s'était trompé ; elle les soignait par le théâtre, même s'il ne voyait pas très bien en quoi ça pouvait consister ; et il ne voulait pas trahir son ignorance – ni se montrer condescendant – en lui demandant ce qu'elle pouvait bien foutre de ses journées). Il était donc naturel qu'elle sache comment s'y prendre pour le réconforter.

Une semaine de sincérité. Jonah n'avait plus dix-huit ans ; il ne prenait plus la sincérité pour un fait acquis, et il était capable d'en apprécier la rareté et la valeur.

— Je commence dans un nouveau service la semaine prochaine.

C'était le vendredi 10 septembre. Ils étaient de nouveau sur le toit, adossés à la pyramide goudronnée qui se dressait près du bord est de l'immeuble ; il avait la tête posée sur les genoux d'Eve et se caressait doucement le ventre du bout des doigts.

— Épatant, dit-elle.

Il sourit. Il avait décidé que ses excentricités de langage étaient spontanées, et non du snobisme.

— Il faut que je voie mon planning. On va devoir improviser au coup par coup.

— Jonah Stem, je suis sûre que tu arriveras à me caser quelque part.

— Je ne sais pas combien de temps je vais continuer à tenir en dormant trois heures par nuit.

— Eh bien, écoute, un jour après l'autre.

Il opina du chef.

— À propos : pour demain. J'ai eu une idée magnifique. (En prononçant ce mot, elle découvrit ses dents, sa langue.) Qu'est-ce que tu dis de ça ? On pourrait... Oh, oh, j'ai comme l'impression que ça ne t'emballe pas.

— Je dois aller voir Hannah.

Silence.

— Désolé, reprit-il.

— Non, non, ça ne fait rien.

— Je préférerais franchement passer la journée avec toi, crois-moi.

Comme elle se taisait, il ajouta :

— Je t'assure.

— D'accord.

— Écoute...

— Jonah Stem, je trouve cette formulation un peu fourbe.

— C'est pourtant vrai.

Elle baissa la tête pour le regarder.

— Fais-le, alors.

— Eve...

— Je te fais simplement remarquer que tu ne risques pas la prison si tu n'y vas pas.

— Je sais bien.

— Tu es un homme libre.

— Je sais.

— Avec un libre arbitre.

— Je sais, Eve.

— D'accord. Du moment que tu le sais. Tu es libre de tes propres décisions.

Et elle se radossa contre la pyramide, la tête penchée en arrière pour contempler les étoiles.

Nouveau silence, plus long cette fois.

— Je ne peux pas les lâcher, dit-il.

Elle hocha mollement la tête.

— J'ai promis à George de venir.

— C'est bien normal, fit-elle. Le devoir t'appelle.

— Arrête...

— Je suis sérieuse, Jonah Stem. Une des nombreuses choses que j'admire chez toi, c'est ta capacité à obéir aux ordres.

— Je n'obéis à...

— Y compris quand ils viennent de toi, ajouta-t-elle.

— Eve, dit-il en se redressant péniblement afin de se poster à genoux devant elle. Arrête ça.

— Arrête quoi ?

— Je leur ai promis d'y aller.

— Alors, si tu as promis... Mais il faut savoir, Jonah Stem. Ou bien tu as promis, auquel cas tu n'as pas à t'excuser auprès de moi, ou bien tu n'es pas sûr, auquel cas tu n'as pas à te trouver des excuses à toi-même. Quoi qu'il en soit, arrête de parler pour ne rien dire, ça ne te réussit pas.

Il la fixait du regard en attendant de croiser le sien. Mais elle gardait la tête en arrière. Il se leva et se mit à faire les cent pas.

— Demain, c'est le 11 septembre, dit-il.

— Je sais.

— Qu'est-ce que tu proposes ? On ne peut quand même pas faire la fête un 11 septembre.

— Pas faire la fête, non.

— Ça me mettrait mal à l'aise.

— Jonah Stem, tu es en train de me dire que le 11 septembre va rester pour toi un jour de deuil toute ta vie ?

— Oui, répondit-il en se reprochant aussitôt le ton de défi dans sa voix.

— Même la génération qui a vécu Pearl Harbor s'en est remise. Qu'est-ce que tu crois ? Qu'ils continuent à s'habiller en noir à chaque anniversaire ? Un peu de mesure, Jonah Stem. De la mesure.

— Mais, bon sang, je t'ai juste demandé ce que tu avais prévu !

Cette fois Eve le regarda.

— Parce que ça t'intéresse ?

— Bien sûr que ça *m'intéresse* !

— Formidable.

— Non, coupa-t-il. Eve. Écoute. Je ne peux pas le faire. Ça m'intéresse de *savoir* ce que tu avais prévu, mais je ne pourrai pas le faire.

— Alors je ne vois pas l'intérêt de te le dire.

— C'est un secret ?

— Oui. Oui, Jonah Stem, c'est un secret.

— Pourquoi ?

— Parce que je m'offre à toi en partant du principe que tu as un certain degré d'engagement à mon égard, et que si tu...

— Eve...

— … si tu n'estimes pas nécessaire d'annuler un rendez-vous – un rendez-vous dont on sait tous les deux qu'il ne peut rien t'apporter de bon, à part peut-être te rassurer une fois de plus sur ton extravagante rectitude –, eh bien, j'attendrai que tu changes d'avis.

Il lui prit les mains dans les siennes.

— Mais c'est juste un après-midi. Ça ne veut rien dire.

— Exactement.

Pendant toute la journée du lendemain, elle ne cessa de répéter « On s'amuse bien, non ? », comme si elle avait peur qu'il se ravise et décide finalement de filer à Great Neck. Il la rassurait, lui souriait, l'enlaçait, donnant sans doute aux passants la ferme impression qu'ils étaient *ensemble*.

En vérité, il se faisait plus de souci qu'elle (la chirurgie lui avait parfaitement appris à feindre le détachement). Au bout du compte, il s'était dégonflé et n'avait même pas appelé George pour annuler. Pendant qu'Eve et lui prenaient tranquillement un petit déjeuner au Mudspot, il n'arrêtait pas de glisser une main dans sa poche intérieure et de tâter son téléphone, comme pour l'amadouer : *ne sonne pas*.

Vers midi, il commença enfin à se détendre. Peut-être George était-il plus raisonnable qu'il ne l'avait cru. Il comprenait sûrement que Jonah n'allait pas venir leur rendre visite tous les week-ends jusqu'à la fin de ses jours ; que Jonah devait développer des relations normales avec des filles normales. Hannah et lui avaient *parlé* de mariage, ça ne faisait pas d'eux un couple marié. Jusqu'à présent, le reconnaître lui avait paru un aveu d'échec et n'aurait pas manqué d'alimenter les moqueries de sa mère. Mais il arrivait un moment où le réalisme l'emportait sur l'orgueil. Et puis, d'ailleurs, quel orgueil y avait-il à se brimer ? Jonah n'était pas moine.

Sans compter que, en entretenant cette comédie, il avait nourri chez Hannah une dépendance terriblement malsaine. S'il était là tout le temps, à la dorloter, à lui fabriquer des souvenirs, comment parviendrait-elle à acquérir ne serait-ce que le plus petit degré d'autonomie ? On n'était pas à Hollywood. Son amour ne suffirait pas à la guérir. Elle était malade, son état ne cessait de se dégrader, et il y avait peu de chances qu'il s'améliore un jour. Il lui arrivait d'avoir de brèves éclaircies, mais les ténèbres qui suivaient étaient toujours plus denses, et en se présentant à elle – *avec la raie bien au milieu* – il ne lui donnait pas d'amour, mais un fac-similé d'amour, une bulle fragile de postures romantiques trompeuses, qui éclaterait aussitôt qu'elle trouverait la force de la toucher. Il n'était pas dupe lui-même, et pas assez bon acteur pour la duper non plus, à supposer qu'elle l'ait jamais été. Le vrai courage, se dit-il alors qu'il payait l'addition, c'était la capacité de dire non.

Il n'était donc pas en train de céder à sa mère, mais d'affirmer sa propre personnalité. Plus elle l'avait poussé à prendre ses distances, plus il s'était montré récalcitrant. Il était en cela parfaitement fidèle à sa place de cadet : poliment obstiné, moins ouvertement agressif que sa sœur, mais pourtant le seul à oser s'opposer à une injonction parentale. Sa mère n'avait jamais vécu ce qu'il était en train de vivre ; cela lui conférait une certaine sagesse par rapport à elle, qu'il avait invoquée pour justifier son refus de rompre.

Pourtant, tandis qu'il se laissait guider par Eve en direction de la bouche de métro, la véritable raison lui apparut. Il avait peur. Il avait besoin d'Hannah autant, voire plus, qu'elle n'avait besoin de lui ; il s'agrippait à elle car sans elle son avenir n'était qu'une étendue de néant. Il lui fallait une *cause*.

Sauf qu'à présent il avait une alternative.

Cette alternative possédait des lèvres, des hanches, des seins et un sourire qui scintillait comme le soleil sur l'eau.

Cette alternative le tenait par la taille tout en plaisantant sur le nombre de bactéries sur cinq centimètres carrés d'un poteau de métro.

Cette alternative l'embrassait sur la pomme d'Adam et le faisait sortir à la station de la 168e Rue.

Cette alternative lui racontait ce qu'elle savait du quartier où ils se trouvaient :

— Tu vois cette rangée de maisons ? Elles ont été construites pour faire vieilles, mais en réalité elles sont toutes neuves, une enclave bobo blanche en plein milieu d'East Harlem. Il y a la même chose du côté ouest et dans certaines zones de Washington Heights. Et je l'ai aussi vu arriver à Brooklyn quand j'habitais là-bas. Tu pourrais m'accuser de faire partie du problème, et tu aurais raison. Comment je sais tout ça ? C'est notre ville, Jonah Stem. Tu ne t'intéresses pas à la vie de la cité ? Le musée des petites faiblesses humaines grandeur nature. Fais la queue comme tout le monde, mon ange, jette une pièce dans la fontaine.

Non loin du métro, ils tombèrent sur une placette pittoresque bordée d'arbres, que Jonah prit d'abord pour un jardin public. Puis il aperçut la silhouette imposante d'une blanche demeure coloniale, située en diagonale par rapport à la grille en fer forgé qui délimitait l'entrée d'une vaste pelouse en friche. Il fut interloqué.

— Qu'est-ce que c'est que ça ?

— La villa Morris-Jumel, répondit Eve. La plus vieille maison de tout Manhattan.

Le chemin de briques qui menait au perron était en mauvais état ; il lui manquait des bouts et il était mangé par la végétation. Un homme obèse portant une queue-de-cheval, un bouc de diablotin et un tee-shirt du département des Parcs et Jardins trempé de sueur ratissait les feuilles sur les marches. Il dévisagea Jonah et Eve comme s'ils venaient d'atterrir dans un grille-pain volant géant.

— Bonjour, lança Eve. On peut visiter ?

Il les fit entrer et leur vendit deux billets. C'étaient les premiers visiteurs depuis des semaines, leur dit-il.

— Personne ne s'intéresse à l'histoire.

— Jonah, si, rétorqua Eve. On pourrait même dire qu'il vit dans le passé.

Ils lurent les panneaux. Bâtie en 1765, la maison y était décrite comme de style palladien. Le domaine qu'elle occupait à l'origine s'étendait sur toute la largeur de l'île de Manhattan, de l'East River à l'Hudson, sa situation au sommet d'une colline offrant une retraite estivale rafraîchissante à son premier propriétaire, un colonel anglais du nom de Morris. À la Révolution, Morris regagna sa patrie natale sans demander son reste, et la demeure abrita brièvement le général Washington (« Mais bon, fit remarquer Eve, est-ce qu'ils ne disent pas ça pour toutes ces vieilles maisons : ici dormit George Washington ? »), avant d'être transformée en auberge. En 1801, un riche Français dénommé Stephen Jumel, ancien maître de plantation dans les Caraïbes, racheta la propriété et la céda à son épouse américaine, Mme Eliza, à sa mort en 1832. Elle-même issue d'un passé trouble – elle avait été prostituée dans sa jeunesse –, Eliza avait le don pour se choisir des maris notables, quoique pas toujours en très bonne santé, et épousa en secondes noces l'ancien vice-président des États-Unis et amateur de duels Aaron Burr, déjà relativement âgé. Leur union dura moins d'un an et prit fin officiellement avec la signature des papiers du divorce sur le lit de mort de Burr.

— Quel destin peu commun, commenta Eve.

La maison changea de mains encore une fois avant que la ville de New York décide de mettre un terme à son histoire tumultueuse en la transformant en musée. Un bureaucrate quelconque eut le bon sens de laisser l'intérieur intact, de sorte que les goûts d'Eliza Jumel en matière de décoration restaient en grande partie visibles : verrerie ancienne, meubles Empire d'origine, horloges comtoises, ainsi qu'un lit petit mais somptueusement décoré.

— Censé avoir appartenu à Napoléon, lut Eve.

— Arrête !

— C'est ce qui est écrit. Les cartels de musée ne mentent *jamais*, Jonah Stem. Parole d'Évangile. Les Jumel ont vécu en France pendant un temps, où ils se sont introduits dans le cercle de l'Empereur.

— Du coup il leur a donné un lit ?

— *Étrange mais vrai*, déclara-t-elle en français. Tu te rends compte de ce que ça signifie ? C'est probablement le plus ancien lit de New York. Il en a vu plus que toi et moi ne verrons jamais.

Jonah pivota sur ses talons, faisant craquer le parquet.

— À ton avis, ça vaut combien, un endroit comme ça ?

— Un max.

Il caressa la moulure autour de la porte. Ils étaient au premier étage. À part eux, la maison était vide, et il s'imagina un instant ce que ce serait d'avoir autant d'argent et de temps libre. Qu'aurait-il fait de sa vie ? Il aurait été médecin, sans doute. Ou peut-être inventeur, à la Benjamin Franklin. Il songea avec mélancolie à cette époque où une personne pouvait à elle seule faire faire un pas de géant à la science par un simple coup de bol expérimental. Contrairement à maintenant, à l'âge de la spécialisation, où les chercheurs consacraient le plus clair de leurs efforts à rédiger des demandes de subventions.

Il se retourna pour faire partager à Eve le fruit de ses réflexions, mais son esprit se figea instantanément.

— Qu'est-ce que tu fais ?

Elle avait remonté sa jupe à sa taille.

— Nous allons rejoindre les rangs de l'histoire.

— Descends de ce lit.

Derrière elle, la fenêtre montrait un paysage déformé par le verre irrégulier de la vitre ancienne : une pelouse ondulée ; une grille en fer forgé ondulée ; un trottoir ondulé, tordu encore davantage par les racines qui y poussaient. Le type des Parcs et Jardins avait disparu. Peut-être était-il de l'autre côté de la maison ; ou bien en train d'accueillir de nouveaux visiteurs ; ou encore en route pour venir voir ce qu'ils fabriquaient.

— Lève-toi. Lève-toi.

Jonah enjamba le cordon de velours, et elle lui répondit en l'attrapant par la nuque et en l'attirant la tête la première dans son pull-over. Dans la lutte qui s'ensuivit, il fit tomber par terre plusieurs oreillers brodés vraisemblablement vieux de trois cents ans. Bon sang, ce qu'elle était *forte*. Et hilare en plus ; elle riait d'un rire hystérique, comme une idiote, lui chuchotant à l'oreille d'arrêter d'être aussi trouillard. Il essayait de se retourner pour jeter un coup d'œil vers la porte, où il s'attendait à voir apparaître un gros employé des Parcs et Jardins brandissant un râteau et des menottes – est-ce qu'ils avaient des menottes ? –, qui *s'assiérait* sur eux jusqu'à ce que la police arrive et les fasse coffrer pour profanation de bien historique, mais Eve lui vrilla la tête pour qu'il la regarde et l'embrassa comme si elle voulait aspirer ses entrailles. Elle avait glissé ses mains dans son pantalon, sa langue entre ses dents, ravissante, perfide, enjouée, et il l'attrapa entre les jambes, comme possédé. Le lit émettait des coassements affreux, on aurait dit qu'il allait s'effondrer dans une avalanche de mousseline, de veloutine, de dentelle, de chêne et de plumes d'oie. Jonah fit aussi vite qu'il put – à savoir très, très vite, vu qu'il avait à la fois la peur et le pouce d'Eve aux fesses – et, comme il touchait au but, elle lui fit attraper sa queue-de-cheval et lui montra comment tirer dessus d'un coup sec, et lorsqu'il s'exécuta elle laissa échapper un bruit lugubre, tel le chant d'une baleine. Alors il s'écroula sur elle, tous les deux en sueur, pantelants, et Eve gloussait, le visage rose bonbon. À son oreille, elle murmura en français :

— *Vive le roi, Jonah Stem !*

Chapitre 10

Ce lundi-là il commença dans un nouveau service baptisé par euphémisme « l'Équipe bleue », mais mieux connu à l'étage sous l'appellation plus cruelle (et plus pertinente) « les Gros ». Le service de chirurgie bariatrique de Saint Agatha était l'un des plus lucratifs de l'établissement, et ses praticiens réputés pour leur capacité à se débarrasser des patients en moins de deux. Jonah trouvait quant à lui qu'il aurait été sympa de les dorloter un poil plus après leur opération, ou en tout cas que ça aurait permis d'éviter le genre de complications auxquelles il avait assisté le soir de l'Explosion de l'Ancienne Grosse Dame.

Cela dit, c'était le cadet de ses soucis.

Le choc avait dû se lire sur son visage quand il arriva pour se présenter à son nouveau chef, car Devon Benderking, INTERNE 2e ANNÉE – celui au bec-de-lièvre –, lui lança :

— Ben quoi, petit con, t'es pas content de me revoir ?

Pendant les cinq jours suivants, Jonah se fit rôtir à la broche. Quand Benderking n'était pas en blouse, il portait une cravate imprimée à vomir dont on aurait dit que le nœud avait été fait une fois pour toutes et que depuis elle passait ses nuits accrochée à un poteau de lit comme une corde de pendu, histoire de rappeler aux externes que leurs notes se balançaient au bout d'une potence. Grossier avec tout le monde, il semblait prendre un plaisir particulier à appeler Jonah « le larbin », « la boniche » ou simplement « l'idiot ». Il affirmait à tout bout de champ que, dans un concours d'esprit entre Jonah et son chat, Jonah arriverait deuxième (ce dernier s'abstenait de faire remarquer à quel point il était pitoyable d'entendre un célibataire s'attendrir sur son animal de compagnie). Il l'envoyait régulièrement à la bibliothèque chercher des articles qui n'existaient pas, lui acheter des Egg McMuffin dont il mordait une bouchée avant de les mettre à la poubelle, lui changer sa blouse parce qu'il n'aimait pas la couleur.

Bien que Jonah eût souhaité trouver un but pédagogique à cette tyrannie – ou au moins une raison, n'importe laquelle : peut-être Benderking s'était-il récemment fait larguer ; peut-être son frère avait-il été assassiné par quelqu'un qui ressemblait à Jonah –, c'est dans sa répétition même qu'il en comprit la vérité, scintillant en grosses lettres blanches comme le panneau de sortie pour l'enfer : Benderking était un sadique.

— Tu vas finir par tuer quelqu'un, le larbin, tu sais ça ? Tu fais du travail de cochon. À quelle fac tu étais ?

— Michigan University.

— J'ai un oncle qui a fait ses études là-bas.

— Cool.

— Cool ? Pas cool, non. Ça me dégoûte d'avoir un lien par alliance avec quelqu'un qui a été dans la même fac que toi, espèce de petite crotte de scarabée minable.

Pour ajouter à son stress, toutes les opérations se faisaient sous endoscopie. Le rôle de l'externe pendant une endoscopie était de piloter la caméra, une mission inévitablement vouée à l'échec. Les chirs refusaient de croire que le cerveau de Jonah n'était pas directement connecté à leurs mains. S'il faisait bien son boulot, personne ne remarquait rien ; mais s'il ratait un mouvement, un seul, un seul petit...

— Recule ! disait Benderking. RECULE !

— Pardon.

Sans compter que l'image sur l'écran apparaissait en miroir. La droite était la gauche et la gauche la droite ; le haut le bas et le bas le haut. Ou peut-être – il ne s'en souvenait jamais – le bas le bas, le haut le haut, la droite la gauche et la gauche la droite, ou...

— IDIOT. À GAUCHE.

— Pardon.

Quand il ne se prenait pas un savon – AU CENTRE –, Jonah admirait l'élégance de la technique. Il fallait bien s'attendre à ce que la génération Nintendo invente la chirurgie par jeu vidéo. Travaillant à travers une incision de cinq centimètres, le médecin guidait de longs instruments effilés avec la grâce d'un peintre...

— Approche la caméra encore plus près de son intestin, idiot, et tu vas lui cramer les tissus.

... et le tempérament d'un chef cuistot.

— Pardon.

Ce qui compte, c'est le patient ; pense au patient. Pas n'importe quel patient, mais celui-là, un individu particulier, un homme blanc d'une quarantaine d'années avec un insatiable priapisme : une érection à laquelle l'anesthésie générale n'avait rien enlevé.

— Encore un membre du club des petites bites. PLUS HAUT.

Jonah l'entendait à peine ; il s'était accoutumé au flot continu de moqueries sur le poids, les boutons, les organes génitaux exceptionnels, les poils dans le dos exubérants. Tout était permis quand le patient était endormi.

— Heureusement qu'elle n'est pas plus grosse, tu me diras. Elle me gênerait.

Même si la grossièreté de Benderking lui répugnait, Jonah commençait à comprendre le besoin de déshumanisation. Tous les chirurgiens y cédaient à des degrés divers, même les mecs bien ; ils n'avaient pas le choix. Moins vous aviez de respect pour quelqu'un, moins vous étiez pétrifié à l'idée de le tuer. Et le geste chirurgical lui-même vous faisait facilement oublier que le morceau de chair sous votre scalpel avait des désirs, des pensées, une famille, des rêves. La seule autre façon de concevoir la chose était une intimité extrême, un acte d'amour qui, étant donné la présence d'une foule et l'état inconscient d'un des protagonistes, s'apparentait plutôt à un viol collectif.

— Si j'étais sa femme, j'investirais dans un bananier. À droite. DROITE.

— Pardon.

L'écran s'afficha en trois exemplaires ; Jonah se mit à voir en noir et blanc ; sa main dévia. Puis quelque chose de dur et pointu lui heurta le tibia, le ramenant instantanément dans un monde en couleurs. Benderking lui avait filé un coup de pied.

— Bonjour, idiot. Tu veux bien faire ton boulot ?

— Pardon.

Mais il n'était pas réellement désolé. Il était en colère. Alors qu'il se concentrait de nouveau sur l'écran, il imagina tout ce qu'il pourrait faire pour emmerder ce connard. Coller la porte de son casier à la SuperGlue-3. Verser du laxatif dans son café. Couper les freins de sa moto. Son imaginaire de vengeance n'était pas très développé ; il ne cédait pas à des pensées de ce genre. Quand même, qu'est-ce que ça ferait du bien ! Ce n'était pas son genre. Ça ferait drôlement du bien.

Il dit à Eve :

— Enculé de sa mère.

Ils étaient affalés sur le tapis du salon. C'était vendredi soir. La table basse avait été bousculée, des piles de jeux pour PlayStation renversées par terre. Dans l'immeuble d'en face – celui qu'Eve appelait le musée des petites faiblesses humaines – quelques fenêtres étaient éclairées çà et là. Une femme qui faisait son yoga. Un bambin qui traversait le champ à toute vitesse, victime du poids de sa propre tête. Un homme torse nu faisant tomber la cendre de sa cigarette dans une jardinière.

— Quoi encore ? demanda-t-elle.

— Il m'a fait faire des heures sup.

Jonah voulut se gratter le dos, n'arriva pas à atteindre le point précis. Eve le fit à sa place sans un mot.

— Il a cette espèce de... *tasse*. C'est sa tasse à café perso, et l'anse s'est cassée. Il m'a obligé à la recoller. C'est pour ça que j'étais en retard. Ça m'a pris deux heures. Elle était en mille morceaux. Je suis sûr qu'il l'a cassée exprès.

Il donna un coup de poing dans le vide.

Silence.

— Je ne comprends pas pourquoi tu te laisses faire, dit-elle.

— Il représente quinze pour cent de ma note.

— Tu n'es pas un urinoir, mon ange. Défends-toi.

— Ouais.

— Faudrait qu'on lui apprenne les bonnes manières, à ce brave homme.

— Ce que j'aimerais, c'est qu'il disparaisse purement et simplement.

— Vos désirs sont des ordres, mon prince, dit-elle en écartant les mains comme un prestidigitateur.

Jonah ricana.

— Je devrais peut-être embaucher une barbouze. Z'inquiétez pas, on va lui crever la paillasse, à c'ui-là.

L'aura tellement de plomb dans le buffet qu'il pourra ouvrir une usine de crayons.

— Je crois que je te dois un service, Jonah Stem, n'est-ce pas ? Tu n'as qu'un mot à dire.

— Vas-y.

— D'accord.

Elle se leva pour aller allumer la bouilloire électrique.

— Une tisane ?

— Nan.

Il se leva aussi et entreprit de reboutonner sa chemise. Il jeta un coup d'œil à sa montre : 11 heures et demie. Il fallait qu'il travaille un peu. Il allait devoir se réveiller tôt. Eve trempa et jeta un sachet de camomille tout en discutant de projets pour le week-end. Elle avait pensé à une autre excursion, un peu similaire à celle de la semaine passée, mais différente en cela que…

— Je ne peux pas.

— Quoi ?

— George a appelé. Il était fâché que je ne sois pas venu.

— Qu'est-ce qu'on s'en fiche, de ce qu'il pense ? Ce type est une sangsue.

— Ce n'est pas lui.

— Qui, alors, Jonah Stem ? Est-ce que le Fantôme du Devoir te serait apparu ?

— Il m'a dit qu'Hannah avait pleuré.

Eve but une gorgée de sa tisane, fit une grimace de dégoût et versa le reste dans l'évier. Elle tournait le dos à Jonah, les mains posées sur le plan de travail, épaules rentrées. Il ne savait pas quoi faire. Il s'approcha d'elle par-derrière, lui passa les bras autour de la taille, mais elle se dégagea et alla se planter à la fenêtre.

— Je suis désolé, dit-il.

Elle ne répondit pas.

— Je ne peux pas arrêter du jour au lendemain. Ce ne serait pas juste.

— Ce n'est pas juste non plus de me traiter comme une citoyenne de seconde zone.

— C'est une histoire compliquée.

— Ah bon ? Moi, ça me paraît assez simple.

Elle avait la voix qui tremblait.

— Si ça ne tenait qu'à moi, je...

Il était sur le point de dire : *je n'y retournerais jamais*, mais il se ravisa.

— ... je rajouterais cinq heures à chaque journée.

— Merci.

— Je vais au travail, dit-il. C'est une obligation, et celle-là, tu la comprends. Tu ne me demandes pas d'y renoncer.

— Elle est nulle, ton analogie, Jonah Stem.

— Pourquoi ?

— Parce qu'elle, ce n'est *pas* une obligation.

— Si.

Après un long silence, Eve dit :

— Je t'aime.

Jonah sentit son cœur trébucher de façon déplaisante. De sa voix la plus pondérée, il répondit :

— Ça ne fait même pas... enfin... ça fait à peine un mois.

— Il n'y a pas de minimum syndical, que je sache.

— Je..., fit-il en se frottant les tempes.

— Toi aussi, tu m'aimes.

— Eve...

— Tu as mis ta vie en danger pour me sauver. À la seconde où tu m'as vue, tu as su que tu m'aimais et que je t'aimerais en retour, et c'est pour ça que tu as fait ce que tu as fait. Tu aurais pu appeler la police. Tu aurais pu te tenir à distance.

Elle se tourna vers lui.

— Tu m'as tendu la main, conclut-elle.

Il avait le souffle court.

— Chaque instant que je vis sur cette Terre, reprit-elle, c'est grâce à toi. La conséquence va de soi : je t'aime. Même si je ne le voulais pas, je n'aurais pas le choix. Plus ça va et plus ma dette envers toi grandit.

— Je t'en fais grâce.

— Tu ne peux pas. À la minute où tu le fais, la dette recommence à s'accumuler. Tant que je continue à respirer, je t'appartiens.

Il avait envie de lui dire : « Arrête, sois sérieuse », mais il ne pouvait pas. Il ne pouvait pas ; parce que, si foireux que ça lui paraisse à lui, pour elle apparemment c'était tout à fait rationnel. Il n'avait jamais vu ça.

Quoique… quand Hannah et lui… mais c'était différent. Ils s'étaient emballés trop vite. Et voilà que ça recommençait.

Ce n'était pas bien de mentir, pire de ne rien faire. Il s'approcha d'elle, la prit dans ses bras, l'embrassa dans les cheveux.

— Le fait de lui rendre visite n'a rien à voir avec mes sentiments pour toi, murmura-t-il en lui caressant le dos. On aura la soirée pour nous.

Elle ne répondit rien. Il était sur le point de faire une blague, histoire de réchauffer l'ambiance. Mais il sentit le ventre d'Eve se convulser, des larmes lui couler le long du bras et se glisser sous la compresse lâche de son coude. Malgré la croûte, ça le piquait. Les glandes lacrymales humaines exsudent à une salinité d'environ neuf parts pour mille.

Comme pour le punir de son absence la semaine précédente, Hannah refusa de sortir de sa chambre. Elle ignora la nourriture qu'il lui apporta, roulant sur elle-même et se rendormant aussitôt. L'assiette sur les genoux, Jonah resta assis dans le fauteuil en osier rose et la regarda affronter un mauvais rêve. Il n'avait réussi à faire plaisir à personne.

Au bout d'un moment, il finit par redescendre au salon.

— Huit lettres : fait partie d'un couple fusionnel. *S*, blanc, blanc, *B*, *I*.

— Symbiote.

Jonah mangea la moitié d'une tranche de cheddar et donna l'autre à Lazy Susan. Son téléphone portable clignotait.

Deux nouveaux messages.

— Tu sais ce qui me ferait vraiment envie ? lança George.

Jonah leva un doigt en l'air.

Reçu aujourd'hui à 13 h 37.

Salut, c'est moi [Vik]. *Mes colocs organisent un tournoi de poker à la résidence, vingt dollars l'entrée. C'est à 6 heures ce soir, appelle-moi si ça te branche.*

Il était 15 heures. Le temps qu'il rentre chez lui, il serait 19 heures, et de toute façon il était vidé, et de toute façon il devait voir Eve. Il jeta un coup d'œil à George – qui tenait son journal roulé afin de le rendre rigide et mâchonnait le bout d'un porte-mine – et il effaça le message.

Le deuxième était arrivé pendant qu'il était là-haut avec Hannah.

Bonjour, Jonah Stem.

Il se redressa brusquement.

Je parie que tu es ensorcelé d'entendre ma voix en plein jour.

Comme éjecté par le canapé, il se leva d'un bond et fila dans la cuisine.

— Jonah ?

... voulais m'excuser pour cette crise de jalousie d'une mesquinerie honteuse...

Il traversa la cuisine pour aller s'accroupir dans la buanderie, près d'un bidon d'eau de Javel et d'un panier à linge plein de serviettes amidonnées de crasse.

… j'espère que tu es dans un endroit un peu intime. Détends-toi. Baisse la lumière. Peut-être que tu peux allumer quelques bougies…

— Jonah ?

— Une minute.

… rme les yeux, vas-y, Jonah Stem. Ferme et écoute.

Si ridicule que ce fût, il obéit.

Je sais que tu les as fermés. Maintenant voilà ce que tu imagines…

Elle se mit à décrire des obscénités.

Il admirait son vocabulaire.

— Jonah ?

Il referma son téléphone et se leva avec une énorme érection. Précipitamment, il se pencha en avant et feignit de tripoter les boutons du lave-linge.

— Qu'est-ce que tu fais ? Tu lances une machine ?

— Une seconde.

— Si tu lances une machine, il y a du…

— Attends *une seconde*. J'arrive dans *une seconde*.

Le visage écarlate, il patienta, agrippé à son téléphone, jusqu'à ce qu'il entende George marmonner « D'accord, d'accord » et sortir de la cuisine à pas de loup.

Il compta jusqu'à deux cents, mouilla une serviette en papier, se la passa sur le front. Après avoir réajusté l'intérieur de son caleçon de façon à plaquer son pénis contre sa cuisse gauche, il se força à retourner au salon. George, plongé dans ses mots croisés, ne remarqua rien alors que Jonah s'asseyait et posait son sac sur ses genoux.

— Cinq lettres : un maniaque de la propreté, point d'interrogation.

— Je… je ne sais pas.

— Ça va ?

— Je viens d'avoir une… une nouvelle surprenante.

Comme George le regardait, Jonah se sentit obligé de développer :

— C'est… ma mère. Elle va publier un poème. Dans une revue.

— C'est chouette.

— Ouais.

— Tu la féliciteras de ma part.

— D'accord.

— Des idées ?

— C'était quoi déjà ?

— Cinq lettres : un maniaque de la propreté, deuxième lettre *A*. Attends, j'ai trouvé, c'est « raton ».

— Ça me paraît bien.

— Jonah, tu es malade ?

— … Non.

George aspira un glaçon.

— Tu veux boire quelque chose ?

— Non merci.

Quelques minutes plus tard, George annonça :

— Nous allons prendre l'avion jusqu'en Floride. C'est de là que part le bateau. Enfin, on ne dit pas « partir », on dit « appareiller ». Ou « lever l'ancre ».

Jonah se demandait qui était ce « nous ». À moins que George n'ait adopté le nous de majesté pour justifier les libertés autocratiques qu'il prenait avec les vacances des autres. Expropriation mentale pour cause d'utilité publique : votre temps libre vous sera confisqué pour le bien commun.

— Enfin, bref, poursuivit George, je me suis arrangé avec Bernadette pour qu'elle soit là pendant la journée. On en rediscutera le moment venu, mais tu penses avoir besoin de combien d'argent ?

— On peut en discuter le moment venu ?

— Bien sûr, oui, pas de problème. Je, euh… je me réjouis tellement, tu sais.

— J'imagine.

— Je te suis reconnaissant, ne crois pas que je ne me rends pas compte. Il y a juste un truc.

Jonah serra les dents.

— Quoi donc ?

— Bernadette. Tu sais comment elle est.

— Non, quoi ?

— Têtue comme une mule, déclara George en mâchant son crayon. Une dure à cuire, c'est d'ailleurs pour ça que je lui fais confiance. Elle me fait tout un tas d'histoires pour ne pas venir le jour de Noël.

— … Hun-hun.

— Elle est catholique. Dévote. L'encens et l'eau bénite. Je lui ai proposé de la payer plus, mais je ne crois pas que ce soit le problème.

— Augmente ton offre.

— Non, c'est justement ce que je suis en train de te dire. L'argent ne l'intéresse pas. Elle veut pouvoir aller à la messe, passer du temps en famille.

— Ça peut se comprendre.

— Bien sûr. Je veux dire : c'est pareil pour tout le monde.

— Ben ouais.

— Donc il semble que je vais avoir besoin de quelqu'un pour ce soir-là et le lendemain.

Jonah laissa la phrase planer dans l'air confiné de la pièce.

— Tu crois que tu pourrais m'aider ? demanda George.

— Moi aussi, j'aimerais passer du temps en famille.

— Vous ne fêtez pas Noël.

— Pas comme une fête religieuse, mais on célèbre le fait d'avoir un jour férié.

— Si tu étais parti skier avec tes amis, tu ne les aurais pas vus non plus.

— D'accord, mais…

— Laisse tomber, laisse tomber. Ce n'est pas la question. Je ne te demande pas de venir le jour de Noël. Ce n'est pas de ça que je parle.

Il replia son journal.

— Tu as cru que c'était ça que je te demandais ?

— En tout cas ça y ressemblait.

— Pour qui tu me prends ?

Jonah eut un geste conciliant.

— Ce que je voulais dire, c'est que je cherche une deuxième infirmière. Tu connais peut-être quelqu'un par ton… Tu croyais sincèrement… Enfin, Jonah, un tout petit peu de crédit, s'il te plaît.

— Excuse-moi, je ne sais pas ce qui m'a pris.

— Bref, quoi qu'il en soit, Hannah n'accepte pas facilement les nouvelles personnes, comme tu sais, mais si on commence à introduire cette personne quelques mois à l'avance, on s'évite les mauvaises surprises en décembre. Je te le dis juste pour que tu le gardes dans un coin de ta tête.

George se leva.

— Tu es sûr que tu ne veux rien boire ? Grignoter quelque chose ?

— Non, non, ça va.

Le frigo s'ouvrit dans un soupir et la chatte miaula alors que George lui donnait un bout de saumon fumé.

Exaspéré, Jonah s'éclipsa dans la pièce du fond. Le tapis de jogging ne répondit pas à ses incitations ; il trouva la prise, la brancha et régla la vitesse sur trois kilomètres-heure, agrippant les barres latérales de la machine jusqu'à ce qu'il commence à avoir froid aux mains.

Sans qu'il sache trop pourquoi, la désinvolture naturelle dont ils s'étaient toujours accommodés lui tapait à présent sur les nerfs : les faux airs outragés ; l'alcool ; le caleçon miteux, comme si c'était trop demander à George d'enfiler un pantalon. *C'est Jonah, pas la reine d'Angleterre.*

Il arrêta le tapis de jogging et s'approcha de la cheminée, sur laquelle était posée une série de photos jaunies de la mère d'Hannah. Toujours sérieuse – des taches de rousseur, un brushing impeccable, tristoune dans son pantalon pattes d'eph et sa veste en daim –, Wendy Richter était une blonde joufflue dans laquelle il était difficile de reconnaître sa fille jusque vers la fin des années 1970, lorsqu'une étrange convergence se produisait : plus la grossesse de Wendy avançait, plus elle se mettait à ressembler à Hannah, la mère et la fille se rejoignant dans une physionomie commune.

George considérait-il sa femme comme une erreur ? Et, si oui, cela faisait-il de sa fille une erreur aussi ? À partir de quand les mauvaises décisions cessaient-elles d'être une parenthèse dans une vie pour devenir la vie elle-même ?

Jonah retourna au salon.

— George ?

— Hmm.

— Ce voyage, tu le fais tout seul ?

Un bref silence, puis le crayon posé sur le journal.

— Pourquoi tu me demandes ça ?

— Simple curiosité.

— C'est…

George gomma un mot, souffla sur la page.

— Ça ne te regarde vraiment pas.

Jonah ne dit rien.

— Mais si tu veux savoir, la réponse est non.

— Hannah est au courant ?

— C'est ma vie privée, répondit George.

— Très bien.

— Et non, elle n'est pas au courant.

— Tu es sûr ?

— Je ne vois pas comment elle le serait.

— Elle n'est pas idiote. Elle peut très bien sentir les choses.

— Je ne la prends pas pour une idiote, je pense juste qu'il n'y a pas de raisons qu'elle soit au courant.

Elle s'appelle Louise, ajouta-t-il sur la défensive, mais non sans une certaine fierté.

— Tu n'es pas obligé de m'en parler.

— Je n'ai pas honte. Est-ce que... (Il baissa la voix.) Est-ce que je n'ai pas le droit de *vivre* ?

— Tu as parfaitement le droit.

— C'est déjà assez dur de devoir faire les choses en cachette sous mon propre toit.

— Rien ne t'y oblige.

— Tu dis ça comme si je pouvais faire ce que je voulais, mais tu sais très bien que...

— À cause d'Hannah ?

— Non, à cause de *Lee Harvey Oswald*.

Jonah ravala une réplique qui lui brûlait les lèvres.

— Peut-être que la présence d'une femme lui ferait du bien, dit-il.

— Elle ne le supporterait pas. Ni l'une ni l'autre, d'ailleurs.

— Comment tu le sais ?

— Parce que c'est ma fille et que je suis capable d'évaluer ce qu'elle est en mesure de supporter.

— Je pense que tu ne lui fais pas assez...

— Ne commence pas avec ça, Jonah, d'accord ?

— Et Louise alors ? Si tu cherches une raison de les présenter, en voilà une bonne. Elle pourrait t'aider.

— Elle a eu une vie assez difficile comme ça, je pense que je peux lui épargner ça.

— Quoi alors ? Tu vas mentir à Hannah ad vitam aeternam ?

George froissa son journal en boule.

— Mais pour qui tu te prends pour me faire la leçon, hein ? Tu es là deux fois *par mois*. Et les vingt-neuf autres jours ? Du lundi au vendredi. Tu es où pendant ce temps ?

Choqué, mais reprenant vite ses esprits, Jonah rétorqua :

— Je pourrais aussi ne pas venir du tout.

— Dans ce cas, pas la peine de me rendre service si c'est pour me compliquer la vie. Je me fous de ce que tu décides. Tu peux venir ou rester chez toi si ça te chante. Mais si tu te crois autorisé à me faire la morale sur la façon dont j'occupe mon temps libre, tu peux aller te faire voir.

Silence.

Jonah s'approcha du canapé et commença à fourrer ses livres dans son sac.

— Où tu vas ?

La fermeture se coinça et il tira un grand coup dessus, ce qui eut pour effet de la casser pour de bon. Il balança le sac ouvert sur son épaule.

— Trouve-toi quelqu'un d'autre pour Noël.

À ces mots, George, qui jusque-là boudait placidement dans son coin, se leva d'un bond.

— On s'était mis d'accord.

— Plus maintenant.

Il était presque au bout de la rue lorsque George ralentit à sa hauteur dans son Acura.

— Tu m'avais promis.

Il avait envie de partir en courant, mais ce n'était pas comme s'il pouvait semer George. Sans parler de la perte de dignité que courir impliquait. Il continua donc à marcher, le regard droit.

— Ce n'est pas moi que tu punis. Tu le sais très bien. C'est elle. Elle a demandé que tu restes.

— Tu n'as qu'à lui dire que c'est de ta faute si je ne reste pas.

— Jonah. Monte dans la voiture.

— Va te faire foutre.

— Je vais faire comme si je n'avais pas entendu.

— Dans ce cas je vais te le répéter : va te f...

George accéléra brusquement, se gara et descendit de la voiture, laissant le moteur tourner. Jonah s'agrippa à la bretelle de son sac. Il était plus grand que George, et en l'occurrence il se sentait trois fois plus grand que sa taille normale.

— Pourquoi tu me fais ça ?

— Qu'est-ce que je te fais, George ?

— Je suis un être humain. Tu comprends ? J'ai besoin de m'évader. J'ai besoin d'aide. Ce dont je n'ai *pas* besoin, c'est que tu te mêles de mes affaires.

— Eh bien, je ne m'en mêlerai plus, rétorqua Jonah. Plus du tout. Tu n'auras plus à t'inquiéter de moi, ni à venir me chercher à la gare – enfin, façon de parler vu que tu ne t'en souviens jamais, putain, *jamais* –, et tu ne m'auras plus non plus comme baby-sitter. Tu n'as qu'à *payer* quelqu'un. Tu veux quelqu'un ? Débrouille-toi tout seul. Engage du personnel. Engage une infirmière juive. Tu crois que les gens bossent le soir de Noël, merde !

Pour la première fois, George parut réellement affolé.

— Je ne voulais pas te...

Alors que Jonah passait à la hauteur de George, il sentit une main se poser sur son bras et sa réaction instinctive aurait été de lui balancer un coup de poing. Mais il se contenta de se dégager, de rajuster la bandoulière de son sac à son épaule et de continuer son chemin tout seul.

Chapitre 11

Ce soir-là, Eve ne vint pas chez lui. Jonah, dopé à l'adrénaline, était exaspéré ; il avait envie de lui raconter ce qui s'était passé et de partager avec elle la décision qu'il avait prise dans le train du retour.

Tout remonté qu'il fût, il admettait qu'Hannah, et non son père, serait la première à souffrir d'une rupture abrupte. Mais amenée progressivement, comme on suspend petit à petit un traitement…

Jusqu'à Noël il continuerait à venir régulièrement ; ça ne faisait que trois mois et demi à tenir, et il avait déjà supporté vingt mois de cette absurdité. Trois mois et demi, c'était quatorze semaines, ce qui au rythme actuel revenait à cinq ou six visites. Il en était capable. Il le ferait pour Hannah ; en son honneur ; *in memoriam*.

Et il lui devait aussi la première semaine des vacances. Manquer à sa parole ne l'aurait pas dérangé plus que ça, mais l'idée de ce que George pourrait dire à sa fille s'il ne venait pas le rendait malade. *Il ne veut plus te voir*. Même si Jonah le laissait mariner un temps, même s'il parvenait à lui arracher des excuses, au bout du compte il serait obligé d'y aller.

De toute façon sa menace de lui faire faux bond était du bluff à quatre-vingt-dix pour cent, destinée à produire une réaction à la fois chez George et lui-même. Il avait besoin de voir ce que ça faisait de dire non. Et maintenant il savait : ça ne faisait ni chaud ni froid. Ce n'était pas agréable pour autant, mais il s'habituerait. Il s'était bien habitué à l'extrémité inverse.

Après Noël, tout était permis. À partir de janvier il réduirait ses visites à... disons une fois par mois. Puis une fois tous les deux mois, tous les trois. L'anniversaire d'Hannah était en avril ; il ferait une exception. Au-delà, il ne promettait rien.

Il avait envie d'en parler à Eve car, même si elle ne pouvait pas s'attribuer le mérite de lui avoir mis ces idées dans la tête – en fait elles mûrissaient depuis bien plus longtemps qu'il n'aurait su l'admettre –, il lui devait une fière chandelle pour le déclic qu'elle avait provoqué en lui. Et le lui dire serait une façon de lui prouver qu'elle comptait bel et bien dans sa vie, même s'il n'était pas tout à fait – voire pas du tout – prêt à lui dire qu'il l'aimait. « Tu m'as montré la voie », lui assurerait-il. Un bon moyen de satisfaire tout le monde, du moins à court terme.

Il attendit. À minuit, Lance rentra à la maison et se colla direct devant la PlayStation.

— Tu es encore debout ?

Jonah, pas mécontent de cette interruption, reposa ses livres.

— Insomnie, répondit-il.

— Ah, merde.

Pendant une demi-heure il regarda Lance dégommer des zombies.

— C'cst quoi, ce jeu, déjà ?

— Mec, heureusement que tu m'as pour combler les lacunes honteusement béantes de ta culture contemporaine. C'est un classique : *Resident Evil*.

— Le grand méchant ne s'appelle pas Benderking par hasard ?

— Hein, quoi ?

— Rien, laisse tomber.

Après avoir mordu la poussière plusieurs fois d'affilée, Lance éteignit la télé et resta planté d'un air solennel devant l'écran noir.

— Je ne sais pas si j'ai accompli quelque chose aujourd'hui.

— Tu as affiné ta coordination main-œil.

— La rationalisation parentale ultime de la fin des années 1980, début 1990, rétorqua Lance. Est-ce que ça a jamais été prouvé médicalement ?

— Pas à ma connaissance, non.

— Rectification : j'ai accompli de grandes choses aujourd'hui. Tournage à gogo. Mon *Citizen Kane* à moi.

— Il faudra que tu me le montres un jour.

— Tout de suite, chef, répondit Lance en partant en courant.

— Non, pas mainte... J'ai des... Lance. Pas...

— C'est un best-of de mon travail le plus récent, annonça Lance en brandissant un DVD. Tu vas voir, ça dépote.

Jonah endura quatre minutes de Lance en train de lire un magazine de cinéma allemand à l'aide d'un dictionnaire de poche tout en remuant les lèvres ; deux minutes de Lance en train de faire des abdos ; six minutes de Lance en train de fignoler sa coiffure ; neuf minutes de Lance en train de fumer un pète et de contempler le plafond.

— Je trouve que ça donne vraiment une idée de qui je suis.

Après trente secondes de Lance en train de se brosser les dents, Jonah n'en pouvait plus. Il était sur le point de le dire quand sur l'écran s'afficha un plan du salon très peu éclairé.

Jonah Stem.

— C'est une de mes séquences préférées de tous les temps, déclara Lance.

Sur l'image, Eve traversait le salon. Pieds nus, dans une jupe grise et son éternel pull en laine. Jonah reconnaissait la façon dont elle était habillée une semaine plus tôt.

— C'est pas vrai, souffla-t-il.

— On n'entend pas vraiment ce que vous dites à moins de mettre le volume à fond. Pendant la phase où vous parlez, je veux dire. Une fois qu'on est dans l'action, c'est parfaitement audible.

Jonah ne répondit pas. Il était absorbé par le bras dans le coin en bas à gauche de l'écran. Son propre bras. Ce qui voulait dire que la caméra était… où ? Il s'efforça de deviner, mais c'était comme lire le moniteur d'une endoscopie.

— Je suis choqué, *choqué*, que personne ne vous ait envoyé les flics. Vous êtes de vrais sauvages, ma parole ; le bruit que vous faites, on dirait que quelqu'un est en train de mourir.

Jonah regarda Eve lui grimper dessus. Ils tombèrent à moitié hors champ alors qu'elle le renversait par terre. Il essaya de se souvenir si c'était le soir où elle avait jeté sa cravate par la fenêtre. Ah oui, justement.

Il l'aimait bien, cette cravate.

— Tu ne m'avais jamais parlé de tes tendances exhibitionnistes, mec. C'est ça qui est beau avec les bons amis : on n'a jamais fini d'apprendre.

Eve était la patience incarnée : une ballerine ayant pour cavalier un hippopotame. Alors que lui… c'était *ça*, la tête qu'il avait ? Éprouvé, pixélisé, clownesque ; comme les portraits qu'on vous vend dans les fêtes foraines quand vous descendez, encore étourdi, des montagnes russes. Il songea que si davantage de gens pouvaient se voir dans les affres de la luxure, ils entreraient dans les ordres. Dans la mollesse d'Eve alors qu'il se débattait pour la prendre de côté, il reconnut une certaine… *passivité* ? Elle jaillit soudain dans le cadre, à califourchon sur lui, et l'angle de la caméra lui montra quelque chose de nouveau : même si Eve poussait des grognements, remuait les hanches et s'agitait dans tous les sens, son visage était sans expression. *Passivité* n'était pas le bon terme. Le bon terme, c'était *ennui*.

Il tendit la main pour arracher la télécommande à Lance, mais celui-ci se recula vivement.

— Attends, c'est le meilleur moment.

— Éteins-moi ça.

— Tu plaisantes ?

— Je n'ai pas besoin de voir ça.

— Pourquoi ?

— J'y *étais*.

Jonah essaya de l'atteindre, et Lance se plaça en position défensive derrière le fauteuil.

— Hé ! fit-il en tendant les paumes en avant façon Bouddha. Du calme, mec.

— J'arrive pas à le croire, putain.

— C'est vous qui avez fait tout le boulot, le mérite vous revient entièrement.

— Je t'avais dit de ne pas mettre de caméra ici. Où est-elle ?

— Mec...

— Où ?

Lance pointa du doigt : au-dessus du frigo, coincée entre deux boîtes de Frosties à moitié vides. Exactement là où Jonah lui avait interdit de la mettre dès le départ. Lance se précipita pour la récupérer.

— Je l'ai déplacée il y a une ou deux semaines pour me filmer moi-même, et j'ai oublié de l'enlever. Ensuite il se trouve qu'elle a capturé par hasard les pépites de ton badinage amoureux. T'étais tellement à fond, mec, je ne pouvais quand même pas couper une fois que ça avait commencé.

— Bien sûr que tu pouvais.

— Tu as quadruplé mon audience. Tu es l'une des séquences les plus populaires de…

— Je ne suis pas une séquence, connard.

— Écoute, je n'y peux rien si tu as envie de faire ça dans tous les recoins de l'appar… Hé !

Lance esquiva de justesse une mandarine volante qui laissa une tache de Rorschach sur le mur.

— Fais attention, tu vas me blesser. S'il te plaît, reviens un peu à la raison, mec. Je… Pose ça.

— Donne-moi la caméra, rétorqua Jonah sans lâcher la PlayStation qui se balançait par la fenêtre au bout de son fil.

— La caméra est un vaisseau, mec, et c'est toi, en tant qu'artiste, qui le remplis de… S'il te plaît, repose cette console.

— Je suis sur Internet ?

— Non, non, non, je t'ai effacé du serveur. Je n'ai plus que cette copie de sauvegarde.

— Quelqu'un l'a peut-être enregistré.

— Non, mec, imposs… Euh… C'est vrai.

— Ouais, *c'est vrai*.

— Les web-vidéos ont une durée de vie super-éphémère, mec. Dans une semaine, on t'aura oublié, promis. C'est pas comme si t'étais une célébrité.

— Je ne veux plus que tu filmes, fini.

— Du tout ? Attends…

— Plus ici. Plus de caméra dans le salon.

— D'accord, d'accord, tu as gagné. Maintenant repose ça doucement.

— La caméra.

Avec un soupir, Lance la lui remit, et Jonah replaça la PlayStation sur son rectangle délimité par l'absence de poussière au-dessus de la télévision. Après quoi il éjecta le DVD et le brisa en deux.

— Mec, ce n'était pas nécess… Oh là, oh là, tout doux. Je trouve juste tragique que tu ne sois pas capable d'apprécier ta propre œuvre. Quand est-ce que je pourrai récupérer ma caméra ?

Jonah jeta le disque à la poubelle.

— Ma mère m'a écrit un mail, reprit Lance. Elle pense que ta copine simule. Elle dit que ça sonne faux. Le mec de Kuala Lumpur demande à voir le bouquet final.

Jonah prit son élan et balança la caméra dans la rue cinq étages plus bas. Elle s'écrasa sur le trottoir d'en face, arrachant des cris stridents à deux filles qui sirotaient une boisson cachée dans un sachet en papier kraft. Lance rejoignit Jonah devant la fenêtre et lui passa un bras fraternel autour des épaules.

— Je suis désolé de t'avoir fait de la peine, mec. Vraiment. Je t'aime.

— Moi aussi, je t'aime, Lance.

— Écoute, j'ai une super-idée. On devrait se faire une petite excursion tous les deux à Atlantic City. Ou bien on pourrait descendre en bagnole jusqu'à Graceland. Et on filme tout. Réfléchis : tu es stressé, moi aussi j'ai besoin de vacances... Hé ! T'en va pas pendant que je te parle, c'est malpoli.

Chapitre 12

Mardi 21 septembre 2004

ÉQUIPE BLEUE, DEUXIÈME SEMAINE

Toute ressemblance de Simón Iniguez avec son frère avait été gommée par sa mise impeccable. Costaud, une moustache noire et un menton à fossette, il portait une veste en cuir et des lunettes de soleil.

— Il se prend pour Scarface. Et voici son chien d'attaque.

Belzer ouvrit un autre dossier plein de lettres, convocations et décisions de justice photocopiées, un diplôme du barreau. Il aimait avoir la photo de toutes les personnes avec qui il traitait ; ça l'aidait à se souvenir des gens et, disait-il, à identifier leurs faiblesses. Roberto Medina portait un élégant trois-pièces gris et une gourmette en or. À l'exception de sourcils titanesques, il avait les traits délicats : un sourire suffisant de beau gosse et des pommettes comme celles d'une pop star latino.

— Un enfoiré de première, commenta Belzer. Quand il est venu ici, il a commencé par faire le tour de la pièce en regardant partout. « Quelle vue magnifique ! il me fait. Ça doit être sympa d'avoir un grand bureau comme ça. Le mien est minuscule, vous savez, au fin fond du Bronx. » Comme si c'était censé m'impressionner, ou me faire culpabiliser, j'en sais rien. Après il me raconte qu'il s'est inscrit aux cours du soir pour étudier le droit. « Je faisais la plonge dans un restau. » Ensuite il regarde ça, poursuivit Belzer en montrant une lithographie au mur, et il me sort : « C'est de qui ? J'aime beaucoup. » Il s'approche pour lire l'inscription, putain. Tu y crois ? « Ellsworth Kelly. Il est connu ? » Moi, je suis assis là à attendre qu'il ait fini son petit numéro, et lui, il lit les légendes de mes tableaux. « Comme dans un musée, il fait. Moi, je n'ai pas une grande culture artistique. J'étais à l'école *publique*. » Un enfoiré. Je t'assure, gamin, me payer ce gars va m'amuser encore plus que toi.

Jonah n'écoutait pas. Il repensait à ce que Benderking lui avait répondu quand il lui avait demandé la permission de s'absenter deux heures :

— Je ne suis pas ta môman. Si tu n'as pas envie de prendre l'engagement d'être ici, c'est ton problème. Mais tes actes ont des conséquences, et il faudra que tu les assumes.

La dernière chose qu'il lui fallait, c'était d'être recalé en chirurgie. Et c'était loin d'être impossible : on voyait toujours rôder dans le service deux ou trois externes qui avaient été obligés de la repasser en quatrième année, la mine cadavérique et découragée, ambiance Sisyphe au petit déj. Sa note prenait en compte d'autres évaluations, sans parler de l'examen final. Mais si Benderking se fixait pour seule mission d'anéantir Jonah, c'était en son pouvoir.

Belzer prit tout son temps pour lui expliquer la nature de la plainte déposée par la famille Iniguez, énumérant des détails techniques qui, lui promettait-il, plomberaient le dossier.

— Racisme ? s'étonna Jonah.

— C'est ce qu'il prétend. Il dit que le type était en situation de légitime défense.

— Elle rampait par terre. Et... et... qu'est-ce qu'ils en savent ? Ils n'y étaient pas. Moi oui.

— Hé, gamin, ce n'est pas moi que tu as besoin de convaincre. Je te répète juste ce que m'a dit Medina. Sa théorie, c'est que tu débarques sur les lieux et que tu supposes que lorsqu'un homme de couleur – c'est comme ça qu'il l'appelle, un « homme de couleur » – et une femme blanche se disputent, l'homme de couleur est nécessairement l'agresseur. Me regarde pas comme ça, gamin, c'est pas *ma* version ; c'est la sienne. Écoute un peu ce qu'il m'écrit : « M. Iniguez correspondait aux stéréotypes sectaires de votre client, et votre client a pris l'initiative de faire un usage excessif de la force. Il doit payer pour cette faute. » « Stéréotypes sectaires », répéta Belzer en levant les yeux. Ça, c'est de la concision. Écoute, ces gars-là, c'est que de la gueule. Medina n'est pas idiot : il ne peut pas gagner et il le sait. Ils veulent juste foutre une bonne trouille à l'homme blanc.

— Et qu'est-ce que vous lui avez dit ?

— Je lui ai dit : « Très bien, Bob. On peut appeler Mlle Jones à la barre et lui demander si elle a eu le sentiment que sa vie était en danger, étant donné les trois coups de couteau qu'elle avait reçus dans le dos et un autre dans la main. Je pense que les gens comprendront où je veux en venir une fois que je leur aurai rappelé le long passif de violence de Raymond, y compris les accusations portées contre lui en 1992 quand il a agressé un de ses collègues avec une batte de base-ball. Ou bien le fait qu'il a failli se faire renvoyer de son foyer social après une bagarre avec le personnel. Ou, si vous préférez le prendre sous un autre angle, on peut aussi entendre le procureur adjoint qui a parlé avec mon client et qui a déclaré publiquement que c'était, je cite, “une des personnes les plus courageuses qu'elle ait jamais rencontrées”, fin de citation. Je suis sûr qu'ils trouveront intéressant de savoir que Raymond – dont vous prétendez que la mort a causé à votre client, je cite, "d'importantes difficultés financières" – n'a pas payé d'impôts sur le revenu depuis plus de dix ans, non pas parce qu'il trichait, mais parce qu'il n'avait *aucun* revenu à déclarer. Je suis sûr qu'ils trouveront également intéressant de savoir que, selon sa propre banque, votre client envoyait à son frère cinq cents dollars par mois d'argent de poche. Et là, je me creuse la cervelle, Bob, parce qu'il doit falloir faire des calculs drôlement savants pour prouver que la *perte* d'un passif de six mille dollars par an peut causer *d'importantes difficultés financières*. Ils trouveront sans doute intéressant que vous ayez envoyé un huissier de justice pour harceler mon client à l'hôpital, le détournant de sa tâche auprès de patients dans un état critique, interrompant avec imprudence des procédures médicales vitales et nuisant à sa réputation. Je suis sûr qu'ils trouveront intéressant que mon client ait connu une angoisse mentale extrême qui mériterait à son tour un procès pour dommages et intérêts. Et enfin je suis sûr qu'ils trouveront intéressant de savoir que n'importe quel jury populaire, noir, blanc ou de la couleur qui vous chante, accordera à mon client une montagne d'argent prélevée sur la succession de Raymond Iniguez, qui est sous la responsabilité de votre client. »

Belzer s'arrêta pour reprendre son souffle avant d'ajouter :

— Enfin, quelque chose comme ça. Peut-être pas mot pour mot, mais à peu près.

— Et qu'est-ce qu'il a dit ? demanda Jonah.

Belzer haussa les épaules.

— Il a dit : « Rendez-vous au tribunal. »

Le mardi soir, cela faisait quatre jours qu'Eve n'avait pas donné de nouvelles et Jonah commençait à s'inquiéter. Il ne cessait de se lever de sa table de travail pour aller guetter son arrivée à la fenêtre. Il lui envoyait des e-mails. Si seulement elle se décidait à prendre un portable, bon sang ! Il était même prêt à le lui payer.

Sans sa présence, il sentit sa détermination flancher. Le mercredi il appela George et accepta une trêve du bout des lèvres. Ni l'un ni l'autre ne s'excusèrent, mais ils semblèrent tous les deux sous-entendre qu'ils se conduiraient différemment si c'était à refaire. Jonah dit qu'il assurerait finalement la semaine de Noël, ajoutant que c'était uniquement dans l'intérêt d'Hannah. Ce à quoi George rétorqua :

— C'est uniquement dans son intérêt que je te l'ai demandé.

Il y eut un bref silence. Ils raccrochèrent et ce fut tout. Pas le résultat décisif qu'il avait espéré.

Il ouvrit son portefeuille et en sortit un coin qu'il avait arraché à un des dossiers de Belzer pour y recopier le numéro de domicile d'Iniguez pendant que l'avocat était parti aux toilettes.

Le téléphone sonna trois fois avant qu'une femme réponde d'une voix de DJ. Jonah demanda à parler à Simón.

— C'est qui ?

— Un ami de son frère.

Gamin, qu'est-ce que tu fous, bordel ! On n'est pas en train de faire copain-copain.

Cliquetis d'un deuxième appareil ; saxophone et batterie en arrière-plan.

— Oui ?

— Monsieur Iniguez ?

— Ouais, qui c'est ?

— Je m'appelle Jonah Stem, dit-il d'une voix hésitante. Je, euh... Je suis le...

— Je sais qui vous êtes.

— Désolé de vous déranger. Je… Chip… mon avocat, n'aimerait sûrement pas que je vous dise ça, mais je voulais me, euh… m'excuser pour ce qui est arrivé à votre frère. Vous n'êtes pas obligé de me croire, mais je n'avais aucune intention de lui faire du mal. Je vous le jure. C'est le pire événement de ma vie et je ne m'en remets pas. Ça vous sera sans doute parfaitement égal, mais… mais je voulais que vous le sachiez.

Iniguez raccrocha.

Incapable de se concentrer, Jonah passa la soirée devant son ordinateur. Il avait déjà googlisé Eve un milliard de fois, avec toujours les mêmes piètres résultats. Les sites de recherche de personnes ne pouvaient localiser aucune « Gones, Eve », « Gones, E. », ni même d'individus portant le nom de famille Gones, et lui suggéraient à la place de le mettre en contact avec d'anciens camarades de classe, une proposition qu'il trouvait pathétique à en pleurer. Sa tentative pour fermer son navigateur se heurta à une déferlante de fenêtres qui s'ouvraient en pop-up *(Spycams, vous êtes le 1 000 000ᵉ visiteur !! Vaporisez le lapin et gagnez un lecteur MP3 gratuit !)* et se multipliaient plus vite qu'il n'arrivait à les abattre. Il fut soulagé quand Windows planta.

Il n'avait pas d'annuaire. Aucune personne de moins de trente-cinq ans n'avait d'annuaire.

Les renseignements téléphoniques n'avaient aucune entrée sous le nom d'Eve Gones ni Eve Jones. Pas plus à Hoboken qu'à Manhattan ni dans toute la région du grand New York.

Il appela sa sœur.

— Jonah-chéri, ça fait plaisir de t'entendre.

— Moi aussi.

— Tu ne peux pas m'avoir des médocs ? Je voudrais les revendre au travail. Tous les gens avec qui je bosse sont sous sédatifs. Sauf moi.

— Et tu dors ?

— Non. Mais il m'arrive de perdre connaissance plusieurs heures d'affilée et de me réveiller dans un motel au bord de la I-95 sans mon sac ni mes sous-vêtements. Quoi de neuf, docteur ?

— Je me demandais si tu pouvais me chercher quelqu'un dans la base de données des anciens étudiants de Yale.

Il entendit le claquement charnu de la porte du frigo, suivi par le bruit sec d'une canette et une franche goulée.

— Ce qu'il y a de mieux quand tu es enceinte, c'est que tu n'as pas le droit de boire light, expliqua Kate. On oublie à quel point le *vrai* sirop de maïs a meilleur goût.

— Tu n'es pas censée boire de caféine non plus.

— C'est du Sprite. Et puis mêle-toi de tes oignons. Qui tu connais qui était à Yale ?

— J'ai rencontré une fille qui était dans ta promo et je voulais que tu fasses quelques recherches sur elle.

— Oh, oh, Jonah-chéri a une petite amie.

— C'est une amie tout court.

On aurait dit qu'il avait six ans. Mais entre frère et sœur...

— Hou, le menteur, il est amoureux ! Elle veut jouer au docteur avec toi, c'est ça ?

Il ne dit rien.

— Ça vaaaaa, c'est bon... Attends, je vais voir. La vache, il y a un de ces bordels sur mon bureau ! Tu ne veux pas venir me faire le ménage ?

— Non.

— Merci, mon petit frère adoré. Moi aussi, je t'aime.

Le clone de leur mère, une fois de plus. Il l'imaginait très bien dans la majestueuse bibliothèque du rez-de-chaussée qu'elle avait convertie pour son usage personnel : des étagères s'élançant jusqu'au plafond comme pour embrasser les moulures à plus de cinq mètres d'altitude. Quand Erich et elle avaient acheté la maison – une affaire en or, ils avaient signé dans un creux du marché immobilier –, elle avait confié à Jonah qu'ils comptaient faire appel à un de ces marchands qui vendent de vieux bouquins au mètre.

Jonah ne lui avait jamais avoué à quel point il détestait ce lieu. C'était une maison pleine de courants d'air, avec de grosses pierres apparentes et des vitraux qui se la jouaient un peu trop chevaliers de la Table ronde. Le décorateur, avec qui Erich était en classe à Berlin, s'était lâché sur le rétro-néo-bobo. Des divans, des sofas, des ottomanes. Des tas d'endroits où s'asseoir, avec pas un seul postérieur pour les remplir : leurs propriétaires travaillaient trop. Quand il restait dormir là-bas, noyé dans les oreillers et les plumes, Jonah se sentait comme un monarque. Qu'on allait mener à la guillotine le matin venu.

— Elle s'appelle comment ?

— Eve Gones.

— Ça ne me dit rien du tout.

— Oui, mais combien de gens tu avais dans ta promo ?

— Plein, mais ça m'étonne quand même de ne pas... Quelle faculté ?

— Je ne sais pas.

— Ah. D'accord, je regarde.

Il entendit les cliquetis du clavier.

— Eve Jones... Hé, tu sais quoi ? Gretchen t'a fait un dessin.

— Ah ouais ? fit-il en souriant.

— Je lui ai dit que tu étais docteur, alors elle a dessiné un docteur. C'est un chef-d'œuvre. Du pur Pollock. Elle s'est beaucoup servie du crayon blanc.

Je n'ai jamais compris pourquoi ils faisaient des crayons blancs, vu que le papier est blanc, je ne vois pas l'intérêt. OK, Eve Jones. Non. Désolée. Y a rien.

— Elle m'a dit qu'elle te connaissait. Elle se souvenait de toi.

— Elle me *connaissait* ?

— Pas que vous étiez copines, mais elle avait l'air d'évoquer une certaine familiarité.

— C'est bizarre.

— Ouais, je te l'accorde.

Et puis il pensa : *Mais bien sûr !*

— Katie ? Je me suis trompé. Tu peux vérifier avec un autre nom ?

— Tu ne connais pas le nom de ton amoureuse ?

— Ce n'est pas mon amoureuse. Ça s'écrit avec un G.

— Hein ?

— C'est Jones, mais avec un G.

Katie pouffa.

— Genre G-J-O-N-E-S ?

— Sans J.

— Gones ?

— Ça se prononce Jones, répondit-il, ce qui la fit éclater de rire.

— Jonah-chéri, ce n'est pas un nom.

— C'est comme ça qu'elle l'écrit.

— Ils ne prennent pas les analphabètes à Yale. Enfin, pas beaucoup.

— Je ne plaisante pas. Tu peux regarder dans la base de données, s'il te plaît ?

— Gh-Jones… À partir de maintenant je peux t'appeler Gh-Jonah ?

— Kate.

— Du calme, je suis en train de regarder…

Un temps.

— Nan. Peut-être qu'elle n'est pas inscrite sur le réseau des anciens élèves. Elle a changé de nom ? Elle s'est mariée ?

— Je ne crois pas. Est-ce que tu peux… Tu n'as pas le trombinoscope de ta promo sous la main, par hasard ?

Kate soupira. Puis il l'entendit traîner quelque chose sur le parquet.

— Qu'est-ce que tu fais ?

— J'ai besoin de l'escabeau, c'est tout en haut sur la dernière étagère.

— Pourquoi tu ne demandes pas à Erich de t'aider ?

— Il est au bureau.

— Mais il est 9 heures.

— La vie d'un jeune cadre dynamique.

Elle laissa échapper un grognement.

— Merde. Il me manque cinq centimètres… Attends, je vais chercher l'échelle dans la cuisine.

— Kate…

— Ça va, t'excite pas.

— Tu n'es pas obligée de le faire à la seconde. Je n'ai pas envie que tu te fasses mal.

— Jonah-chéri, je suis enceinte, pas handicapée.

Il la chronométra. Trois minutes, pendant lesquelles il l'imagina sur la pointe des pieds, son ventre tendu frottant contre l'*Histoire naturelle de la Nouvelle-Écosse*, tome VII. Autrefois il concevait la grossesse comme une phase de la vie délicate et immobile. Sa sœur lui avait donné tort.

— Hou là. Attends. Voilà, je l'ai. C'est rigolo, je n'ai pas remis le nez là-dedans depuis des lustres… OK. Jones ou G-Jones, c'est ça, Jonah-chéri ?

— C'est ça.

— Hé, incroyable !

Il interrompit ses va-et-vient nerveux.

— Tu l'as trouvée ?

— Non, je suis tombée sur une photo de ma copine Robbie et de sa tour Eiffel en canettes de bière. Elle avait bossé dessus six mois, avant que sa coloc rentre à la maison bourrée et qu'elle...

— *Kate*.

— Rrooooh. Oui, chef, bien, chef ! Je suis sur le coup. À votre service. Euh... Goldstein. Gomez. Graves. Il n'y a pas de Gones, Gonah-chéri.

— Tu es sûre ?

— Je sais encore me servir d'un index. Il y a une Elizabeth Marion Jones, une Jennifer Jones et une Samantha Erin Jones. Pas d'Eve Ji-Jones ni d'Eve Gé-Gones, désolée.

— Tu peux le feuilleter rapidement ?

— Il y a mille trois cents élèves dans ma promo.

Jonah s'assit sur son lit, les orteils recroquevillés sur le sol, la respiration lourde. Il décrocha de la réalité suffisamment longtemps pour croire, lorsqu'il revint, que la ligne avait été coupée.

— Allô ?

— Je suis là. Je regarde les... Oh, mon Dieu, me voilà. C'est triste, j'étais tellement maigre à l'époque.

— C'est quoi, ce délire ? dit-il.

— Peut-être qu'elle a inventé ça pour t'impressionner. C'est super courant. En troisième année, il y avait une fille qui avait réussi à s'inscrire en microbiologie en bidonnant tout son dossier. En fait on s'est rendu compte que c'était une folle totale. Elle s'est fait arrêter. Véridique à cent pour cent.

— Je ne comprends pas, marmonna Jonah.

— Qu'est-ce que tu ne comprends pas ? Les gens mentent à longueur de temps. Ils mentent même sur leur CV. Quand je faisais du recrutement pour Lehman, je n'en croyais pas mes yeux de voir ce que les gens inventaient. Elle travaille où ? Appelle-les, ils auront toutes les infos sur elle.

Il se donna une grande tape sur le front.

— Excellente idée.

— Ravie de pouvoir t'aider. Tu veux que j'annonce à maman que tu as une nouvelle copine ?

— Non, s'il te plaît, je...

— Je rigole. Bisous.

L'homme qui lui répondit au foyer social de la Beacon House n'avait pas un ton complètement officiel ; il parut perplexe quand Jonah lui expliqua qu'il cherchait un moyen d'entrer en contact avec Eve Gones.

— C'est un foyer réservé aux hommes.

— Elle y travaille une fois par semaine, répondit Jonah.

— Il n'y a aucune employée de ce nom.

— Vous êtes sûr ?

— Ouais.

— Je peux vous demander à qui j'ai l'honneur ?

— Je suis l'infirmier en chef de l'équipe de nuit.

— Et vous n'avez jamais entendu parler d'Eve Gones ?

— Je ne sais pas.

— Vous ne savez pas si vous avez entendu parler d'elle, ou...

— Et moi, je peux savoir à qui j'ai l'honneur ? Vous êtes journaliste ?

— C'est une amie. J'essaye de la joindre.

— Écoutez, je ne peux rien faire pour vous. Et il faut que je raccroche, je dois y aller.

L'homme joignit le geste à la parole. Agacé, Jonah refit le numéro. Il laissa sonner dix-huit fois.

Chapitre 13

Ces derniers temps il s'était habitué à passer ses journées dans un état de trouille dysthymique, mais le lendemain matin il était tellement dérouté par ses conversations avec sa sœur et le type de la Beacon House qu'il ne remarqua même pas que la source habituelle de ladite trouille n'était pas dans les parages. À l'heure du déjeuner il demanda à l'un des externes où était passé Benderking et ne reçut pour toute réponse qu'un haussement d'épaules évasif.

En tout cas il n'allait pas se plaindre de ce don du ciel. Il attendit la tournée de visites de l'après-midi, quand Benderking débarqua d'une humeur de chien – décravaté, vêtu d'une chemise mal coupée et d'un gros pansement à l'œil –, pour oser se renseigner auprès d'une infirmière à la langue notoirement bien pendue.

— Quelqu'un lui a balancé du café au visage.

— Comment ça ?

— Ben, une fille est arrivée en le traitant de tous les noms et *pfffuit* ! (Elle mima le geste de jeter quelque chose.) Pile dans l'œil.

— Une *fille* ?

— Tu sais ce que je pense ? Qu'il devait la tromper à tire-larigot.

Troublé, Jonah demanda ce qu'était devenue l'agresseuse.

— Elle s'est enfuie. T'es de la police ? Qu'est-ce que ça peut te faire ?

— Juste pour savoir.

Il était sûr qu'il la verrait ce soir-là et ça ne loupa pas : elle l'attendait sous son orme, dont les prémices de l'automne avaient commencé à décimer le feuillage.

— Salut, mon amour, dit-elle.

Ils montèrent. Après avoir posé son sac par terre, il resta à la regarder les bras croisés pendant qu'elle mettait de l'eau à chauffer.

— Je te dois des excuses, déclara-t-elle en attrapant la boîte de camomille. J'ai été terriblement injoignable.

Il ne dit rien.

— Hou là, mais c'est qu'il a l'air vexé !

— Pourquoi tu as fait ça ?

— Fait quoi ?

— Tu ne peux pas faire ça. Tu *ne peux pas*. C'est complètement… Franchement, je n'arrive pas à le croire. Et n'essaye pas de me dire que tu n'y es pour rien, parce que…

— Jonah Stem, dit-elle en posant sa tasse. Si tu veux bien me laisser la parole une minute.

Elle se fit craquer les doigts, s'éclaircit la gorge.

— D'abord je dois t'expliquer où j'étais. J'avais un certain nombre de préoccupations en tête, et un certain nombre d'obligations auxquelles je devais répondre. Avant toute chose, tu dois bien comprendre que la différence entre la réussite et l'échec n'est le plus souvent qu'une affaire de préparation. Avec, selon toute probabilité, une seule chance de pouvoir montrer de quel bois je me chauffe à ce monstre qui te poursuit de son courroux, j'ai pris l'initiative de…

— C'est donc bien toi.

— Tu m'interromps.

— Tu ne vas même pas… je ne sais pas, moi, *nier* ?

— Pourquoi devrais-je nier ? J'allais te le dire, je voulais que ce soit une surprise.

— Oh, mais c'en est une.

— Tant mieux. Ne fais pas cette tête alors. J'étais en train de t'expliquer que réussir cette mission supposait d'y consacrer une bonne dose de réflexion préalable, sans parler d'efforts, pour déterminer où et quand frapper au mieux, et quel serait le type de représailles idéal. Il m'a semblé que le café fonctionnait bien du point de vue…

— C'est pas vrai, soupira-t-il.

— … symbolique.

— Bon sang ! Eve !

Il faisait les cent pas dans le salon, cognant ses poings l'un contre l'autre.

— Tu n'es pas d'accord ?

— D'accord *avec quoi* ?

— La valeur symbolique du…

— Mais de *quoi* tu parles ?

— Du café, répondit-elle patiemment.

— Et alors ?

— Après ce qu'il t'a fait ? T'obliger à recoller sa tasse ? J'aurais aussi pu lui lancer carrément une tasse à la figure, mais là c'était tellement plus… *cinématographique*. Dommage que tu n'aies pas été là pour voir ça de tes propres yeux…

Elle traça dans l'air la trajectoire du café imaginaire.

— En plein dans le mille, conclut-elle.

Il la dévisagea jusqu'à ce qu'elle fronce les sourcils.

— J'ai comme un mauvais pressentiment en te regardant, Jonah Stem.

— Sans blague.

— Quelque chose ne va pas ?

— Non, rien, tu as juste agressé mon chef.

Elle secoua la tête comme pour dire : « Et alors ?… »

— Pourquoi tu as fait ça ?
— Il le méritait. Tu ne vas pas prétendre le contraire, quand même ?
— Je...
— Depuis un mois tu n'as pas arrêté de me répéter à quel point tu aimerais lui faire rissoler les entrailles.
— C'était...
— Franchement, coupa-t-elle, je m'attendais à un peu plus de gratitude de ta part.
— De *gratitude* ?
— Ben oui, répliqua-t-elle en écarquillant les yeux. C'est pour toi que je l'ai fait, tu sais.
— Je ne veux pas entendre ça.
— C'est la vérité.
— Je t'interdis de dire ça.
— C'est un fait, tu ne peux rien y changer. Et ce n'est pas parce que le résultat n'est pas exactement celui que j'avais escompté – et encore une fois, sincèrement, je pense que tu en fais un poil trop, Jonah Stem – que l'intention n'y était pas. Tu m'as dit...
— J'ai dit que je n'aimais pas ce type, je n'ai pas...
— Tu m'as dit...
— Je n'ai pas dit que je voulais le *défigurer*.
— Si, tu me l'as dit.
— Je n'ai *jamais* dit une chose pareille.
— Je t'assure que si.
— Quand ça ?
— Tu m'as dit : « Vas-y. »
— Quand est-ce que j'ai dit ça ?
— On en a parlé. Tu m'as dit qu'il faudrait lui apprendre les bonnes manières, et...
À présent il se souvenait.
— Je n'ai jamais dit ça, c'est *toi* qui l'as dit.
— Et tu étais d'accord.
— Je...

— Et j'ai proposé de lui apprendre les bonnes manières, et tu m'as répondu : « Vas-y. »

— Au sens *figuré*.

— Eh bien, ça n'était pas très clair.

— Ça aurait dû, pourtant.

Il s'adossa au mur.

— Mais enfin, bon sang, reprit-il, si je t'avais dit de le tuer, tu l'aurais fait aussi ?

Elle ne répondit pas. Il se tourna vers elle.

— Tu l'as bien fait pour moi, dit-elle.

Silence.

Il dit :

— J'ai besoin de... Excuse-moi.

Il alla s'enfermer dans la salle de bains et s'assit sur le bord de la baignoire. Benderking souffrait d'une brûlure de la cornée. Il s'en remettrait, mais ce serait douloureux et cela pourrait prendre des semaines.

Il se repassa mentalement la conversation, essayant de se remémorer s'il y avait eu quelque chose dans son ton, ses mots, l'expression de son visage, n'importe quoi... « Vas-y. » Ce n'était pas un ordre. Ou bien si ? Pouvait-on le tenir pour responsable ? Qu'est-ce que ça ferait d'entendre cette femme qu'il avait ostensiblement sauvée témoigner qu'il l'avait incitée à la violence ?

Y a pas eu mort d'homme, pensa-t-il. C'était le principal.

Mais ça aurait pu.

Mais y a pas eu.

À l'autrc bout du couloir, il cntcndit quclquc chosc sc casscr.

Il retourna dans la kitchenette et trouva Eve devant l'évier, les mains dans la cuve. Elle était livide.

— Eve ?

— Je... Elle m'a échappé.

La tasse était en morceaux. Du sang coulait de la paume d'Eve, souillant l'inox mouillé, se mélangeant en volutes avec l'eau de vaisselle.

— Fais voir, dit-il.

— Ce n'est rien, c'est... Je suis désolée pour la tasse.

L'entaille était longue mais peu profonde. Il ne pensait pas qu'elle nécessitait plus qu'un bandage bien serré et un antiseptique local. Il déchira quelques feuilles d'essuie-tout, les froissa en boule et lui recommanda d'appuyer fort.

— Jonah...

Il retourna à la salle de bains pour chercher de quoi la rafistoler. Quand il revint avec une poignée de pansements et un tube de Bétadine en gel, elle s'était mise à aligner les tessons sur le plan de travail.

— Je peux la recoller, dit-elle. Je suis vraiment désolée.

— Donne-moi ta... Ouvre... Garde-la ouverte.

— Ne sois pas fâché, s'il te plaît.

— Je ne suis pas fâché.

— Je suis désolée, je... Je suis désolée.

— Arrête de bouger, Eve.

— Je t'aime.

— Garde la main ouverte.

— C'est vrai, je t'aime.

— Eve...

Il la regarda et ce qu'il vit l'affola : un immense abîme de désespoir qui la coupait en deux de haut en bas, un livre avec toutes les pages arrachées.

— Je t'aime, répéta-t-elle. Je suis désolée, j'ai fait une erreur. Je t'en prie, ne sois pas fâché.

Il avait mis trop de Bétadine, la peau luisait, il avait du mal à faire coller les pansements.

— Ne bouge pas.

— Tu es fâché ?

— Je ne suis pas... *Arrête de gigoter !*

— Tu es fâché, ça s'entend.

Il inspira profondément.

— Il faut que tu me laisses finir ça.

— Je suis désolée.

Il nettoya la zone autour de la plaie.

— Je suis désolée. J'ai fait une erreur. Je suis désolée, vraiment désolée. S'il te plaît, je ne supporte pas quand tu es fâché. Je t'en supplie, ne sois pas fâché. Je suis tellement désolée, Jonah, je t'en supplie, je t'aime. Je ne recommencerai plus jamais. Je me suis trompée. Je l'ai fait parce que j'ai cru que ça te ferait plaisir, mais c'était une erreur. Dis-moi que tu n'es pas fâché.

— Je ne suis pas fâché.

— Tant mieux, dit-elle. Tant mieux, tant mieux. Je te promets que je vais me rattraper. Pour ce que je t'ai fait. Je suis désolée.

— C'est lui que tu as agressé, pas moi.

— Je sais, je suis désolée, désolée...

Elle posa sa tête contre lui.

Jonah termina son pansement. Il ne tiendrait pas longtemps, mais ça irait pour le moment. Quand il voulut s'éloigner, elle lui passa les bras autour du cou. En pleurs. Oui. Elle était en pleurs. Malgré la colère, elle était de nouveau comme une petite fille, et en dépit de tous ses efforts il avait pitié d'elle. Il l'enlaça, l'attira contre lui et elle laissa échapper un gémissement de gratitude.

— Il faut me promettre de ne jamais refaire une chose pareille.

— J'ai compris.

— Je suis sérieux, j'ai besoin de...

— Je ne suis pas une enfant, dit-elle d'une voix remarquablement enfantine. J'ai compris. Je ne le referai plus. J'ai fait une erreur.

— D'accord.

— Ça ne t'est jamais arrivé de faire une erreur ?

Si, faillit-il répondre, *mais jamais qui implique une atteinte physique*.

Puis il se souvint que ce n'était pas vrai.

— J'essaye d'être explicite, dit-il, parce que, quand je ne l'ai pas été, tu as sorti mes mots de leur contexte.

— Ça ne se reproduira pas.

— Très bien. Dans ce cas… Dans ce cas je ne crois pas qu'on ait besoin de… Je préfère qu'on oublie.

— Qu'on oublie quoi ?

— Je ne plaisante pas. Je n'ai pas envie de… Je risque de me faire pincer à l'école, ou…

— Pourquoi ça ?

— S'il découvre que…

— Jonah Stem, personne ne sait que je te connais. Tu crois que je lui ai donné ma carte de visite ?

— Ils ont appelé la police.

Elle haussa les épaules.

— Et alors ?

— Alors ils sont peut-être à ta recherche.

— Sans vouloir t'offenser, je pense que la police de New York a d'autres priorités.

— Tu n'es pas inquiète du tout.

— Non.

— Très bien. Dans ce cas on oublie.

— C'est déjà oublié.

Elle sourit avant d'ajouter :

— Ça va mieux ?

Il tournait en rond dans la pièce.

— J'ai appelé ma sœur hier.

— Ah oui ? Comment va la petite famille ?

— Je l'ai appelée parce que j'essayais de te joindre. Tu as disparu pendant cinq jours.

— Je suis désolée. Comme je te l'ai expliqué tout à l'heure, j'avais des choses à faire.

— Je lui ai demandé de te chercher dans la base de données des anciens de Yale.

— Je n'y suis pas. Je trouve ça rasoir.

— J'ai appelé la Beacon House pour avoir ton numéro et ton nom ne leur disait rien.

— Ah ! C'est parce que le directeur a envoyé une note à tout le personnel en donnant pour consigne de ne répondre à aucune question à mon sujet. Après ma petite escarmouche avec Raymond, ils ont été harcelés par les médias. Ça fait mauvais genre, tu comprends, d'avoir un patient - ou *citoyen*, comme ils disent - qui poignarde une employée. Ce n'était pas la première fois que Raymond avait ce genre de comportement. Il s'est battu au printemps dernier et ils ont voulu le flanquer dehors. J'ai intercédé en sa faveur.

Il se rappela sa conversation avec l'infirmier de nuit. *Vous êtes journaliste ?* Eve fouilla dans son sac et en sortit une carte de visite toute plissée portant son nom et le logo de la Beacon House.

— C'est ton numéro ?

— C'est la ligne directe du foyer.

— J'ai essayé de te joindre, dit-il. Je t'ai envoyé des mails.

— Je sais, je suis désolée.

— Tu ne trouves pas ça un peu bizarre que je n'aie pas ton numéro ?

— Non.

— Ça fait un mois et demi, Eve, tu ne trouves pas ça étrange ?

— Tu n'as jamais exprimé ce grief avant.

— Je n'ai pas eu besoin de t'appeler. Tu étais toujours dans les parages.

— Et je suis encore là. *C'est moi*, dit-elle en français.

— Mais tu n'étais pas là ces derniers temps. Je voulais te parler. Toi, tu as mon numéro.

— Tu as des testicules, pas moi. On est quittes.

Il la dévisagea.

— Qu'est-ce qui te prend ?

— ... Rien.

— Alors pourquoi tu te comportes comme ça ? Qu'est-ce qu'il y a ? C'est... c'est un problème de confiance ?

Elle se mordit la lèvre.

— Eve. Qu'est-ce qui ne va pas ?

Elle s'approcha de la fenêtre et regarda dehors. Toutes les cases du musée des petites faiblesses humaines étaient éteintes, comme s'ils avaient bâché les vitrines pour en installer de nouvelles.

— Je ne trouve pas ça juste de devoir me livrer à toi si tu ne fais pas pareil en échange.

Il resta muet.

— Je t'aime, reprit-elle. Je n'ai aucun problème à le dire.

— Tu me donneras ton téléphone si je te dis que je t'aime ?

— Oui.

— Ça me paraît totalement à l'envers.

Elle se replongea dans la contemplation de l'immeuble d'en face.

Il voulait lui raconter comment il avait envoyé promener George, et son projet d'espacer ses visites. Si elle avait été là quelques jours plus tôt... et si elle n'avait pas fait ce qu'elle avait fait. Il se rendait compte à présent que ça n'allait pas marcher. Mais il ne pouvait pas le lui dire maintenant, avec sa main blessée et lui qui avait la tête comme une citrouille. Il réfléchirait à une stratégie. Il s'en soucierait plus tard. Pour l'heure il ne pouvait penser à rien d'autre que ce qu'il avait devant lui, et juste à cet instant elle se retourna et lança :

— On va se coucher ?

Chapitre 14

Les deux semaines suivantes, ils reprirent leur rythme antérieur, lui allant au travail toute la journée et elle l'accueillant le soir. Elle lui demandait comment se comportait Benderking ces temps-ci, et même s'il détestait l'admettre, Jonah avait bel et bien remarqué un changement : bien que toujours bourru en apparence, Benderking prenait soin de ne pas franchir la limite entre *gros con* et *psychopathe*. Jonah ne le dit pas à Eve, évidemment. Tout d'abord on ne pouvait pas savoir d'où venait cette évolution. Benderking avait peut-être peur, certes ; mais il pouvait aussi être en train de préparer discrètement sa vengeance. Ou peut-être que le choc avait fait griller le centre nerveux de la cruauté dans son cerveau.

Et puis Jonah n'avait pas envie de l'encourager. Du jour au lendemain, sa façon de voir Eve s'était modifiée. Ils continuaient à coucher ensemble, mais il ne se sentait plus tenu de lui dire tout ce qui lui passait par la tête. Et il s'efforçait de porter sur elle un regard *objectif*.

Deux souvenirs le hantaient. Le premier était celui du visage d'Eve sur la vidéo de Lance. Il faisait son maximum pour chasser cette image de son esprit, mais elle le poursuivait, jaillissant à l'improviste tandis qu'ils se roulaient sur le parquet de sa chambre. Il ne pouvait s'empêcher de lui jeter des coups d'œil en douce pour tenter de la surprendre en flagrant délit. Et quand bien même il la surprendrait, qu'est-ce qu'il ferait ? Il se relèverait d'un bond, l'index accusateur : « Tu simules » ? Pourquoi avait-il besoin de confirmer ses soupçons ? S'il savait que c'était le cas – et il le savait –, il pouvait soit l'accepter, soit pas. Mais se torturer en la scrutant, scrutant, scrutant…

L'autre souvenir, le pire, celui qui l'empêchait de dormir une fois Eve partie et qui le terrifiait quand il osait se l'admettre : « Tu l'as bien fait pour moi. » Il ne pouvait pas supporter cette analogie, et si c'était comme ça qu'elle voyait les choses, alors… alors il ne savait pas quoi faire.

Il avait peur, un peu.

Il n'avait jamais été doué pour les ruptures, mais si son expérience avec Hannah lui avait appris une seule chose, c'était que vous épargniez à tout le monde une bonne dose de souffrance en prenant le taureau par les cornes. Pas tout de suite, mais bientôt. Il lui restait encore un mois en chirurgie, plus l'examen final, et il n'avait pas envie de s'embarquer dans des nuits entières de face-à-face, de cœur-à-cœur. Alors il raterait peut-être la sortie en salle, mais il pourrait toujours se rattraper sur Internet.

Mercredi 6 octobre 2004

ÉQUIPE BLEUE, QUATRIÈME SEMAINE

Il sortit du bloc vers une heure et, n'ayant que dix minutes de pause avant son prochain Gros, il courut aux toilettes. En revenant, il croisa Nelgrave liquéfié dans un fauteuil.

— Patrick.

La tête de Nelgrave pendait et dodelinait mollement. Sa coupe de cheveux dessinait une pointe sur son front et Jonah aurait juré que ça s'était aggravé au cours du week-end.

— Hein ? fit-il.

— Ça va ?

— Je suis tombé dans les pommes pendant une opération.

— Merde. Tu t'es cogné la tête ?

— Je suis tombé en avant. Sur le patient.

— Aïe.

— Il avait le torse ouvert, poursuivit Nelgrave d'une voix brisée. J'ai atterri sur ses poumons. J'ai contaminé tout le champ opératoire. Et ensuite j'ai vomi.

— Sur le patient ?

— Non. À ce stade ils m'avaient déjà envoyé valdinguer. C'est là que je me suis cogné la tête.

— La vache ! s'exclama Jonah. Ça craint.

— Je voulais faire de la plastie. Tu sais la sélection qu'il y a pour être pris ?

— Ils ne vont pas te recaler juste pour un mauvais jour.

Nelgrave remua dans son fauteuil. Sa casaque était en piteux état. On aurait dit qu'il ne s'était pas lavé le cou depuis un mois.

— Va savoir.

— Écoute, le rassura Jonah, tu es bien meilleur que moi.

Cela sembla lui remonter le moral.

— C'est vrai, dit-il avant de se lever, tout sourire, et de lui donner une petite tape sur l'épaule. Tu trouves toujours les mots qu'il faut, Stem.

Sur ce, il s'éloigna.

Même si l'obésité n'était pas un service d'urgence, il devait assurer des gardes comme tout le monde. Ce soir-là, il se présenta à 8 heures pour ce qui allait s'avérer une des nuits les plus mouvementées de l'année. Trois accidents de piétons (un couple fauché par un taxi à un passage clouté, un touriste à Times Square) ; un type amoché dans une bagarre de bistro, les deux clavicules et la mâchoire cassées ; un patient récent dont la plaie, mal soignée, avait viré à la gangrène. On dut lui couper le bras au niveau du coude, en tranchant dans l'articulation.

À partir de 1 heure du matin, les choses se calmèrent un peu et Jonah s'éclipsa pour piquer un petit somme. Il réussit à tenir trente minutes avant que son portable ne sonne.

— Ramène tes fesses.

Alors qu'il faisait ses lacets, encore engourdi, son téléphone sonna de nouveau.

— Te fatigue pas, il est mort.

Il retourna se coucher…

… pour être réveillé peu après par des hurlements extrêmement rapprochés.

— HÉ, LE CARABIN !

Jonah roula sur le côté.

— Ouais ?

— Ça fait *une heure* que je t'ai bipé.

— Vous… vous m'avez dit qu'il était mort.

— Mort ? s'égosilla l'interne en secouant le lit picot de la salle de repos. Ça va pas ou quoi ? T'as dû rêver. Hé, mais t'es le mec qui était dans le journal.

Jonah hocha la tête.

— Fais-nous profiter de tes talents, alors. J'ai une nouvelle mission pour toi. Tu ne vas pas me refaire le coup de t'endormir, hein ? Bon. La photocopieuse est en panne, va la réparer.

Jonah ne savait pas réparer une photocopieuse. Ils avaient des réparateurs de photocopieuses dont c'était le boulot de réparer les photocopieuses.

— D'accord, dit-il.

C'était le bourrage papier du siècle. Il s'assit en tailleur muni d'une pince à dissection et extirpa un à un du ventre de l'appareil des confettis noircis d'encre. Le caractère répétitif de la tâche le faisait régulièrement piquer du nez. À un moment il frôla un des organes brûlants de la machine, récoltant des zébrures sur la main. Une heure plus tard, une copie test – de son majeur brandi, blessé – sortit intacte. Il alla en informer l'interne, qui lui donna une bonne grosse claque dans le dos.

— Bien joué, Superbite.

À 3 heures et demie, cela faisait vingt-trois heures d'affilée que Jonah était à l'hôpital, debout et actif la grande majorité du temps. Il se sentait comme un pneu lisse. Il était en route pour aller préparer sa tournée de visites quand une boule de papier rebondit sur l'arrière de son crâne.

— Bonjour, Jonah Stem.

Il se précipita vers elle.

— Qu'est-ce que tu fais là ?

Elle gloussa.

— Tu es vraiment adorable dans ta blouse.

— Tu n'as pas le droit d'être là. Tu pourrais te faire arrêter. Où tu vas ?

Elle avait emprunté l'escalier qui descendait au sous-sol. Les rares personnes qu'ils croisaient la saluaient d'un hochement de tête, comme si sa présence ne les étonnait pas le moins du monde ; son allure dégageait une sorte d'autorité de droit divin, ce coussinet d'air qu'on trouve sous les pas des stars de cinéma, des princes et des rois, des maîtres d'hôtel. Jonah la suivait de loin en exprimant son dissentiment.

— Par pitié ! Cesse donc un peu tes jérémiades. Si je n'étais pas aussi amoureuse de toi, Jonah Stem, je crois que je te trouverais franchement rabat-joie.

— Tu ne peux pas entrer là, c'est fermé à clé.

— Balivernes ! J'ai fait ma petite enquête.

— C'est illég...

— *Chhh*, fit-elle dans un aparté théâtral. *On risquerait... de nous...* ENTENDRE.

Et elle disparut à l'intérieur.

— Eve, dit Jonah au mur. Eve.

Il avait le sentiment que s'il essayait d'attendre qu'elle se fatigue, elle le battrait à son propre jeu. Il n'avait pas envie qu'on le surprenne planté là à se tourner les pouces, ce pourrait être bien pire. Il allait donc devoir entrer à son tour et la faire sortir aussi vite que possible. Il tourna la poignée et pénétra dans la salle d'IRM numéro 4.

Elle contemplait l'appareil.

— J'ai toujours eu le fantasme d'être capable de voir à travers les objets. Tu sais à quoi ça me fait penser ? Les tout premiers ordinateurs, des monstres qui avaient la taille de trois pâtés de maisons, dit-elle en posant la main sur le capot beige et lisse. Un jour ils auront tellement rapetissé qu'on pourra les avoir au fond de son sac. Tout le monde en aura un, ce sera comme un téléphone ou une carte de crédit. On se baladera tous avec des lunettes IRM qui permettront de voir les gens sans leur peau.

— On n'a pas le droit d'être là.

— Je me suis dit que notre vie amoureuse avait bien besoin d'un petit remontant, répondit-elle en sautillant de l'autre côté de la machine. Il y a quelque chose qui ne tourne pas rond, je trouve.

Il jeta un coup d'œil à sa montre, à la porte.

— Tu pourrais nous scanner en plein coït. Comme ça on verrait quelle tête font nos entrailles.

Elle passa le cou à l'intérieur du tunnel.

— Tu pourrais voir tes glandes en pleine contraction.

Il fit mine de refuser – *et s'ils se faisaient prendre, putain* –, mais quand elle grimpa dans l'appareil, il la suivit aussitôt.

Miraculeusement, ils tenaient à deux. La table d'examen était sortie, ce qui leur octroyait quinze centimètres de plus. Malgré cela, il pouvait à peine bouger, se tortillant contre un câble caoutchouté qui lui arrachait les cheveux dans la nuque. Comme il se tirebouchonnait péniblement, son dos lui hurla *nooooon*. Il avait l'impression d'être un dauphin coincé dans un toboggan aquatique.

Alors qu'elle, elle était carrément acrobatique. Elle vint s'allonger sur lui. Son pull en laine lui chatouillait les narines, il lui éternua dans le cou.

— Tu es un as du métier, Jonah Stem. Je l'ai su dès que je t'ai rencontré. Tu es un prodige.

Ses longues manches laineuses lui grattaient les côtes ; elle ondulait en émettant ce qu'il identifia de suite comme de faux gémissements. Furieux qu'elle lui mente, il lui ordonna d'arrêter. Il essaya de la repousser. Elle s'arc-bouta contre le plafond du tunnel, exerçant une énorme pression vers le bas.

— Sois sage, dit-elle.

— Je n'ai pas envie de ça.

— Mais si, mais si.

Il s'efforçait de se détendre, mais il n'y arrivait pas. Elle était à deux centimètres de lui.

— Fais-moi plaisir.

Elle lui prit la main et la déposa sur sa joue.

— Là.

Il lui caressa le visage.

— Plus fort.

Il ne comprenait pas, et puis il comprit. Elle voulait qu'il la frappe. C'était nouveau. Jusque-là ils avaient fait ce que font les amants normaux. Mais là ce n'était pas pareil, et il était hors de question qu'il s'exécute. Il retira vivement sa main ; elle attrapa son autre bras et il se rétracta encore, on aurait dit qu'il avait des nageoires. L'Enfant Thalidomide contre Fornicator 3000. Il refusa. Il lui dit non.

Ce à quoi elle répondit :

— D'accord.

En se redressant brusquement, elle se cogna la tête contre la paroi du tunnel.

Le bruit fut terrible, comme s'ils étaient enfermés dans le bourdon d'une cathédrale ; comme si c'était lui qu'on avait assommé. Elle se pencha pour le refaire, et elle le refit. *Bam !* Toute la pièce tangua. Des images épouvantables assaillirent le cerveau de Jonah : Eve qui se tuait ; son cadavre rigidifié qui l'empêchait de sortir ; son crâne qui s'ouvrait comme un œuf à la coque ; sa cervelle, son liquide céphalorachidien, son sang qui coulaient sur le visage de Jonah. Elle prit son élan pour recommencer. Il tendit le bras afin de la retenir, et elle lui attrapa la main.

— Là, c'est bien.

Que pouvait-il faire pour la stopper ? *La frapper ?* Il la sentait de plus en plus excitée. Voilà pourquoi elle aimait quand il lui agrippait les fesses ; voilà pourquoi elle l'avait forcé à lui tirer les cheveux. C'était ça qu'elle voulait, et même si ça le révulsait au plus haut point et qu'il refusait catégoriquement de suivre ce chemin-là, il le suivit. Il aurait voulu s'en étonner et ce ne fut même pas le cas, pas vraiment ; il l'avait mérité. Il lui offrit son bras et la laissa se flageller avec. Elle émit son chant de baleine ; tous les muscles tendus ; se frappant le visage une, deux, trois fois, jusqu'à saigner du nez et lui éclabousser le front, comme des fientes d'oiseau, et juste au moment où il avait atteint sa limite elle se mit à trembler, à dire « Oh, oh, oh », il sentit son vagin se contracter et il ne put s'en empêcher, il jouit.

La machine commença à vrombir. Il n'avait jamais passé d'IRM de sa vie. Hannah en avait fait une à l'épaule. Il éprouvait un curieux mélange de sérénité absolue et d'agitation électrique. Le poids d'Eve sur son corps était comme un édredon, un fardeau. Il sentait une veine de son cou battre contre sa joue. Elle lui chuchotait à l'oreille. Du sang, son sang, sinuait à travers les poils drus de sa barbe de trois jours, se frayant un chemin jusqu'à la commissure de ses lèvres. Il mourait de froid. Sa main lui faisait mal ; plus tard il se rendrait compte qu'il s'était complètement écorché les articulations des doigts. Ils avaient contaminé l'intérieur du scanner. Il allait devoir le stériliser. Des traînées rouges sur les parois telles de mauvaises peintures rupestres. Elle se rassit, la mâchoire du bas enflée par sa langue qui semblait y chercher quelque chose, comme quand on essaye de coincer un morceau de persil rebelle. Elle recracha un grumeau sanguinolent dans le creux de sa main. Les yeux écarquillés, elle lui dévoila alors son butin : une dent.

Son sourire révélait une brèche nouvelle. Elle se laissa retomber contre lui.

— Et voilà, mon amour, murmura-t-elle. Ce n'était pas si terrible.

Chapitre 15

Mercredi 13 octobre 2004

CHIRURGIE, ORIENTATION, PREMIÈRE SEMAINE

Son dernier mois en chirurgie consistait en deux sous-spécialités de deux semaines chacune. L'OPH n'était pas trop mal. Les médecins avaient tous la barbe, comme si c'était un des critères de recrutement.

— Tu trembles, dit le chirurgien, le Dr Eisen, en pointant son index ganté dans sa direction.

— Il fait froid ici, répondit Jonah.

— Tu ne t'es pas encore habitué depuis le temps ?

— Il y a des choses auxquelles on ne s'habitue jamais.

C'était la première fois qu'il se risquait à donner une réponse plus complexe que « oui », « non » ou « pardon ». À présent tout le monde le regardait.

— Exact, commenta Eisen. C'est d'ailleurs pour ça que j'ai quitté ma femme.

Le patient allongé sur la table était un homme de vingt-neuf ans souffrant d'une ophtalmie sympathique. Il avait perdu un œil lorsqu'un fourgon de déménagement était rentré dans son taxi clandestin. Par l'une des grandes tragi-comédies dont le corps a le secret, l'autre œil, bien qu'indemne, avait commencé à se nécroser ; une réaction auto-immune qui, sans intervention, le mènerait à la cécité. Afin de sauver son œil valide, ils s'apprêtaient donc à énucléer l'autre. Le patient allait devoir s'accommoder d'une vision trouble, non stéréoscopique. Le bon côté, c'était qu'il hériterait d'un œil de verre qui lui permettrait de faire de bonnes blagues à table (« Tiens, regarde ça »).

Eisen avait une tête de basset et une voix rêveuse. Il testait nonchalamment Jonah en le bombardant de questions sur la machine infernale du système visuel : le nerf optique, le ganglion ciliaire, les six muscles oculomoteurs.

— Une dure, maintenant, enchaîna-t-il. Si tu réponds à ça, l'équipe notera la grande qualité des étudiants qu'on nous envoie. Quel écrivain a perdu la vue à cause d'une ophtalmie sympathique ?

Jonah ne voyait pas tant d'écrivains aveugles que ça. James Joyce. Est-ce qu'Homère n'était pas aveugle ? Il donna sa langue au chat.

— James Thurber. C'est un chir qui m'a raconté ça quand j'étais externe. Et maintenant je te le transmets. Tu ne pourras pas dire que tu n'as rien appris de concret. Tu n'as pas lu *La Vie secrète de Walter Mitty* ?

— Au lycée.

— Tu devrais la relire, soupira Eisen. Ça te parlera beaucoup plus maintenant que tu es plus vieux.

Il quitta l'hôpital à 7 heures et demie. Sur le chemin du métro, il écouta ses messages.

Salut, gamin, ça gaze ? Sois gentil de me passer un coup de fil. Je suis au bureau jusqu'à 7 heures, ensuite tu peux m'appeler chez moi au 212...

En haut des escaliers de la station de la 50e Rue, il composa le numéro. Une voix rauque ravagée par la puberté lui répondit.

— Bonjour, ici Jonah Stem pour M. Belzer.

— P'pa !

Un autre combiné fut décroché. Jonah entendait des rires enregistrés qu'il imaginait sortir d'un sublime système de son surround 7.1 relié à un téléviseur plasma en face d'un gros fauteuil en cuir et d'une table basse sur laquelle était posé un verre de Macallan, sec.

— Evan ? Raccroche.

Le premier combiné fut reposé avec fracas.

— Allô ?

— Chip, c'est Jonah.

— Ah, salut gamin. Attends, laisse-moi...

Le son de la télé se tut.

— ... Merci de me rappeler. Tout va bien ? Les études ?

— Ça va.

— T'as des exams en vue ?

— Bientôt.

— Ça doit pas être facile. Tu turbines trop, gamin.

Le sérieux de cette conversation anodine inquiétait Jonah.

— Il s'est passé un truc ?

— Non. Non. L'ennui, c'est plutôt ce qui ne s'est *pas* passé.

— Ah.

— Tu te souviens qu'on a parlé des faiblesses du dossier ?

Jonah sentait bien qu'il était censé répondre par l'affirmative.

— Bien, reprit Belzer. Je t'ai dit à ce moment-là que j'allais réclamer un non-lieu. Maintenant, avant que j'aille plus loin, tu dois bien comprendre la nature de ce genre de demande, et surtout ce qu'elle *n'est pas*. Ce n'est *pas* une demande pour que l'affaire soit classée sur la base d'une absence de fond. À savoir que, ce que je veux dire, c'est qu'il n'y a pas de loi qui t'empêche de porter plainte avec un dossier plein de trous. Tu me suis ?

— Mouais.

— Maintenant que tu as compris ce que ça *n'est pas*, je peux t'expliquer ce *qu'est* une motion R3211. C'est fait pour évaluer si un litige a un fondement juridique ou non. Pas un fondement factuel. Tu piges la différence. C'est-à-dire si et seulement si il y a une objection *technique*. Malgré le fait que cette affaire soit complètement foireuse, ce que notre ami Roberto Medina sait pertinemment. Donc une R3211 peut très bien être rejetée si le juge a le sentiment que le plaignant a des arguments juridiques, si mauvais soient-ils, sur lesquels s'appuyer. Ça dépend beaucoup de la manière dont leur plainte est formulée, et de quel genre de juge on parle. Et dans notre cas ces deux facteurs semblent avoir coïncidé d'une façon particulière et la motion a été rejetée.

Belzer s'interrompit pour boire une gorgée.

— Je ne saurais trop insister sur le fait que c'est un revers *mineur*. Ce n'est même pas un revers du tout. Il se peut tout à fait qu'ils se dégonflent quand ils comprendront qu'ils vont devoir aller au procès et ne pas se contenter d'un arrangement à l'amiable.

Une femme bouscula Jonah pour s'engouffrer dans la bouche de métro. Au loin, il l'entendit pester :

— Faut laisser passer les gens !

— Un procès comme ça – à supposer qu'on aille jusque-là –, ça traîne pendant des mois et des mois. Medina n'est pas du genre à facturer à l'heure, il prend cinquante pour cent des dommages et intérêts de son client. Vu que je sais, et qu'il sait, que cette somme sera zéro ou proche de zéro, il se tirerait une balle dans le pied en insistant pour aller au procès. Mon intuition, c'est qu'on va recevoir un coup de fil d'ici une ou deux semaines et, tu verras, je te parie qu'ils voudront négocier…

— Chip ?

— Ouais ?

— Zéro ou proche de zéro ? Lequel des deux ?

— Hein ?

— Si on perd, ce ne sera pas zéro.

— Je ne peux pas faire de *prédictions*, je ne suis pas *Dieu*.

— Alors pourquoi vous dites « proche de zéro » ?

— C'est une façon de parler. Écoute, je ne peux pas te le garantir *noir sur blanc*, mais, d'après la longue expérience que j'ai du système judiciaire, je ne vois aucune raison de s'inquiéter. Je parie sur zéro. Est-ce que je le jurerais sur la tête de ma mère ? Non. Mais sur la mienne, oui.

Jonah se demanda combien d'affaires au civil Belzer avait plaidées. Il repensa aux grands procès médiatiques des dix dernières années : O.J. Simpson, Michael Jackson, Scott Peterson. Pas vraiment une clique avec laquelle il avait envie de fricoter. Ils avaient tous une équipe d'avocats pénalistes et une autre au civil. Pourquoi Belzer n'avait-il pas passé le flambeau ? Aussitôt, Jonah devina la réponse : parce qu'il pensait que toute cette affaire n'était qu'une vaste plaisanterie.

— Ils vont peut-être essayer de t'intimider, de te flanquer les jetons avec le tort que ça pourrait causer à ta réputation, etc.

— *J'ai* les jetons.

— Il n'y a aucune raison, fais-moi confiance.

— Vous m'aviez déjà dit qu'on obtiendrait un non-lieu.

— Je n'ai *jamais* dit ça. Jamais de façon aussi catégorique. J'ai dit que le dossier était faible et qu'on *devrait* obtenir un non-lieu. Mais si le juge examine ce qu'on lui présente et trouve qu'il y a des motifs qui tiennent la route – d'un point de vue *légal* –, alors il est obligé de recevoir la plainte. C'est la loi. Cette décision ne dit absolument rien sur les détails de l'affaire. Maintenant on a un moyen de pression d'autant plus fort pour les convaincre d'arrêter leurs conneries.

Tandis que Belzer continuait à parler, la gorge de Jonah se serra jusqu'à faire le diamètre d'un crayon, d'un bâtonnet à cocktail, d'une aiguille, d'un fil…

— Ouais, parvint-il à répondre d'une toute petite voix quand Belzer lui demanda si ça allait.

— Te fais pas de bile, gamin. Ça va passer. Y a des choses plus importantes qui t'attendent. Le monde a besoin de gens comme toi. Des bons Samaritains.

La ligne L direction Brooklyn était un colloïde de jeunes branchés en suspension dans un magma de minorités. La fille sur sa gauche, dont la grosse veste pied-de-poule n'était plus – il fallait l'admettre – hors saison, se servait d'un capuchon de stylo pour faire sauter une croûte sur son pouce. Un voyageur sur trois avait de petits écouteurs blancs dans les oreilles ; une armée de drones contrôlés à distance par Steve Jobs. Les gens montaient, descendaient, suivaient des tracés invisibles sur le sol crasseux. Deux ados dont les tee-shirts leur arrivaient aux genoux entrèrent dans le wagon par la porte du fond, les bras chargés de cartons de confiseries rafistolés avec du gros Scotch.

— Mesdames et messieurs, si on vend des bonbons aujourd'hui, c'est pas pour une équipe de basket ou une association, mais pour nous-mêmes, pour pouvoir dormir au chaud et avoir un peu d'argent dans les poches, aujourd'hui on vend des M&M's, des M&M's peanuts et des Snickers pour un dollar…

Quelque dette que Jonah ait pu ressentir envers Simón Iniguez et son défunt frère, celle-ci était rapidement en train de se transformer en haine sourde. Pour qui se prenaient-ils ? Il pétrissait la toile de son sac à dos, décollant les pansements qui couvraient ses phalanges blessées.

La trépidante 2e Avenue guida ses pas jusqu'à un bruyant snack libanais où il s'arrêta pour prendre un falafel à emporter. En attendant que ce soit prêt, il flâna sur le trottoir. Astor Place et son cube tournant ; deux Starbucks à une rue d'intervalle. Il s'imaginait au tribunal. Sa seule référence en la matière était *New York, police judiciaire* ; il ne pouvait pas s'empêcher d'entendre la petite musique du générique sur un plan aérien de son quartier et un gros titre qui s'affichait en lettres blanches :

APPARTEMENT DE JONAH STEM
CROISEMENT AVENUE A ET 11e RUE

Petite musique.

Assis sur son canapé, seul, il avait le plus grand mal à se concentrer sur ses livres. Il rêvassait devant son ordinateur, ne finit pas sa pita détrempée, se leva pour aller chercher un soda. Il enroula ses doigts autour de la poignée du frigo mais ne l'ouvrit pas.

Mon amour, ce n'était pas si terrible.

Si, en fait. En fait, ça ne lui avait pas plu du tout. Il devenait de plus en plus urgent de *prendre le taureau par les cornes*.

Il resta planté là à fantasmer sur les pires scénarios possibles sans remarquer le temps qui passait jusqu'à ce que la sonnette stridente de l'interphone le tire de sa rêverie. Il jeta un coup d'œil à l'horloge numérique du micro-ondes ; cela faisait presque trente minutes qu'il n'avait pas bougé.

— Allô ? dit-il dans le combiné.

Une voix chantante :

— Jonah Steeeem.

Il lui ouvrit.

Pendant qu'elle montait l'escalier, il formula sa stratégie : lui dire. Rien ne valait l'honnêteté. Toute la vérité, rien que la vérité. Ne jamais remettre au lendemain. Il espérait qu'elle apprécierait sa franchise.

En attendant que sa tisane infuse, elle sourit pour lui montrer la nouvelle dent qu'elle s'était fait poser afin de remplacer celle qu'elle avait perdue.

— Ils ont fait du bon boulot, non ?

Il marcha jusqu'à la fenêtre, préparant sa phrase d'ouverture.

— Jonah Stem, tu es de mauvaise humeur ?

Il ne dit rien. Elle vint se coller contre son dos et l'enlaça par-derrière, ses bras fluets lui comprimant le torse comme un écraseur. Il se dégagea et se tourna face à elle.

— Il faut qu'on parle.

Elle sembla paralysée. Puis elle lui posa une main entre les jambes.

Il l'en retira.

— Arrête.

Au fond de ses yeux brûlait une petite flamme verdâtre, chimique, pourrie. Elle voulut de nouveau lui attraper l'entrejambe, il lui bloqua l'autre main. Il avait mal aux doigts, il aurait voulu la lâcher, mais dès qu'il desserrait sa poigne, elle faisait une nouvelle tentative. Elle souriait, il souriait aussi : un échange forcé qui pouvait signifier soit le début d'un dégel, soit le face-à-face de deux bêtes sauvages.

Il aurait pu la jeter dehors. Mais il ne voulait pas parce que... parce que ce n'était pas son genre de jeter une femme dehors, et aussi parce qu'il avait peur qu'elle puisse y trouver du plaisir.

— Non, dit-il.

— Pourquoi ?

— Je n'ai pas envie.

— Alors comment se fait-il, demanda-t-elle en lui écrasant son genou sur l'aine, que tu bandes ?

Appuyés contre le rebord intérieur de la fenêtre, les bras en croix, lui qui reculait au maximum et elle qui se penchait d'autant sur son torse, emboîtés comme un bilame, elle compressait son érection en poussant avec son pelvis et en susurrant :

— Jonah Stem... Tu ne peux pas dire non... Je le sens... Je le sens, tu sais... Tu ne vas pas me faire croire que c'est dans ma tête... Je le sens dans mes mains... Je le sens dans ma bouche...

Elle se laissa tomber à genoux et se mit à le mordiller à travers deux épaisseurs de tissu. Mais il la tenait toujours par les poignets ; elle ne pouvait pas lui ouvrir son pantalon. Alors elle réussit à lui descendre sa braguette avec les dents et à se frayer un chemin à l'intérieur. Pourquoi ne portait-il pas un jean à boutons, bon sang ?

— Arrête !

Il s'agrippa aux statistiques mondiales de la santé, aux plaies ouvertes du thorax, à n'importe quelle autre image répulsive susceptible d'éteindre son désir : il pensa à sa mère, à sa mère en train de faire l'amour avec Lance, il pensa à Hannah, à la couche de crasse noire qu'il lui avait enlevée sous les aisselles, à la fois où elle lui avait jeté sa merde au visage, à la fois où...

— Arrête, s'il te plaît !

Raymond Ramón Iniguez, le râle de l'agonie, il pensa au cancer et au sida...

— Arr... arrê... a...

Projeté sur le canapé, à califourchon sur la poitrine d'Eve, il était dans sa bouche. Elle se mit à hocher la tête d'avant en arrière, comme si elle faisait des abdos accrochée à son pénis. Il ferma les yeux. Encore une fois et c'est tout. Qu'on en finisse. Le plus vite possible. En profiter, pas trop non plus, mais en profiter. Voilà, ça vient. Il voulait que ça se termine. *Allez. Allez. Allez. Allez.*

À cet instant il entendit de grands coups sourds. Il ouvrit les yeux : Eve, à chaque recul, se cognait le bas du crâne contre l'accoudoir.

Il tendit la main pour lui soutenir la nuque, mais elle le repoussa, *bang bang*, et continua, *bang bang*, à pomper. Bien que d'abord inquiet pour sa *bang bang bang* tête, il commença vite à se faire du souci pour le *bang* canapé, et le parquet, et l'immeuble, comme si c'était *bang* toute la ville qui *bang* risquait de s'effondrer, de vaciller sur ses fondations, *bang bang bang bang* de basculer dans *bang* l'océan et d'être remplacée par un *bang* cratère fumant de *bang bang* rage et de luxure *bang bang bang* BANG BANG BANG BANG, il ne pouvait pas se retenir, pas se retenir.

La sueur de son front gouttait sur le nez d'Eve. Elle cligna des yeux rapidement, comme si elle voyait double ; s'essuya la bouche d'une main. Elle avait un sourire rêveur.

— Tu ne me déçois jamais.

Pendant qu'il remontait son pantalon, elle s'approcha de l'évier et but deux grands verres d'eau, revenant vers le canapé avec un sang-froid excessif, comme quelqu'un qui cherche à prouver sa sobriété après avoir été arrêté sur la route par la police. Elle s'assit et tira soigneusement sa jupe sur ses genoux.

— Qu'est-ce que tu vois pendant que tu fais ça ? lui demanda-t-il.

Elle plongea son regard par la fenêtre.

— Des étoiles.

Il se rinça le visage et ressortit de la salle de bains, triturant le gant de toilette entre ses mains.

— Je crois qu'on devrait arrêter de se voir.

Silence.

— Eve ?

— On voit les gens dans l'immeuble d'en face. Ça veut dire qu'eux aussi peuvent nous voir. On est dans notre musée à nous. Tu avais déjà pensé à ça, Jonah Stem ?

— J'ai réfléchi et je suis désolé que ça se finisse comme ça, on peut en discuter si tu veux, mais c'est ce que je ressens et j'espère que tu pourras le respecter. Ça fait à peine deux mois, on n'a qu'à faire comme si ça n'avait jamais existé.

Elle le dévisagea.

— Mais ça *a* existé.

— Tu veux qu'on en parle ?

— Il n'y a rien à dire.

— Très bien. Dans ce cas... (Il alla lui ouvrir la porte.) Au revoir.

Elle sourit.

— Non. Pas au revoir.

En sortant, elle lui glissa un petit objet doux et carré dans le creux de la main. C'était un écrin à bijou. Il attendit qu'elle soit partie pour l'ouvrir. Sertie dans de l'argent, au bout d'une chaîne également en argent, pendait une dent humaine.

Chapitre 16

L'erreur qu'il avait faite, décida-t-il, c'était le ton.

Plusieurs nuances pouvaient se glisser dans la phrase « Je crois qu'on devrait arrêter de se voir ». Cela pouvait exprimer une tentative indirecte d'auto-analyse, une réaction provoquée afin de voir quelle réaction elle provoquait chez vous. Ou bien une façon perverse de pimenter la relation : « On n'a qu'à se disputer et ensuite faire l'amour sur le carrelage de la salle de bains ; attends, je sors le chardonnay. » Ou encore un caprice drapé dans un semblant de vertu : « Tu t'es mal comportée, demande-moi pardon à genoux et tout ira bien. »

Ou enfin : « Va-t'en. »

Il ne parvenait pas à effacer le son de sa voix qui disait : « Pas au revoir. » Comme s'il suffisait qu'elle le formule pour que ça se réalise, un miracle digne du Dieu de la Genèse, un commandement tombé du ciel afin de reconfigurer le monde selon sa volonté. Autant d'assurance épatait Jonah. Comment pouvait-il rivaliser avec cette voix, où chaque mot portait en lui la morsure hautaine, douce-amère, de la victoire inévitable ? En comparaison, il n'avait aucune chance, surtout quand la part animale de son cerveau avait toujours du désir pour elle et voulait encore se soumettre, quels que soient les contrordres qu'il lui donnait.

Mais, au fond, qui se soumettait à qui ? Il repensa à la tasse cassée ; au tunnel de l'IRM, à l'accoudoir du canapé ; et il vit un schéma qui ne lui plaisait pas. Si le visage d'Eve exprimait de l'ennui sur la vidéo de Lance, c'était parce que, en effet, elle *s'ennuyait*. Et même s'il avait connu plein de gens, plein de filles qui aimaient être dominées, voire un peu bousculées – Hannah par exemple –, il y avait une grosse différence entre cette fausse brutalité et ce dont Eve avait envie. Il percevait une nette escalade qui risquait de les mener... jusqu'où ? Il préférait ne pas le savoir. Elle voulait quelque chose qu'il ne pouvait pas lui donner, et il se sentait agressé par ses demandes, en position à la fois de force et de faiblesse, de maître et de servant.

Il contempla sa main blessée, tâta la croûte à son coude. Arracher le pansement d'un coup sec ; ça ne servait à rien d'y aller par étapes.

Pourtant il s'inquiétait de la réaction qu'elle aurait quand elle finirait par comprendre le message pour de bon. Et puis alors ? Avait-il pour obligation de l'empêcher de se faire du mal ? De se tuer ? Elle avait déjà manifesté la volonté de passer à l'acte là où la plupart des gens s'en seraient tenus à des menaces. Il ne voulait pas être responsable de ça, mais, comme toujours, le destin s'était passé de son autorisation.

Toute la journée du lendemain, il peaufina son discours. Un rouleau compresseur, churchillien dans sa grandeur, d'une brièveté et d'une précision miséricordieuses, ne laissant aucune marge d'interprétation possible. Les femmes étaient les créatures les plus chicaneuses de l'univers, et Eve faisait particulièrement honneur à son sexe.

En tout cas c'était l'idée de départ. Mais le peu de détermination qu'il avait rassemblé glissa de sa conscience et s'évapora en un clin d'œil alors qu'il franchissait les derniers mètres jusqu'à son immeuble.

— Jonah Stem. *Youuu-houuu.*

Elle l'attendait sur le perron.

Sois un bon scout. Gagne ta médaille du courage.

— Je suis content que tu sois là, dit-il d'une voix enjouée en s'arrêtant sur la deuxième marche.

Il espérait avoir l'air cool. Il ne se sentait pas cool. Il avait l'impression d'être un incroyable poseur.

— Ouaip, répondit-elle avec un sourire plein d'attente. On monte ?

— Je comprends ce que tu dois ressentir.

Le visage d'Eve changea d'expression.

— Ça ne va pas recommencer.

— Écoute-moi...

— Jonah Stem, tu ne vas pas me redébagouler cette bouillie éculée. Je t'en prie, épargne-moi la fatigue d'avoir à te corriger en public.

— Je comprends que tu sois déçue...

— Ce qui me déçoit, c'est d'être obligée d'avoir une conversation idiote deux fois de suite.

Elle lui sauta dessus, se mit à l'embrasser dans le cou.

— Je préfère ça. Quand même ! Bonjour, bonjour, Jonah Stem.

Il se dégagea de son étreinte, son sac contre le ventre pour cacher le haut de son pantalon. Eve se couvrit la bouche et rit.

— Dites donc !

— Écoute-moi. Je dois te parler. Et ne me touche pas.

— Mais j'ai envie !

— Pas moi.

— Ça n'a jamais semblé te déranger jusque-là, rétorqua-t-elle. Tu avais même l'air assez content de fourrer ton bidule dans mon machin, jamais un mot de ta part. Je trouve cet accès de scrupules extrêmement suspect, et plutôt déplaisant.

— Je peux parler, s'il te plaît ?

— Vas-y.

— Sans que tu m'interrompes.

— Comme il vous plaira, répondit-elle en courbant la tête, paumes jointes comme une fleur de lotus.

Jonah prit un moment pour rassembler ses pensées. Petit un : concession et reconnaissance du bon temps passé. Petit deux : NÉANMOINS, virgule. Petit trois : exposé raisonné attirant l'attention sur l'impossibilité d'un engagement à long terme, les conflits d'emploi du temps, les incompatibilités de modes de vie, etc. Petit quatre : anticiper les réfutations. Petit quatre bis : en réponse au chagrin, consoler et soutenir. Petit cinq : conclusion.

— Tu as l'air peiné, Jonah Stem.

— Je pèse soigneusement mes mots.

— Je n'en attends pas moins.

— Donc, commença-t-il, même s'il est vrai que nous avons eu un incontestable, euh…

Il essaya de retrouver où il en était dans son exposé.

— On a eu… OK… Donc. Même s'il est vrai, si *c'était* vrai, que nous avons eu de très bons moments ensemble, j'ai le regret de te dire, je suis désolé, mais la façon dont ça se passe entre nous ne me convient plus. Je reconnais que les deux derniers mois ont été super. Mais pour moi c'est contrebalancé par le fait que je pense que ça ne mène nulle part et que je me sens un peu mal à l'aise, pour tout dire *très* mal à l'aise, concernant la façon dont tu t'es comportée récemment. Je n'aime pas le, le… Je ne crois pas pouvoir t'apporter ce dont tu as besoin.

— Si.

— Est-ce que je peux…

— Pardon.

— *S'il te plaît.*

— Excuse-moi.

— Je… merde ! Écoute, je sais que *toi*, tu crois que je peux, mais ces quelques… dernières fois m'ont prouvé que… je n'ai pas…

Il se rapprocha d'elle.

— … je n'ai pas envie de te frapper.

— Tu n'es pas obligé.

— Ni de te laisser le faire toute seule. C'est pas… c'est pas mon truc.

— Jonah Stem. Je peux dire quelque chose ? Je ne suis pas sûre que tu m'aies bien cernée.

— C'est sans doute vrai, très certainement, mais ce que je peux te dire, c'est ce que je ressens par rapport à ce qui s'est passé la dernière fois, et je… je n'ai pas envie de ça. Je n'ai pas envie d'être quelqu'un qui a besoin de ça. Ça m'emmerde vraiment d'avoir à te le dire et je suis désolé d'être aussi brusque. Mais je veux que tu comprennes bien de quoi je parle. Ça n'a rien à voir avec la personne que tu es. Tu es une fille super et tu mérites quelqu'un qui pourra se donner à toi à cent pour cent, qui ne se sentira pas en porte à faux. Pour ma part je n'ai pas envie de continuer à, euh… à m'investir là-dedans. Donc voilà. Je suis désolé. C'était dingue, la façon dont on a… et le… mais maintenant c'est fini. Basta. Est-ce que je me suis bien fait comprendre ?

Il s'essuya le front du revers de sa manche.

— Bien dit, répliqua-t-elle. Et si on passait au boudoir ?

— T'es… tu as entendu ce que je viens de dire ?

— Parfaitement, Jonah Stem. Donne-moi tes clés, tu n'es pas en état de conduire.

Elle essaya d'atteindre la poche de son manteau, sur laquelle il plaqua une main.

— Très bien, dit-elle, avant de se mettre à chanter *Why Don't We Do It in the Road* des Beatles.

— Eve.

Elle enchaîna sur *You drive me crazy, Jonah Stem*.

— Eve.

— Tu es un petit polisson, Jonah Stem.

— Parle-moi comme à quelqu'un de normal.

— Pense à toutes les fois où tu m'as touchééééee, chanta-t-elle.

La mélodie originale s'était perdue en route.

Les mains moites, sous le regard pénétrant d'Eve, il laissa tomber ses clés et, comme il se penchait pour les ramasser, elle plongea en avant ; leurs têtes se cognèrent et elle roula au bas des marches, atterrit sur le trottoir, se tenant le crâne en riant. Il s'empressa de récupérer ses clés et de se réfugier dans le hall de l'immeuble. Pas assez vite : elle se faufila derrière lui et se mit à le suivre dans l'escalier, parlant tout du long.

— Explorons voir tes sentiments, dit-elle. Depuis combien de temps tu détestes ta mère ?

Cinq putains d'étages. Il avait mal partout à force d'être resté debout toute la journée ; son sac lui pesait comme du granit.

— Tu es pressé, ma parole.

— Je sais ce que tu essayes de faire, rétorqua-t-il. Tu essayes de me provoquer. Mais je ne marcherai pas, tu peux laisser tomber.

— Tu ne crois pas que tu as parlé un peu vite ?

— Non.

— Je t'aime.

— Tu ne m'aimes p…

Elle poussa un hurlement. Le bruit le cloua au mur.

— Maintenant que j'ai toute ton attention…, reprit-elle.

— Putain…

— Le problème, c'est que tu ne te rends pas compte. Tu n'as jamais vu mon travail, tu ne peux pas appréhender la perfection du duo que nous formons.

Il avait encore les oreilles qui bourdonnaient.

— Putain de *merde*.

— L'amour est puissant et aveuglant. Mais réveille-toi, mon vieux.

Elle écarta grands les bras.

Il fonça, grimpant les marches trois par trois.

— Jonah Stem, ne cours pas.

Il avait les jambes bien plus longues qu'elle, et il la distança ; mais son avance s'évanouit dans le temps qu'il lui fallut pour ouvrir la serrure. Il voulut claquer la porte mais n'y parvint pas tout à fait : un craquement sourd résonna tandis qu'Eve la bloquait tête la première. Elle déboula dans l'appartement et s'écroula dans ses bras. L'espace de vingt ou trente secondes, ils titubèrent enlacés.

— Qu'est-ce que tu fous, bordel ?

— Je me suis fait mal.

— Qu'est-ce que tu as *foutu* ?

Il la traîna jusqu'au canapé.

— Mais c'est pas vrai, putain !

— Est-ce que je peux avoir un verre d'eau ?

— Tu peux te casser d'ici, c'est tout ce que tu peux faire.

— Regarde.

Elle se toucha le crâne ; sa paume était couverte de sang.

— *Merde*.

— Je vais tacher ton canapé, j'ai besoin d'une transfusion. Allô, docteur ? Allô ?

Il l'allongea par terre. Comme la plupart des blessures du cuir chevelu, la sienne était peu profonde mais saignait beaucoup. Il la nettoya grossièrement, augmentant le saignement.

— Tu es tellement gentil, murmura-t-elle. J'adore quand tu me soignes.

Il ne dit rien.

— Je serais prête à mourir pour toi.

— Je ne te le demande pas.

— Je le ferais quand même. Je vais t'envoyer mon portfolio. On pourrait commencer un nouveau projet tous les deux, j'ai des idées…

Il appliqua de la Bétadine. Si ça continuait, il allait devoir en commander une caisse. Pendant tout ce temps, elle n'arrêtait pas de marmonner :

— Jonah Stem, tu ne veux pas qu'on fasse des enfants ? Jonah Stem, tu veux bien m'embrasser ? Jonah Stem, je pense qu'on devrait se trouver un atelier à la campagne pour pouvoir travailler sans être dérangés.

Quand il eut fini, il la releva. Elle était trop faible pour lui opposer une résistance sérieuse. Il la poussa tant bien que mal jusque sur le palier et la fit asseoir de force sur la première marche.

— Je reviens dans dix minutes, dit-il. Si tu n'es pas partie, j'appelle la police.

Elle montra du doigt la ligne d'hématomes le long de sa tempe, la plaie pansée à la va-vite, leva en l'air sa main ensanglantée.

— Et tu leur diras quoi ?

Il la fixait du regard. *Je vous assure, monsieur l'agent…*

Il rentra dans l'appartement.

Quelques minutes plus tard, il l'entendit partir.

Il traversa le salon en poussant son sac du bout du pied. Il aurait dû lui claquer la porte au nez une deuxième fois, une troisième, continuer jusqu'à lui défoncer le crâne. Ce n'était pas lui ; il n'avait pas ce genre d'affreuses pensées. La plaquer au mur et la rouer de coups jusqu'à ce que son utérus se décroche comme une pêche trop mûre. La pousser par la fenêtre et la regarder exploser en un million de fragments irréconciliables, pareil que la caméra. Ce n'était pas lui. Il courut prendre une bière dans le frigo et la descendit d'un trait, pas parce qu'il avait soif, mais pour pouvoir écrabouiller la canette et la projeter contre le mur d'en face. *Primum nocere*. Il avait envie de balancer le fauteuil sur la télé ; d'entendre le tuyau de l'aspirateur se briser en deux ; d'arracher le rembourrage du canapé à mains nues jusqu'à ce que les ressorts jaillissent comme autant de petits éclairs à l'envers. Ce n'était pas lui, c'était l'effet qu'elle avait sur lui ; c'était précisément ce qu'elle voulait, faire de lui un être de violence. Il ouvrit un tiroir de la cuisine et attrapa le plus gros objet tranchant, un couteau de boucher à la lame souillée, le planta dans le plan de travail, le laissa là, sortit du frigo le bac à légumes et le vida à côté. Le couteau laissa une ligne noire dans le formica quand il le retira pour se mettre au boulot : des échalotes hachées menu ; ses reins, des champignons découpés en morceaux ; son cœur, une tomate recrachant ses graines et sa bave ; ses poumons, deux longs piments écrasés d'un coup de lame. Des giclées de jus éclaboussaient les placards ; des filaments fibreux et des peaux de légumes fripées se collaient à ses avant-bras, atterrissaient dans ses cheveux. Il frappait, mutilait, tuait. *Pas lui*. Il prit cinq œufs et les cassa un à un entre ses mains ; il pressa une tablette de beurre de toutes ses forces, ça lui sortait des deux côtés du poing comme un poisson de haute mer remonté trop vite à la surface, crachant sa propre vessie natatoire.

Il se regardait depuis l'autre bout de la pièce – son double maléfique – plonger tête la première dans un chaos de sa propre création.

Elle ne revint pas pendant une semaine et demie. De temps en temps, d'abord une fois par jour, puis de plus en plus fréquemment – toutes les deux heures environ –, elle appelait ; il la reconnaissait aux deux mots qui s'affichaient alors sur l'écran de son téléphone portable :

NUMÉRO MASQUÉ.

Il effaçait tous ses messages sans les écouter. Il se fichait pas mal de ce qu'elle avait à dire du moment qu'elle gardait ses distances. Elle finirait par se résigner.

Vendredi 5 novembre 2004
CHIRURGIE, EXAMEN FINAL

La partie écrite de l'examen consistait en cent questions allant d'ennuyeuses à ultra-ennuyeuses. Pour réussir, il fallait un peu plus de cinquante pour cent de bonnes réponses, et il termina en avance. Puis il y eut l'oral, une heure et demie d'interrogatoire en tête à tête. Le médecin lui posa des « problèmes de fond » : des cas concrets pour lesquels Jonah devait proposer un traitement chirurgical adapté. Mais comme moyen de tester ses connaissances, de telles questions étaient justement tout à fait inadaptées : depuis douze semaines il avait cessé de penser par lui-même, fonctionnant comme un androïde, exécutant des tâches les plus serviles qui soient. Ce n'était pas comme s'il pouvait soigner des malades. Quand on lui demanda : « Par quoi commenceriez-vous avec un patient atteint d'un ulcère à l'estomac et qui aurait fait un choc hémorragique ? », il dut se mordre la langue pour ne pas répondre : « Par biper l'interne de service. »

Il expliqua qu'il se renseignerait d'abord sur ses habitudes alimentaires, ses allergies, son statut socioprofessionnel…

— Le patient est en train de se vider de son sang, l'interrompit l'examinateur. La vie avance à un rythme qui ne nous arrange pas toujours.

Jonah ne savait pas s'il devait le prendre comme un compliment ou une rebuffade. *Nous*. Que lui avait valu d'être admis dans ce club ? L'Association Américaine des Médecins Exécrables. La Ligue des Connards Obséquieux. La Société pour la Connaissance Intime de Ce Que Ça Fait de Voir les Autres Se Tordre de Douleur Sous Votre Emprise.

Mais il réussit à bluffer pour se sortir de cette question et des suivantes. Pendant qu'il parlait, la rumeur de Saint Agatha filtrait par les gaines de ventilation : chariots, lits, humains en transit. Souffles rauques des thorax. Pas traînants des chaussons en papier. Bips et drings et aïe aïe aïe. En plein milieu du laïus de Jonah sur la scintigraphie, l'examinateur dit « Ne faites pas attention à moi » et, dans une violation flagrante du règlement de l'hôpital, sortit un paquet de Marlboro et un cendrier fabriqué à partir d'un palet de hockey. La fumée se mit à envahir la pièce, pénétrant les vêtements de Jonah, chatouillant ses sinus. Suave et bon marché, une offrande à un dieu de seconde zone, le dieu de la Chirurgie. Le sang et les viscères, les entrailles des entrailles, le Saint des saints, des endroits qu'aucun homme n'est jamais censé voir, des vies privées éventrées.

Pas mal.

— Pas mal, fit le médecin en le dévisageant à travers ses yeux plissés. Vous n'êtes pas Superdoc par hasard ?

— J'ai bien peur que oui.

— Hmm. Qui l'eût cru ? Eh bien, félicitations. Et bon vent pour la suite.

Jonah quitta la pièce en titubant à moitié. Il avait mal à la tête tellement il se sentait déshydraté, et il allait devoir mettre son blazer au pressing. Mais il en avait fini de charcuter des gens.

Il pénétra dans son appartement et poussa un beuglement de triomphe qui fit sortir Lance de son studio de montage.

— Tu vas devoir me payer une pizza, déclara Jonah.

— Pigé.

En passant dans le hall de l'immeuble, Lance lui montra une pile de courrier qu'il avait négligé depuis deux semaines.

— Tes fans t'attendent.

Jonah retourna une enveloppe.

— Ça doit être la facture d'électricité.

— On l'a reçue samedi dernier.

— Désolé, je m'en charge ce soir.

— C'est fait, vieux.

Jonah était touché. Il le remercia.

— Tu avais l'air occupé. Mais, dis-moi, tu ne voudrais pas arrêter ton plan stresso-dépressif maintenant ? Parce que j'en ai marre de cohabiter avec Droopy.

Lance trouvait qu'une pizza n'était pas une récompense à la hauteur. Ils avaient droit au grand jeu, soit carrément des *knishes* de chez Yonah Schimmel. La boutique originale était fermée, mais il connaissait un restau qui revendait sous le manteau les célèbres petits pains farcis en dehors des heures d'ouverture, moyennant une légère majoration. L'haleine chargée de pomme de terre, rotant allègrement, ils échouèrent ensuite dans un rade du Lower East Side prisé pour sa déco spectaculairement cohérente : la reproduction du sol au plafond d'un égout new-yorkais. Les murs suintaient de coulures et de « mousse » multicolore. Le comptoir, une dalle de béton enduite d'un dépôt visqueux non identifiable (comme l'étaient les serveurs eux-mêmes), crachait des jets de vapeur aléatoires en plusieurs points stratégiques. Après avoir claqué soixante-quinze dollars pour quatre verres, ils bougèrent dans un autre bar, celui-là déguisé en village vietnamien et baptisé Napalm. Son personnel délicat et obséquieux plongeait sous les tables pour se mettre à l'abri chaque fois qu'un client faisait un geste un peu brusque. Les généreux pourboires de Lance lui valaient des bisous sur la joue. *Allez, un petit dernier.* Des copines qui étaient descendues du New Jersey pour enterrer la vie de jeune fille de l'une d'entre elles demandèrent à Jonah de signer un autographe sur le soutien-gorge de la future mariée. Il s'exécuta et elles le remercièrent en lui offrant un collier de pénis en plastique. *Un petit dernier.* Un groupe appelé les Poulets Liquéfiés donna un bruyant concert d'une trentaine de minutes qui se conclut par une reprise radicalement déstructurée d'*Hava Nagila*. Lance paya un verre d'absinthe au bassiste. Un flash crépita. *Un dernier dernier.* À ce stade Jonah était aussi fait qu'une équipe de rugbymen au complet, et Lance avait le désir pressant de rentrer fumer un pète à la maison.

Miraculeusement, ils réussirent à monter l'escalier. Lance fonça s'enfermer dans la salle de bains avec son matos et un gros rouleau de Scotch peinture. Jonah tria son courrier. Il feuilleta un catalogue de chez Victoria's Secret. Comment avaient-ils eu son nom ? Peu importe, il voyait dans les catalogues la confirmation qu'il correspondait à un segment de population désirable d'un point de vue marketing. Une note de frais de scolarité à régler. Un carton de remerciement pour un mariage auquel il avait assisté un an plus tôt. Une carte postale d'une compagnie de théâtre new-yorkaise. Une grosse enveloppe kraft portant l'écriture de sa mère ; Dieu sait pourquoi, ses parents tenaient absolument à lui *poster* le courrier qu'il continuait à recevoir chez eux. Il avait pourtant essayé de leur faire économiser des timbres, il n'avait pas besoin de la gazette trimestrielle des anciens élèves de son lycée. Mais son père rétorquait que la rétention d'information était un délit puni par la loi. Kate lui avait envoyé le titre d'un article découpé dans un journal économique : LE SECRÉTAIRE DU TRÉSOR JUGE TOUTES LES BAISSES FAISABLES.

Il pouffa de rire et voulut aller pisser.

— ... tends, fit Lance d'une voix étranglée.

— Tu en as pour longtemps ?

De la fumée s'échappait par l'encadrement de la porte. Jonah secoua la poignée.

— Lance ?

— Je suis sur Vénus.

La porte s'ouvrit brusquement dans un bruit de Scotch arraché et la fumée déferla dans le couloir, faisant monter des larmes aux yeux de Jonah. Allongé dans la baignoire, Lance gigotait comme un crabe renversé sur le dos. Le lavabo était plein de cendres : ce qu'il restait de huit cents dollars de marijuana.

— Ferme la porte, tu laisses tout sortir.

Il était trop tard pour contenir le nuage grisâtre qui progressait dans le couloir. Dieu merci, le détecteur de fumée était cassé. Tandis que Jonah faisait le tour de l'appartement pour ouvrir les fenêtres, il remarqua que sa chambre était bizarre, que d'ailleurs tout était bizarre, le monde ressemblait à un aquarium qui fuirait. Il était bien parti pour être complètement stone.

Il alla ouvrir la porte d'entrée en grommelant afin de faire un courant d'air.

Quelque chose était posé sur le paillasson.

Ça lui semblait très loin. Il plissa les yeux, tituba, s'agenouilla pour le ramasser. Une enveloppe en papier kraft, avec son adresse rédigée à la main d'une écriture serrée. Il la déchira et en fit tomber une page dactylographiée en simple interligne et un boîtier DVD.

Très cher,

Sans doute te demandes-tu où je suis passée.

Après m'être isolée pour réfléchir à nos récents échanges, je déclare plaider coupable. C'est mon impardonnable pudeur qui est la cause de ton comportement. Il n'est pas aisé de trouver des gens qui comprennent un tant soit peu mes passions, encore moins qui les comblent aussi sublimement que toi. La perfection est un oiseau rare et précieux, que beaucoup croient disparu de cette terre. Et qui nous surprend d'autant plus lorsqu'il se pose sur le rebord de notre fenêtre et donne des coups de bec à la vitre pour qu'on le laisse entrer. Que l'on pardonne aux sceptiques.

Il est important que tu regardes le portfolio ci-joint attentivement et jusqu'au bout. Tu dois comprendre ce projet comme un Corps de Travail/Travail de Corps dans sa globalité si tu entends participer à son développement futur. N'oublie pas :

> *nemo enim ipsam voluptatem, quia voluptas sit, aspernatur aut odit aut fugit, sed quia consequuntur magni dolores eos, qui ratione voluptatem sequi nesciunt,*
>
> *neque porro quisquam est, qui dolorem ipsum, quia dolor sit, amet, consectetur, adipisci velit, sed quia non numquam eius modi tempora incidunt, ut labore et dolore magnam aliquam quaerat voluptatem.*

Voilà, il me semble, ce qui nous a fait défaut. Notre Amour, déjà resplendissant, atteindra alors sa complé-

tude. Tu aimeras ce que tu verras, et tu comprendras quelle erreur tu commets à te montrer aussi récalcitrant.

Tu es un grand artiste. Désormais nous pourrons créer ensemble.

Ta dévouée,
En Amour comme à la Guerre,

Eve Gones.

Chapitre 17

Le DVD ne portait aucune inscription, sa surface lisible rouge et luisante comme de la viande fraîche.

Après être passé jeter un coup d'œil à Lance – qui comatait dans la baignoire –, Jonah s'enferma à clé dans le studio de montage et traîna une chaise jusqu'à la console audiovisuelle : une installation compliquée qui comprenait quatre lecteurs DVD, deux magnétoscopes VHS, un boîtier Internet et plusieurs appareils destinés à lire du super 8, du 16 mm, ainsi que d'autres formats exotiques, le tout connecté à un écran plat de cinquante-cinq pouces. Il se demanda si c'était vraiment le meilleur moment pour commencer à visionner ce truc qu'il était censé trouver si fascinant. Il ne se sentait pas très bien et il devinait qu'une énorme gueule de bois amassait ses nuages à l'horizon.

Il regarda le disque. Il pouvait aussi le foutre à la poubelle.

Il dut tripatouiller un certain nombre de choses avant de réussir à allumer l'écran. Le son transitait par un vieil ampli Pioneer ; comme il n'entendait rien, Jonah tourna le volume au maximum, poussant le léger chuintement de fond jusqu'à un grondement sourd. Il traversa la pièce et se laissa tomber dans le fauteuil à roulettes de Lance, celui qui avait un pied tordu et se dérobait sous vos fesses si vous ne faisiez pas attention, ce qui était le cas de Jonah : il s'effondra sur le côté, des gargouillis dans l'estomac. Il se redressa et attendit.

PURE BEAUTÉ

fondu

UN PORTFOLIO
PRÉPARÉ PAR EVE

fondu

POUR SON SEUL ET UNIQUE AMOUR
JONAH STEM

fondu

PREMIÈRE PARTIE : ŒUVRES DE JEUNESSE
(L'EXPLORATION DE LA SENSATION)

Puis rien.

Se demandant si le disque avait sauté, il se leva pour aller vérifier. Il était au milieu de la pièce quand un sifflement à vous fendre le crâne lui fit perdre l'équilibre, le torse prêt à éclater tel un grain de raisin trop mûr. Il tenta de se rattraper en s'affalant sur le fauteuil, qui bascula sous son poids et le projeta au sol, les mains plaquées sur les oreilles, les enceintes géantes du système audio vibrant comme des tondeuses à gazon, et les détritus posés dessus – crayons, pièces de monnaie, cigarettes – décampant comme des rats terrorisés. Il crut qu'il était mort, que ce qu'il entendait était le bruit de son âme qu'on arrachait à son corps. Où était Lance ? Comment pouvait-il dormir avec ça ? Il s'efforça d'atteindre l'ampli, mais se relever – à ce stade d'ébriété et sans découvrir ses oreilles – s'avéra impossible ; il était donc en train de ramper vers la porte quand, sans prévenir, le son s'arrêta net, laissant un vide qui bizarrement paraissait presque plus bruyant, empli qu'il était par le tumulte de son propre pouls.

Alors l'écran prit soudain vie en affichant ce qui ressemblait à un plan direct du soleil ou un gros plan d'une ampoule électrique. Aucune notion d'espace : ça pouvait aussi bien être un terrain de squash, une chambre de décompression ou l'intérieur d'une fosse septique, un endroit immaculé et sans fond. Les contours mouvants, ondulant sur l'écran gigantesque, donnaient l'impression que c'était la pièce elle-même qui bougeait, s'inversait, les angles s'écartant tandis que le centre se rapprochait, un ventre gonflé de néant qui se précipitait vers lui et lui broyait les entrailles. Jonah avait le mal de mer. Il aurait dû éteindre, il n'arrivait pas à éteindre. Chaque fois qu'il essayait de se redresser, il retombait en arrière sur ses coudes. À présent il discernait une horizontale. La caméra recula et une personne apparut – une femme –, allongée sur une table. Elle était sur le ventre. Nue. Elle n'avait pas l'air réelle ; elle était liquide. L'image était granuleuse et rayée, une copie de copie de copie. La caméra passait son temps à faire le point. Jonah avait mal à la tête. La femme était Eve. Il la reconnaissait. Pas tout à fait nue : une jungle de cordages pendus au-dessus d'elle lui effleurait le dos. *Des cordes ?* Des cordes. Elles commencèrent à se tendre.

Elles étaient attachées à son dos par des crochets qui brillaient comme des dents plantées dans une gencive, une vingtaine de piqûres géantes que lui auraient faites des abeilles de la taille d'un nourrisson. Son dos se hérissa ; il y poussait des stalagmites de peau. Elle écarta les bras et se mit à voler. Les jambes bien raides et parallèles ; la tête levée ; extatique. Soulevée de la table par les cordes attachées à sa peau. Elle saignait. Ça ruisselait le long de ses côtes. La caméra monta pour la suivre jusqu'à ce qu'elle cesse de s'élever et reste suspendue en l'air, sculpturale, oscillant légèrement, tantôt dans l'ombre, tantôt dans la lumière, tel un ange en chute libre à travers les nuages. Repoussante et belle. Jonah avait la tête trempée, mais avant qu'il puisse se lever…

noir

Et tout à coup l'écran s'illumina de nouveau : Eve, de dos, torse nu, menottée à un poteau, fouettée par ce qui ressemblait à une ceinture, bien que le bourreau restât hors champ et que tout ce que Jonah était en mesure de discerner fût l'ombre d'un mouvement et des claquements comme du pop-corn. Des striures rouges apparaissaient sur son dos. *Clac*. Étant donné qu'elle n'avait aucune marque sur la peau, il en déduisit que ce qu'il voyait avait eu lieu bien avant ou bien après la première séquence. *Clac*. Son dos saigna ; elle poussa un cri. Quand elle se tournait dans une direction, les coups pleuvaient de l'autre. À un moment, un coup bien placé lui entailla l'épaule et elle se laissa tomber à genoux, criant d'une voix qui lui parut familière, qu'il reconnut presque avec tendresse, une particularité du même ordre qu'un tic de langage. La main désincarnée lâcha la ceinture et se mit à la frapper brutalement sur la tête et la nuque ; elle s'affala comme un chiffon ; et quand la main cessa de la cogner, il entendit un grésillement électronique, un gémissement…

noir

JONAH STEM, JE DÉPLORE
LA MAUVAISE QUALITÉ DE CES IMAGES

fondu

À L'ÉPOQUE, VOIS-TU, JE N'AVAIS PAS LES MOYENS
DE M'OFFRIR UNE BONNE CAMÉRA

fondu

C'EST POURQUOI JE NE METS ICI
QUE DEUX DE MES PREMIÈRES VIDÉOS

fondu

PEU DE TEMPS APRÈS, LA CHANCE M'A SOURI
ET J'AI EU ACCÈS À DU BON MATÉRIEL

fondu

D'OÙ LA PLUS GRANDE VARIÉTÉ
ET LA MEILLEURE QUALITÉ DE CE QUI SUIT

fondu

DEUXIÈME PARTIE : ŒUVRES PLUS RÉCENTES
(THÉORIE/PRATIQUE)

La télécommande. Il n'avait qu'à éteindre. Mais non. Il était rivé au sol.

Eve, de nouveau ; plus vieille ; un gros plan très net de son dos nu. Il ne l'avait jamais vue entièrement nue dans la réalité et à présent il comprenait pourquoi. Entre le précédent clip et celui-là, elle avait changé, horriblement : le haut de son corps n'était plus celui d'une jeune femme, mais une masse difforme de tissu cicatriciel, des boursouflures blanc et rose qui ressemblaient à du polystyrène fondu ; des plaies qui s'étaient fermées et rouvertes si souvent que son torse avait disparu, consumé, ne laissant qu'un taudis sur les ruines d'un palais.

Des mains gantées, tenant un tournevis et un allume-gaz, apparurent brièvement à l'écran avant de se retirer. *Clic*. Le tournevis revint, l'extrémité incandescente. Eve leva les bras et le tournevis s'approcha de son flanc gauche.

Jonah se cacha le visage jusqu'à ce que les grésillements et les cris aient cessé. Il allait se lever et partir. Voilà, il allait faire ça. Ouvrir les yeux et se lever. Il n'entendait plus rien, il n'y avait plus de cris, sans doute le disque était-il fini. Il se lèverait sans regarder l'écran. Il posa les deux mains à plat sur le sol sale et commença à se hisser sur les genoux. Mais, ivre et aveugle, il perdit l'équilibre, glissa et, comme il ouvrait les yeux par réflexe, il aperçut la télé furtivement, un dixième de seconde mais ce fut suffisant, plus que suffisant : une paire de ciseaux coupait le bout d'un téton.

Il atteignit la porte en titubant, la claqua derrière lui, ce qui ne parvint pas à couvrir un autre extrait de hurlement digitalisé sur fond du craquement sec – *non ? et si* – d'un os brisé. Comme un chien, il s'écroula au pied des toilettes, vomissant des morceaux encore pas digérés de *knishes* noyés dans des liqueurs tropicales, puis rien, plus rien, mais encore des spasmes qui ne lui arrachaient plus que de la bile claire et visqueuse. Il vida ses sinus brûlants dans la cuvette ; ôta sa chemise et s'enveloppa dans une serviette. Il se força à *penser cliniquement*, à la considérer comme une série d'éléments constitutifs : la peau, la graisse, les muscles, les os, les veines, les nerfs. Pas une personne mais un mannequin. Vous vous entraîniez à voir le corps humain comme un objet. Comme une voiture, un album de coloriage. Vous gardiez vos distances. Mais, dans sa tête, il vit des ciseaux et un trou sanguinolent là où il aurait dû y avoir du rose tendre et, à sa grande surprise, il revomit.

Lance se retourna dans la baignoire, marmonnant quelque chose au sujet du Vietnam.

Le carrelage de la salle de bains sentait le talc ; les joints entre les carreaux étaient noirs de crasse. Jonah tremblait. Des insectes invisibles lui parcouraient le corps, entraient dans son pantalon, lui traversaient la plante des pieds et pénétraient sous ses aisselles. Furieux, il serra plus fort la serviette contre lui. Quelque chose n'allait pas. Il avait des visions. Il n'y avait ni lettre, ni DVD. Il s'était endormi ou évanoui dans sa chambre. L'herbe lui faisait toujours un effet bœuf, surtout en quantité et qualité, et après une longue abstinence. La vue de la cuvette des WC lui donna de nouveau la nausée. Son estomac réclamait à grands cris de quoi éponger son acidité. Il tenta de se relever en s'agrippant au porte-serviettes, mais les vis s'arrachèrent du mur, l'aspergeant d'une pluie de plâtre. À grand renfort de jurons, il réussit à se mettre d'abord à quatre pattes, puis debout, se gargarisa à l'eau du robinet, se rinça le front. Il baissa l'abattant des toilettes et s'assit, vidé, en nage.

Au bout de quelques minutes, il se sentait capable de se lever.

Dans la salle de montage, le DVD tournait toujours. Il resta derrière la porte, écoutant ce qui semblait être une conversation normale ; un rire de petite fille qu'il reconnut comme celui d'Eve. Il entra avec l'intention de foncer droit jusqu'à l'écran, mais s'arrêta finalement au milieu de la pièce devant quelque chose d'un nouveau genre.

L'homme à l'image avait une moustache mal taillée. Les épaules tombantes mais musclé, sa silhouette avachie paraissait résulter d'une certaine négligence plutôt que d'un préjudice génétique. Il avait une casquette des Yankees et regardait la caméra avec gourmandise.

— Tu es prêt ?

La voix d'Eve, derrière la caméra, mangeait le micro.

— Ouais, répondit l'homme.

— Excité ?

— Ouais.

— Tout comme moi. Tout comme moi. (Son rire.) Tu veux que je te touche maintenant ?

— Ouais.

— Bientôt. D'abord, est-ce que tu as quelque chose à dire ?

— Non, fit l'homme.

Il était assis par terre, adossé à une table de chevet compacte en bois de cerisier. Derrière lui, une fenêtre découpait un carré aveuglant de lumière du jour.

— Qui es-tu ? Montre-moi qui tu es.

Il tendit une vieille photo d'un homme noir : pas lui.

— Et moi, qui je suis ?

Une autre vieille photo, celle d'une femme blanche : pas Eve.

— Tu m'aimes ? Tu m'aimes combien ? Combien ?

Le type sourit.

— Dis au revoir.

Le type continuait à sourire.

— Dis au revoir.

— Au revoir.

L'image sauta, et soudain on était en extérieur, de nuit. Des bruits de frottement, comme si quelqu'un emmaillotait la caméra dans des chiffons.

À six mètres de là, sur le trottoir d'en face, l'homme se tenait devant une benne à ordures. Il flottait dans un pardessus élimé dont les manches étaient beaucoup trop longues. Avec une régularité de pendule, il jetait des coups d'œil d'un côté de la rue, de l'autre. Une fois, il s'interrompit pour faire coucou à la caméra.

Les froufrous s'arrêtèrent et Eve entra dans le champ, traversant la rue pour le rejoindre. Ils parlèrent sans qu'on puisse les entendre. Elle lui montra un mouvement vers le bas qu'il imita jusqu'à ce que, satisfaite, elle lui dépose un baiser sur la joue et lui désigne un point hors du cadre.

Ils tournèrent la tête vers le son d'une voiture à l'approche.

Un taxi passa dans le champ.

Ils le regardèrent s'éloigner. Eve dit quelque chose. L'homme partit dans la direction du taxi et revint trente secondes plus tard en secouant la tête. Elle haussa les épaules, l'embrassa de nouveau, cette fois sur la bouche, et retourna en trottinant jusqu'à la caméra, derrière laquelle elle disparut. L'image devint floue, puis nette ; se fixa.

— C'est bon.

Elle traversa la rue et se tourna dos à l'homme. Sortant un objet de sa poche, il se positionna à trois ou quatre mètres derrière elle.

Eve cria *Go !* et se mit à marcher dans la direction opposée.

Il la rattrapa en courant et lui donna trois coups de couteau rapides dans le dos.

Elle pivota pour se défendre et en reçut un quatrième dans la paume. Hurlant, elle se laissa tomber à genoux. Il resta en retrait tandis qu'elle s'éloignait en rampant. Il la suivait à quelques mètres de distance.

— Oh, mon Dieu, il m'a poignardée !

L'homme fit un pas en avant, puis – apercevant quelque chose hors champ – rétracta les mains dans ses manches. Eve criait, criait, criait comme une chanson.

— Au secours, aidez-moi !

Alors intervint une nouvelle voix :

— Hé !

Jonah se vit entrer dans le cadre.

L'homme jetait des coups d'œil vers la caméra. Il avait l'air perdu.

— Regardez-moi.

L'homme le regarda.

— Personne ne va vous faire de mal.

— Je vais mourir !

— Ça va aller. Vous voulez bien m'écouter ? Monsieur ? S'il vous plaît. Reculez d'un pas.

L'homme essaya de passer, mais Jonah lui bloqua le chemin.

— D'accord, attendez. Je n'ai pas l'intention de…

Eve en profita pour déguerpir, traverser la rue. L'homme voulut la suivre, mais Jonah lui empoigna le bras.

— Écoutez, je n'ai aucune intention de…

Eve sortit du cadre.

— Personne ne veut…

À l'écran ça paraissait maladroit, décevant, inconciliable avec ses propres souvenirs. Le Raymond dans sa mémoire avait insisté pour forcer le passage, mais celui du film reculait, capitulant devant un Jonah que le vrai Jonah ne reconnaissait pas. Pourtant c'était ça qui s'était passé. Il regarda et révisa sa copie, ses présupposés balayés, ratatinés, volant en éclats. À cet instant – comme pour mieux souligner cette vérité nouvelle – quelque chose d'incroyable se produisit, quelque chose qui permit à Jonah de voir au plus près la confusion, la terreur et la confiance hébétée sur le visage de Raymond Iniguez.

La caméra zooma.

La chute qui, dans son souvenir, avait été directe, s'était en réalité accomplie par paliers : Raymond se cabra en arrière, soulevant Jonah du sol. Jonah se débattit, faisant ployer Raymond, qui bascula sur le côté. Comme ils tombaient ensemble, la tête de Jonah heurta le bord de la benne. Ses jambes plièrent et il entraîna Raymond avec lui, se cognant la tête une deuxième fois alors qu'il atterrissait violemment sur le trottoir. Raymond tomba menton le premier sur le couteau. Il se retourna, s'agrippant au bitume et à son cou. Puis il se figea et ne bougea plus.

Voilà ce qui s'était passé.

Sur l'image, Jonah sortit tant bien que mal son téléphone de sa poche et le lâcha aussitôt. Il le chercha à tâtons, le retrouva, composa un numéro, le lâcha de nouveau, tendit…

noir

II

PSYCHIATRIE

Chapitre 18

— Ils font pousser des gens pour les bouffer.

— Qui ça ?

— Le gouvernement polonais. Ils les gardent sous serre. Ils les incubent pendant cent vingt-huit jours, la durée qu'il faut pour devenir fertile, et ensuite la chair a des propriétés, les cent vingt-huit langues du monde se rassemblent, le langage c'est du feu, ils utilisent les corps comme combustible, ils ont une chambre spéciale, les murs font neuf mille mètres cubes de profondeur et cent vingt, cent… ils, euh, ils pompent l'électricité qui circule dans le cerveau, le jus, ils les nourrissent de jus d'orange de Floride, là où ils ont construit le consulat polonais américain.

Par où commencer ?

— Vous avez de l'électricité qui circule dans le cerveau ?

— Non. Les Polonais. Oui. J'ai de l'électricité dans le cerveau, c'est eux qui me l'ont mise.

— Qui, *eux* ?

— Vous ne me dites pas la vérité.

— Qui vous a mis de l'électricité dans le cerveau ?

— Les Juifs d'Europe de l'Est d'origine ashkénaze. Vous êtes un menteur.

— Monsieur Hooley…

— Ils vont les faire pousser et les manger, brûler les corps pour en extraire du combustible avec lequel chauffer les salles secrètes du renseignement polonais. Ils cultivent des embryons. Vous pouvez les manger si vous avez trop faim, mais dans ce cas ils se fâchent parce qu'ils veulent les garder pour faire du combustible et fabriquer du jus d'orange.

— Je vois.

Extrait de la page 20 du *Guide de l'étudiant de troisième année* :

> Le stage en psychiatrie sera pour vous l'occasion de vous instruire sur nombre des problèmes les plus importants auxquels doit faire face la médecine aujourd'hui. Le traitement des troubles psychiatriques constitue à lui seul une des plus grosses dépenses de santé du pays. Au cours de sa carrière, tout médecin sera amené à rencontrer des patients nécessitant des soins psychiatriques en plus du traitement primaire recherché.
>
> Ce stage est souvent moins éprouvant physiquement que les autres en raison de ses horaires réguliers et du rythme relativement détendu. Néanmoins il peut s'avérer tout aussi – si ce n'est plus – éprouvant émotionnellement. Une dépression légère est fréquente, ainsi que des sentiments conflictuels quant à l'opportunité du traitement. Ces émotions ne doivent pas être considérées comme inhabituelles ni interprétées comme un signe de faiblesse. Pas plus qu'elles ne doivent être ignorées : les étudiants sont encouragés à en parler avec leur référent ou à appeler l'infirmerie universitaire (poste 5-3109) afin d'en discuter et de résoudre les problèmes à mesure qu'ils se manifestent.

Extrait de la page 14 de la Bible :

JE DEVIENS DINGUE

ou

LA PSYCHIATRIE POUR LES NON-PSYCHIATRES

Tous ceux qui aspirent à devenir psys peuvent sauter cette section et aller se trouver une lecture plus utile, genre bande dessinée.
La psychiatrie se résume en une formule toute simple : TEMPS LIBRE. C'est sans doute le meilleur moment pour rattraper ton retard de sommeil ou de révisions. L'un d'entre nous a terminé un projet de recherche entier pendant son stage de psychiatrie. Il a même été publié (*La Revue médicale du Missouri*, vol. 13, n° 2, jetez-y un œil !), donc on peut dire qu'il a retiré quelque chose de cette expérience.

Collé à son campus associé, le centre hospitalier universitaire de Manhattan Nord s'étendait sur une zone démilitarisée entre les quartiers de l'Upper East Side et de Spanish Harlem. En conséquence de quoi il drainait deux populations de patients radicalement différentes : les vieilles dames brushinguées de la très chic Park Avenue entourées du harem de leurs filles en twin-set croisaient dans les couloirs des *abuelitas* appuyées sur des déambulateurs payés par la sécurité sociale. Ce n'était pas réellement l'extrémité nord de Manhattan, sauf à ignorer tout ce qui se situait au-dessus de la 96e Rue, ce qu'un tas de gens avaient tendance à faire : les taxis cartographes, par exemple, qui faisaient gober aux touristes que le théâtre Apollo, à Harlem, était le point le plus reculé de l'univers connu.

Le bâtiment principal de l'hôpital reproduisait lui-même cette dichotomie : une vieille tour décrépie orientée au nord avec vue sur les HLM et une aile flambant neuve dessinée par un architecte lauréat du prix Pritzker qui avait recherché – et atteint – une stricte obédience aux règles du feng shui. Le patio central, éclairé par une verrière qui permettait de donner de la lumière naturelle à toutes les chambres, produisait aussi un effet de serre gigantesque. Les chemises collaient à la peau ; les jardinières du hall explosaient de verdure.

Le service psychiatrie occupait deux étages non feng shui, non lumière naturelle, non fleuris de l'ancien bâtiment. Le Géant Vert, comme il était surnommé, possédait de joyeux murs jaunes. Son pseudo n'avait rien à voir avec le maïs en boîte rigolard, ni l'ONG Greenpeace, mais venait en fait de la plaque ostentatoire annonçant que cette partie de l'hôpital avait été financée par un don généreux de la Fondation James B. Hulk. D'autres plaques ornaient le poste de soins, le salon télé, la salle de repos et le centre Larson d'électrochocs. Le hall central était un don de Frederick et Betty Hall. Personne ne l'appelait le hall Hall.

Comparés à la chir, les horaires étaient de la rigolade. Jonah arrivait à 8 heures et repartait à 17 heures ; avant, même, s'il n'y avait plus rien à faire. Les conférences matinales – des tables rondes qui se tenaient en l'absence du patient – se prolongeaient par des déjeuners d'une heure et demie. L'après-midi, ils faisaient des visites, modifiaient légèrement les médocs, offraient du réconfort et basta. Aux heures creuses, les internes s'éclipsaient pour aller faire leur jogging à Central Park, revenant en nage et les joues rouges.

En compagnie de deux autres externes, d'une assistante sociale et de deux internes, Jonah était dans l'équipe du Dr Hugo Rolstein, une vieille relique freudienne aux cheveux longs, planant en permanence. Faisant fi de la mode du moment, le Dr Hugo se fichait pas mal du dosage des médicaments. Il ne s'embêtait pas non plus à rencontrer les patients, s'en remettant à ce qu'on lui racontait pour élaborer de baroques analyses étiologiques qui s'appuyaient sur ses propres méthodes psychométriques, la Courbe Rolstein de Croissance Ano-Orale. Des problèmes d'échecs absorbaient la majeure partie de sa journée, ainsi que la laborieuse mission de lire tous les romans d'Anthony Trollope.

Le vrai boulot incombait à l'interne senior. Haute d'un mètre cinquante, tirée à quatre épingles, le teint parfait, Bonita Kwan pouvait se vanter de posséder un diplôme de docteur en médecine *et* une thèse de recherche de la prestigieuse université Johns Hopkins. Enfant, elle avait sillonné le monde en tant que violoniste prodige ; un des externes s'était fait dédicacer un CD. Lors de la réunion d'accueil de l'équipe, elle avait indiqué s'intéresser à la traduction en mandarin des chants folkloriques des Appalaches, à Gustav Klimt et à la modélisation neuronale informatique de l'anxiété chez les mammifères.

Bonita prenait tout extrêmement au sérieux, offrant un opportun contrepoids aux digressions déstructurées du Dr Hugo. Les « diagnos d'Hugo », livrés bien à l'abri dans l'antre de son bureau, pouvaient s'attarder plus d'une heure sur un même cas, ne se concluant que lorsque Bonita insinuait qu'ils avaient peut-être fait le tour des implications consistant à savoir si l'homme qui se prenait pour de Gaulle avait déjà assisté à la gloire du printemps dans la vallée de la Loire.

La capacité en lits permettait d'accueillir cinquante-cinq patients, pour la plupart réorientés depuis un autre service de l'hôpital ou récupérés aux urgences psychiatriques. La majorité d'entre eux étaient soit psychotiques, soit dépressifs, bien que la frontière fût loin d'être étanche. Une femme avait essayé de se pendre car son mari et ses quatre enfants étaient morts dans l'incendie de leur maison. Elle n'avait pas le bac, plus aucune famille aux États-Unis, elle frôlait la faillite personnelle et sa mutuelle avait récemment commencé à lui refuser ses remboursements, affirmant (à tort, jurait-elle) qu'elle avait une autre assurance pour couvrir les dépenses liées à son diabète. Si ses malheurs ne justifiaient pas un suicide, Jonah ne voyait pas bien ce qui pouvait le faire.

Rien, en fait. L'idéation suicidaire récurrente était un symptôme de maladie mentale, selon le *Manuel diagnostique et statistique de l'Association américaine de psychiatrie*, quatrième édition, page 327.

— Je suis désolé, dit-il.

— Vous êtes désolé de devoir m'écouter. Vous préféreriez être en train de jouer au golf.

Ce genre de logique acérée – l'honnêteté de la mélancolie pure – était rare dans le service. Le plus souvent, les patients passaient leur journée devant la télé, shootés aux médocs ; le pyjama couvert de miettes ; les cheveux gras et clairsemés. Ils se parlaient tout seuls ou entre eux, des conversations sans queue ni tête, chaque interlocuteur prisonnier de ses propres quiddités.

La schizophrénie détruisait les gens de deux façons : d'abord en leur ôtant le langage et l'affect, puis en plaquant sur cette coquille vide un masque sauvage de paranoïa et de délire. Les médocs résolvaient plus ou moins le deuxième problème, néanmoins ils avaient peu d'effets sur le premier, moyennant quoi les patients paraissaient souvent non pas dociles mais broyés et impotents. Leur langage était étranger, une mosaïque sans lien logique qui pouvait d'un instant à l'autre basculer de l'inoffensif au bizarre et au sinistre. Vouloir retracer le parcours de quelqu'un, c'était comme être coincé dans un rendez-vous arrangé particulièrement pénible.

— Avez-vous été employé récemment ?

— Bien sûr. Faut toujours essayer. Toujours continuer. C'est en forgeant qu'on devient forgeron.

— Que voulez-vous dire par là ?

— Avant je voulais essayer de voir, mais combien d'années ça a pris aux prophètes ? Plein. Mon père est parti prendre une leçon en cours de route. Ils sont partis pêcher.

— Pêcher ?

— Ce que je disais : c'est en forgeant qu'on devient forgeron.

On appelait ça la « fuite des idées », mais l'expression ne collait pas. Il n'y avait rien d'une évasion, d'une envolée dans ces naufrages sémantiques, ces spectaculaires crashs verbaux. Et si c'était déroutant, frustrant ou terrifiant à écouter, c'était mille fois pire pour le locuteur : vivre avec un esprit qui s'autobâillonnait, qui était son propre ennemi, se coupait lui-même la langue.

Outre l'homme qui avait peur du complot polonais – dont le club s'agrandit bientôt pour inclure également les Bulgares, les Roumains, les Russes et les malheureux citoyens de Djibouti –, il y avait aussi une femme qui se croyait invincible et qui aimait boire, qui buvait n'importe quoi, qui était capable de s'enfiler trois litres de produit de contraste ; un homme qui parlait pour conjurer la voix de son oncle mort – un prêtre –, qu'il décrivait comme « un petit pédé qui vit dans mon oreille » ; un chauffeur de bus qui s'était battu avec un flic après que celui-ci l'avait soi-disant menacé d'empalement ; et un fumeur de crack unijambiste qui affirmait être John Lennon. Pour le prouver, il se mettait à brailler *Sweet Home Alabama*.

Jonah suggéra qu'on essaye de l'envoyer en musicothérapie.

— Ça le met dans un état pas possible. Il croit que c'est lui qui a écrit toutes les chansons.

Vous étiez bien forcé d'en rire. Sans quoi vous vous noyiez. Toute douleur, du chagrin d'amour adolescent aux affres d'une crise d'appendicite, prenait sa source dans le cerveau. La maladie mentale était donc un distillat de douleur, une douleur sans prétexte physique. De la même façon que l'héroïne produisait une euphorie sans rapport avec – et donc meilleure que – la réalité, les troubles psychiques créaient une souffrance sans référent ni pareil. Les couloirs du Géant Vert grouillaient proprement de douleur. Vous la voyiez dans les gestes incontrôlés et l'agitation corporelle ; dans les regards qui ne se posaient jamais, cherchant constamment, apeurés, la prochaine distraction, un nouveau soupçon. Vous la voyiez se manifester dans cent règles futiles : pas de stylos, pas de rasoirs mécaniques ; pas de coupe-ongles, de CD, d'appareils photo, de téléphones portables ni d'iPod.

— D'iPod ?

— Ils se servent du disque dur pour se mutiler, expliqua Bonita avant de désigner quatre trous au plafond de la salle de repos. On a dû retirer le détecteur de fumée. Une femme l'avait démonté pour essayer de se trancher les veines.

La douleur déferlait, écumait, se retirait, revenait. Produite par les malades, elle était réfractée par leurs familles et leurs amis : déchirés et las à la fois ; gênés de voir ce qu'étaient devenus leurs êtres chers ; encore plus gênés d'être gênés ; puis furieux de devoir se sentir gênés ; et pour finir honteux de manquer autant de grâce et de patience. Une boucle de réactions en chaîne affreusement négatives que Jonah connaissait par cœur.

Ce qui l'atteignit encore davantage fut d'assister à sa première « alerte ». Dans un service de médecine générale, les alertes désignaient les arrêts cardiaques. Tous les médecins disponibles accouraient en brandissant leur badge comme un tomahawk, prêts à fournir la meilleure réa cardio-pulmonaire du siècle ; et, en découvrant – inévitablement – que la situation s'était stabilisée, ils se mettaient à tourner en rond, déçus et agités, comme une foule attendant le discours du candidat battu au siège d'un parti politique.

Les alertes psy, en revanche, signifiaient qu'un patient avait eu un accès de violence, balançant des meubles à travers la pièce, menaçant de s'en prendre à quelqu'un ou essayant de le faire. Dès sa deuxième journée dans le service, alors qu'il conduisait un entretien d'admission, Jonah entendit le signal, les cris, et sortit la tête par la porte pour voir s'il pouvait aider. Une jeune femme, fulminant de rage, lançait des imprécations et sanglotait, tandis que plusieurs infirmiers musclés et un policier lui entravaient les chevilles et les poignets tout en lui enfonçant une seringue dans la cuisse. Elle se débattit, débattit, puis brusquement elle se figea, raide comme la mort, pétrifiée sur place, un filet de salive coulant sur sa joue flasque. Même s'il savait que c'était pour son bien, Jonah ne put supporter de regarder, car la fille était brune et il lui attribuait des traits qu'il était conscient d'avoir inventés.

Durant les cinq dernières années de sa vie, il était passé maître dans l'art de se scinder en deux afin de mieux gérer ses dilemmes et ses déchirements personnels. Cette semaine-là, pourtant, il atteignit un nouveau degré de dissociation.

Professionnel au boulot, il apaisait ses patients et participait à l'humour macabre du service. Ses supérieurs louaient ses connaissances et notaient sa maturité. Il avait un don pour calmer les gens, disaient-ils. À quoi il répondait qu'il avait déjà travaillé comme bénévole.

Mais dès l'instant où il quittait l'hôpital, son cœur se mettait à battre la chamade et il se trouvait assailli par le même genre d'idées qu'il entendait proférer à longueur de journée par des gens qu'il savait gravement – cliniquement – paranoïaques.

Tu es un grand artiste.

Désormais nous pourrons créer ensemble.

Il la sentait le surveiller du coin de l'œil alors qu'il se hâtait jusqu'au métro. Il l'entendait ricaner quand il trébuchait sur une marche de son perron. Il voyait son visage dans les panneaux de signalisation et les enseignes de magasins qui surgissaient sur son passage et disparaissaient dès qu'il se retournait pour les observer. Chaque fois qu'il traversait la 12e Rue et s'approchait de l'orme – *son* orme, l'endroit où elle l'avait attendu tous les jours pendant deux mois, se jetant à son cou comme à celui d'un héros de retour des tranchées –, sa gorge se nouait et la nausée latente qui le tenaillait toute la journée se réveillait soudain.

Le jeudi soir, il sortit son *Manuel diagnostique et statistique des troubles mentaux* et l'ouvrit au chapitre « Anxiété ». Son propre comportement tombait sous le coup d'une inquiétante gamme de pathologies variées, de sorte qu'il ne pouvait pas simplement le caser sous l'étiquette « trouble de l'anxiété généralisée » ou « syndrome de stress post-traumatique ». Ce qui ne manqua pas de l'angoisser encore davantage : pire que craquer, c'était le faire sans imprimatur nomenclatural valide.

La différence fondamentale entre ses patients et lui était qu'ils avaient peur de l'impossible, tandis que, dans le film, c'était vraiment lui. Peut-être que le reste était truqué (il l'espérait de tout son cœur : ce coup de ciseaux rageur ne cessait de remonter à la surface de sa conscience), mais *lui*, il était vrai. La bagarre était vraie. Une authentique cassette d'une fausse agression qui avait conduit à une mort erronée, certes, mais bien réelle.

S'il était accusé au procès d'avoir mal interprété la situation, d'avoir bondi sans réfléchir sur le « dangereux homme de couleur »... eh bien, c'était la vérité, non ? *Pourquoi* avait-il supposé que l'homme était l'agresseur ? Le fait que Raymond avait un couteau à la main et parlait tout seul ; qu'Eve était en train de ramper par terre en criant… À présent rien de tout ça ne lui semblait aussi pertinent que les nombreux indices et possibilités d'indices laissant penser que *quelque chose clochait*. Il aurait dû se demander pourquoi une femme se promenait seule dans un quartier craignos à cette heure-là. Il aurait dû remarquer la lenteur avec laquelle elle se mouvait, la qualité chorégraphique de ses gestes, l'aspect mise en scène. Il aurait dû lire la réticence sur le visage d'Iniguez, qui sautait aux yeux quand on le regardait sous un autre angle et sans le filtre de l'adrénaline. Il aurait dû repérer la caméra. Il aurait dû appeler les flics au lieu de se précipiter pour jouer les sauveurs.

Et elle, pourquoi n'avait-elle rien dit ? Trop occupée à zoomer. *Oh, formidable, quelle spontanéité, j'adore, J'ADORE, magnifique, suis le mouvement et fais avec, voilà, c'est ça, c'est ça, c'est ça…*

Il avait commis la pire erreur possible. Et elle avait réussi ses prises.

Sans doute prenait-elle son temps, histoire de le laisser digérer cette nouvelle information. Cela dit, il s'attendait à la voir surgir à tout moment ; comme ce premier soir, sur son canapé ; comme la fois d'après, dans la librairie. Est-ce qu'elle l'avait suivi ce jour-là ? Pourquoi pas ? Peut-être l'avait-elle suivi avant. Peut-être même avait-elle planifié l'accident. Jusqu'où pouvait-il remonter le fil de sa folie ? La réponse, pourvu qu'il soit un peu galvanisé, c'était l'infini.

En attendant, il ne prendrait aucun risque.

Le deuxième lundi de sa nouvelle affectation, avant de partir au travail, il jeta un coup d'œil par la fenêtre et aperçut une femme dans un manteau bouffant qui attendait au bout de la rue. Elle avait une taille et une silhouette suffisamment proches de celles d'Eve pour qu'il prenne son sac et descende comme un voleur – et comme un idiot – par l'escalier de secours. Alors qu'il arrivait en bas, il se rendit compte que c'était un vieux monsieur qui fumait un cigare.

Aucun risque, songea-t-il.

Pendant des jours et des jours, il eut du mal à trouver le sommeil. Le DVD restait enfoui dans un tiroir de son bureau, mais sa présence irradiait à travers le bois. Il n'aurait pas été surpris de voir la pièce s'embraser d'un coup.

Il n'en parla à personne. À qui cela servirait-il ? Pas à lui. Pas à Raymond Iniguez, ni à Simón Iniguez, ni à Roberto Medina. Ces gens-là voulaient déjà lui passer la corde au cou, et le fait d'admettre qu'il avait commis une erreur – malgré les meilleures intentions du monde – ne risquait pas de lui valoir la clause de la nation la plus favorisée. Et puis, de toute façon, il n'avait personne à qui en parler. Ses parents ? Vik ? Lance ? La seule chose qu'ils pourraient faire, ce serait flipper comme des malades. Belzer ?

Ben t'as qu'à porter une pancarte avec marqué « coupable », tant que t'y es. Allez, gamin, ce qui est fait est fait.

Il n'avait aucun crime à dénoncer… sinon le sien. Eve n'avait rien fait à part dire des trucs bizarres et le forcer à baiser dans des lieux publics. Elle ne l'avait jamais menacé, n'avait jamais suggéré lui vouloir aucun mal. C'était impensable. Parce que, bien sûr, elle l'aimait.

C'était ce qu'il y avait de plus désarmant dans son anxiété : devenu cinglé en un claquement de doigts, il savait que c'était lui qui avait claqué des doigts. Elle s'était contentée, après avoir fait un pas minuscule, de se retirer pour le laisser mariner en silence, sachant pertinemment que sa noire imagination, sa machine à culpabiliser débridée feraient le reste. Une monstrueuse litanie de *peut-être*. Peut-être était-il un assassin. Peut-être avait-elle l'intention de faire avec lui ce qu'elle avait fait avec Raymond. Peut-être rien de tout ça.

Silence. Peut-être. Terreur. Trois synonymes dans le vocabulaire moderne : une seule combinaison gagnante et une infinité de pertes.

Il était en train de se dévorer lui-même de l'intérieur.

Tu es un grand artiste.

Et elle pensait que ça lui plaisait.

Sans idée précise des ramifications légales de ce DVD, il rechignait à appeler la police ou le bureau du procureur. Il ne se considérait pas comme un criminel. Il avait agi avec fermeté dans un moment de crise. Erreur humaine. Mais les gens voulaient toujours des coupables ; ils se souciaient peu des nuances en matière de morale. Faire circuler ce film était le meilleur moyen de braquer les soupçons sur lui et, si exaspérant que ce fût, sur lui seul. Pour autant qu'il sache, Eve n'avait rien fait d'illégal en restant en retrait sans rien dire.

Ou peut-être que si. Il n'en avait pas la moindre idée. En tout cas elle n'avait pas l'air inquiète outre mesure de lui envoyer une copie, sachant peut-être qu'il aurait trop peur de la montrer à qui que ce soit. Et elle avait raison. Arrimés l'un à l'autre dans une vérité secrète ; un univers à deux, exactement comme elle le voulait.

Chapitre 19

Vendredi 19 novembre 2004
PSYCHIATRIE ADULTE, DEUXIÈME SEMAINE

— Ton portable sonne encore, dit Bonita.

NUMÉRO MASQUÉ

Il éteignit son téléphone et se remit à manger son *burrito*.

— C'est ma mère.

— Elle doit vraiment t'aimer, c'est la sixième fois en dix minutes.

— Ah bon ? répondit-il en s'éventant avec son assiette en carton huileuse. Je n'avais pas remarqué.

Cet après-midi, il sortit du métro à la station de la 1re Avenue et elle était là, sans parapluie sous l'averse, gênant le passage des piétons avec ses bras grands ouverts, un sourire béat aux lèvres.

— Mon amour.

Il pivota tel un soldat de bois se rétractant dans le caisson d'une horloge mécanique et tourna sur la 14e Rue, s'engouffrant dans une sandwicherie et se précipitant au comptoir où il se retrouva nez à nez avec un ado boutonneux qui lui demanda ce qu'il désirait.

Une pile de fromage en tranches aux bords racornis ; un baquet de thon aggloméré ; de la charcuterie grisâtre.

Derrière lui, deux hommes vêtus de pantalons de peintres et de sweat-shirts à l'effigie d'une entreprise de BTP dévoraient des sandwichs aux boulettes. Ils étaient bâtis comme des tatous, tout en cou et en épaules. L'un des deux portait une casquette des Giants avec une longue visière plate couverte d'autocollants ; l'autre un bandana bleu noué autour de la tête, qui bougeait tandis qu'il mâchait en étudiant attentivement les informations nutritionnelles imprimées sur sa serviette en papier.

— Yo, man, t'apprends des trucs ? lui lança Casquette.

Espérant la décourager, Jonah s'acheta un soda XXL ; sa main s'enfonça dans le gobelet vide qu'on lui tendit, creusant des lignes de faille dans sa surface cireuse. Puis il se dirigea vers le distributeur de boissons, remplissant son pot à coups de petites giclées qu'il laissait mousser jusqu'au bout avant d'en ajouter une autre. Les mangeurs de boulettes se levèrent et partirent. Lorsque son gobelet fut plein, Jonah en reversa huit centimètres et recommença.

— Un seul verre par personne.

Jonah demanda :

— Est-ce qu'il y a une femme dehors, châtain, environ un mètre soixante, avec une jupe violette et un anorak ?

— Je ne vois personne.

Abandonnant son soda sur le comptoir, il sortit et prit vers l'est. Il passa à toute allure devant plusieurs épiceries, l'église de l'Immaculée Conception, la poste. Il commençait à se sentir en sécurité, il lui avait échappé, *bien joué, Superman*, quand une main se posa sur son épaule.

Il bifurqua à cent quatre-vingts degrés et se heurta contre une fille blanche avec des tresses afros ; elle lui cria « Connard ! » et continua son chemin sans s'arrêter, son insignifiante silhouette flottant dans un jean gigantesque aux revers sales et effilochés.

Eve rit.

— Tu fais peur aux autochtones.

Une enseigne au néon pour la bière Miller projetait des reflets cuivrés sur ses cheveux. C'était la première fois qu'il la voyait avec des nattes ; elles rajeunissaient de cinq ans son visage déjà juvénile. Elle était belle, inutile de le nier, et, si improbable que ça puisse paraître, il eut un début d'érection et dut enfoncer ses mains dans ses poches, s'efforçant de mater son désir en se représentant le corps déchiqueté qui se cachait sous ces vêtements.

— Non, dit-il.

— Non quoi ? Je n'ai rien dit qui appelle une réponse. À moins que tu n'aies l'intention de contester mon assertion sur les autochtones, la peur, etc., auquel cas je m'incline. C'était une remarque anodine, de toute façon.

— Je ne veux pas te parler.

— C'est un lieu public, Jonah Stem. Nous sommes en pleine rue. Pourquoi n'aurais-je pas le droit de venir ici ? demanda-t-elle en désignant d'un geste large les tours HLM de Stuyvesant Town. Souvenirs, souvenirs… L'enfance. Une petite balade sur les sentiers fleuris de ma jeunesse. Pourquoi cherches-tu à m'éviter ?

Il fit demi-tour pour s'en aller et elle vint se planter devant lui.

— Laisse-moi passer.

— Tu es très mal élevé, dit-elle.

Il essaya de la contourner, mais elle refit le même pas de deux.

— Je suppose que tu as reçu mon cadeau.

Il écarta la main qu'elle lui avait posée sur le bras et poursuivit son chemin.

— Ça veut dire oui ?

— Tu es folle.

— Tsss...

— J'ai appelé la police.

— Tu mens.

Il ne dit rien.

— Je te trouve un peu froid, non ?

— Si tu as envie de faire des trucs barrés comme ça, trouve-toi quelqu'un d'autre.

— Mais tu es tellement doué.

Silence.

— Je t'ai attendu en vain. J'ai essayé de t'attendre le matin, mais on dirait que tu ne sors plus de chez toi. C'est quoi, le problème ? Je t'appelle et tu ne réponds pas. Est-ce que tu reçois mes messages, au moins ? Je t'aime. Et puis j'ai fini par me dire : *Eve, tu devrais aller directement à la source.* Je suis retournée à l'hôpital, mais tu n'y étais pas. D'où mon plan d'aujourd'hui. Eh bien, ça a marché. Pourquoi tu t'en vas ?

— Ne me touche pas.

— Ça fait trois semaines, tu dois être au bord de l'explosion.

Une nouvelle fois, il essaya de la dépasser, mais elle lui barra le chemin et s'accrocha à son cou en lui tendant les lèvres. Pris de court, il eut un brusque mouvement de recul, qui eut pour effet de la plaquer contre lui.

— Lâche-moi.

— Il y a une autre femme, c'est ça ? demanda-t-elle. C'est Hannah ?

— Lâche-moi, Eve.

— Tu ne vois pas que je t'aime ?

— Pour la dernière fois : *lâche-moi.*

Elle l'embrassa sur le menton, dans le cou.

— Je suis mieux qu'elle.

Il la repoussait, détournant au maximum son visage du sien, parvenant à peine à la tenir à distance. Tout à coup la tension exercée sur son dos décupla : elle avait soulevé les pieds de terre et pendait désormais complètement à son cou, de sorte qu'il la portait comme un collier vivant, un grotesque accessoire de rappeur. Sa colonne vertébrale s'affaissait, il sentait des élancements de douleur dans tout le haut du corps et laissait échapper de petits grognements de fillette. Elle le couvrait de baisers. *Prends-la comme une enfant, tu ne peux pas frapper un enfant chaque fois qu'il t'énerve.* Il ne la frapperait pas. Tout sauf ça, car il savait que c'était ce qu'elle voulait. Il lui enfonça les doigts dans le plexus solaire ; elle répliqua en lui garrottant la taille de ses deux jambes, piégeant une de ses mains au passage. Il ne la frapperait pas. Il lui planta un pouce dans la gorge, pressa encore plus fort. Rien n'aurait pu lui être moins naturel, mais il n'avait pas le choix ; il se disait qu'il était en train d'étrangler une poupée gonflable. Toute la première phalange de son pouce avait disparu dans sa chair ; il sentit sa trachée rouler sous son doigt. Et elle s'accrochait toujours, manquant de s'étouffer, il avait sa salive qui lui coulait dans le cou. Il ne pouvait plus supporter son poids. Il tomba à genoux. Aussitôt, elle profita de son déséquilibre pour lui grimper dessus, le ventre plaqué contre son dos, la tête tout près de son coccyx, le forçant à s'aplatir face contre terre sur le trottoir mouillé. Elle prit son crâne en tenaille entre ses cuisses : son cou était une bouteille de champagne et sa tête un bouchon rétif. Les collants d'Eve lui râpaient les joues. Elle lui enfonça les ongles derrière les genoux, le nez entre ses fesses, comme si elle voulait grignoter le fond de son pantalon. Il n'avait jamais vu d'aussi près le sol de Manhattan. La crasse accumulée dans les fissures du bitume s'incrustait sous ses ongles alors qu'il essayait de se relever en prenant appui sur ses paumes et que son poignet glissait sur une bouillie de papier journal et de mégots de cigarettes détrempés.

Il avait réussi à se hisser à mi-hauteur lorsqu'un brusque éclair de lumière le prit en traître et le fit rechuter. Un ado maigrichon dans un sweat à capuche NYU le visait avec un appareil 35 mm. Jonah l'insulta à travers une brume clignotante de points rouges et verts, et le gosse s'éloigna d'un pas nonchalant. Deux dames passèrent ; l'une d'elles marmonna « Encore un tournage ». Mais qu'est-ce qui clochait tant chez les New-Yorkais pour qu'ils puissent voir des gens se battre sous la pluie au milieu du trottoir et n'en retirer que des commentaires sur l'esthétique de la situation, bordel ? Il lui fallait un aspirant super héros, quelqu'un comme lui qui aurait lu le récit de ses exploits dans le journal et qui depuis passerait ses nuits à arpenter Manhattan en attendant son tour. Sauf que, bien sûr, c'était *lui* qu'on prendrait pour le salaud.

Au prix d'un ultime effort, il parvint à se redresser, faisant basculer Eve sur le dos. En dégringolant, elle s'agrippa à sa chemise, dont le bouton du haut sauta. Elle se cramponna ensuite à sa jambe comme un champignon à la base d'un tronc.

— Lâche-moi la jambe, merde !

Il lui tira violemment les oreilles, lui serra de nouveau la gorge.

— Je vais te casser le cou, putain.

— Tu perds tes affaires, dit-elle avec un hochement de menton.

Il se retourna et vit un type ramasser son sac à dos.

— Hé ! cria Jonah. C'est à moi.

Le type le regarda, regarda Eve et continua son chemin, lâchant le sac dans le caniveau.

— Heureusement que je suis là pour toi, dit-elle.

— Savoure, lui murmura-t-il en se penchant à son oreille, parce que c'est la dernière fois.

Et il lui envoya un grand coup de coude dans la tempe. Elle tituba, il se libéra, récupéra son sac et s'éloigna d'un pas chancelant.

Il n'avait pas fait cinq mètres qu'elle poussa un cri à vous glacer le sang :

— Arrêtez-le, il m'a volé mon sac !

Son instinct lui dictait de pivoter pour se défendre. *Qu'est-ce que tu racontes, espèce de…*

Pas le temps. Il se mit à courir.

— Arrêtez-le, arrêtez-le, au secours !

Il dévala l'avenue A à toute allure, son sac bringuebalant contre son corps comme une grosse bedaine ; attraper les clés dans sa poche, coincer la bonne entre ses doigts, jeter un coup d'œil derrière lui…

— Arrêtez-le !

Il ne le vit pas venir ; tout ce qu'il sentit fut un violent crissement dans la mâchoire, comme s'il avait croqué une bille, suivi par la pénible sensation d'avoir changé involontairement de trajectoire, tel un cerf-volant emporté malgré lui par un contre-courant fatal.

Lorsqu'il rouvrit les yeux, il était allongé sur le dos, entouré par quatre piliers de toile blanche maculée de peinture. Deux larges visages noirs, écœurés et méfiants, l'observaient de très haut. Jonah se demanda l'espace d'un instant s'il n'était pas au fond de sa propre tombe, attendant de recevoir les premières pelletées de terre. Il avait trop mal pour pouvoir bouger.

Casquette avait son sac entre les mains.

— Il va bien ? Jonah ?

— J'ai votre sac, répondit Casquette. Mon pote va attendre ici avec vous, je vais chercher les flics.

Eve caressa le front de Jonah.

— Mon amour... Ça va aller, dit-elle aux deux types. C'est mon mari. On s'est disputés. Maintenant ça va.

Les deux hommes échangèrent un regard.

— Mon amour, tu vas bien ?

Jonah gémit.

— Merci.

— Vous êtes sûre que vous ne voulez pas qu'on appelle les flics ?

— Merci. Non. C'était très courageux de votre part.

Casquette secoua la tête, fit signe à Bandana de le suivre et ils s'éloignèrent tranquillement.

— Attendez, coassa Jonah.

— Chhh, lui fit Eve. Repose-toi, mon amour. Reprends des forces. Récupère. Ces larmes célestes devraient te purifier, elles ont des propriétés curatives. Chhh...

La pluie tombait à verse, formant des flaques dans les creux de l'asphalte. Les cheveux de Jonah trempaient dans le jus de la ville ; le plastron de sa chemise était lourd. Le visage d'Eve flottait juste au-dessus du sien et le bout de ses nattes dégoulinait comme en écho aux branches nues ruisselantes de l'orme, son orme. Les gouttes lui piquaient les yeux, lui rentraient dans le nez. Les corniches pleuraient. Il sentait des odeurs d'égout et de poil de chat. Il allait mourir noyé en plein milieu de l'East Village.

— C'est le destin, dit-elle. Je suis ta mission, Jonah Stem. Et toi la mienne. Quand tu marches, je suis les pierres sous tes pas. Quand tu rentres chez toi le soir, je suis ton lit. Pendant la journée, je suis ton air, et quand tu mourras, je serai la terre qui t'enveloppera. Je suis partout. Alors inutile de perdre ton temps.

Elle sourit avant d'ajouter :

— Bon. Et si on montait, que je te prépare un thé ?

Il se redressa péniblement. Sa tête lui faisait un mal de chien.

— Heureusement que j'étais là pour leur dire de te laisser tranquille, reprit Eve. La galanterie n'est pas morte.

Il attrapa son sac à dos, se leva, traversa la rue en titubant.

— Un minimum de gratitude ! lui lança-t-elle.

Il grimpa les marches du perron.

— Est-ce qu'on peut se conduire en gens civilisés ? Ou bien dois-je avoir recours aux pires extrémités ?

Il chercha ses clés dans la poche de sa veste.

— Tu vas me répondre ?

Sa poche était vide.

— C'est ça que tu cherches ?

Alors qu'elle partait en courant, il glissa sur les marches en béton mouillées, voulut se rattraper à la rambarde en pierre, la manqua et s'écorcha le dos de la main.

— Tu es sûr que c'est nécessaire, mec ?

— Je t'ai dit, c'est moi qui payerai.

— Ce n'est pas la question, je veux dire : tu ne te fais pas un, un genre de…

Faute de terme précis, Lance agita les doigts en l'air.

— Ils ont mon adresse et mes clés, répondit Jonah.

Le serrurier corrobora :

— Deux précautions valent mieux qu'une.

— C'est la plus solide que vous ayez ?

— Garantie. Il n'y a que Superman qui pourrait la forcer.

— Mec, c'est toi.

Majoration soirée comprise, cela revint à trois cent dix-neuf dollars. Jamais Jonah n'avait signé un chèque avec autant d'enthousiasme.

— Je vais mettre la chaîne quand tu seras sorti, prévint-il à l'intention de Lance.

— Je ne pourrai plus rentrer.

— Je l'enlèverai avant d'aller me coucher. Ou bien je t'attendrai.

— Tu n'es pas un peu…

— Deux précautions valent mieux qu'une.

— Ils disent ça pour que tu consommes plus, mec. C'est un cliché.

— Si quelqu'un te suit, ne rentre pas dans l'immeuble. Fais le tour du bloc. D'une façon générale, essaye de garder l'œil ouvert.

Lance en était bouche bée.

— Tu es sûr que… OK, mec, t'excite pas, je vais garder l'œil… Tu sais, tu as la gueule salement amochée.

— Je t'ai dit, le type m'a frappé. Je vais mettre de la glace et ça ira.

— Tu ne veux pas sortir boire un…

— Je suis sûr, Lance, je suis sûr que ce dont j'ai besoin c'est de *repos*, d'accord ?

Il alla dans sa chambre pour appeler ses parents. Pendant que ça sonnait, il entendit la porte d'entrée s'ouvrir et se refermer en grinçant, et son cœur tressaillit. Il jeta un œil dans le couloir. Le salon était désert. *Lance est parti, c'est tout. Tu as une nouvelle serrure, sers-t'en*. Il tourna le verrou au moment où le répondeur se mettait en marche.

Vous êtes bien chez Paula et Steven Stem…

— Mamanmamanmamanmaman…

— Voilà, voilà, j'arrive. Minute, papillon, laisse-moi…

Un hurlement de larsen, puis :

— Bonjour, mon fils chéri. Tu m'appelles un vendredi soir, comme c'est gentil !

— Maman, écoute. On m'a volé mes clés et mon portefeuille.

— Oh non ! Où ça ?

— J'ai… À la gym.

— Tu n'avais pas de cadenas ?

— Si, mais...

— Parfois on croit qu'ils sont fermés, et ensuite ils s'ouvrent tout seuls. Tu devrais toujours bien vérifier qu'il est fermé.

— Je regarderai la prochaine fois, promis. Écoute, il faut que vous changiez la serrure à la maison.

— Ici ?

— C'est l'adresse qu'il y a sur mon permis de conduire.

— On a un bon système d'alarme.

— Maman, s'il te plaît, je me sentirais plus rassuré si...

— Mince, on va devoir annuler la carte de crédit.

— Quoi ?

— La carte que je t'ai donnée. La Mastercard.

— Non, non, tu n'as pas besoin de l'annuler.

— Pourquoi ?

— Cette carte-là n'a pas été volée. Je l'ai, euh... Je la garde dans un autre endroit.

Il ne se sentait pas en état d'improviser.

— Tu vas devoir refaire ton permis.

— Je m'en occupe, d'accord ? Changez la serrure, c'est tout.

— Jonah..., soupira sa mère.

— *S'il te plaît*.

— D'accord, d'accord. Je ferai venir quelqu'un lundi.

— Tu ne peux pas le faire maintenant ?

— Il est 10 heures du soir, Jonah.

— Ils se déplacent vingt-quatre heures sur vingt-quatre. On a eu quelqu'un à l'instant.

— Si c'est notre adresse qu'il y a sur ton permis, pourquoi tu as fait changer *ta* serrure ?

— C'est juste que... je... j'ai une autre pièce d'identité. Avec cette adresse-là.

— Tu as *deux* permis de conduire ?

Pour la faire obtempérer, il dut en venir aux cris, ce qu'il détestait, et en raccrochant il se sentit merdeux. Mais il avait insisté pour parvenir à ses fins car cela lui procurait un sentiment de contrôle alors qu'en fait il était complètement à la dérive.

L'avoir plaqué au sol pouvait compter comme une agression, sans doute ; mais qui pouvait dire qu'il ne l'avait pas frappée le premier ? Il lui avait donné un coup à la tête, après tout. Elle était sûrement aussi amochée que lui, voire pire, et c'était une femme. Une petite femme sans défense. Avec tout le monde qui voulait la sauver, pauvre petite fille perdue, ses héros.

Et puis il en fallait plus qu'un crétin d'étudiant en médecine fils à papa qui pleurnichait après une bagarre de bac à sable pour mettre en branle la police de New York. Ils avaient mieux à faire que voler à son secours. *Vous ne lisez pas les journaux, bordel ? C'est pas vraiment la période des histoires pour enfants, c'est la centrale d'appels SOS-Djihad.*

Il changea la poche de glace sur sa joue et s'allongea, le cœur pétaradant à chacun de ces craquements inoffensifs que les gens appellent « bruits de la maison ». La glace passa du froid au douloureux, puis au tiède. Quand il était rentré, il saignait de la tête. Les lacérations du cuir chevelu paraissent toujours pires que ce qu'elles sont. Il en avait déjà vu. Il pourrait très bien se soigner tout seul.

Chapitre 20

Il passa le week-end terré chez lui, commandant du chinois et laissant l'argent dans une enveloppe scotchée à sa porte, avec un petit mot disant de déposer la livraison devant. Mais les coursiers sonnaient de toute façon jusqu'à ce qu'il se manifeste.

— Bou boulêh reçu ?

— Laissez-le dans le sac.

— Daccôh, mêssiêh.

Il attendait derrière la porte, attendait un silence inenvisageable à Manhattan. Il attendait, sachant que son plat refroidissait, que la sauce de son poulet frit aigre-doux était en train de coaguler, la chapelure se décollant par lambeaux comme une cloque crevée. Il s'en fichait. Il attendait jusqu'à ce que la faim et la honte aient raison de lui, alors seulement il décrochait la chaîne et ouvrait la serrure.

Chaque fois que son portable sonnait – ce qu'il faisait avec une fréquence exponentielle –, la crainte l'étreignait à la gorge.

NUMÉRO MASQUÉ

Il contacta son opérateur pour demander qu'on bloque ses appels. Quelqu'un à Bangalore l'informa poliment que, sans le numéro de la personne, ils ne pouvaient rien faire.

Il retira la batterie de son téléphone.

Le samedi matin, il appela le syndic – un Slave irascible aux yeux humides et aux écoulements nasaux torrentiels – pour lui avouer qu'il avait perdu ses clés en même temps que son portefeuille. Oui, il fallait sans doute faire changer la serrure de l'immeuble. Oui, c'est lui qui paierait. Oui, il était désolé. À vos souhaits, monsieur Randjeiovic. Non, ça ne se reproduirait pas. Oui, quels nuls, ces Yankees, peut-être l'année prochaine.

Le serrurier de M. Randjeiovic facturait trente pour cent plus cher que l'autre. Et puis il fallait refaire les clés de tous les autres résidents. Jonah s'en fichait. Il n'avait pratiquement pas dépensé un centime depuis six mois ; le rythme de la troisième année le contraignait à une austérité forcée. Il songea brièvement à installer une alarme.

Il se disait que toutes ces précautions n'étaient rien d'autre que ça : des précautions. Des rations de temps et de tranquillité d'esprit. Et puis, quand on vivait à Manhattan, l'ermitage ne paraissait pas seulement une solution raisonnable, mais désirable ; les gens étaient disposés à payer des sommes folles pour un peu d'intimité. Et quoi de plus privé, de plus intime, que de ne jamais quitter son appartement ?

Lance, dérouté par la soudaine agoraphobie de son colocataire – et toujours prêt à accepter une nouvelle excentricité sans poser de questions –, devint lui aussi casanier par solidarité. Ils restaient dans le salon, absorbés par un jeu vidéo dans lequel une bande de potes torse nu rivalisaient pour savoir qui deviendrait le plus dangereux gangster du quartier. On était dimanche soir.

— Ce jeu encourage les valeurs morales, fit remarquer Lance.

— Ouais.

— Si tu pouvais te réincarner dans n'importe quel criminel de tous les temps, tu choisirais qui ?

— Al Capone.

— J'en étais sûr.

Lance agita frénétiquement son joystick.

— Non, non, NOOOOOON.

Ils regardèrent son personnage avaler une grenade dégoupillée.

— Et toi ? demanda Jonah.

— Moi, l'Homme Mystère, sans hésiter. Le plus grand cerveau criminel du siècle.

Lance ressuscita son avatar.

— Merde, je vais devoir retourner chercher le bazooka.

Après quarante-huit heures de ce régime, Jonah était au bord de la crise de nerfs. Il s'identifiait totalement au personnage du jeu : atomisé à intervalles réguliers et renvoyé au début de la conversation, condamné à refaire indéfiniment les mêmes blagues débiles. L'appartement commençait à sentir la même odeur que la salle des urgences psy, une atmosphère caillée, comme s'ils respiraient du bouillon de poule.

— On habite dans un sous-marin, dit Jonah.

— Un « yellow submarine » ?

— Plutôt marronnasse déprimant.

— Tu vas avoir besoin de provisions.

Jonah lui fit promettre de vérifier qu'il n'était pas suivi avant d'entrer dans l'immeuble.

— Comme tu voudras, mec.

— C'est important.

— 10 h 04. Je vais aller te faire des courses pour que tu ne manques de rien pendant mon absence.

Jonah tiqua.

— Ton absence ?

— Je vais à Venise chez le comte. Tu te souviens ?

Il ne s'en souvenait pas.

— C'est prévu depuis l'été dernier. Mec, t'as l'air complètement défoncé. Je vais te manquer, c'est ça ? T'inquiète, je t'écrirai.

Lance revint de l'épicerie avec du beurre de cacahuète, du pain et des pommes.

— Tu n'as vu personne dehors ?

— RAS.

Jonah acquiesça d'un hochement de tête. Pendant que Lance était sorti, il avait remis la batterie de son téléphone et découvert 47 APPELS EN ABSENCE.

— Tu crois que je devrais prendre un maillot de bain ? C'est clair qu'il a une piscine chez lui, ce mec. Regarde ce qu'il m'a envoyé.

Lance s'arrêta de faire son sac et se mit à fouiller dans ses affaires jusqu'à y repêcher un petit écrin à bijoux dans lequel trônaient deux boutons de manchette en or mat sertis de rubis.

— Si je me démerde pas trop mal, ça peut être le jackpot. Ma mère a vraiment envie qu'il me plaise. Elle dit que c'est peut-être l'homme de sa vie. Crois-moi, je suis aussi sceptique que toi. C'est mathématiquement impossible que ce soit *l'homme* de sa vie. Au mieux, ça pourrait être... genre le *septième homme* de sa vie. Je ne crois même pas qu'il y en ait eu un premier. Elle a commencé à sortir avec des mecs dans le ventre de sa mère. Elle sortait avec des spermatozoïdes.

— Merci pour l'image.

— J'ai pas trop le choix : soit j'accepte l'idée que ma mère est une vraie salope, soit je lui en veux et je dénormalise encore plus nos relations, expliqua Lance en roulant un pantalon de treillis tout froissé. Il paraît que le comte a un goût fabuleux pour les cultures hors sol.

— Ben, au moins, ça vous fera un intérêt commun.

— On a tous les deux des penchants botaniques. Famille de fumeurs, famille heureuse.

— Ça ne rime pas.

— La vérité ne rime pas, mon pote. Elle n'a pas besoin de ça.

Lance rangea sa caméra vidéo dans sa housse rembourrée et enroula d'un air rêveur le cordon d'alimentation autour de sa main.

— Un jour on découvrira la substance qui provoque la cristallisation amoureuse. La vitamine L. Ce sera la fin du monde tel que nous le connaissons. On ne l'a pas encore trouvée, si ?

— Ça s'appelle l'alcool.

Lance éclata de rire. Il souleva son sac et le jugea d'une légèreté acceptable.

— Tu es sûr que ça va aller sans moi ?

Jonah hocha la tête.

— Parce que je n'ai pas envie d'apprendre que tu as fait une crise de psychotage pendant mon absence. En cas de solitude aiguë, je conserve sous mon lit une sélection limitée mais hautement qualitative de films pour adultes. Les vrais films, tu sais où ils sont. N'hésite pas à perfectionner ta culture.

Le vol de Lance partait de JFK le lendemain à 9 heures et, pour la première fois depuis qu'ils habitaient ensemble, il alla se coucher le premier. Incapable de trouver le sommeil, Jonah resta à contempler le musée des petites faiblesses humaines. Il s'était remis à pleuvoir, l'asphalte était comme un miroir.

Lundi 22 novembre 2004
PSYCHIATRIE ADULTE, TROISIÈME SEMAINE

Ce matin-là, il partit en retard. Il prit un chemin détourné jusqu'au métro, s'arrêtant en route pour acheter des choses à manger dont il n'avait pas envie et dépassant la station d'Union Square.

Quand tu marches, je suis les pierres sous tes pas.

Il traversa Stuyvesant Town en courant, puis revint brusquement sur ses pas et s'engouffra dans le métro, évitant de justesse une vieille Russe qui boitillait en brandissant une photo plastifiée d'un barbu en soutane.

Quand tu rentres chez toi le soir, je suis ton lit.

Au lieu de franchir le tourniquet, il passa droit devant le guichet et ressortit par l'escalier d'en face. Une fois à l'air libre, il fonça prendre un bus qui montait vers le nord.

Pendant la journée, je suis ton air.

Il changea ensuite de bus pour se faire déposer à la station de Grand Central et prendre la ligne 6.

Et quand tu mourras, je serai la terre qui t'enveloppera.

Dans son équipe, tout le monde semblait se moquer éperdument qu'il arrive à la conférence matinale avec un quart d'heure de retard. Rolstein l'accueillit d'un signe de la main. Réprimant un bâillement, Jonah prit sa mine sérieuse et sortit ses notes. Il avait des patients à présenter. C'était un professionnel. On se réveille.

Bonita lui fit passer des dossiers, en même temps qu'un Post-It sur lequel elle avait griffonné : « Ça va ? »

Je suis partout. Alors inutile de perdre ton temps.

Il écrivit « Urgence de plomberie, désolé » et lui retourna le petit mot.

À l'hôpital il était tenu de laisser son portable allumé, au cas où un patient ou un interne aurait besoin de le joindre ; il ne pouvait donc rien faire sinon garder son calme lorsqu'il recevait un appel en NUMÉRO MASQUÉ, ce qui, arrivé à 14 heures, s'était déjà produit cinquante-neuf fois.

Il aurait pu prendre un bipeur et laisser son portable à la maison. Ou bien ouvrir une nouvelle ligne avec un numéro sur liste rouge. Ça n'était pas très compliqué de changer de numéro. Tout le monde le faisait tout le temps.

Et tu comptes aussi changer d'identité ?

Pour rentrer, il sortit du métro trois stations avant la sienne et héla un taxi auquel il demanda de dépasser sa rue et de le déposer au coin de l'avenue C et de la 7e, ce qui lui permit d'approcher son immeuble par la direction opposée. Il longea Tompkins Square, croisant des petits Blancs ultra-branchés avec des bonnets rasta et un quinquagénaire rupin qui promenait son yorkshire en veste Burberry verte.

Alors qu'il passait devant le café 7A, une odeur huileuse de frites lui sauta au visage. Il n'avait rien mangé de la journée, non par manque de temps mais parce que ses intestins faisaient du trampoline, attendant de lui renvoyer tout ce qu'il ingurgitait sous forme de brûlures d'estomac. Il rajusta sur son épaule la bretelle de son sac à dos et se cala pile derrière un grand costaud qui remontait tranquillement l'avenue A. Entre la 9e et la 10e Rue, le type s'engouffra dans un immeuble, le privant de sa couverture et lui laissant une vue dégagée sur l'intersection de la 11e.

Eve n'était pas là.

Il monta l'escalier quatre à quatre, se ruant dans l'appartement avant de refermer tous les verrous. La panique faisait le lit de l'irrationalité : est-ce qu'elle était dans le métro ? Avait-elle soudoyé tous les taxis du sud de Manhattan pour le garder à l'œil ? Avait-elle pu le surveiller depuis une fenêtre ? Y avait-il une autre entrée dans l'appartement ? Pouvait-elle s'infiltrer par les bouches d'aération, comme une pâte de dentifrice humaine, escalader la façade, se glisser par la fente sous la porte, *mais tu vas arrêter de délirer, oui, tu es dedans, tu es là, et elle non. Du calme, du calme, du calme, bordel.*

Le radiateur se réveilla dans un borborygme métallique. Jonah sursauta.

Plusieurs heures plus tard, il se sentait suffisamment rassuré pour essayer de dormir, il posa donc ses livres et plongea dans ses cauchemars. Le premier le propulsa dans un paysage désertique de guérilla urbaine, le ciel d'un orange apocalyptique, avec des carcasses de voitures brûlées, des cadavres ravagés de chiens et d'enfants sans visage. Il courait avec quelqu'un à califourchon sur son dos, mais ses jambes fatiguaient, il ne pourrait plus la porter (c'était une fille, il le savait, et elle était vivante, bien qu'il ne pût la voir), il allait devoir l'abandonner pour se sauver lui-même. Il entendit la sirène d'une attaque aérienne. C'est alors qu'il se réveilla, mais la sirène continuait.

Il se retourna dans son lit. Il était 3 heures du matin.

L'interphone barrit de nouveau, se tut.

Il enfila son peignoir, alla au salon, vérifia les verrous. L'interphone recommença à sonner, puis se taire, sonner, se taire, sonner, se taire. *Je suis là*, disait-il. *Je suis là je suis là je suis là*. Un bref silence ; après quoi le rythme se mua en un cha-cha-cha impatient : sonne, sonne, sonne-sonne-sonne. *Bz bz bz-bz-bzzzzz.*

Il ferma la porte de sa chambre et se plaqua l'oreiller sur la tête. Bientôt la sonnerie de l'interphone s'arrêta, remplacée par celle de son téléphone fixe. Il le débrancha et désactiva le répondeur. Il éteignit aussi son portable et resta allongé dans son lit, se rongeant les ongles comme un junkie.

Elle mesure deux têtes de moins que toi. (Elle te secoue comme une poupée.) Laisse-la croupir dehors. (Plus tu l'ignores, plus ça l'excite.) Rien ne t'oblige à sortir de chez toi, tu peux très bien rester ici. (Il faudra bien que tu sortes à un moment.) Elle ne va pas planter sa tente devant l'immeuble. (Pourquoi pas ?) Elle n'a aucun moyen d'entrer. (Elle peut s'engouffrer derrière quelqu'un.) Elle est têtue mais inoffensive. (L'un n'exclut pas l'autre.) Tu n'as qu'à appeler les flics. (Et leur dire quoi ?) Elle va partir. (Elle ne partira pas.) Elle va partir. Sa respiration ralentit. *Elle va partir.* Il n'y avait plus de bruit. *Elle est partie.*

Elle était partie.

Il alla dans la salle de bains avaler un Advil. Voici ce qu'il pouvait faire, il n'avait aucune raison de s'affoler : d'abord il laisserait passer une marge de... disons une demi-heure. Ensuite il se relèverait, il ramasserait quelques affaires, il descendrait par l'escalier de secours – avec dignité – et prendrait un taxi. Il se trouverait un hôtel pas trop cher pour quelques jours. Ce serait comme des vacances, une chambre anonyme, des murs blancs, au moins il dormirait. Il ne transpirait pas. Il se sécha le front sur l'oreiller. Voilà, il ne transpirait pas du tout. Jeudi, il rentrerait chez ses parents pour Thanksgiving, et là il pourrait se détendre et réfléchir à un plan. Quand il serait un peu moins agité. Il irait au travail aider des gens qui avaient des problèmes bien plus graves que le sien. Il allait bien. Il n'était pas agité, ça allait. Il se sentait serein, d'une sérénité sans précédent, d'une sérénité genre mouettes dans un ciel azur au-dessus du Pacifique, genre croisière de rêve. Il s'essuya de nouveau le front. Tout s'arrangerait dès qu'il retrouverait un peu d'air, aucun problème. On toquait à la porte.

Chapitre 21

Jonah Stem.

Jonah Stem, pourquoi tu ne m'ouvres pas ?

Tu ne vas pas me laisser attendre ici, quand même !

Si froid.

Se pourrait-il que le changement de saison t'ait refroidi le sang ?

Où est passé mon petit gars qui apprécie tant les câlins, ce petit gars que je connais et que j'aime si fort ? Ce gars-là connaît mes fissures. Ce gars-là recherche mes zones d'ombre.

Il est là, j'en suis sûre. Il se languit de moi.

Je sens ta présence derrière ces murs. Ces murs ne sont rien. Ils sont fins et je peux les détruire pour te rejoindre. À un moment, mon désir supplantera mon respect de la propriété privée. Alors j'entrerai chez toi.

Ne laissons pas les choses en arriver là.

Tu n'as aucune raison de te comporter ainsi. Nous n'avons jamais varié de cap depuis le début. Tu ne peux pas faire semblant d'être surpris *à ce point*. Tu es un jeune homme intelligent.

Oh, mon Dieu, je me sens tellement seule.

J'ai mûri une idée. Tu veux savoir laquelle ? Un nouveau projet que toi et moi pourrions mener ensemble. Son œuvre la plus ambitieuse jusqu'à présent, diront les critiques. Une fusée d'imagination incendiaire, un geyser d'émotion. Le *New York Times*. Le *New Yorker*. La *New York Review of Books*. Un torrent d'éloges, ils devront dégainer leurs dictionnaires de synonymes pour pondre leurs insipides et pompeux dithyrambes. Toi et moi, Jonah Stem, on va leur en mettre plein la vue.

Je pensais qu'on pouvait…

Bon.

Je ne vais pas t'en parler comme ça, derrière la porte.

Il faut que tu m'ouvres. Ensuite je te dirai.

Ça va te plaire.

Tu me fais de la peine, tu sais.

Je pense vraiment qu'il serait préférable d'avoir cette conversation en privé.

Tu t'es bien amusé au travail aujourd'hui ?

Tu avais l'air fatigué. Mon pauvre, pauvre amour. Laisse-moi te porter secours. Ne fuis pas celle dont l'étreinte saurait te soulager. Tu es un cadeau, et moi le ruban.

Allez, ouvre.

Ça sent mauvais dans cet escalier. Pense à moi dehors. Tes voisins sont sans doute en train d'appeler les autorités à l'heure où je te parle.

Cher policier, il y a une poétesse sur mon palier.

Mais je te parie que, si je lui souris, monsieur le policier me laissera partir, peut-être même qu'il essayera de me payer un verre.

Les hommes font ça tout le temps, Jonah Stem. M'offrir des trucs. Un jour, au milieu d'Herald Square, un type m'est tombé dessus. Il était plutôt beau, mais moins que toi. Il m'a mis une main sur la nuque et m'a murmuré à l'oreille :

— Je parie que vous avez un goût de sirop d'érable.

Tu te rends compte ? Quel imbécile ! Je me demande quel taux de réussite il obtient. Ça a bien dû marcher une ou deux fois. Nous sommes dans une grande ville.

On est allés dans son studio. Il avait des posters d'Ansel Adams. Et une colonne CD en forme de S géant. Le carrelage de sa salle de bains était noir et blanc, et les serviettes puaient le Calvin Klein. Il a mis un disque de jazz absolument catastrophique. Il doit y avoir une boutique spéciale qui vend de la musique aussi nulle. Vraiment, je t'assure, le son de la médiocrité.

Je me suis assise dans son grand fauteuil en rotin. Je ne peux pas le garantir à cent pour cent, mais je crois qu'il salivait.

Sa langue était comme du corned-beef. Il a passé une éternité à m'embrasser derrière le genou. Une de ses ex avait dû lui dire que c'était une zone érogène. Ou alors il l'avait lu dans un magazine pour hommes.

Avant qu'il puisse faire ce qu'il avait l'intention de faire, j'ai dit :

— Au fait, Roger (je ne pense pas qu'il s'appelait réellement Roger), Roger, au fait, je voulais te prévenir que j'ai la syphilis.

Tu ne trouves pas ça drôle ?

Il est presque allé jusqu'au bout quand même.

En cadeau, je lui ai laissé ma culotte dans l'évier. Un point pour le féminisme.

Jonah Stem, je commence à avoir mal au dos.

J'ai peur de t'avoir vexé.

Je t'ai vexé ?

Si oui, ce ne serait que justice de m'autoriser à te parler en face, afin que nous puissions dissiper ce malentendu. Je t'aime à en mourir. Franchement, je trouve cette petite démonstration d'opiniâtreté d'une suffisance répugnante. Il est présomptueux de ta part de croire que je ne sais pas que tu es là.

Je te vois depuis l'autre bout de la ville. Je n'ai qu'à suivre ton aura. Je pourrais te pister à travers le globe. Si tu plongeais dans l'océan, je serais dans ton sillage.

On devrait partir en voyage ensemble. Il y a tellement d'endroits où j'ai envie d'aller, tellement d'expériences qui n'attendent que d'être vécues. Je voudrais que tu me fouettes sur les rives limoneuses de l'Amazone. Je voudrais que tu lèches mes plaies comme de la neige fraîche sur les sommets brumeux du mont Fuji. Je voudrais que tu me déformes dans les galeries de Versailles.

Ouvre la porte, Jonah Stem.

Ça ne me dérange pas de me précipiter dessus. J'ai le crâne dur. Je ne te l'avais pas dit ? Quand j'étais toute petite, je suis tombée tête la première du haut d'une cage à poules. C'était avant que les aires de jeux soient livrées avec des sols souples. Mais je n'ai rien eu.

Je commence à m'ennuyer ici.

Pour passer le temps et t'aider à comprendre ma démarche, je vais te raconter l'histoire d'un homme du nom de Raymond Iniguez. Raymond n'était pas vraiment un collaborateur. C'était surtout un caméscope.

Attention, loin de moi l'idée d'insinuer qu'il était bête. Pour être honnête, j'ignore tout de son degré d'intelligence. Je n'ai jamais tellement écouté ce qu'il disait et, même si je l'avais fait, je n'aurais pas été en mesure d'en juger.

D'après ce que j'ai compris, il a dû être quelqu'un d'assez dynamique à une époque. Il paraît qu'il a failli devenir joueur de base-ball professionnel. Quoi qu'il en soit, je suis sûre que l'ancien Raymond savait faire des œufs brouillés, conduire une voiture ou raconter une blague décente.

Pas le Raymond que j'ai connu. À ce stade, il avait le vocabulaire d'un enfant. Ce qui devrait t'aider à comprendre pourquoi mon travail avec lui était si primitif.

La raison de son inachèvement est évidente. Cela, c'est à toi que je le dois.

Mon souci n'était pas son intelligence ou son manque d'intelligence. C'était cette qualité éthérée, cet indéfinissable je-ne-sais-quoi qui distingue les hommes des anges : le *talent*. J'ai du flair pour les gens, Jonah Stem, ce qui explique que je t'aie tout de suite repéré. Il émanait de Raymond un même parfum de promesse, bien que moins subtil et complexe que le tien.

Le sien était lourd et sucré, écœurant parfois. On pourrait presque dire comme du sirop d'érable.

Nous nous sommes rencontrés dans un de ces cours que je donnais alors à lui et ses compères. Une fois par semaine, je me rendais dans cet endroit épouvantable qu'ils ont le culot d'appeler un *foyer*. Je ne veux pas commencer à étaler mes opinions ; ils les parquent comme du bétail. Rien ne saurait être moins propice à la réparation de la psyché. Les hommes ont besoin de se décharger, Jonah Stem. Tu te reconnaîtras sans doute là-dedans. Mais ça n'est pas le sujet.

Raymond me fascinait car, malgré ce que je savais de lui, il paraissait content et sincère. C'était du cinéma, bien sûr, mais je ne pouvais pas m'empêcher de l'admirer : quelle prouesse de supercherie ! Avoir l'air si placide tout en étant l'épicentre de tels grondements.

Sais-tu qu'il a failli tuer un homme ? Un autre professeur de l'école où il enseignait. Il était entraîneur de l'équipe de base-ball. Un jour il est devenu fou et il a agressé un prof, il lui a cassé le bras d'un coup de batte.

Tu imagines ?

Les gens n'ont pas compris ; ils ont cherché à l'améliorer avec des médicaments et du confort matériel. Remplissez-le, donnez-lui du lest et il restera droit.

Ils l'ont méjugé. Les tourments de Raymond ne venaient pas d'un vide, mais d'un trop-plein. Il avait trop de force vitale ; ça lui sortait par les orbites, ça tirait sur sa peau. Il était gravide, en éruption ; c'était un surhomme.

Un Superman.

Comme toi.

Quelle malchance pour lui, du coup, d'avoir vu le jour dans notre culture normative !

Raymond était profondément malheureux, Jonah Stem, c'est pourquoi je trouvais si fascinante sa contenance joyeuse.

Vous avez tous les deux cette même détermination à être des gens bien, même si chez toi c'est plus une volonté, moins un réflexe primaire. Vous êtes tous les deux perdus. Ta bonté jaillit de la haine, comme l'herbe d'un sol calciné. Tu n'as pas ta place dans ce monde. Ce serait presque miséricordieux de te tuer, Jonah Stem, et de t'épargner la désillusion.

Dans la colonne des différences, notons qu'il avait souvent du mal à garder une érection, une infortune qui n'a jamais voilé ton ciel.

Raymond et moi ne communiquions pas bien au début. Je le trouvais fruste et... ma foi, autant le dire clairement : il était bête, Jonah Stem, bête à manger du foin.

Cela dit, ce n'est pas toujours un inconvénient. Certes, Raymond n'a jamais pleinement apprécié mon travail, qu'il a toujours pris pour un jeu. Mais la bêtise est aussi un émollient. Il ne discutait pas comme tu le fais. Il m'obéissait au doigt et à l'œil.

Et puis il était fort. Il avait des bras comme des cuissots.

Je l'ai fait entrer dans le monde moderne. Pas un mince exploit, entre nous soit dit. Lui avoir appris à taper à l'ordinateur fut l'une des plus grandes réussites de ma vie d'adulte.

Oh, nous avons eu des bons moments, Raymond et moi. Pas de l'ordre de ceux que nous avons eus, toi et moi ; il y manquait la verve intellectuelle. Mais assez pour aiguiser l'appétit d'une dame.

Il m'a aidée à faire sortir mes idées du laboratoire pour les étrenner dans le monde cruel. Comme tu as pu le voir sur le DVD, ce n'était pas mon premier collaborateur, loin s'en faut. Les autres, ces mains désincarnées que tu as vues... tous des donneurs de leçons, à pinailler sans cesse. Trop *cérébraux*. À vouloir toujours discuter.

Raymond, c'était un homme d'action.

Par parenthèse, mon amour, j'ajoute que tu es le mélange parfait de la brute et de l'intello. Quelle idiote je suis de ne pas avoir pensé plus tôt aux médecins, vous qui êtes familiers du corps humain et avertis de ses limites ! Mais quelle chance à la fois : parmi tous les médecins, c'est toi que j'ai trouvé.

Ton arrivée l'a perturbé. Bien que je l'eusse averti de la possibilité que des gens se méprennent sur notre compte, lorsque cela s'est produit, il n'a pas su sortir de son personnage.

Moi non plus, je ne savais pas comment te prendre. J'ai d'abord pensé à tout arrêter. Je ne voulais pas risquer que *tu* sois blessé. Mais tu as démarré au quart de tour, je n'ai rien pu faire. C'était splendide. Une des beautés de l'art, c'est que toute la méticulosité du monde ne battra jamais l'impulsivité du geste. Tu es un créateur de premier ordre ; ton instinct est infaillible.

La douleur est spectaculaire, Jonah Stem, en ce sens qu'elle est un *spectacle* : elle attire l'œil. Bien faite, elle est aussi transformative et cathartique pour l'artiste que pour le public. Il suffit de penser à toutes les religions.

La seule chose intéressante à regarder, c'est la souffrance d'autrui. Selon la distance à laquelle se tient l'observateur, le résultat en sera comique ou tragique.

Vous regarder, Raymond et toi, était un peu des deux.

Mais je commence à fatiguer.

Je pense que je vais partir, maintenant, Jonah Stem.

À très bientôt.

Je t'aime.

Chapitre 22

Mardi 23 novembre 2004

PSYCHIATRIE ADULTE, TROISIÈME SEMAINE

— Aïe, aïe, aïe, gamin ! *Aïe, aïe, aïe !*

— C'est ce que je vous dis.

Il était censé suivre un TP sur la dyskinésie tardive, au lieu de quoi il se trouvait dans une pièce encombrée de mitraillettes en plastique et de livres pour enfants. Debout près de la fenêtre, il avait vue sur les rails de la ligne de la banlieue nord, celle qu'il comptait prendre deux jours plus tard pour aller chez ses parents.

— Elle m'a écrit plus de vingt lettres la semaine dernière, poursuivit-il. Et ce n'est rien comparé au nombre de coups de fil.

— Et sinon, est-ce qu'elle t'a menacé directement ? Menaces physiques ou autres ?

— Du genre « Je vais faire exploser ton immeuble » ?

— N'importe.

— Non... Pas aussi explicitement, non.

— Est-ce qu'elle t'a blessé ? demanda Belzer. Quand elle t'a agressé.

— Euh... non. Ce n'est pas elle qui...

Jonah changea le téléphone d'oreille.

— Elle ne m'a pas vraiment agressé.

— Qu'est-ce qu'elle a *vraiment* fait alors ?

— Elle... Il y avait ces deux types...
— Elle avait des types avec elle ?
— C'était plutôt des... Non, fit-il en se passant la main dans les cheveux, je ne suis pas blessé.
— OK, résuma Belzer, si je comprends bien : elle t'écrit, elle t'appelle, elle te suit.
— Et elle force l'entrée de mon immeuble.
— Minute, minute...
— Elle était là, elle est restée là une heure.
— Peut-être, mais on n'a aucun moyen de le prouver.
— On pourrait faire un relevé d'empreintes...
— Gamin, demande ça aux flics et ils vont se gondoler comme des serpentins en goguette.
— C'est pas un vrai délit, ça ? Une effraction ?
— D'accord, d'accord. Mais ton problème, ça va déjà être de les convaincre de se déplacer.
Même s'il s'était fait la remarque tout seul, se l'entendre confirmer lui fit l'effet d'un coup de marteau sur la rotule.
— Il n'y a pas de loi contre les...
— Contre les casse-couilles ? Il y a des articles sur le harcèlement et sur la filature, mais c'est très vague et ça s'applique surtout quand il se passe des choses plus graves autour.
— *C'est* grave.
— Gamin...
— On ne peut pas demander une ordonnance restrictive ?
— Ce n'est pas à ça qu'elles servent. Elles servent pour les personnes à risque, en liberté surveillée, citées à comparaître. Les flics ne peuvent pas intervenir pour obliger les gens à être gentils. Dis-lui d'aller se faire voir.
— Je lui ai dit, soupira Jonah. Pourquoi êtes-vous si réticent à ce que je prévienne les flics ?
— Tu m'appelles pour me demander mon avis – et tu fais bien –, je te le donne. Je ne suis pas réticent à

ce que tu les préviennes, mais n'oublie pas qu'on est toujours sous la menace d'un procès avec lequel cette jeune femme n'est pas sans rapport. Ce n'est pas la pierre angulaire du dossier, mais si on peut la garder dans notre camp...

— Vous déconnez, là ?

— J'envisage le pire. Il n'y a pas de quoi s'affoler, mais il faut quand même se tenir prêt. Par exemple, imaginons un scénario du genre : Medina arrive à la convaincre de se rétracter. Il pourrait lui faire dire quelque chose comme : « J'avais peur, je ne voulais pas l'incriminer, je n'ai pas réfléchi sur le moment, mais vous savez quoi ? Maintenant que j'y repense, je ne suis pas certaine qu'il était *vraiment* en danger, je crois que mon imagination s'est emballée. » Ils peuvent aller chercher n'importe quoi. Ce type est un baratineur. Il serait même capable de lui promettre une part des bénéfices, va savoir. Encore une fois, pas sûr que ça change quoi que ce soit, parce que personne ne serait dupe. Mais je serais plus tranquille en sachant qu'on ne va pas se la mettre à dos. Mais merde, gamin, dans quoi tu t'es fourré ?

Jonah s'apprêtait à rétorquer, mais il hésita. Il avait appelé Belzer avec l'intention de lui parler du DVD ; à présent il n'en voyait plus trop l'intérêt.

— Hier soir je me suis barricadé chez moi.

— Bon sang, Jonah, tu débloques ?

— Elle me fout la trouille.

Silence.

— Il y a quelque chose que tu ne me dis pas ? demanda Belzer.

Au bout du couloir, une porte s'ouvrit et deux internes déboulèrent en riant. L'un d'eux disait : « Une nouvelle interprétation du concept de double aveugle... » Jonah attendit que le couinement de leurs chaussures s'éloigne avant de répondre.

— J'ai couché avec elle.

— Tu *quoi* ? Mais qu'est-ce qui t'a pris ?

— Elle a commencé à... à venir chez moi. On a... C'est arrivé, voilà. Je sais que ce n'était pas une bonne idée...

— Tu m'étonnes !

— Je sais, mais bon, c'est fait.

— Alors ça, c'est..., bredouilla Belzer. Ça me la coupe.

— Ce qui a tout déclenché, c'est quand je lui ai dit que je ne voulais pas continuer à la voir. Je suis désolé de ne pas vous en avoir parlé plus tôt, mais c'était personnel.

— Aïe.

— Je suis désolé.

— Aïe, aïe, aïe... Qu'est-ce que tu veux que je te dise ? On est dans un pays libre.

— Si je pensais que ça servait à quelque chose de l'appeler, je le ferais dans la seconde. Mais non. Premièrement, j'ai déjà essayé de lui parler, en chair et en os. Et, deuxièmement, je n'ai pas son numéro.

— Cherche-le.

— Elle est sur liste rouge. Je n'ai pas son adresse. Je n'ai rien.

— Là je peux peut-être t'aider. Elle a fait une déposition à la police. Je vais voir si je retrouve ça quelque part. En attendant, laisse pisser l'albinos. La prochaine fois qu'elle se pointe ou qu'elle fait un truc bizarre, appelle les flics. Avec un peu de chance, ils décideront de la coincer pour harcèlement et ils émettront une ordonnance de protection temporaire. À partir de là, si elle s'avise de ne pas la respecter, ce sera un délit constitué.

Il s'interrompit pour éternuer.

— Mais bon, même ça... c'est jamais qu'un bout de papier.

Jonah ne dit rien.

— Papa et maman sont au courant ?

— Bien sûr que non.

— Tu es mon client. Je suis tenu au secret professionnel. Mais je pense que tu devrais leur dire.

— Avec tout le respect que je vous dois, Chip, c'est la plus mauvaise idée du siècle.

— En tant que père, je peux t'assurer que n'importe quel souci initial n'est rien comparé au mouron que tu te fais quand tu t'aperçois que ton gamin t'a caché quelque chose. Parce que là tu commences à gamberger sur tous les *autres* trucs qu'il ne t'a pas dits.

— J'ai vingt-six ans.

— Je te donne mon avis, c'est tout.

— Aidez-moi à me débarrasser d'elle et ils n'en sauront jamais rien.

Maintenant qu'il avait craché le morceau, Jonah commençait à se détendre ; il se demandait même s'il ne s'était pas un peu monté la tête.

— Ce n'est pas si grave, après tout, ajouta-t-il.

— Ne dis pas ça aux flics si tu veux qu'ils te prennent au sérieux.

— S'il y a un moyen de régler le problème sans faire appel à…

— Gamin, je ne te suis plus, là. D'abord tu m'appelles comme un dingue et maintenant tu me dis que ce n'est pas grave. Il faut savoir.

Jonah se tut.

— Je comprends que tu n'aies pas envie de te tuer la santé, mais il faut que tu me dises : tu veux faire quelque chose pour que ça s'arrête ou pas ?

— Oui.

— Très bien. Dans ce cas je lui passe un coup de fil, je fais mon petit numéro d'avocat, ça va lui flanquer la pétoche.

— Parfait.

— Si c'est grave, on s'en occupe. Si c'est pas grave, c'est pas grave. Dans tous les cas, ça va bien se passer.

Je te rappelle d'ici quelques jours. Joyeux Thanksgiving, le bonjour à tout le monde.

— D'accord.

Jonah raccrocha. Son environnement refit surface dans sa conscience : souffrance, impuissance, violence. Il rajusta sa cravate et retourna au turbin.

Mercredi 24 novembre 2004
PSYCHIATRIE ADULTE, TROISIÈME SEMAINE

Sa mère fit semblant de ne pas être déçue qu'il ne puisse arriver plus tôt.

— On est déjà contents que tu puisses venir tout court, répondit-elle. Même si tu m'avais promis.

— J'avais dit *peut-être*. Je dois travailler.

— À quelle heure est ton train ?

— Je vais prendre celui de 10 h 23.

— Ce soir ?

— Demain matin. 10 h 23 du matin.

— Ah ! soupira-t-elle ostensiblement.

— Non, s'il te plaît.

— J'ai le droit de soupirer. Bientôt toi aussi tu soupireras, quand tes enfants préféreront travailler plutôt que passer du temps avec toi.

— Maman...

— Parfois je pleure la nuit en pensant à mon petit nid qui s'est vidé. Je pleure, je pleure... Ça finit en dégât des eaux.

— Peut-être que je viendrais plus souvent si tu me faisais du canard laqué.

— Bien vu, mon fils adoré.

Il sourit nerveusement. Son cœur battait trop vite. Il jeta un coup d'œil à la fenêtre donnant sur l'escalier de secours, devant laquelle se dressait le canapé renversé à la verticale, lui offrant en spectacle ses dessous vaporeux, le tout renforcé par des arcs-boutants constitués de ses chaises et de sa table de chevet. En guise de touche finale, il avait poussé la table basse contre l'échafaudage, lestée de tous ses livres. À tout le moins, cela aurait un effet dissuasif.

— J'arrive à 11 heures, dit-il. Tu pourras venir me chercher ?

— Il y aura quelqu'un, répondit-elle. Je ne préfère pas te promettre que ce sera moi. Je ne fais pas de promesses que je ne peux pas tenir.

Chapitre 23

Jeudi 25 novembre 2004

THANKSGIVING

Il faillit rater le train de 10 h 23. Des cauchemars l'avaient tenu éveillé jusqu'à 3 heures du matin et, lorsqu'il finit par sombrer, il dormit d'un sommeil profond, sachant qu'il ne devrait pas se lever pour aller travailler le lendemain. Il éteignit son radio-réveil quatre fois, cinq fois, six fois de suite. Quand le présentateur annonça qu'il était *9 h 36, l'heure des infos sur 1010 Wins*, il attrapa son sac à dos, une bouteille de vin, dévala l'escalier et arrêta un taxi qui se traînait bruyamment sur la 14e Rue.

— À la gare de Grand Central, s'il vous plaît.

— C'est jouwe d'Inde, rétorqua le chauffeur.

— Pardon ?

— Aujouwe'dui on mange la dinh'ouwde.

— Euh… oui. Vous aussi ?

— Bien suwe.

L'homme lui fit un clin d'œil dans le rétroviseur, enfonça l'oreillette de son kit mains libres et se mit à jacasser en créole à toute allure.

Jonah choisit un wagon dans lequel un petit nombre de voyageurs étaient disséminés à deux ou trois rangées d'intervalle : une fille rougeaude vêtue d'un sweat-shirt du Barnard College ; une dame en pantalon stretch agrippée à son sac en peau de serpent comme s'il avait déjà tenté de lui échapper par le passé ; un ado portant un trench-coat et des Timberland, qui s'acharnait sur une console de jeux vidéo portable. Apparemment, la plupart des enfants sages avaient tenu leur promesse à leur maman et étaient rentrés chez eux dès la veille.

Le contrôleur souhaita à tout le monde un joyeux Thanksgiving. En arrivant à Jonah, il désigna d'un geste la bouteille de vin et dit :

— Personnellement, je préfère le chianti, mais c'est sympa quand même.

Manhattan céda la place au paysage lunaire du Bronx. Quelque part là-dedans – derrière ces vendeurs de donuts, ces taudis de béton, ces entrepôts de meubles discount, ces rénovations urbaines inachevées, ces parcs à l'abandon – vivait la famille Iniguez. Fêtaient-ils Thanksgiving ? Mangeraient-ils une dinde ? Avaient-ils orné leurs vitres de collages de pèlerins en papier ? Diraient-ils les grâces et se mettraient-ils à table en louant Dieu pour sa miséricorde de ces douze derniers mois, tout en le maudissant intérieurement de leur avoir enlevé Ramón ? Prieraient-ils pour que Jonah Stem, étudiant en médecine, super héros meurtrier, photo floue dans le journal, connaisse une mort violente ? Savaient-ils qu'il était dans un train ? Scandaient-ils en chœur *un accident, un accident* ? Pleureraient-ils le nez dans leur farce en acceptant une bière de plus que d'habitude ?

Épuisé d'avoir trop dormi et dans un état de morosité générale, il sortit son casque, son baladeur MP3 et fit défiler le cadran jusqu'à un album de Dire Straits.

Du wagon voisin arriva un homme grand à l'allure soignée, vêtu d'un costume gris impeccable et d'un manteau noir qu'il balançait sur son épaule. Une cravate rose dépassait de sa mallette tel un ver de terre. C'était son beau-frère. Il se laissa choir dans un des quatre sièges de la rangée vide à côté de celle de Jonah et s'endormit aussitôt.

— Hé !

Erich ouvrit un œil.

— Ah. Salut.

Il semblait soupeser son devoir de cordialité. Il finit par se rapprocher d'un siège.

— Je ne t'avais pas vu, dit-il.

— Tu peux dormir si tu veux.

— Non, non, il ne vaut mieux pas. Je ferai une sieste en arrivant.

Comme toujours, Erich donnait l'impression que, pour lui, la conversation était un gaspillage d'oxygène. Il balaya le wagon d'un geste de la main comme pour souligner la magnificence de leur environnement.

— On est dans le même train.

— On dirait, oui.

Jonah ne se rappelait même pas la dernière fois qu'ils avaient été seuls tous les deux. Sans doute pendant sa deuxième année de fac, peu après les fiançailles, quand – agissant sur ordre de Kate – ils étaient sortis prendre un verre ensemble. Il se souvenait de cette conversation comme l'une des cinq plus laborieuses de sa vie, un véritable exploit vu qu'il avait depuis presque deux ans de remplissage embarrassé à son actif avec George Richter.

Ils avaient conjointement improvisé une comparaison entre la culture du foot allemande et l'américaine. Erich avait demandé deux fois de suite à Jonah s'il avait un smoking ou allait devoir en louer un. Jonah s'efforçait de réprimer l'envie d'essuyer la mousse qui s'était accrochée au bouc de son beau-frère.

Alors qu'ils arrivaient au bout de leur pinte, Erich avait déclaré de but en blanc :

— Il y a un poste vacant dans mon service. Un job de débutant, mais avec un gros potentiel de promotion interne. (Sa petite bouche pincée s'était ouverte comme une plaque d'égout et il avait souri.) Tu pourrais travailler à mes côtés. Ce serait sympa.

— Pourquoi pas ? avait répondu Jonah.

C'était clairement une idée de Kate. Jonah n'avait aucune envie d'un emploi dans la finance ; Erich aucune envie de lui en donner un ; pourtant, par respect pour elle, ils étaient restés un moment à en discuter le plus sérieusement du monde, s'adressant tour à tour des hochements de tête encourageants, deux athées qui commenteraient la messe.

— En fait, avait-il dit à Erich, je vais faire médecine.

— Ah ? Je ne savais pas que tu t'étais préparé au concours.

— Je prends des cours exprès.

— En Europe, avait expliqué Erich, les gens choisissent leur orientation bien plus jeunes.

— Eh bien, je suis content d'être né ici.

Depuis la venue au monde de Gretchen, Erich déployait très peu d'efforts pour se rendre sympathique. Ce n'était plus nécessaire : sa place dans la famille lui était acquise. Faire un môme, c'était faire son trou.

— En Allemagne, j'adorais les voyages en train, lança-t-il en ôtant son écharpe et en la pliant sur ses genoux. Là-bas les trains sont propres et bien conçus. Quand j'étais jeune, on partait en week-end à la campagne ou visiter les châteaux en Bavière. Une fois, j'avais oublié ma radio dans le compartiment. Deux jours plus tard, alors qu'on rentrait à Berlin, je suis retourné à la gare. Ma radio m'attendait au guichet.

— Ouah !

— Les trains américains, c'est une autre histoire. À force de faire des allers-retours quotidiens, je n'ai plus aucun plaisir. Tous les matins je passe de wagon en wagon pour en trouver un où l'on n'ait pas l'impression que quelqu'un a pissé sur les sièges. Ta mère m'avait dit que tu devais rentrer hier.

Ta mère, ton père, jamais *papa* et *maman*. Erich trouvait idiot de faire semblant d'être leur fils puisqu'il ne l'était pas. Kate, ça la rendait dingue. Bien qu'au début Jonah s'en soit offusqué lui aussi, il avait fini par comprendre le point de vue d'Erich. Un peu de distance ne nuisait pas.

— J'ai dû rester travailler, répondit Jonah.

— Ah.

Visiblement, c'était censé clore la conversation. Jonah s'apprêtait donc à remettre son casque quand Erich tendit le doigt.

— Je peux ?

Jonah lui passa la bouteille de vin.

— Il est écrit que ce millésime se marie idéalement avec la volaille et les fruits. Bien choisi.

Un jour, au cours des cinq dernières années, Erich s'était débarrassé de son bouc, avec pour effet d'élargir encore son large sourire.

— J'essaye, dit Jonah.

— Je ne me ferai jamais à l'idée du Thanksgiving américain. En Allemagne on a une fête similaire, mais ce n'est pas la superproduction qu'en fait ta mère.

— C'est le cas dans peu de familles.

— Mes grands-parents m'emmenaient à l'église pour l'*Erntedankfest*. Je n'y suis pas retourné depuis des années.

— À l'église ?

— Kate et moi, nous laissons Gretchen libre de choisir sa propre croyance.

— Je suis sûre qu'elle vous en sera reconnaissante plus tard.

— Et les études, ça va ?

Jonah était content d'avoir une discussion aussi ennuyeuse ; cela mettait de l'ordre dans ses pensées.

— Très bien, merci.

— On ne t'a pas vu dans les journaux ces temps-ci ?

Jonah sourit.

— Pas ces temps-ci, non. Et le boulot ?

— Oh, tu sais, fit Erich en haussant les épaules. On bosse beaucoup. Je suis resté dormir au bureau. Ça fait deux jours que je n'ai pas pris de bain. On a des douches sur place, mais j'ai horreur de ça. C'est un rythme de dingue, tu devrais t'estimer heureux d'avoir choisi un métier tranquille.

Jonah se demandait si son beau-frère avait conscience de ce qu'il faisait toute la journée.

— Vous travaillez la veille de Thanksgiving ? Tout n'est pas fermé ?

— Pas les places européennes. Pas le Nikkei. Tu penses en provincial, Jonah. Ce n'est pas comme ça que marchent les affaires, de nos jours. Maintenant le monde entier fait du business vingt-quatre heures sur vingt-quatre, *non-stop*. Si je voulais habiter au bureau, je pourrais. D'ailleurs, j'ai dormi là-bas plusieurs fois ces derniers mois.

— Ça doit être dur.

— Assez. Tu écoutes de la musique ?

Jonah lui tendit son casque.

— J'aime bien, dit Erich. C'est nouveau ?

— Pas tellement, non.

Woodlawn, annonça le chef de train. *Prochain arrêt, Woodlawn*.

— Bon, Jonah, si tu permets, je vais me reposer les yeux. Secoue-moi quand on arrive, d'accord ?

Alors qu'il commençait à ronfler, Jonah se rendit compte que leur conversation avait été exceptionnellement joviale. À l'évidence, Erich s'était laissé contaminer par l'air de fête ambiant.

Un zeppelin, songea-t-il. *Un zeppelin, ou une pastèque, ou une femme enceinte de triplés. Énorme ; bien plus grosse à six mois que pour Gretchen*. Elle les attendait sur le quai avec deux bouquets de fleurs, qu'elle agita en criant leurs noms.

— Je me demandais si vous alliez vous croiser, dit Kate en embrassant Jonah. Le pauvre Erich n'est pas rentré depuis une éternité, poursuivit-elle en se tournant vers son mari. Ça va ? Tu dois être épuisé. Tu m'as manqué. Je t'aime. J'ai mal au dos.

Ils grimpèrent dans sa Mercedes bleue. Kate expliqua qu'elle avait songé à prendre une voiture plus pratique – une bonne bétaillère familiale –, mais qu'elle rechignait à abandonner sa berline.

— Le dernier vestige de mon indépendance, déclara-t-elle d'un air sombre.

Son intérieur en cuir crème présentait bien, même si Jonah pouvait y détecter les traces de nourriture pour bébé chimiquement nettoyées. Il était assis à l'arrière, le bras lové dans un siège enfant qui sentait le biscuit et le jus de pomme.

— Tu as une mine superbe, Katie.

— Merci. C'est l'éclat de la grossesse. Pas vrai, chéri ?

— Absolument.

— Erich trouve que je devrais poser pour des magazines de femmes enceintes. Faire des pubs pour les vêtements XXL. Ça ne me dérangerait pas qu'on me prenne en photo, mais pas question de surveiller mon poids. C'est mauvais pour le bébé. Toutes ces stars de cinéma qui se laissent mourir de faim. Tu les as vues quand elles sont enceintes ? Chéri ?

— C'est malsain.

— Les célébrités ne devraient pas avoir d'enfants, ce n'est pas leur boulot.

Quand Kate énonçait une vérité, Jonah avait tendance à la croire. Il l'avait toujours pensée invincible et c'était pour lui une inversion déconcertante de sa réalité que d'avoir fini en Superman au lieu d'elle.

— Maman me disait que tu... *Aharggh*...

Kate se mit à fouiller dans son sac pour y repêcher son téléphone qui sonnait.

— Chéri, est-ce que tu peux... Merci. Catherine Stem-Hausmann, j'écoute. Comment ça va ? Je croyais leur avoir dit de ne pas... Il a dit *quoi* ?

D'une main elle tenait son portable ; de l'autre elle bichonnait le volant ou le punissait alternativement pour les péchés commis par d'autres conducteurs. D'après les protestations de Kate, Jonah comprit que quelqu'un avait acheté quelque chose longtemps après le bon moment. Elle voulut savoir pourquoi Jonathan et Stuart n'avaient pas demandé à David F. et David M. de racler les fonds de tiroirs pour... Sa sœur semblait être le seul individu de sexe féminin impliqué dans ces transactions, et Jonah ne put qu'admirer la façon dont elle rugit : « C'est ton boulot, pas le mien ! » avant de jeter le téléphone par terre et de poser la main sur la joue mal rasée d'Erich.

— Tu as l'air crevé, mon pauvre.

— Oui, je ferais bien une petite sieste.

— Tu n'as pas dormi dans le train ? Jonah, il faut que tu dises à Erich de dormir plus.

— Dors plus, dit Jonah.

— Voilà, tu as entendu ? Le médecin a parlé, sourit-elle en jetant un coup d'œil par-dessus son épaule. Au bureau, des gens m'ont demandé si j'étais de ta famille. Tu es une star.

— Faut pas exagérer non plus. Au fait, merci pour les fleurs.

— Oui, elles sont magnifiques, approuva Erich.

— C'est vrai ? Ça ne fait pas trop fille ? Je voulais vous offrir un cadeau à chacun, mais je n'avais pas d'idée. La prochaine fois, je vous offrirai des haltères ou du whisky pur malt. Mais pour aujourd'hui vous allez devoir vous contenter d'un bouquet de fleurs. Vous êtes sûrs que ça ne fait pas trop fille ?

— Pas du tout, répondit Jonah. Euh… Kate !

— Quoi ? Ah, fit-elle en donnant un coup de volant pour éviter un chat. C'est pas grave, de toute façon je suis allergique aux chats.

Leur mère les accueillit en tablier dans l'allée.

— Tu n'as rien tué en chemin ? demanda-t-elle à Kate.

Elles s'embrassèrent comme si elles ne se voyaient pas deux fois par semaine. Leur mère faisait la route jusqu'à Greenwich pour garder la petite et permettre à Kate d'aller au bureau. Jonah connaissait sa sœur : si elle pouvait, elle continuerait à travailler tant qu'elle n'aurait pas perdu les eaux. Il se demandait même si elle avait pris le temps de s'allonger pour accoucher de Gretchen. Telles les paysannes qui s'accroupissaient dans leur champ.

— Comme c'est gentil, dit sa mère à Jonah en prenant la bouteille de vin. Merci. Si vous voulez bien me suivre.

Elle attrapa Kate par le bras et l'escorta le long du chemin de gravier.

Erich jeta un coup d'œil à Jonah comme pour dire : « Ah, les femmes ! »

Et Jonah pensa : *Les femmes que j'aime*.

Les murs du vestibule étaient décorés de photos : Kate et Jonah faisant de la luge ; la remise du diplôme du bac à Kate ; Jonah en tenue de crosse ; la famille au complet à Paris, posant au pied de l'Arc de triomphe. Gretchen avait un pêle-mêle pour elle toute seule, accroché près du porte-parapluies artisanal en bois peint qui montait la garde devant une rangée de snow-boots et de bottes en caoutchouc.

Entré le dernier, Jonah s'attarda le temps d'observer leurs trois silhouettes ourlées par la lumière qui filtrait à travers l'imposte vitrée : sa mère, toute fluette, dont les cheveux exhalaient une fine pluie de farine alors qu'elle secouait la tête en réponse à une question ; sa sœur, qui se dandinait vaillamment au mépris des lois de la pesanteur ; et Erich, massif, teutonique, bel homme.

Jonah aurait eu envie de faire partie de cette joyeuse compagnie, mais il se sentait trop souillé : par le sexe, la maladie, la mort. Il portait les stigmates de l'innocence bafouée.

Il referma la porte sans bruit et laissa son sac à dos dans le vestibule.

Puis il s'aventura dans la salle de séjour, ramassant et reposant des myriades de magazines avant d'en trouver un qu'il n'avait encore jamais vu : *American Photographer*. Il en déduisit que son père s'était trouvé un nouveau hobby.

Des éclats de voix maternels lui parvenaient, étouffés, par les gaines du chauffage. La claque satisfaisante d'un couteau de boucher écrasant une gousse d'ail. Le ronronnement de la télé du petit salon laissée allumée sans personne. Il posa les pieds sur la table basse, alluma la lampe en laiton et se mit à feuilleter la revue de photos, regardant les images sans se préoccuper des légendes.

Son père apparut sur le palier de l'étage.

— Ah, te voilà enfin !

Jonah le rejoignit au milieu de l'escalier et ils échangèrent une accolade en équilibre instable avant de passer à la cuisine. Son père sortit une bouteille de San Pellegrino du frigo archiplein et plongea le doigt dans un bol de sauce aux canneberges.

— Steve !

— Je goûte.

— Tu pourras goûter à table.

— Ça manque de sucre.

— Merci, monsieur l'inspecteur des travaux finis. Maintenant sortez de cette cuisine.

Jonah suivit son père à l'étage, répondant du tac au tac à un interrogatoire en règle sur sa vie à l'hôpital. Steve Stem avait une façon de poser des questions dans l'ordre, avec méthode, comme s'il les avait écrites à l'avance.

— Rien n'a changé, commenta-t-il alors que Jonah lui décrivait ses pauses-déjeuner au distributeur automatique. Même si, de mon temps, on n'avait pas de commission pour le bien-être étudiant.

La consultation de cardiologie de son père faisait partie d'une clinique privée non remboursée par la sécu, une façon de trier les patients par le haut. Une centaine de médecins et environ autant d'infirmiers travaillaient dans ce bâtiment moderne à quarante minutes au nord de Scarsdale, fréquenté par une population aisée, dont la famille d'un ancien président des États-Unis. Il avait pourtant une certaine nostalgie de l'époque où il mettait les mains dans le cambouis et, depuis que Jonah avait commencé médecine, une forme de complicité professionnelle infusait leurs conversations.

— Je ne t'ai jamais raconté la fois où je travaillais pour ce type, Brooks ? lui demanda son père tandis qu'ils suivaient le tapis persan élimé qui courait le long du couloir de l'étage. J'étais en première année d'internat. On avait été appelés pour une femme dont l'électrocardiogramme s'était mis à déconner. Il lui jette à peine un coup d'œil et déclare : « Injection de digitaline. Tout de suite. » Et puis on l'appelle ailleurs, il s'en va, et moi je fais comme on m'a dit. Cinq minutes plus tard, un autre cardiologue, Ragolonsky, un Sud-Africain, excellent toubib, débarque. « Tout est

OK, je lui dis, très fier de moi. IV de digitaline. » Et là il devient dingue. En fait la nana était super-allergique à la digi. En gros, l'injection que je venais de lui faire risquait de la tuer.

Bien que Jonah eût déjà entendu cette histoire au moins cinq fois, elle le faisait encore sourire.

— C'est la folie, l'hosto, dit-il.

Son père émit un grognement approbateur.

Ils montèrent les trois marches qui menaient à son bureau, un appendice hexagonal au fond de la maison. D'habitude impeccable, la pièce s'était couverte d'une seconde peau de journaux, boursouflée çà et là par une acné de tubes de colle à bois et de pots de peinture de la taille de dés à coudre. Des pages arrachées à un mode d'emploi tapissaient le dessus de la table. Au centre de ce chaos trônait une maison de poupée d'un bleu scintillant, haute d'un mètre et pas encore sèche au toucher.

— Je voulais la donner à Gretchen aujourd'hui, mais j'ai bien peur de devoir attendre Noël. Il manque encore les fenêtres et je n'arrive pas à faire tenir ces machins, expliqua-t-il en soulevant tout un pan de tuiles en liège. Tu n'aurais pas une solution ?

Jonah ne voyait pas.

— C'est prodigieux, papa.

— On est en train de revenir en arrière. Il y a un siècle et demi, on était obligé de tout fabriquer à la main soi-même ou de l'acheter chez un artisan. Puis l'industrialisation est arrivée et tout a été produit en série. Et maintenant on en revient au fait maison. Ta sœur s'est mise au patchwork, tu savais ça ?

— Sans blague ?

— Elle est en train de faire un édredon pour le nouveau bébé. C'est pour ça que je me suis lancé là-dedans pour Gretchen, histoire qu'elle ne soit pas jalouse quand son petit frère naîtra et qu'elle ne sera plus le centre du monde. Les parents doivent faire attention. Ta mère et moi, on en avait conscience.

— C'est un garçon ?

Son père ouvrit une bouche béante. Puis il dit :

— Tu feras semblant que tu ne savais pas.

Jonah passa la journée à aider sa mère à écraser les pommes de terre, son père à tester toute une gamme d'adhésifs différents, sa sœur et son beau-frère à s'occuper de leur fille. Ils avaient finalement décidé de donner congé à la nounou, ce qui n'empêchait pas Gretchen de la réclamer toutes les cinq minutes.

— Tu veux une histoire ? proposa Jonah.

— Dah-lene.

— Tonton Jonah va te lire *La Fabuleuse Compétition de Tina*.

— Dah-lene.

Il prit sa nièce sur ses genoux et ouvrit le livre. Comme les sièges de la voiture de Kate, il était rehaussé çà et là par des taches de couleurs vives qui dégageaient une odeur douceâtre d'haleine de diabétique.

— Il y en a toute une série, indiqua Kate. Tina et ses copines vivent un tas de fabuleuses aventures.

— Ah-veh-tchuh, confirma Gretchen.

Tina s'avéra être un tournesol. En compagnie de ses amies Desdemona le Dahlia, Gertrude le Géranium et Carlotta le Chrysanthème, elle se livrait à des activités délirantes et outrageusement mobiles. *La Fabuleuse Compétition*, troisième volume d'une série d'une quarantaine, dressait les héroïnes les unes contre les autres alors qu'elles se battaient pour être la plus belle. S'ensuivait tout un chambardement ; personne ne gagnait ; la morale de l'histoire était qu'*il est plus important d'être gentil avec ses amis que de gagner*.

Jonah aurait aimé lui faire la lecture à voix haute, mais Gretchen le devançait à chaque page.

— Elle n'est pas un peu jeune pour savoir lire ? demanda-t-il à Kate.

— Elle ne lit pas. Elle la connaît par cœur. Darlene doit la lui lire à peu près cent fois par jour.

— Dah-lene, répéta Gretchen.

— Bien sûr qu'elle sait lire, lança la mère de Jonah depuis la cuisine. C'est un génie.

— Ah-gah.

— Erich et moi, on l'a rebaptisée *La Fabuleuse Répétition*.

— Dah-lene.

— Pas aujourd'hui, chérie. Elle est en vacances.

— Vah-anse.

— Voilà. Et toi aussi. Et aussi maman, papa, mamie, papi et tonton Jonah. On est tous là ! Là ! On est où ?

— Mamie.

— C'est ça, chez mamie. Et nous, on habite où ?

— Conneck-uh.

— Bravo ! Elle est trop forte. Et lui, qui c'est ?

Gretchen pivota le cou et contempla Jonah. Il écarquilla les yeux aussi grand que possible.

— Bonjour, Gretchen. Tu sais comment je m'appelle ?

— Dah-lene.

— Dah-lene ?

— Dah-lene.

— Dah-lene ? Je ne suis pas Darleeeene, non…

Il la souleva dans ses bras et se mit à la chatouiller jusqu'à ce qu'elle devienne écarlate et remue les jambes avec enthousiasme. Elle réussit à se dégager et courut se mettre à l'abri derrière celles de sa mère.

— Elle doit t'adorer. En principe elle ne se laisse pas chatouiller. Elle griffe. Crois-moi, renchérit Kate en montrant de minuscules marques blanches sur ses tempes. Non, ma puce, maman ne peut pas te porter, maman va se faire une hernie.

— Dah-lene.

— C'est tonton Jonah. Essaye de le dire : tonton Jonah.

— Ah fabuh-euse compi-tchuh.

— Tonton Jonah te lira l'histoire si tu arrives à dire son nom. Vas-y : tonton Jonah.

Gretchen se tortilla.

— Dis : tonton Jonah.

— Hé, Gretchen, intervint l'intéressé, je m'appelle... *tonton Jonah* !

Il bondit vers elle et la pourchassa à travers le salon. Elle tournait en rond en glapissant *Onton Jonah*, tapant des pieds et agitant ses petits bras potelés comme un pingouin énervé.

— Bravo, dit Kate. Onton Jonah.

— Onton Jonah ! Raaahr. Raaaahr.

— Je ne suis pas sûr qu'elle ait compris que c'était mon nom, fit remarquer Jonah. Peut-être qu'elle croit que ça veut dire : « Recule, connard ! »

— Euh-cule, h'nar.

Kate soupira.

— Tu n'as pas le droit de dire de gros mots devant elle.

— Oh, arrête d'être aussi chiante, rétorqua Jonah. Répète, Gretchen : maman est chiante.

— Hyante ! Hyante !

— Et merde.

— Mehde ! Hyante ! Raaahr.

Ils lurent l'histoire trois autres fois avant l'heure du dîner. Gretchen s'était endormie sur le canapé et Kate n'avait pas tardé à l'imiter. À 6 heures moins le quart, leur mère redescendit après s'être douchée et avoir enfilé un chemisier en soie et un collier de perles. Elle alluma les bougies sur le buffet et demanda à Jonah d'aller chercher tout le monde.

Il posa une main sur le front de Kate. Elle remua un peu, bâilla, l'embrassa sur le poignet.

— Je ne crois pas qu'on devrait la laisser ici, dit-elle en désignant Gretchen avachie au milieu d'une pile de coussins.

— Tu veux que je la monte dans son lit ?

— Je t'accompagne.

Dans l'escalier, Kate prit Jonah par la taille.

— La vie exactement comme je l'aime, dit-elle. En famille.

Manger manger manger manger manger.

— Qui veut de la tarte ?

— Je vais *mourir*.

— Tu manges pour deux.

— J'ai mangé pour neuf.

— Tout est délicieux.

— Merci, Erich. Steve ? Potiron ou cerise ?

— Les deux, s'il te plaît.

— Et, bien sûr, Jonah veut des deux.

— Seulement potiron, ça ira.

— Erich, laquelle ?

— Cerise, merci.

— D'accord. Tiens, tu peux passer ça à Jonah ?

— Maman, j'avais dit que potiron.

— Je n'ai pas entendu, je dois devenir sourde.

— Tiens, Erich, prends ma part.

— Non, non, non. Je lui en ai déjà coupé une.

— Ça lui en fera deux.

— Qu'est-ce qu'il y a ? Tu fais un régime ? Steve, Jonah est au régime.

— Je ne suis pas au régime.

— Tu es au régime ?

— Je ne suis pas au…

— Peut-être qu'il a quelqu'un.

— *Kate.*

— Tu as quelqu'un ?

— Non.

— Pourquoi ?

— Cette tarte est délicieuse.

— Merci, Erich. Pourquoi tu n'as pas de petite amie, Jonah ?

— Je n'ai pas le temps.

— Steve.

— Mm.

— Quand tu m'as rencontrée, tu avais le temps d'avoir une petite amie ?

— J'ai pris le temps.

— Peut-être que ce quelqu'un est une infirmière. Tu aimes bien les infirmières ?

— Hé, Kate ?

— Ouais ?... Aahhh, t'es con.

— On ne lance pas de la chantilly, Jonah, c'est mal élevé.

— Hé, maman ?

— Arrêêêête !

— Jonah-chéri, parle-nous un peu de ta petite infirmière... Tu peux agiter ça tant que tu voudras, je m'en fiche, mon pantalon est déjà foutu.

— Elle n'est pas infirmière.

— Aha ! Steve, tu entends ça ? Ton fils va épouser une infirmière.

— Elle n'est pas infirmière.

— Elle fait quoi alors ?

— Elle ne fait rien.

— Elle doit bien faire quelque chose. Tu es tombé amoureux d'une chômeuse ?

— Elle ne fait rien parce que je n'ai *pas* de... D'accord. Elle est mécanicienne.

— Parfait. Un médecin et une mécanicienne. Les deux métiers les plus occultes de l'Amérique.

— Erich, tu reveux de la tarte ?

— Non, merci. C'était délicieux.

— Merci. Alors, Jonah ?

— Je n'ai personne. C'est la vérité.

— Vous avez entendu ?

— Quoi ?

Sa mère se leva.

— Quelqu'un a sonné.

— Jonah-chéri, reprit Kate. Mes copines de fac ont des sœurs qui habitent à Manhattan. Elles sont toutes journalistes et pèsent quarante-cinq kilos. Ça t'intéresse ? Où tu vas ?

Il ne répondit pas. Il s'était levé pour suivre sa mère, mais s'arrêta net au milieu de la cuisine.

— Je n'arrive pas à croire qu'il ne nous ait rien dit.

— Je suis vraiment désolée, madame Stem. Je suis confuse. Je pensais qu'il m'avait proposé de passer au dessert. Je vous ai apporté ça. Mais si je vous dérange…

— Pas du tout, pas du tout. J'aurais juste préféré qu'il nous prévienne. Oh, comme c'est gentil ! Ravie de faire votre connaissance. Nous en sommes justement au dessert. Entrez, entrez.

Son cœur coula dans sa poitrine comme si quelqu'un avait tiré la chasse.

— Jonah ! cria sa mère. Tu ne m'avais pas dit que tu avais invité une amie.

Chapitre 24

— Votre visage me dit quelque chose, marmonna Kate. On se connaît ?

— De Yale.

— Ahhhhh. C'est *vous* l'amie de Yale.

— Tu ne m'avais pas dit que tu avais une nouvelle amie, renchérit sa mère. Jonah ?

— Vous y étiez en quelle année ?

— La même que vous, répondit Eve. Mais je n'avais rien pour marquer les esprits, à l'époque.

— Alors que tout le monde se souvient de Kate, observa Erich.

— Pas tout le monde. Mais merci, chéri. Vous logiez dans quelle résidence ?

— Calhoun.

— Sans blague ? Vous connaissiez Jenny Ballentine ?

— C'était la déléguée des étudiantes.

— Et Robbie Sevenza ?

— La tour Eiffel en canettes de bière.

Kate éclata de rire.

— Ouah. C'est dingue qu'on ne se soit jamais rencontrées.

— J'ai passé mon diplôme avec un an d'avance. Et la dernière année je ne vivais plus sur le campus.

— Eh bien, il n'est jamais trop tard pour faire connaissance. Jonah, tu ne m'avais pas dit qu'elle était à Calhoun.

— Tu ne m'avais pas dit qu'elle existait tout court, ajouta sa mère en souriant à Eve.

Eve secoua Jonah par l'épaule.

— Il est pudique.

— Comment vous vous êtes rencontrés ? demanda sa mère.

— Dans un bar, lâcha Jonah sans réfléchir.

Kate gloussa.

— C'est trop nul, j'adore !

— Dis donc, intervint sa mère, je te signale que j'ai rencontré ton père dans un bar.

— N'importe quoi.

— Ta mère et moi..., commença son père avant de s'interrompre en voyant Kate se tordre les mains. Quoi ?

— Chaque fois que tu démarres une histoire par les mots « ta mère et moi », ça dure une plombe et ça finit toujours par me faire pleurer.

— Je voulais simplement rappeler à l'assistance que l'amour peut naître de modestes commencements, reprit son père, qui ajouta en balayant la tablée d'un geste large : notre famille.

— Arrête, je vais chialer, dit Kate.

— Je ne savais pas que tu avais le temps d'aller dans les bars, fit remarquer sa mère.

— Je... En principe non.

Sous la table, les doigts d'Eve remontaient le long de sa cuisse.

— La main du destin, commenta sa mère.

— ... Je... Je ne...

Il lui tordit brusquement l'index en arrière. Elle émit une série de souffles et de râles quasi silencieux et retira sa main. Elle avait enlevé presque tous ses piercings. Pour cacher les trous, elle avait lâché ses cheveux autour de son col roulé. Une jupe plissée, des collants bleu marine, des mocassins bordeaux : elle aurait pu sortir tout droit du *Mensuel des BCBG*.

— Bon, Eve, reprit Kate, puisque mon frère est d'humeur *siii* charmante, je vais m'adresser directement à toi. Qu'est-ce que tu fais ? Tu es mécanicienne ?

— Je travaille avec des malades mentaux.

— Ça tombe bien, plaisanta sa mère.

Eve rit.

— Nous avons beaucoup de choses en commun, Jonah et moi.

— J'ai toujours su que tu te trouverais une fille de Yale, dit Kate. Pas vrai, chéri ?

— Tout le monde sait que les femmes de Yale sont d'une beauté exceptionnelle, affirma Erich.

— Je n'ai jamais rien entendu d'aussi bête, rétorqua Jonah.

— *Jonah !* s'indigna sa mère.

— Comment tu fais pour le supporter ? demanda Kate.

— Je l'aime exactement comme il est, répondit Eve en lui ébouriffant les cheveux tout en repartant à l'attaque de son entrejambe.

— J'ai trop mangé, annonça Jonah. Je me sens complètement groggy.

— C'est le tryptophane, expliqua son père.

— La dinde était délicieuse, déclara Erich.

— Merci. Encore une part de tarte, Eve ?

— Non, merci. Tout était divin, il faudra que je note vos recettes.

— Oh ? fit sa mère d'un air exagérément ravi. Parce que vous cuisinez ?

— Juste pour le plaisir. Mais je suis une dilettante comparée à Jonah.

— Jonah cuisine ?

— Mm. Très bien.

Le rire d'Eve exposa son cou.

— Quand as-tu appris à cuisiner ? s'étonna sa mère.

Il lui avait retourné trois doigts, mais désormais elle lui frottait le pied du bout de ses orteils déchaussés.

— Jamais, répondit-il.

— Qu'est-ce que tu nous as caché d'autre ? voulut savoir Kate.

— Il est trop modeste, glissa Eve.

— Tu as d'autres talents secrets ?

— C'est un grand artiste, dit Eve. Vous le saviez ?

— Certainement pas ! s'exclama sa mère avant de se tourner vers son fils. Pourquoi tu ne nous fais pas partager ces choses-là ?

— Et si tu nous racontais des petites anecdotes honteuses ? suggéra Kate. Je t'en raconte une en échange.

— Rien ne me ferait plus plaisir, sourit Eve.

— Je crois qu'il est temps de débarrasser la table, intervint Jonah.

— Oh, mais assieds-toi, lui ordonna sa mère. Un repas par an, on a bien le droit de traîner un peu.

— Laquelle on raconte ? s'interrogea Kate. Et si on le laissait choisir ?

— Pourquoi pas la fois où je vous ai fait honte en quittant la table en plein dîner de Thanksgiving ? proposa Jonah en ramassant l'assiette d'Eve.

— C'est pas vrai ! protesta sa mère. Mais laisse-la manger.

— Si tu ne veux pas choisir, embraya Kate, je vais choisir pour toi et tu n'auras pas voix au chapitre.

— J'ai une requête, indiqua Eve. Parlez-moi de ses peurs d'enfant.

— Par où commencer ? se demanda sa mère en riant. Steve ? Du vin ?

— Non merci.

Sa mère se servit un demi-verre, souriant tandis qu'elle peaufinait mentalement son histoire.

— À le voir aujourd'hui, on ne dirait pas, mais c'était un hypersensible, une vraie poule mouillée.

Eve fit mine de désapprouver.

— C'est vrai, renchérit Kate. Il se mettait dans tous ses états pour un oui ou pour un non. Un film, un bruit soudain, les montagnes russes. Il était tellement trouillard qu'il ne voulait pas aller aux toilettes tout seul.

Eve éclata de rire et caressa la tempe de Jonah, qui avait le nez rivé dans son assiette.

— Maman nous avait emmenés voir une troupe ambulante qui jouait *Les Pirates de Penzance*. Tu te souviens ? Jonah ?

— Je me souviens, marmonna-t-il.

— Je pensais que c'était un spectacle pour enfants, précisa sa mère.

— Ça l'était, poursuivit Kate. Sauf pour Jonah.

— Ils avaient construit un genre de décor gothique, un truc morbide, avec des toiles d'araignée sur les sièges.

— Et les pirates étaient déguisés en squelettes, ajouta Kate. J'avais quel âge ?

— Tu avais… Écoute, Jonah avait deux ans et demi, donc tu devais avoir autour de huit ans.

— Après ça, il s'est mis à voir des fantômes partout. Il y a un grand bouleau noir devant la fenêtre de la salle de bains à l'étage, et il voyait des choses dans les branches. Il s'asseyait pour faire la grosse commission et tout d'un coup on l'entendait crier : « Au secours ! Le roi des pirates ! » Sauf…

Kate riait trop pour continuer ; elle s'étouffa, se frappa la poitrine.

— Ouh là, hmm hmm. Sauf qu'à l'époque il n'arrivait pas à prononcer les *r*. Donc ça donnait : « Au secouwe ! Le woua des piwouates ! »

Tout le monde s'esclaffa. Eve lui pinça la joue.

— Il était trop chou, enchaîna sa mère. Pour le protéger, il demandait à Katie de l'accompagner *dans* la salle de bains et d'attendre qu'il ait fini.

— Non !

— *Si !* confirma Kate. Mais… comme il était trop gêné que je le regarde, j'étais obligée de me mettre dans la douche et de me tourner de l'autre côté.

— Inséparables, commenta sa mère, et pourtant si seul.

Jonah ne voyait pas comment leur faire comprendre l'urgence de conclure cette conversation sans déclencher une émeute. Il était susceptible, d'accord, mais les femmes de la famille Stem étaient de véritables champs de mines. Elles le trouvaient rigolo parce qu'elles étaient pires.

Une part de lui avait envie de casser la gueule à Eve, là, tout de suite, devant tout le monde. Il doutait qu'elle ose lui rendre ses coups, pas en public. Cela dit, il l'avait déjà sous-estimée par le passé et en l'occurrence elle avait des couverts à portée de main.

Il lui tordit un nouveau doigt intrusif.

— Et quand il était bébé… Oh, soupira sa mère. Trop mignon. *Trop* mignon.

— J'imagine, acquiesça Eve.

— Tu as fini ? demanda Jonah en lui arrachant son assiette et en se dirigeant à grands pas vers la cuisine, ignorant le tollé de protestations.

— Je ne sais pas ce qu'il a.

— Il est stressé, fit Eve. Il travaille tellement.

Il vida les restes de tarte dans le broyeur à ordures pendant que, dans la salle à manger, ils continuaient de rire à ses dépens.

Il n'avait qu'à dire qu'il avait du travail demain matin, des leçons à réviser. S'il partait, Eve serait bien obligée de le suivre.

Sauf si sa mère lui proposait de rester. Elle se délectait dans son rôle de maîtresse de maison, et il n'était pas impossible qu'elle cherche à le prolonger sans lui. Elle était capable d'inviter Eve à dormir. *On ne va pas le laisser nous gâcher la fête.*

— Eve voudrait de l'eau gazeuse, Jonah ! cria sa mère.

Il alla dans la remise. Par terre se trouvait une caisse à demi pleine de San Pellegrino ; à côté, des bouteilles de Javel, de Glassex, de Destop.

Il pouvait verser quelque chose dans son eau.

Elle tournerait de l'œil, s'arracherait la poitrine tandis que son œsophage se dissoudrait, elle cracherait des grumeaux sanguinolents sur la nappe en lin repassée, sa sœur hurlerait, sa mère hurlerait, son père hésiterait, Erich bégaierait avec son hyperrationalité, tous se reculeraient de dégoût, repoussant leurs chaises, renversant les chandeliers, faisant valser les verres et les couverts dans un mélodieux…

— Jonah ?

Sa mère l'observait depuis la porte de la cuisine.

— Tu m'as entendue ?

Il hocha la tête sans bouger.

— Tu ne veux pas nous rejoindre ?

Nouveau hochement de tête.

— Qu'est-ce qui… ?

Il lui fit signe de baisser la voix. Elle fronça les sourcils, forma un *Quoi ?* muet. Il la séquestra dans une soudaine étreinte.

— Chéri ? dit-elle.

— Elle n'est pas censée être ici, lui chuchota-t-il à l'oreille. Je ne l'ai jamais invitée.

Il sentit les bras de mère se resserrer autour de lui.

— Oh, mon Dieu.

— Fais comme si de rien n'était. Si je pars, elle me suivra.

— Est-ce qu'elle…

— Tu m'as bien compris ? Fais comme si de rien n'était. Promets-le-moi.

Elle opina du chef.

— Si tu ne sais rien, dit-il, elle n'en saura rien.

Ils retournèrent dans la salle à manger.

— Mission accomplie, annonça sa mère.

Elle ouvrit la bouteille d'eau pétillante et en servit deux verres, un pour Eve et un pour elle-même. L'illusion était parfaite.

— Je racontais à Eve la fois où tu as vomi sur scène, indiqua Kate.

— Je crois qu'on l'a assez chamaillé pour ce soir, objecta sa mère d'un air guilleret.

— Mon pauvre Jonah-chéri. Tu sais bien que c'est parce que je t'aime, au fond.

— Peut-être qu'on devrait aller se coucher. Steve, tu as l'air fatigué.

— Ne vous en faites pas pour moi.

— En tout cas, moi, j'ai un coup de barre. Le tryptophane, déclara sa mère en souriant.

— Si vous voulez bien m'excuser, intervint Erich. Je vais aller jeter un coup d'œil à Gretchen.

— C'est ta fille ? demanda Eve à Kate.

— Oui.

— Elle doit être ravissante. À qui elle ressemble ?

— Tu sais ce que je pense ? Je pense que les bébés ne ressemblent jamais vraiment à personne. Ce qui se passe, c'est que les gens repèrent celui des deux parents qui a le plus une tête de bébé et ils disent : « Tiens, ton fils te ressemble. » Gretchen, elle, a révolutionné l'idée même du mignon. À côté d'elle, le gamin de la pub Bébé Cadum est un gnome.

— Je peux venir la voir ? J'adore les enfants.

— On devrait plutôt y aller, suggéra Jonah. Il faudrait qu'on attrape le train de 8 h 06.

— Il est moins cinq, vous ne l'aurez jamais, rétorqua Kate. Vous prendrez le suivant.

— Je dois travailler dem...

— S'te plaît ! Même moi, j'arrive à me mettre en mode veille un jour par an. Nous allons admirer la merveille.

Elle prit Eve par le bras et elles montèrent.

Il y eut un bref silence pendant lequel Jonah contempla le périmètre devant lui : un rond de nappe propre délimité par l'empreinte du bord de son assiette et entouré de taches de sauce et de grains de riz. Son père se pencha pour embrasser sa mère, la remercia encore, plia sa serviette sale et emporta les assiettes à dessert dans la cuisine, où on l'entendit les rincer avant de les placer une à une dans le lave-vaisselle. Erich se leva en déclarant qu'il allait lire.

— Merde, lâcha Jonah.

— Pourquoi tu n'as rien dit plus tôt ? murmura sa mère.

— Je ne pouvais pas.

— Mais qu'est-ce qu'elle fait là si tu ne l'as pas invitée ?

— Dépose-nous au train et je t'appelle plus tard.

Sa mère consulta sa montre.

— Vous ne l'aurez pas.

— Si, si on se dépêche.

— On ne peut pas attendre une heure ?

— Non, dit-il en se levant. On ne peut pas.

— Chhhh, souffla Kate en sortant dans le couloir. Ne cours pas, tu vas la réveiller.

— Dis à Eve qu'on s'en va.

— Elle est en train de regarder Gretchen.

Il bouscula sa sœur pour pénétrer dans la pénombre de la chambre. Gretchen dormait, un pouce baveux mollement coincé entre les lèvres. Eve était agenouillée près du lit et la caressait doucement. Voir leurs deux peaux en contact lui asséchа la gorge. Il avait envie de la chasser à coups de pied.

— Il faut qu'on y aille.

Kate le fit taire.

— Tout de suite, chuchota-t-il. Viens. On s'en va.

— Le bonheur incarné, dit Eve.

— On va rater le train.

— Eh ben, vous prendrez le suivant, répliqua Kate. Relax !

— C'est *important*, insista-t-il, espérant qu'elle lirait dans ses pensées, au-delà de ce qui devait passer pour un caprice pur et simple.

— La vache, soupira Kate. Y en a un qui a besoin de se faire soigner.

Eve souleva le bas du tee-shirt de Gretchen et lui toucha le ventre. Une peau de bébé parfaite, lisse, pure et sans tache. Sans doute essayait-elle de se remémorer l'époque où elle aussi avait un corps comme ça. Ses doigts laisseraient des cicatrices.

— Il faut qu'on *parte*.

Il l'empoigna par le biceps et la souleva du sol. Elle bondit en arrière, se cognant contre la commode en bois peint qui avait été celle de Kate puis de Jonah, et à présent celle de sa nièce ; calée dans un coin, derrière le cheval à bascule, près de la table à langer. Kate dit :

— Arrête, tu vas la réveill…

Et là il sortit de ses gonds et frappa Eve au visage. Une toute petite tape de rien du tout. Mais elle s'écroula en gémissant et se recroquevilla encore plus quand il s'approcha d'elle.

Kate l'intercepta.

— Mais ça va pas, non !

Son cerveau s'enflamma comme une mèche de dynamite ; sa sœur allait le poignarder.

— Qu'est-ce que tu *fais* ? dit-elle.

— Je suis désolé.

— Sors d'ici.

Il leva les mains en signe de reddition.

— Kate…

— *Sors*.

Il hésita, puis finit par dire :

— Je vous attends en bas.

— Mon Dieu. Qu'est-ce qui lui a pris ?

— Ce n'est pas… sa faute.

— Je m'en fiche que ce soit mon frère, ça me révulse.

— C'est ma faute à moi.

— Ça ne va pas, tu n'as rien à te reprocher.

— Il ne voulait pas vraiment…

— J'ai bien peur que si.

— Il essayait juste de me presser un peu. Je… Parfois j'ai besoin qu'on… J'ai des absences. Jamais il ne lèverait la main sur moi. Il m'aime et je l'aime. Ce n'est pas ce que tu crois, je t'assure. Je… j'ai tendance à réagir de façon disproportionnée parfois.

— Ça ne m'avait pas l'air disproportionné. Il t'a *frappée*, bon sang !

— Non, je… Ce n'était pas… C'était une toute petite… Il m'a à peine… J'ai surréagi. J'ai donné l'impression que c'était plus grave qu'en réalité. S'il te plaît, est-ce qu'on peut… Est-ce qu'on peut laisser tomber ?

— Tu ne peux pas rester avec lui s'il te traite comme ça. Est-ce qu'il te traite comme ça ?

— Je n'ai pas envie d'en parler. Je te jure que tu n'as aucun souci à te faire.

— Comment veux-tu que je croie…

— Parlons d'autre chose. De Gretchen.

— Eve…

— S'il te plaît. Regarde-la. Elle est tellement belle. Elle est splendide, Kate. Elle me fait penser à un chérubin de Botticelli. Jonah veut des enfants, plein. On va… enfin, on n'a pas encore décidé, ce n'est pas officiel. Mais… N'en parle pas à tes parents, d'accord ? Pour l'instant c'est un secret. Mais… À toi je crois que je peux le dire. Quoi ? Pourquoi tu… Je t'en prie, ne fais pas cette tête, c'est plutôt une bonne nouvelle.

Silence.

— Je n'aurais pas dû t'en parler, Kate.

— Rien ne…

— Tu te focalises sur un détail.

— Rien ne justifie…

— S'il te plaît. Sois heureuse. Moi, je suis heureuse. J'ai envie d'être heureuse avec lui. Et lui aussi, il est heureux. C'est ce que tu veux, non ? Il a… il a tellement souffert.

— Jonah ?

— Oui. Avec cette fille.

— Quelle f… Tu veux dire Hannah ?

— Oui, elle. Il a souffert. Parfois il a du mal à exprimer ses émotions devant les autres. Il doit supporter tellement de stress. Tu ne sais pas ce que c'est qu'être médecin. Moi, je le vois tous les jours, il a des gens qui meurent entre ses bras. C'est une torture pour lui et il n'a aucun exutoire. C'est quelque chose sur lequel on a travaillé ensemble. Et il y travaille avec sa thérapeute. Je l'ai envoyé voir une de mes amies. On a un truc spécial, lui et moi, tu dois me croire. Il m'apporte exactement ce dont j'ai besoin. Crois-moi. C'est un homme merveilleux, je l'aime.

— Il t'a *frappée*.

— Parfois il se met en colère et il ne se rend pas compte de sa propre force. C'est moi qui…

— Ne retourne pas l'accusation contre toi, ça me rend malade.

— Je sais que ça peut paraître malsain, je sais. Mais tu vas devoir me croire sur parole. Jamais je ne pourrais aimer un homme cruel. Il ne l'est pas. Tu le connais depuis qu'il est né, est-ce qu'il t'a jamais paru cruel ?

— Non.

— Tu vois.

— … Je ne sais pas.

— Je ne peux que te donner ma parole. Tu l'aimes, n'est-ce pas ?

— … Oui.

— Lui aussi, il t'aime. Vous avez de la chance de vous avoir l'un l'autre. Moi, je n'ai pas de frères et sœurs. Mes parents sont morts quand j'avais trois ans. Je ne les ai pas connus, pour ainsi dire. Ce n'était pas un accident de voiture, si c'est ce que tu penses. Ils ont eu un cancer. Ce n'est pas grave, je les connaissais à peine. C'est seulement beaucoup plus tard que j'ai réalisé. Je suis restée seule pendant tellement longtemps. J'ai été élevée par ma tante, une vieille fille. Elle était très stricte. J'ai attendu la fac pour avoir mon premier petit copain. Il n'était pas à Yale, je vois que tu te poses la question. C'était un ami de lycée qui est ensuite devenu un petit ami. Mais je n'ai jamais été amoureuse jusqu'à maintenant.

— De mon frère ?

— Oui.

Silence.

— … La vache, regarde dans quel état je me mets.

— Tu as le droit de pleurer.

— Je suis tellement à fleur de peau, tout le temps. C'est les hormones… parfois quand il se passe trop de choses en même temps… Je suis désolée, Eve.

— Katie, tiens.

— … Merci.

— Sois heureuse pour nous si tu peux. N'oublie pas son accident. Les gens qui subissent un trauma de cette ampleur peuvent parfois déraper. C'est pour ça que je n'ai pas peur, parce que je sais que jamais il ne me ferait de mal. Il évacue la pression, il apprend à l'exprimer d'une façon plus normale, mais il a été abîmé. Il se réveille en sueur toutes les nuits.

— … Je ne savais pas.

— Alors, je t'en supplie, ne le regarde pas de cet œil-là. Je l'aime. Et toi aussi, tu l'aimes.

— Je... Bien sûr que je l'aime.

— Il souffre à l'intérieur. C'est comme un animal blessé. Il a besoin de nous. Je te promets que tu as vu tout ce qu'il y avait à voir. Il n'y a rien de plus.

— ... D'accord. D'accord.

— C'est drôle, tu sais ? Je pense à tous les gens que j'aurais pu rencontrer mais à côté de qui je suis passée... Toi et moi, on a été au même endroit pendant des années. Mais bon, mieux vaut tard que jamais, pas vrai ? Pour devenir amies. Et puis maintenant, on a une passion commune.

Oppressé, suffoquant de rage, il s'arrêta au milieu de l'escalier, le front posé contre la rampe.

Sa mère l'attendait dans la cuisine.

— On a raté le train, dit-elle.

— On prendra le prochain, répliqua-t-il en se dirigeant vers la porte de service.

— Jonah ? Qu'est-ce qui se passe ?

— Ça va, maman, j'ai juste besoin d'air.

— Jonah...

La soirée s'était rafraîchie. Au milieu du jardin jonché de feuilles mortes, son père était en train de monter un énorme appareil photo sur un pied. Jonah s'approcha en se frottant les mains.

— J'ai envie de m'acheter un télescope, lui confia son père. Pour presque rien, tu peux en avoir un avec GPS intégré. N'importe quel quidam se retrouve à pouvoir faire un boulot d'astronome. On est vraiment à l'ère de l'exploration. Je me suis offert ça le mois dernier et c'est déjà obsolète. Tiens, regarde.

Jonah visa une fenêtre du premier étage et tourna la bague de mise au point. Eve tenait Gretchen dans ses bras pendant que Kate ouvrait un paquet de lingettes pour bébé. Elles étaient toutes les trois hilares.

— Essaye, insista son père.

Jonah fit pivoter l'appareil et prit une photo de la girouette sur le toit.

— Regarde-moi ce piqué, dit son père.

— ... Super.

— Eve a l'air sympa.

Jonah hocha la tête.

— Dans un bar, hein ?

— Ouaip.

— Parce que moi, je trouve qu'elle ressemble drôlement à la nana du journal.

Jonah ne dit rien.

— Je ne comptais pas t'en parler, mais Erich aussi a remarqué.

Jonah haussa les épaules.

— Tu préfères que je remballe mes questions ?

— S'il te plaît.

Son père opina du chef et jeta un coup d'œil à la fenêtre.

— Elles ont l'air de bien s'entendre, elle et Kate.

— Ne le dis pas à maman, d'accord ? Que tu l'as reconnue.

— Je suis sûre qu'elle s'en rendra compte toute seule.

— Pas pour l'instant, en tout cas.

— Tu peux compter sur ma discrétion.

— Merci, fit Jonah en triturant la terre du bout du pied. Il faut que j'aille à la gare.

— Tu veux que je t'accompagne ?

— Maman s'est déjà proposée.

— D'accord. Tu sais que tu peux me parler si quelque chose ne va pas.

— J'étais content de te voir, papa.

— Je t'aime.

Les yeux levés vers la fenêtre, Jonah trouva à tâtons la main de son père et murmura tout bas :

— Moi aussi.

Chapitre 25

On aurait dit n'importe quel couple qui attendait le train de 9 h 06, faisant les cent pas sur le quai bras dessus, bras dessous ; ou peut-être pas n'importe quel couple, mais deux jeunes mariés qui ne voudraient pas se quitter d'une semelle. Jonah peinait à se tenir droit : il était le pieu autour duquel elle poussait comme une plante grimpante survitaminée.

Un sifflet résonna.

— Vivement qu'on soit à la maison, dit-elle.

La plupart des sièges vides étaient des places isolées. Avec Eve accrochée à sa manche, Jonah passa dans la voiture suivante. Se frottant aux fesses des gens, d'une grossièreté inexcusable, soulevant la consternation et des claquements de langue. Au bout du wagon, il se dégagea d'elle et pressa le pas.

— Chéri, lança-t-elle, où tu vas ?

— Chercher une place.

— Il n'y a pas de places à côté.

Alors qu'il s'éloignait, elle lui cria :

— Attends, s'il te plaît, chéri, attends-moi !

Il sentait peser sur lui les regards noirs des autres passagers qui devaient le prendre pour un salaud.

— Chéri, s'il te plaît, je t'aime. Est-ce qu'on peut en discuter ?

Lorsqu'il eut atteint le dernier wagon, il fit demi-tour. Il essaya de se faufiler pour la doubler, mais elle s'agrippa à lui.

— Ta famille est vraiment adorable, dit-elle. Je crois qu'on s'est rudement bien entendus.

— Ouais, tu fais partie de la bande maintenant.

Elle se mordit la lèvre.

— Ne sois pas fâché.

Soumise, pleurnicheuse, gamine, leur différence de taille monstrueusement exagérée.

— Je t'en supplie, ne sois pas fâché. Ils m'ont adorée, pourquoi tu me détestes ?

Ils auraient pu rester là le reste du trajet si un homme qui essayait d'aller aux toilettes ne leur avait pas dit « Pardon ».

Alors qu'ils se décalaient pour le laisser passer, Eve retrouva sa contenance. D'une voix sonore, elle lança :

— Je n'aurais jamais cru que ça serait aussi bondé. Pas vrai, chéri ?

Puis elle se tourna vers un ado en train d'annoter un manuel de physique et lui demanda si ça ne l'embêtait pas de se déplacer de l'autre côté du couloir pour qu'elle puisse s'asseoir à côté de son mari.

— Pas de problème, répondit le gamin, et il commença à ramasser ses affaires.

Jonah avait envie de réitérer sa tentative d'évasion, mais elle n'aurait pas vraiment de mal à le retrouver. Ils allaient arriver à Manhattan au même moment, descendre du train au même moment et rentrer chez lui au même moment. Acceptant cette contrainte, il se demanda au contraire s'il n'y avait pas moyen d'en tirer parti.

L'ado studieux changea de place et Jonah se glissa sur le siège du fond, son sac sur les genoux. Eve vint se blottir contre lui.

— Mon amour, murmura-t-elle.

Il ne dit rien.

— Mon amour, mon amour. Moi, en tout cas, j'étais heureuse de rencontrer ta famille.

Il était ailleurs.

— Ce n'est pas très festif de ta part de m'ignorer, mon amour… Bon, comme tu voudras… Ça m'attriste énormément… Nos voisins doivent me trouver pathétique… Tu me trouves pathétique, pas vrai ?… Je t'aime. Comment peux-tu me traiter ainsi ? Même ta sœur se le demande… Je t'en prie, regarde-moi. Je t'aime tellement que ça doit se voir dans mes yeux…

Entre chaque phrase s'écoulait un silence considérable.

— J'avais une amie dont le chien était si épris d'elle que, chaque fois qu'elle le caressait, il s'oubliait sur la moquette… Je t'en prie, regarde-moi. Je t'en supplie. S'il te plaît… Tu me tues…

Cela dura ainsi un bon moment encore. Il la laissa se coller contre lui, lui léchouiller le visage, lui titiller l'oreille du bout de la langue. Il s'imaginait que c'était Lazy Susan qui venait l'embêter pendant sa sieste. Il s'essuyait la joue après chacun de ses baisers. Elle réussit à glisser une main jusque sur sa braguette. Il avait envie de la balancer dans le couloir. Mais ce n'était pas comme ça qu'il gagnerait.

— S'il te plaît, mon amour, laisse-moi t'aimer, susurra-t-elle en passant la main dans son pantalon. Laisse-moi.

Pour gagner, il fallait ne rien céder. Il la voyait se donner en spectacle dans le reflet de la vitre, attirer l'attention. De l'autre côté du couloir, le gamin avait définitivement abandonné ses révisions.

— Jonah Stem. Jonah Stem, qu'est-ce que tu as ? Concentre-toi. Tu veux m'obliger à prendre des mesures radicales ? J'en suis capable, ici même, dans ce train. Je vais le faire, Jonah Stem. Je vais le faire si tu ne me donnes pas ce que je veux. Je veux un signe de vie. Je vais le faire. Tu m'écoutes ? J'y vais. Je le fais.

Une femme dans une rangée voisine se tourna vers Eve et dit :

— Excusez-moi, mademoiselle, mais nous sommes dans un lieu pub...

— Ta gueule, espèce de grosse pute.

La femme émit une sorte de borborygme et quitta sa place.

Pliée en deux, Eve se livra à une tapageuse démonstration de frénésie sexuelle. Mais il gagnait. Après plusieurs minutes, elle finit par se redresser, soufflant comme un bœuf, le visage cramoisi, les cheveux en bataille.

— Trop de vin, Jonah Stem, c'est ça ton problème. Mais nous reprendrons notre cours normal, j'en suis sûre. Je te connais, Jonah Stem. Concentre-toi, maintenant. *Concentre-toi*.

Elle grimpa sur lui à califourchon et il sentit ses doigts le guider. Inutile ; il gagnait. Il la repoussait mentalement. Et il gagnait. Elle n'arrivait pas à le faire entrer en elle. Sous sa jupe, ses mains s'agitaient désespérément. Il gagnait et elle le savait.

— Tout va bien par ici ?

Un contrôleur. Derrière lui, la grosse dame les fusillait du regard en soufflant bruyamment.

— Mademoiselle..., insista-t-il en tendant la main vers Eve.

Elle essaya de le mordre, littéralement, et, dans un sanglot, s'enfuit à l'autre bout du couloir. Jonah s'empressa de remonter sa braguette, de se renfoncer dans son siège et de fermer les yeux, ignorant le contrôleur jusqu'à ce qu'il l'entende s'éloigner, suivi du pas lourd de la grosse dame. Il était sauvé. Il avait gagné.

Quelques minutes plus tard :

— Monsieur !

Il ouvrit les yeux et se trouva nez à nez avec trois contrôleurs. Un Blanc, un Noir et un Philippin, assortis dans leur uniforme ; on aurait dit un trio comique.

— Votre amie refuse de se calmer.

— Ce n'est pas mon amie.

— Il va falloir qu'on intervienne.

— Faites donc.

— Vous ne voulez pas venir lui parler ?

— Non.

— Monsieur...

— Je..., commença Jonah avant de lever les yeux vers eux. Je ne la connais pas.

— Vous forniquez au milieu du train, vous pensez que je vais vous croire ? rétorqua le Blanc.

— Je ne l'ai jamais vue de ma vie.

— Si vous n'allez pas vous occuper d'elle, je vais devoir appeler le terminus et vous faire coffrer *tous les deux*.

Il les suivit jusqu'à la plate-forme glaciale entre deux wagons où Eve s'était recroquevillée par terre, le visage plaqué contre la paroi métallique crasseuse, sanglotant comme un orchestre entier au milieu du fracas du train.

— Je veux mourir, disait-elle. Je veux me déchirer en deux. Avec toi j'ai l'impression d'être un ver de terre. Chaque minute où je suis vivante, je pourris.

Un haut-le-cœur, un sanglot.

— Soigne-moi. Ne me laisse pas me vider de mon sang. Sans toi je suis une loque, je t'aime, je t'en supplie, aime-moi, pitié, pitié, pitié, pitié, pitié...

Les contrôleurs regardaient Jonah d'un air affligé, même si le destinataire de leur sympathie n'était pas évident. Il fit demi-tour pour retourner s'asseoir, mais un des trois le rattrapa par la manche.

— Bon sang, vous l'avez vue ?

Elle avait de la morve plein la chemise, elle s'était fait un trou dans la manche de son col roulé et s'apprêtait à en déchirer un autre dans ses collants afin de pouvoir se taillader le tibia avec une épingle à cheveux cassée. Jonah se pencha pour la lui arracher des mains et elle se pendit à son cou.

— Ne me quitte pas. Ne me quitte pas.

Il céda, se laissa tomber à genoux et accueillit ses sanglots au creux de son épaule. Au début il ne voulait pas passer ses bras autour d'elle, mais maintenir son corps à distance devint vite un épuisant exercice d'équilibriste. Elle pleurait. *Je t'aime, ne me quitte pas*. Il voulait l'aider, il voulait la frapper ; chacune de ses cellules était tiraillée dans deux directions opposées, se fissurait par le milieu, perdait son contenu aqueux, le laissant divisé, dévasté, un éboulis d'ambivalence. Le train accéléra brusquement et elle s'agrippa à lui encore plus fort, plus fort, l'inondant de son malheur. Ils restèrent ainsi jusqu'à ce que les contrôleurs annoncent Grand Central et que les passagers se massent sur la plate-forme, pressant leurs corps l'un contre l'autre telles deux paumes jointes dans la prière.

Il la ramena chez lui.

Il paya le taxi, la traîna dans les escaliers. Elle avait l'air au bord de la désintégration.

— Je suis tellement malheureuse, dit-elle.

Il grimaça en faisant basculer le poids d'Eve sur sa hanche de façon à pouvoir attraper ses clés dans sa poche.

— Je n'ai jamais été heureuse, pas une seule fois de toute ma vie.

Il la guida jusqu'à sa chambre, l'allongea sur le ventre.

— Toutes les minutes, j'ai envie de mourir.

Il lui coinça un oreiller sous la tête. Elle était aspergée par des éclats de lumière projetés par le réverbère de la rue : un triangle sur l'avant-bras, les orteils tachetés, un anneau déformé entre les omoplates, comme si son auréole avait glissé par mégarde. Elle essaya de se redresser mais il la maintint couchée.

— Dors.

— Je ne peux pas si tu n'es pas avec moi.

Il ôta ses chaussures et se glissa à côté d'elle.

Un individu normal met en moyenne sept minutes à s'endormir, mais comme rien chez Eve ne laissait supposer qu'elle était normale, il décida de lui en accorder le double. Il commença à compter par segments de dix secondes, mais se laissa distraire. Il pensait à sa sœur qui le prenait sans doute pour le diable en personne, tout comme les gens dans le train, et Belzer, et les internautes de Lance. Quelle réputation il s'était faite ! Il perdit le fil et dut reprendre à zéro. À cinq minutes tout juste, elle lui embrassa l'épaule distraitement. *Mon amour.* Il faisait noir, chaud, il avait quelqu'un contre lui. Il devait lutter pour garder les yeux ouverts, il se raclait le poignet contre l'angle en métal du lit. Il allait gagner. Il gagnerait. *Mon amour.* Il l'entendait comme à travers une mauvaise ligne de téléphone. Tombant de sommeil, il se mordit l'intérieur de la joue et sentit le goût du sang. Il allait gagner.

Le corps d'Eve frissonna et se figea.

Il se leva aussi lentement que possible. Elle s'accrocha à sa chemise. Il dit « Je vais aux toilettes » et lui reposa la main sur la hanche. Elle frémit et s'immobilisa.

Assis sur le rebord de la baignoire, il composa le numéro de Belzer à son domicile. Il laissa sonner trois fois et raccrocha sans enregistrer de message.

Elle ne tarderait pas à venir le chercher. Et si elle ne dormait pas vraiment ?

Lors de sa seconde tentative, il parla d'une voix fiévreuse sur le répondeur :

— Chip, c'est Jonah. Elle est chez moi. Elle est venue pour Thanksgiving. Elle a débarqué chez mes parents sans prévenir. Je ne sais pas s'il faut que j'appelle les flics... Si vous êtes là, décrochez. Je ne sais pas quoi leur dire. Merde. Répondez, je vous en supplie.

Il aurait continué à bredouiller indéfiniment s'il n'avait pas entendu la porte d'entrée claquer. Il faillit lâcher son téléphone dans les toilettes avant de le rabattre par terre dans un smash.

Il atteignit le hall du rez-de-chaussée à temps pour la voir disparaître dans un flash de tissu écossais. Il cria son nom, mais elle ne se retourna pas.

De retour chez lui, la plante des pieds rouge et mouillée, il ferma tous les verrous, mit la chaîne.

Son téléphone s'était disloqué en tombant, la batterie avait filé sous le tapis de bain. Sitôt reconstitué, il se manifesta.

NUMÉRO MASQUÉ

Il décrocha.

Silence. Respiration.

Il s'efforça de la localiser grâce aux bruits de fond : klaxons, cris, musique tonitruante. Elle était sans doute sur Saint Marks ou la 2e Avenue. Il pouvait enfiler des chaussures et la rattraper en courant ; il pouvait y être en cinq minutes.

— Eve ?

— Tu n'aurais pas dû faire ça.

Chapitre 26

Vendredi 26 novembre 2004

Belzer le rappela à l'heure du déjeuner et Jonah – qui en ce jour de congé n'avait pas quitté son appartement – lui résuma les événements de la veille, cherchant à chaque étape à justifier son comportement : pourquoi il n'avait rien dit à ses parents quand elle avait débarqué chez eux ; pourquoi il n'avait pas appelé la police *à ce moment-là* ; pourquoi il l'avait ramenée chez lui.

— Je ne savais pas quoi faire d'autre, dit-il. Elle avait *ma nièce* entre les bras.

— J'aurais préféré qu'elle soit plus explicite.

— Pas moi.

— Plus la menace est claire, plus on a de billes pour aller voir les flics.

— C'est très clair. Je vous assure.

— C'est une *femme*. Et toi, un *homme*. C'est la vie, gamin, que tu le veuilles ou non. Et tant qu'on y est, je te ferai remarquer qu'elle n'a jamais rien commis d'illégal, à part se jeter sur toi dans la rue, ce qui est assez léger. D'ailleurs, tu n'as pas jugé bon d'appeler les flics pour ça.

— Elle est entrée chez moi par effraction.

— Oublie. Pas de preuves.

— Elle est venue *chez mes parents*.

— Et ta mère l'a fait entrer de son plein gré. Regardons ce qu'on a de concret, OK ? Ce qu'elle a dit te semble connoter une menace ?

— Absolument.

— D'accord, d'accord. Mais, car il y a un mais... on a un problème : les flics ne peuvent pas faire grand-chose sans savoir où elle habite.

Jonah était décontenancé.

— Je croyais que vous deviez justement obtenir l'info auprès d'eux.

— C'est ce que j'ai fait. Aucun des renseignements qu'elle a fournis n'est exact. Adresse, téléphone. À vrai dire, j'ai même un doute sur son nom. Gones, avec un G ? Tu as déjà vu ça quelque part ?

Jonah ne dit rien.

— Tu n'as pas une autre idée pour la pister ?

— Je ne vois pas, non, répondit Jonah.

Dimanche 28 novembre 2004

Le trajet jusqu'au Bronx par la ligne 6 lui prit environ une heure, durant laquelle il eut tout le loisir d'élaborer et de peaufiner sa première réplique.

Je suis désolé de vous déranger comme ça.

Je suis désolé de vous déranger un dimanche.

Je suis désolé si vous ne voulez pas me voir.

Je suis désolé...

Il avait pensé à inventer une histoire ; il pouvait faire semblant d'être envoyé par le foyer. Mais il était trop nerveux pour maintenir une façade, et si elle s'écroulait, il ne serait pas en mesure de poser des questions.

Je suis désolé de débarquer à l'improviste.

Je suis désolé de vous avoir gâché l'année. La décennie. La vie.

Je suis désolé.

Il s'étira sur son siège et ramassa un exemplaire abandonné du quotidien en espagnol *Hoy*. Quand il en eut marre, il se mit à lire les pubs dans la rame. Le dernier polar de quelqu'un dont il n'avait jamais entendu parler ; il ne lisait pas de polars. Une nouvelle boisson au malt qui vous promettait une vie nocturne trépidante, peuplée de gens incroyablement bien coiffés. Vous pouviez obtenir des informations gratuites sur la *prevención del VIH* en appelant le numéro indiqué par la femme joyeusement contaminée. Le plan du métro avait été retouché pour y inclure des stations telles que « Rue *de la Chatte* » et « Avenue *Pétasse* ».

George s'était montré d'une générosité suspecte ce matin-là quand Jonah l'avait appelé pour se décommander :

— Tout le monde a besoin de s'aérer de temps en temps. S'il y a bien quelqu'un qui peut comprendre ça, Jonah, c'est moi.

— Merci.

— Je sais à quel point ça doit te peser. Tu le sais, n'est-ce pas, que je le sais ?

— Oui, George.

— Je peux toujours compter sur toi. Alors si tu rates une semaine, on ne va pas en faire un fromage.

Une telle générosité que Jonah avait commencé à sc préparer au pire.

— Du moment qu'on est toujours d'accord pour Noël.

— La semaine de Noël.

— Quoi ?

— La semaine. Tu m'as dit que, pour Noël, tu trouverais quelqu'un.

— Oui. Je sais. Bernadette ne peut pas venir, je te l'ai dit ?

— Tu me l'as dit. Mais tu disais que tu chercherais quelqu'un d'autre.

— Mm… Je n'ai pas encore trouvé.

— Ah bon ?

— Pas encore. Je continue à chercher.

— Je peux te donner quelques contacts.

— Non, non, je m'en occupe.

— Tu es sûr ?

— De quoi ?

— Tu es sûr que tu vas pouvoir trouver quelqu'un ? Parce que je n'ai pas envie…

— Je suis sûr, bien sûr que je suis sûr. Écoute, tu penses que tu pourrais venir le week-end prochain ? À la place d'aujourd'hui.

— Je… je ne sais pas, George.

— Parce que sinon… ça voudrait dire qu'on ne te voit pas jusqu'à mon départ. Mais enfin, tu fais comme tu peux, hein ?

Il descendit à Parkchester et dévala lourdement l'escalier métallique qui reliait le quai de la ligne aérienne au centre du rond-point Hugh J. Grant. Au-dessus de sa tête, la rame redémarra ; les rails se mirent à vibrer et les roues à grincer, déclenchant une pluie d'écailles de rouille. Au semestre suivant, il aurait gynécobs dans ce coin-là. Il envisageait de prendre un studio en sous-location près de l'hôpital afin de ne pas avoir à se lever à 3 heures du matin tous les jours. De sorte que sa présence dans le quartier n'était pas complètement indéfendable ; il pouvait toujours prétendre qu'il était en repérage.

De la rue, il apercevait la voie rapide Cross-Bronx, qui, à quelques kilomètres de là, se scindait en plusieurs destinations : la Nouvelle-Angleterre, l'aéroport de La Guardia, le comté de Nassau. Il était 10 h 40, sous un ciel gris pigeon et plat.

Suivant le plan qu'il s'était imprimé, il continua à marcher sous la ligne de métro sur plusieurs centaines de mètres. Une boutique de tatouage, un salon de beauté, deux prêteurs sur gages, un bâtiment brun avec un logo ambigu et une inscription : TOUTES FOURNITURES ÉLECTRICITÉ. Le suprêmement peu ragoûtant Poulet Cajun Frit à la Mode d'Antan de chez Papa Mell marquait son point de bifurcation, là d'où partaient, de part et d'autre de la grande artère commerçante, plusieurs tentacules semi-résidentiels. Il arriva à un carrefour où un gamin en jean foncé et en parka baggy dessinait des 8 sur un bicross tout pomponné. La selle était si basse que le fond de sa veste frottait par terre. En voyant Jonah, il se dressa sur les pédales et fila.

Une église.

Une autre église.

Le quartier semblait avoir été frappé par une bombe à neutrons. Un tract scotché à un poteau télégraphique demandait à Jonah s'il avait l'impression de commencer un nouveau régime *tous les lundis ???* Le vent faisait vibrer les panneaux de signalisation et tourbillonner un sac en plastique (MERCI DE VOTRE VISITE ☺ À BIENTÔT) entre les branches nues d'un pommier sauvage.

Dans une ruelle encombrée de voitures compactes et de quelques monospaces étincelants, quatre petits immeubles de grès brun identiques – volontairement vieillis pour donner plus de « caractère » – faisaient face à un grand ensemble qui occupait toute la longueur de la rue. Après les quatre immeubles venait une série de maisons mitoyennes en briques marbrées posées sur des garages en contrebas. Dans l'une des allées était garé un gros camion appartenant à une entreprise maraîchère ; la maison voisine avait été convertie en cabinet dentaire par le Dr L. Sruthi, qui prenait les patients au tiers payant et les mutuelles syndicales à la fois en anglais et en espagnol.

Des drapeaux dominicains, américains et portoricains ; trois variations sur le thème bleu-blancrouge ; accrochés aux palissades ou plantés dans les jardins ; claquant dans la brise ; le mouvement gommant leurs caractéristiques individuelles, si bien que, par temps agité, le quartier semblait uni dans un même élan de patriotisme.

Vers le bout de la ruelle, il trouva la maison qu'il cherchait. Sur le bord du perron trônait une jardinière en forme de cygne. Des fanions colorés curieusement rassemblés dans un pot de fleurs ; un tuyau d'arrosage déroulé. D'une fenêtre ouverte dans le pavillon d'en face s'échappait une mélodie qui lui rappelait les gardes à l'hôpital : le soprano grincheux d'une vieille dame qui, en l'occurrence, passait un savon monumental à un télévendeur. Jonah fourra son plan dans la poche arrière de son pantalon et grimpa les six marches qui menaient à la maison de Simón Iniguez.

La sonnette déclencha des pas lents et lourds.

— Oui ?

Le grillage de la porte-moustiquaire découpait le visage d'Iniguez en pointillé. Il portait les mêmes lunettes de soleil de mafieux que sur la photo. En une seconde, Jonah oublia le topo qu'il avait préparé.

— Bonjour, fit Iniguez en fronçant les sourcils.

Il poussa la porte grillagée et sortit sur le perron, obligeant Jonah à reculer.

— Qui est là ? demanda-t-il.

Il avait laissé une main sur la poignée, comme pour s'amarrer, et de l'autre semblait vouloir fouiller à tâtons l'espace qui les séparait. Jonah redescendit les marches en sautillant.

— Monsieur… Désolé. Monsieur Iniguez ?

— Qui c'est ?

— Je suis vraiment désolé de… de vous déranger comme ça. C'est… Je suis, j'espère ne pas vous causer de désagrément en arrivant comme ça à l'im… Je voulais vous dire…

Iniguez fronça de nouveau les sourcils.

— Je m'appelle...

— Je sais qui vous êtes.

Silence.

— Qu'est-ce que vous voulez ?

— J'ai besoin de votre aide.

Jonah voyait son propre reflet dans les lunettes noires d'Iniguez : bulbeux, implorant, absurde. La vieille d'en face continuait à déverser ses invectives.

Iniguez se gratta la joue, qu'il avait lisse, aspergée d'eau de Cologne. Les muscles de son bras dessinaient un renflement sous sa manche. En pantoufles et pantalon de survêtement, il arrivait à donner à Jonah le sentiment d'être à la fois négligé et trop habillé. La ressemblance avec son frère était encore plus forte en vrai : le même cou de taureau, la même mâchoire trapue. Et quelque part dans son génome gisait le même minerai qui, chauffé à blanc dans le creuset de l'expérience, s'était transformé en folie.

Le vent souleva le tas de feuilles mortes que le voisin avait soigneusement ratissé dans son jardin.

— Vous pouvez entrer, dit Iniguez.

La maison était typiquement classe moyenne dans son aménagement : un porte-parapluies en treillis métallique ; une console qui sentait le mont-de-piété ; une penderie, entrouverte, remplie de produits ménagers en conditionnement industriel. Le vestibule donnait sur un salon où était exposée une galerie de photos de famille : Simón, une femme extrêmement blonde et jolie qui aurait pu être suédoise, deux petits garçons au regard malicieux.

Fait notable, il n'y avait pas de télévision dans la pièce. En revanche, une énorme chaîne hi-fi – allumée, mais le son coupé – était entourée de hautes étagères sur lesquelles s'alignaient des centaines de 33 tours et des milliers de CD. Une causeuse vert bouteille portait l'empreinte à deux bosses d'un postérieur masculin. Par terre étaient posés une pile de journaux en braille et un mug à moitié plein orné d'un logo TASCAM. Le petit tapis devant la cheminée était de travers.

— Vous buvez quelque chose ? proposa Iniguez.

— Non merci.

— J'ai du café au chaud.

— Euh… bon, d'accord.

Iniguez quitta le salon pour aller à la cuisine. Jonah s'occupa en lisant les tranches des CD, dont le classement semblait ne répondre à aucun ordre particulier. Janis Joplin côtoyait Dr Dre et Celia Cruz. Les Beatles occupaient une étagère à eux seuls, tout comme Tchaïkovski et David Grisman. À l'extrémité droite de chaque rayonnage était collée une petite étiquette en braille.

— Sucre ? Lait ?

— Un peu de lait, merci.

Iniguez revint, les deux mains fermement agrippées à une tasse.

— Tenez, venez me la prendre, dit-il.

Le café était bon et léger, ce qui le changeait agréablement du tord-boyaux qu'il buvait d'habitude. Jonah réussit à trouver une place sur le canapé au milieu des piles de jouets et de CD égarés.

— Vous avez de la chance que ce soit moi qui vous ai ouvert, indiqua Iniguez en se rasseyant. Ma femme veut votre peau.

Il baissa la main vers le sol, comme s'il s'apprêtait à la plonger dans son mug, mais au dernier moment ses doigts se crochetèrent pour attraper l'anse.

— Elle a emmené les gosses à l'église, reprit-il. Il nous reste de la tarte.

— Non merci, répondit Jonah en jetant un coup d'œil vers l'entrée, s'attendant à voir la « femme » et les « gosses » arriver et lui arracher les oreilles à coups de dents pour avoir dérangé le patriarche.

Iniguez ramassa les journaux par terre et les posa sur ses genoux.

— Alors ? fit-il.

— Je... Je voulais d'abord vous dire que je pensais vraiment ce que je vous ai dit. Quand je vous ai téléphoné. Je le pense toujours, je suis dés...

Iniguez leva une main en l'air.

— Qu'est-ce que vous voulez que ça me fasse, que vous soyez désolé ou pas ? Tout ça, c'est des mots. À quoi ça sert ?

— ... À rien.

— Voilà. À rien. Alors arrêtez de me dire que vous êtes désolé.

— Je...

Il allait s'excuser de nouveau, mais se rattrapa :

— ... D'accord.

— C'est votre psy qui vous envoie ?

— Non.

— Moi, je n'ai pas vu de psy, déclara Iniguez.

— Tout le monde n'en a pas besoin.

— Les gens qui en ont besoin, c'est ceux qui ne sont pas capables de régler leurs problèmes tout seuls.

— Euh... Oui, peut-être.

— Alors c'est votre avocat. Qui vous envoie.

— S'il sait que je suis venu, il me tue.

— Quoi alors ? C'est comme un pèlerinage ? lança Iniguez avec un demi-rictus. Parce que je ne sais pas, moi. Je vous fais entrer, je vous offre le café, une part de tarte. Alors j'espère que vous allez me divertir un minimum. Donnez-moi une seule bonne raison de ne pas vous casser la gueule.

Jonah ne dit rien.

— Je suis costaud, vous savez, reprit Iniguez. Vous devez faire plus ou moins un mètre quatre-vingts. Je me trompe ?

— Quatre-vingt-cinq.

— D'accord. Alors dites-moi pourquoi je ne vous casserais pas le bras.

Iniguez but une gorgée, puis étala les doigts autour de son mug comme si c'était un cou.

— Vous avez trente secondes, ajouta-t-il.

— Pendant l'accident..., commença Jonah.

— Ce n'était pas un accident.

Jonah ne répondit pas.

— Vous devez vraiment vous sentir merdeux.

— Oui.

— Dommage.

— Je sais que ça ne changera rien pour vous, mais...

— Je vous ai dit de ne plus vous excuser.

— Je n'allais pas m'excuser. Je n'essaye pas de vous faire pleurer sur mon sort.

— Ça risque pas.

— Très bien. Mais ce qui s'est produit cette nuit-là était une erreur.

Iniguez hocha la tête.

— Vous savez quoi ? dit-il. Je ne vous ai même pas accordé une seconde dans mes pensées.

— Pourtant vous me faites un procès.

— Ouais. Vous trouvez ça injuste ?

— Un peu.

— Ouais. Moi aussi. C'est con, hein ?

Jonah reposa sa tasse.

— Vous avez raison, reprit-il, ce n'était pas un accident.

— Non, hein ?

— Non.

— Vous voulez que j'appelle Roberto ? Vous pourrez le lui dire directement.

— Votre frère est mort à cause d'Eve Gones.

Jonah marqua une pause, s'humecta les lèvres.

— Et vous le savez, mais pourtant c'est moi que vous attaquez.

— Je vois. Vous êtes la commission Justice et Vérité, rétorqua Iniguez en souriant. Mais laissez-moi vous dire une chose : vous et moi ? On n'est pas dans le même camp.

— Je n'attends rien de vous.

— Vous n'en auriez pas le droit.

— En effet.

Pendant vingt tic-tac de l'horloge, Iniguez pianota des doigts sur ses genoux. Puis il se leva et marcha jusqu'aux étagères, d'où il sortit un CD sans recourir aux étiquettes. Il monta le volume et inséra le disque.

Une guitare solo se mit à jouer une légère mélodie sensuelle entre jazz et musique latino, bientôt accompagnée par une contrebasse qui battait sur les temps faibles, comme le cœur même de la musique. La mélodie faisait trois pas dans une direction et un en sens inverse, déroulant la gamme mineure.

— C'est Raymond à la basse, indiqua Iniguez.

— Je ne savais pas qu'il était musicien.

— Évidemment que vous ne saviez pas. C'est bien pour ça que je vous l'ai mis. Pour que vous sachiez quelque chose sur lui.

La guitare s'effaça au second plan. En général, Jonah trouvait les solos de basse lugubres, mais celui de Raymond était limpide et sobre, des notes suspendues comme autant d'ornements, s'envolant désespérément dans les aigus avant de retomber, assagies – comme honteuses d'avoir cherché à attirer l'attention –, dans un registre plus grave, reprenant leur pulsation d'origine. La guitare revint sur le devant de la scène et Raymond Iniguez repassa derrière.

Simón appuya sur STOP.

— Notre mère, dit-il après un moment, nous laissait souvent seuls quand j'avais sept ans et lui quatre. C'est comme ça que j'ai appris à cuisiner sans me couper un doigt, parce que je devais lui faire à dîner. Je lui ai appris à jouer de la basse. C'était mon petit frère. Mon seul frère. Maintenant vous savez quelque chose.

— C'est un très beau morceau, dit Jonah.

— Je le lui jouais souvent. Ça l'apaisait.

Iniguez souleva ses lunettes pour frotter ses yeux morts.

Un long silence passa.

— Cette fille, c'est que des ennuis.

Jonah ne dit rien.

— Elle vous téléphone ? demanda Iniguez.

— Oui.

— C'est comme ça que ça a commencé pour nous.

— Elle est entrée chez moi par effraction. Elle a débarqué sans prévenir au dîner de Thanksgiving chez mes parents.

Iniguez hocha la tête. Il pivota et disparut dans le couloir.

— Vous m'apportez mon mug ? lança-t-il.

Dans la cuisine, il attrapa une boîte de sachets d'aspartame, sortit le lait du frigo, souleva la cafetière de son socle. Chacun de ses gestes était précédé d'une hésitation infime, une micro-prière avant que ses doigts se referment autour d'un objet. Mais ils auraient eu l'air parfaitement fluides si Jonah ne l'avait pas observé de près.

— Elle a tout filmé. La nuit où il a été tué.

Jonah était un peu nerveux d'employer le passif, mais Iniguez ne remarqua pas ou décida de ne pas relever.

— Elle savait ce qui se passait mais elle n'a rien dit, poursuivit Jonah.

— Elle avait dit à mon frère que c'était un projet artistique.

Silence.

— Elle appelait souvent ici. Elle se présentait comme sa petite amie, raconta Iniguez avec un sourire amer. Moi, je me disais : *Ben ça alors, Raymond a une petite amie, c'est merveilleux. Il n'en a pas eu depuis les années 1980.* Quand j'en ai parlé à ma femme, elle s'est mise à pleurer tellement elle était heureuse. Elle le protège encore plus que moi, même après sa... Cette fille, elle donnait des cours au foyer il y a environ un an, et elle a commencé à flirter avec lui. Vous imaginez ce que ça pouvait représenter pour un gars comme ça. Elle lui faisait enfreindre le couvre-feu. Il a arrêté de prendre ses médicaments à cause d'elle, il a arrêté d'aller à ses séances, il est presque retourné dans la rue. Avec les médocs, il n'avait plus de problèmes depuis des années, et d'un seul coup, *pschitt,* tout part en fumée. Ils ont voulu le virer du foyer. Il s'est battu avec un infirmier. Ça ne lui ressemblait pas. Il se battait seulement quand il avait peur. Au foyer ils m'ont dit qu'il devenait agressif sans raison. Ça n'était jamais arrivé avant.

Jonah se souvint de la batte de base-ball, mais ne dit rien.

— Je sais ce que vous pensez. Qu'il aurait dû vivre avec nous.

— Je ne pensais pas à ça.

— Mais ça ne marchait pas. On a essayé. Les enfants... Je n'allais quand même pas le laisser devenir clodo. Vous savez ce que j'ai dû faire pour lui trouver une place dans ce foyer ? Il faut remplir plus de paperasse qu'avec les impôts. J'ai dû signer des décharges jusque-là, dit-il en montant une main au niveau du front. Il allait mieux. *Beaucoup* mieux. Ils lui ont trouvé un boulot, il s'est fait des amis. Ensuite il l'a connue, et les choses ont changé.

Il marqua une pause avant de poursuivre :

— Un soir il m'a téléphoné super tard. Ça ne pouvait pas être du foyer, vu qu'ils coupent les lignes après minuit. Je ne lui ai pas demandé où il était. Avec elle, sans doute. Et là il devient fou. Il me traite de tous les noms. Je ne mérite pas ça, putain, cette ingratitude. Ma femme me demande : « Qui c'est ? Qui t'appelle à 3 heures du matin ? » Et moi je ne veux pas lui raccrocher au nez, parce que si ça se trouve il est à deux doigts de se jeter du pont George Washington. Alors je l'écoute, et il finit par me parler normalement au lieu de me hurler dessus. Il me dit qu'il est en colère, que personne ne le laisse jamais être en colère. Je lui réponds : « Ouais, Ramón, parce que tu dois te *contrôler*. » Et il a raccroché.

Iniguez était livide.

— C'était avant ou après la bagarre au foyer ?

— C'était en février. La bagarre, c'était en avril, juste avant l'anniversaire de mon fils. Je m'en souviens parce que j'étais au téléphone avec le mec qui devait venir faire des sculptures en ballons gonflables et qui me disait qu'il ne pourrait en aucun cas rester une demi-heure de plus. J'étais en train d'essayer de régler ça quand l'autre ligne a sonné. C'était le foyer pour me dire de venir le récupérer, qu'il était viré.

— Qu'est-ce qui s'était passé ?

— Il avait détruit la salle de télé. J'ai dû payer pour faire replâtrer le mur. Il avait aussi frappé un type, qui n'a rien eu, mais Raymond s'était cassé un os de la main. (Iniguez se tourna vers Jonah.) C'était comme si elle avait dégoupillé quelque chose en lui, conclut-il.

— Vous lui avez parlé ?

— Pas à ce moment, non. J'ai fait promettre à Raymond d'arrêter de la voir. Il n'a plus eu de problèmes de tout l'été. C'était derrière nous. Il est venu à la maison pour le 4 Juillet, on a fait un barbecue. Mais en fait je suppose qu'il n'avait pas arrêté. Il a juste appris à mieux se cacher.

Jonah comprenait le désir de vengeance de Simón Iniguez : trouver un coupable. Eve n'avait appuyé sur aucune détente ; son crime n'était pas répertorié dans les livres. Sur qui d'autre que lui faire porter la faute ?

— Vous croyez que vous allez gagner le procès ? demanda-t-il.

— Je ne sais pas, répondit Iniguez avec un sourire timide. Qu'est-ce que vous en pensez ?

— Nos avocats ont l'air de prendre leur pied à se faire la guerre.

— C'est parce que ce sont des avocats.

Il se dirigea vers le frigo.

— Vous êtes sûr que vous ne voulez pas de tarte au potiron ?

— Une petite part alors. Merci.

— Quel âge avez-vous ? demanda Iniguez en coupant deux parts.

— Vingt-six.

— Raymond est tombé malade à vingt-sept ans.

— Il était prof ?

— Prof de sport et entraîneur de base-ball dans une école primaire du Queens. Un type extraordinaire. Grand fan des Yankees devant l'Éternel. Vous auriez dû voir sa chambre au foyer, des posters partout. Le pire, quand il est tombé malade, c'est que c'est arrivé pile au moment de la naissance de mon premier fils. Mes gosses n'ont jamais connu le vrai Raymond. Ses amis l'ont oublié, nos parents sont morts. Les seuls qui savent la vérité, c'est ma femme et moi.

— Je suis désolé, dit Jonah avant de se rappeler qu'il n'était plus censé s'excuser.

— Pas autant que moi.

Ils mangèrent en silence. La pâte était un peu ramollie.

— Je vous conseillerais volontiers de la rayer de votre vie, mais je sais que c'est plus facile à dire qu'à faire.

— Je vais essayer d'obtenir une ordonnance de protection temporaire.

— Vous pensez que ça peut marcher ?

— Probablement pas.

Iniguez opina du chef, rinça son assiette dans l'évier.

— Le problème, reprit Jonah, c'est que je n'ai ni son adresse ni son téléphone, et les flics en ont besoin.

Il se racla la gorge.

— Est-ce que Raymond les avait ?

Iniguez posa l'assiette propre sur l'égouttoir.

— C'est possible, dit-il.

Le garage avait été reconverti en studio d'enregistrement. Les murs tapissés de mousse isolante rendaient l'espace encore plus exigu, et il l'était déjà beaucoup : un méli-mélo d'instruments, d'enceintes, de câbles, de pieds de micros, d'ordinateurs ; des cageots remplis de cassettes ; d'ondulantes colonnes de CD. La pièce était éclairée par une seule ampoule de quarante-cinq watts. En passant devant une guitare classique posée sur un socle, Iniguez se baissa pour pincer la corde de *mi* grave.

— Ma femme a rapporté ça du foyer, dit-il en soulevant un carton.

Pendant que Jonah fouillait à l'intérieur, Iniguez ramassa la guitare, s'assit dans le fauteuil près de sa table de travail et se mit à jouer une version plus lente, plus simple du morceau qu'ils avaient écouté au salon. Jonah sortit quelques chemises qu'il replia et posa sur les marches. Des draps de lin. Une petite liasse de prospectus ; la gazette du foyer ; un article du *Post* commentant la saison de base-ball.

— Quand on était jeunes, Raymond et moi, on se faisait un peu d'argent en jouant dans un restaurant mexicain de Brooklyn. Et ça, c'était notre... comment dire ? Notre tube.

Jonah ne savait pas quoi répondre.

— Comment il s'appelle ?

— Il n'a pas de nom. Raymond l'appelait *Le Morceau*. « Viens, on joue *Le Morceau*. » En live, on le faisait durer un quart d'heure. Et quand j'ai monté mon premier studio – j'habitais près du zoo avant de me marier –, on a enregistré la version que je vous ai fait écouter là-haut comme morceau test. C'était surtout pour essayer le matos.

Jonah avait envie de savoir comment Simón avait rencontré sa femme, comment il en était arrivé à faire ce métier, comment il parvenait à se déplacer dans ce fatras sans y voir. Mais ça faisait beaucoup de questions à la fois.

— Y a pas grand-chose là-dedans, à part des vêtements, dit-il.

— Je lui avais acheté un ordinateur. Il n'y est pas ?

— Je ne le vois pas.

— Alors il doit être dans le coin là-bas. Allez voir.

Jonah franchit une herse de pieds de micros et se cogna dans une table basse en métal recouverte d'une nappe à carreaux et d'une demi-douzaine de machines clignotantes toutes branchées sur la même multiprise, sous laquelle il repéra un filiforme et poussiéreux ThinkPad.

Il le rapporta à Iniguez, qui expliqua :

— Je lui avais offert ça pour qu'il puisse trouver un boulot ou, par exemple, se taper un CV. Je ne sais pas ce qu'il y a dedans, mais c'est personnel.

— Je vais juste chercher le numéro, répondit Jonah.

— Je ne tiens pas à ce que ma femme rentre et vous surprenne ici. Prenez-le chez vous.

Jonah hésita.

— Vous êtes s...

— Ne me dites pas ce que vous aurez trouvé, je n'ai pas envie de le savoir. Et appelez avant de me le rapporter. Je suis dans l'annuaire à Cross-Bronx Studios. Appelez d'abord.

— Promis.

Iniguez commença à remonter l'escalier.

— Je ne vous raccompagne pas, vous connaissez le chemin.

— Le reste des affaires...

— Je m'en occuperai. À moins que vous ne vouliez quelque chose. Vous voulez une chemise ?

— Non. Merci.

Iniguez s'arrêta en haut des marches, sa corpulente silhouette ourlée de lumière jaune.

— Vous n'avez qu'à tout prendre, dit-il. Je n'ai pas envie de garder ça ici.

Chapitre 27

Lundi 29 novembre 2004

PÉDOPSYCHIATRIE, PREMIÈRE SEMAINE

Les adultes avaient des maladies ; les enfants tombaient malades. Un trentenaire faisait une épilepsie ; un gosse de neuf ans une « crise convulsive, NS » (non spécifiée). Comme si, en évitant de nommer la chose, vous pouviez retarder une vie entière de douleur.

Il y avait une raison pratique à tous ces enfants « non spécifiés » : souvent ils n'entraient dans aucun schéma diagnostique connu. Et ce n'était nulle part aussi vrai qu'en pédopsy, où la première tâche consistait à identifier où s'arrêtait l'instabilité infantile normale et où commençait la maladie. Tous les mômes de cinq ans sont un peu psychotiques sur les bords.

Cornaqué par un psy au cœur tendre du nom de Shervan Soleimani, Jonah arpentait le service, de consultation en consultation. Les patients qu'ils virent ce matin-là étaient hilarants malgré eux, regorgeant d'idées saugrenues, imitant les douces inflexions persanes du médecin. La plupart étaient juste des gamins loufoques, non spécifiés. D'autres souffraient tellement de causes extérieures – violences familiales, négligences graves – que leur imagination semblait avoir été pulvérisée ; ils regardaient Jonah d'un air froidement condescendant, comme s'il avait encore beaucoup de chemin à faire pour grandir.

Un de ces enfants, une fillette de six ans originaire du quartier de Spanish Harlem, toute chétive, était hospitalisée depuis deux jours car les services sociaux ne savaient pas où l'envoyer. Sa mère la leur avait déposée pour la mettre à l'abri d'un père violent, après quoi elle avait fait un infarctus en plein milieu du service pédiatrie et elle était morte. Le papa s'était volatilisé dans la nature, même si tout le monde pensait que c'était sans doute mieux comme ça.

La petite fille avait pleuré très fort et s'était déclenché une hémorragie nasale que Jonah essayait à présent de contenir. Elle suçait ses nattes en hoquetant de chagrin et en balançant les jambes sur sa chaise.

— DeShonna ? demanda Soleimani.

La gamine renifla et se débattit.

— Me touchez pas.

Soleimani fit signe à Jonah de ne pas mal le prendre. Jonah hocha la tête et jeta les boules de coton pleines de sang dans la poubelle.

— On a parlé à ta tante aujourd'hui, poursuivit le médecin. Elle va venir s'occuper de toi pendant un moment.

Cette nouvelle fit redoubler les sanglots de DeShonna.

— C'est pas elle que je veux, c'est ma *maman*.

— Je sais, répondit Soleimani. Ça doit faire très mal. Parfois, en parler peut soulager un peu. Si elle était là maintenant, qu'est-ce que tu lui dirais ?

Elle lâcha sa natte et lui décocha un regard ultrasérieux.

— Je lui dirais : « Va te faire foutre, connasse. »

Ce soir-là, Lance rentra de voyage avec une boîte de *panettone* et un bronzage d'une intensité irréelle.

— Cabine à UV, mec. Les Européens en raffolent. Le comte en a une dans son sous-sol. Je me suis fait une heure tous les jours. Tu crois que j'ai endommagé mes capacités reproductrices ?

— On ne peut que l'espérer.

Lance lui donna le *panettone*.

— Traditionnellement c'est un gâteau de Noël, mais à l'ère du tourisme de masse on peut s'en procurer toute l'année. La Communauté européenne autorise la production.

Affamé, reconnaissant, Jonah sortit deux assiettes en carton.

— Alors ces vacances, c'était comment ?

— Une perte de temps, putain. J'ai fait que fumer et bronzer.

— Et le comte ?

Lance arracha un raisin sec à la brioche et le posa en équilibre sur son pouce avant de darder sa langue comme un crapaud pour le manger.

— Dents pourries, bien sapé. Il a une gondole. Sa baraque donne directement sur le Grand Canal, avec sa propre cale à l'arrière. Carrément coolos. Le matin, quand tu sors, c'est tout brumeux. *Molto misterioso.*

— Le plus dingue dans cette histoire, c'est que tu étais réveillé le matin.

— Ils ont six heures de plus que nous, donc quand tu penses à mon rythme ici, c'est comme si je vivais dans leur fuseau horaire, mec. Par exemple, 9 heures du matin chez eux, c'est 3 heures du mat ici. Ce qui veut dire que je me lève quand eux, ils... euh. Non, ça ne marche pas. Enfin, bref, on s'en fout, mais j'étais grave décalé. On a fait un tour en gondole tous les trois. Tu te souviens de Zeke à la fac ? Le mec qui avait la bouche de Steven Tyler ? Le sosie du gondolier ! Flippant. Mais je dois dire que, malheureusement, c'étaient des vacances sans *aucune* intimité, conclut Lance en repoussant sa part de *panettone* avec une grimace de dégoût.

Jonah haussa les sourcils.

— C'est une super vieille maison, mec. Les murs... Je les entendais s'envoyer en l'air. Toute la nuit, putain. Tout ce que j'ai filmé est *contaminé*. Je vais devoir le postsynchroniser de *a* à *z*.

— C'est ton *Œdipe roi*.

— Ma mère et moi, on est proches, d'accord, mais là c'était *crade*. En plus je crois qu'ils se sont fait un plan à trois. Un matin, je suis sorti me balader genre vers 6 heures. Midi pour nous. Ou plutôt... Enfin, bref, quand je suis rentré, il y avait une meuf qui descendait l'escalier avec les cheveux explosés, elle portait en tout et pour tout une étole en vison.

— C'est barge.

— Ouais, fit Lance en haussant les épaules. Il va venir pour Noël.

Jonah percevait de la peine – et une forme de mépris puritain – derrière cette indifférence feinte, mais il ne voulait pas se mêler de ce qui ne le regardait pas. Il se contenta de hocher la tête.

Ils continuèrent à manger en silence. Finalement, comme s'il venait juste de la remarquer, Lance désigna d'un geste vague l'énorme barricade de meubles qui bloquait l'accès à l'escalier de secours.

— On se croirait dans *Les Misérables* ici. Qu'est-ce que c'est que ce bordel ?

Jonah laissa échapper un soupir.

— Attends un peu avant de défaire tes bagages.

Il raconta tout à Lance, et termina par :

— Ce n'est pas prudent de rester ici. J'ai appelé Vik, je vais squatter chez lui.

— C'est du délire total.

— Je ne te le fais pas dire.
— Tu vas te livrer à la police ?
— Sous quel motif ?
Lance réfléchit un moment.
— Ouais, c'est vrai. Tu as toujours le DVD ?
Jonah alla le récupérer dans son bureau.
— Baisse le son, conseilla-t-il.
L'écran se couvrit de neige. Le lecteur émit des gargouillis malades avant de régurgiter le disque.

ERREUR – MÉDIA NON LISIBLE
IL SE POURRAIT QU'IL SOIT SALE OU ENDOMMAGÉ (MESSAGE ~ 7.9)

Jonah retourna le disque afin d'éliminer d'éventuelles poussières en soufflant dessus, et il constata que sa surface avait viré au gris. Il la frotta en vain avec un pan de sa chemise.
— Quand je l'ai reçu, le dessous était rouge, dit-il.
Il le tendit à Lance, qui l'examina avant de déclarer :
— C'est un DVD autodestructible. Ils se détériorent une fois exposés à l'oxygène.
Jonah se sentit blêmir.
— Il n'y a pas moyen de le récupérer ?
— Pas à ma connaissance.
Ils restèrent un moment à contempler ce bout de plastique désormais stérile.
— Prends ton sac, ordonna Jonah.
Avant de partir, il laissa un mot scotché sur la porte à l'intention d'Eve, dans lequel il l'informait qu'il quittait la ville pour quelques jours, s'excusait de trahir sa confiance et réitérait son désir de mettre un terme pacifique à leur relation. Il n'attendait pas grand-chose d'un tel ramassis de platitudes, sinon de la décourager de forcer la porte.
Lance se montra agréablement compréhensif.

— Du moment qu'on prend des mesures concrètes, mec. Vaut mieux pas que les flics s'avisent de fouiller l'appart. Y a de quoi nous coffrer pour dix ans là-dedans.

Leurs chemins se séparèrent à Union Square, où Lance prit la direction de Brooklyn pour aller chez Ruby, tandis que Jonah – trimbalant une énorme besace qui contenait ses livres, des vêtements, son ordinateur ainsi que celui de Raymond Iniguez – montait vers le nord de Manhattan. Il changea de métros et de bus au hasard, finit par atterrir à Columbus Circle où il s'engouffra dans les entrailles chics du Time Warner Center. Le supermarché bio Whole Foods grouillait de néo-yuppies reluquant des légumes étincelants. L'odeur des fromages bien faits évoquait des notes de cachemire mouillé et de semelle en caoutchouc. Il passa un moment à scruter des *fontinas*, des parmesans et des bleus de chèvre (« J'ai des bleeûûûûs de chèvre à l'âme », se fredonnait-il), avant de choisir un pomélo et d'aller faire la queue aux caisses. La première neige de l'année était tombée ce matin-là et, bien qu'elle n'ait pas tenu, les gens avaient l'air déprimés.

Il monta au premier étage du centre commercial avec son fruit, en pela l'écorce de ses doigts rougis et glacés tout en jetant alternativement des coups d'œil à sa montre et par-dessus son épaule. Par la grande baie vitrée, il voyait les taxis tourbillonner comme des abeilles, avalant goulûment des piétons de-ci, de-là. Le vent fouettait les bannières publicitaires accrochées aux feux rouges, arrachait leurs journaux aux passants qui couraient vers l'entrée du métro.

Il prit son courage à deux mains et sortit dans la tempête, remontant l'avenue de Central Park West avant de repérer un taxi qu'il guida jusqu'au campus du CHU-Nord en empruntant des détours inimaginables.

Lorsqu'il arriva, il était 21 h 30, ce qui portait son temps de trajet total à deux heures et quarante-six minutes. Il posa ses affaires près du futon. L'appartement était plongé dans le silence ; Vik et Mike étaient sortis, et la porte de la chambre de Cutler fermée, lumière éteinte.

L'ordinateur portable de Raymond avait refusé de s'allumer lorsqu'il l'avait essayé chez lui la veille au soir. L'ayant laissé charger toute la journée, Jonah le sortit à présent de sa housse et le lança. Il mit une éternité à démarrer, empêtré dans un scan antivirus qui n'avait pas tourné depuis des mois. En fond d'écran s'afficha soudain une photo du joueur de base-ball Derek Jeter, les rayures du maillot toutes torsadées tandis qu'il frappait dans une balle que la vitesse faisait paraître oblongue. À part cette unique touche de personnalisation, Raymond ne semblait guère avoir utilisé la machine. D'ailleurs, Jonah doutait que ce fût lui qui ait installé cette photo.

Qui Simón Iniguez croyait-il duper ? Son frère n'était même pas capable de garder un job de prof de sport en école primaire. Alors l'imaginer en connectophile, traiteur de données, entrepreneur du Net… C'était pathétique rien que d'y penser ; des chaussures de course pour un paraplégique. Jonah sentit sa gorge se nouer. Il avait détruit plus qu'un être humain ; un talisman contre le désespoir.

Et lui, quand les gens le regardaient, que représentait-il pour eux ? Ses amis puisaient-ils de la force auprès de lui ? Ses parents ? George ? Sans doute pas. Ils avaient pitié de lui, à l'instar de cette gamine avec ses nattes, DeShonna. En vingt-six ans d'existence, il n'avait pas réussi à s'endurcir, comme toute personne normalement constituée.

Le bip de l'ordinateur le secoua par la manche. L'antivirus avait besoin d'une mise à jour. Souhaitait-il la faire maintenant ou recevoir un rappel dans deux semaines ?

ANNULER
          ANNULER
                    ANNULER
                              ANNULER

Il passa près d'une heure à fouiller. Les derniers sites Internet que Raymond avait visités étaient exactement ceux sur lesquels Jonah aurait pu parier : *Sports Illustrated*, le site officiel des ligues majeures de base-ball, la chaîne météo, du porno. La mémoire cache du navigateur renfermait un bordel inintéressant.

À l'ouverture, le logiciel de messagerie lui réclama un mot de passe. Il essaya tout le répertoire du fan-club des Yankees : *yankees*, *jeter* et diverses combinaisons des deux, ajoutant des chiffres, de la ponctuation, des fautes d'orthographe. Il essaya *newyork*, *bombers*, *steinbrenner* ; puis *amortboston*, *abaslessox*, et enfin, sentant qu'il touchait au but, *mickeymantle* et *lougehrig*. En désespoir de cause, il tapa *simon* et le programme s'ouvrit avec un message d'erreur : le réseau était introuvable.

Tous les mails étaient encore dans la boîte de réception. Jonah remonta jusqu'au plus ancien, daté de juillet 2003. Le fournisseur d'accès de Raymond lui souhaitait la bienvenue sur le service, lui confirmait son nom d'utilisateur et lui réitérait les conditions d'utilisation au cas où il ne les aurait pas encore lues.

Les premiers mois, la messagerie avait servi de réceptacle à toutes sortes de bonimenteurs foireux aux noms spécialement conçus pour tromper les filtres à spams, tels Imprévisible H. Mackenzie et Hélice E. Déchiffrable. Ils vantaient les mérites du Viagra à prix cassés et la possibilité de *défoncer les murs avec ton* ÉNORME MANCHE *!!* De temps en temps, Simón lui envoyait un mot : des encouragements circonspects formulés sous forme de bavardage anodin. Le temps et les résultats sportifs. Jonah reconnaissait le même ton que celui qu'il employait avec Hannah, un optimisme futile et prudent qui dépeignait toutes les réussites comme pas très excitantes et tous les revers comme mineurs.

Raymond ne répondait jamais.

En octobre 2003 apparaissait un nouveau correspondant. Au début, Jonah ne s'arrêta pas sur ce nom, prenant ces messages pour des spams de plus. Mais, vers janvier, leur fréquence augmentait. Une certaine Première Dame s'était entichée de Raymond. Jonah revint en arrière pour lire le premier :

Cher Raymond Iniguez,

Ce fut un plaisir de faire votre connaissance. Vous avez de belles mains.

Affectueusement,

Eve Gones.

Jonah le relut plusieurs fois à la recherche d'indices qui auraient pu laisser présager la suite. *Ce fut un plaisir de faire votre connaissance.* Une telle simplicité le désarmait et le déprimait en même temps. *Vous avez de belles mains.* Elle savait. Elle était capable de déceler la colère dormante. Tout avait commencé en complimentant un homme sur ses mains.

Trois semaines après elle écrivait de nouveau, une plus longue lettre faisant référence à des événements que Jonah ne comprenait pas. Cette fois-ci, Raymond avait répondu :

Mreci je vous aime bin aussi.

Ce qui n'était d'abord que des échanges sporadiques prit rapidement un rythme frénétique, d'ailleurs pas tant une correspondance qu'un monologue, puisque le ratio des textes d'Eve par rapport à ceux de Raymond était exponentiel : quinze fois plus, cent fois plus ; un millier de polysyllabes pour la moindre onomatopée ; des supernovas de paroles. Il était impensable que Raymond l'ait comprise. Jonah lui-même, qui considérait ses capacités de compréhension écrite comme relativement élevées, parvenait à peine à la suivre alors qu'elle traversait en gambadant un impénétrable maquis d'adjectifs et d'allusions. Dix pages d'une écriture dense arrachaient à Raymond un simple oui ou un simple non, sans que l'on sache très bien à quelle question il répondait. Par exemple était-ce « D'aucuns rétorqueraient – et sur ce point je plaide l'agnosticisme – que la dualité (inaccessibilité intérieure/universalité connue) des sensations corporelles est précisément ce qui en fait les objets d'une sorte de fixation ekphrastique, en ce que le besoin primitif d'être confronté à une entité omniprésente et toujours applicable bien qu'inconnaissable (anciennement exprimée par la vénération d'une divinité, etc.) n'a jamais vraiment disparu, y compris à notre époque déicide, devenant à la place sublimée (et dans bien des cas psychiquement dissolue jusqu'à un point pathologique), cet instinct prenant peut-être la forme d'un nouveau Dilemme Intellectuel (par exemple la physique quantique, la Véritable Identité de Shakespeare) ou d'une Quête Idéologique Inatteignable (par exemple le Réchauffement Climatique), même si à mon humble avis on ferait mieux de s'en tenir à ce qu'on peut avoir de concret entre les mains » que Raymond entendait soutenir de son oui ? Ou bien essayait-il de lui dire que, oui, il avait « aimé quand je t'ai touché là » ?

Pendant plusieurs mois elle lui en avait écrit cinq ou six par jour dans ce style. Puis, vers fin février – juste avant la bagarre de Raymond au foyer –, elle était soudain devenue laconique, ses e-mails se réduisant à seulement quelques lignes dans lesquelles elle l'exhortait à accomplir de petites missions. Comme précédemment, cela avait commencé de façon assez bénigne :

La prochaine fois que tu prendras le métro, retiens les portes jusqu'à ce que quelqu'un s'énerve.

Ou :

Jette des ordures dans la Mare aux Tortues de Central Park.

Ou :

Cela me ravirait, me ferait tellement plaisir, si tu me rapportais un pigeon mort.

Bientôt elle se montra plus sèche, et d'une alarmante précision :

Si tu m'aimes, Raymond, tu mettras de l'encre dans la bouteille de shampoing de Jerry.

Je veux que tu ailles à la gare routière de Port Authority, que tu descendes au sous-sol, là où les gens attendent les bus, que tu entres dans les toilettes pour femmes et que tu exploses le miroir à coups de marteau. Prends un morceau dans ta poche pour me le montrer.

Combien de ces ordres avait-il exécutés ? Quelques messages d'Eve exprimaient sa gratitude pour un acte non précisé et promettaient une récompense vaguement sexuelle. Mais ils étaient largement minoritaires à côté de ceux dans lesquels elle formulait son mécontentement qu'il l'ait une nouvelle fois déçue, sa désobéissance étant le signe d'un faible surmoi aux prises avec lui-même. Le scénario de ces scènes, Jonah le connaissait par cœur. Il avait été un bien meilleur acteur que Raymond, mais en gros le rôle était le même et il ne pouvait s'empêcher d'éprouver un triste sentiment d'affinité.

Oh, nous avons eu des bons moments, Raymond et moi. Pas de l'ordre de ceux que nous avons eus, toi et moi ; il y manquait la verve intellectuelle. Mais assez pour aiguiser l'appétit d'une dame.

Il continua à lire avec un œil prophétique malgré lui.

Toutes ces idioties – rayer des carrosseries de voitures, piquer des Zippo dans un magasin, faire peur aux touristes en leur crachant dessus –, c'était sa façon à elle de le mettre à l'épreuve, de voir s'il était prêt à faire ce qu'elle désirait réellement. *Je vais te montrer qui c'est le chef.*

Puis, en mai, elle lui envoya un e-mail intitulé *Poème pour Raymond* :

J'ai mal
par toi
Merci
pour tout

Jonah posa l'ordinateur, se leva, sortit la tête par la fenêtre et respira l'air frais du neuvième étage.

Cela faisait déjà deux heures qu'il lisait ; le disque dur soufflait de surmenage, son ventilateur interne vrombissant. Il hésitait à s'y remettre lorsqu'il entendit une clé tourner dans la serrure. Il se précipita sur l'ordinateur pour le fermer et alla ouvrir la porte.

De la neige s'était accumulée dans les cheveux hirsutes de Vik, on aurait dit une brosse à barbe humaine. Il avait les vêtements tout froissés et le visage bouffi. Il portait, coincé sous le bras, un sac de courses en papier kraft. Jonah l'aida à les ranger.

— Je t'ai sorti des serviettes, dit Vik.

— Merci. Alors, la gynécobs, c'est comment ?

— Un gynécée. Et toi, tu fais quoi ce trimestre ? Psy ?

Jonah acquiesça.

— Ça doit te plaire, non ?

— C'est intéressant. Je suis censé suivre un cas pendant trois semaines. Une gamine de la cité.

Vik hocha la tête. Il avait l'air exténué et Jonah s'excusa de le retenir.

— Je vais finir de ranger le reste, proposa-t-il.

— D'accord, répondit Vik dans un bâillement. Je commence à 5 heures demain.

— Merde. Bon, va te coucher.

— Ça va, tu es bien installé ?

— Nickel.

Il avait expliqué qu'il avait besoin d'un endroit où dormir pendant quelques semaines, le flegme de Vik lui permettant d'ignorer le désagrément causé par une telle requête.

— Tout ce qu'il vous faut pendant que je squatte ici, c'est moi qui paye, précisa-t-il.

— Hors de question.

Insister aurait été vexant, aussi Jonah se contenta-t-il de le remercier et de lui souhaiter une bonne nuit.

Quand le filet de lumière sous la porte de Vik s'éteignit, Jonah retourna devant l'ordinateur pour lire la suite de la correspondance de la Première Dame. Elle ne lui apporta rien de plus, et il était sur le point de laisser tomber lorsqu'il eut une idée.

Pour cela, le portable de Raymond, dépourvu de connexion Internet, ne lui était plus d'aucune utilité. Jonah sortit donc le sien, se connecta au réseau wifi de l'appartement *(Club Valsalva)* et tapa dans Google l'adresse e-mail de la Première Dame, déclenchant une avalanche de réponses sur un groupe de discussion baptisé alt.rec.douleur.

Si la Première Dame était l'auteur de l'essentiel du contenu, il y avait aussi quelques interventions d'excentriques, postées anonymement ou sous de fausses adresses. Que les gens évitent d'utiliser leur vrai nom n'avait rien d'étonnant vu que tous les commentaires étaient invariablement obscènes, demandant à Maîtresse Première Dame de les punir, de les fesser et tout ce qui s'ensuit. À l'un de ces soupirants, Eve avait répondu :

Vous vous méprenez. Mon intérêt est d'ordre esthétique. Il ne manque pas de sites Internet où vous pourrez donner libre cours à vos bêtes fantasmes coprophiles sans venir interrompre le fil de mes pensées. Allez voir là-bas.

Et je vous prie de ne plus vous exprimer ici sans une grammaire, une orthographe et une ponctuation correctes. Votre ignorance transforme cette chapelle en porcherie.

Dans un autre billet, infesté de citations d'Artaud et de la *Bhagavad-Gita*, elle décriait les « mesquins analgésiques » du « bondage ordinaire », qualifiant avec dédain les activités du « commun des mortels » d'« ennuyeuses à mourir ». « C'est comme pour les boissons sucrées, écrivait-elle, seul un Coca-Cola fait l'effet d'un Coca-Cola. »

L'effet en question étant quoi, au juste ? La douleur ? La mort ? Il n'y comprenait rien. Jetées dans le cyberespace, les mêmes divagations capiteuses qui avaient congestionné la boîte mail de Raymond paraissaient bestiales, les élucubrations d'un fou qui hurlerait dans un courant d'air. Un billet, cependant, retint son attention :

Objet : vidéofan prêt à payer cash $$$.

Il cliqua sur la réponse d'Eve :

Envoyez-moi votre numéro de téléphone par e-mail pour que nous puissions en discuter en privé.

Il espérait pouvoir se faire passer pour un autre.

Chère Première Dame,
Votre projet me passionne. Qu'avez-vous créé récemment ? Je souhaiterais me procurer un DVD de votre travail. Je ne suis pas en mesure de vous donner mon téléphone car je ne voudrais pas que ma femme réponde. Je peux vous régler par mandat postal. Quels sont vos tarifs ? Je vous prie de m'envoyer votre numéro de téléphone ou votre adresse.
Cordialement,

Sam H.

Chapitre 28

Extrait de la page 3 du *Guide* :

> Votre responsabilité envers un patient ne finit pas lorsqu'il ou elle quitte votre service. La continuité des soins, telle qu'affirmée par le règlement de l'Association américaine de médecine (H-140.975, 5), demeure une priorité pour les médecins, particulièrement ceux qui traitent des populations défavorisées, auxquelles un mode de vie sain et un accès constant aux médicaments ne sont pas forcément garantis.
>
> Traditionnellement, de par la nature même des stages de troisième année, les étudiants ne sont pas souvent amenés à revoir le même patient au-delà de la durée de son hospitalisation. Cela crée des difficultés pour développer des relations suivies. Afin de combattre ce problème, le CHU de Manhattan-Nord a mis en place l'initiative des aides à domicile, qui permet à l'étudiant en médecine de suivre un patient au-delà de son traitement immédiat. Vous êtes encouragé à considérer ce programme comme une chance de tisser des liens plus forts à la fois avec les individus et la communauté pour lesquels vous travaillez.

Vendredi 3 décembre 2004

PÉDOPSYCHIATRIE, PREMIÈRE SEMAINE

Le programme des aides à domicile était une création du service de médecine gé. Les externes accompagnaient les praticiens hospitaliers lors de visites à domicile, une façon de s'assurer que les plus infirmes et les plus isolés, oubliés du reste du monde, ne s'oubliaient pas eux-mêmes, ni leurs pilules ou leur régime alimentaire. C'était Soleimani qui avait introduit le programme dans le service psychiatrie, et avec lui que Jonah s'était mis en route ce matin-là, escorté par l'assistante sociale qui s'occupait du cas de DeShonna Barnsworth. Le sourire radieux d'Yvette Wiltern ne faisait que souligner la fatigue creusée dans son joli visage brun.

— Ça fait trois jours que j'essaye de joindre la tante, dit-elle. DeShonna ne devrait pas tarder à sortir de l'école, à cette heure-ci. Même si je pense qu'elle n'est plus inscrite depuis des années.

— Depuis combien, à votre avis ? demanda Jonah.

— Depuis toujours.

Ils marchaient vers le nord. Rue après rue, le quartier se dégradait à vue d'œil, les épiceries chics se muant en chaînes de restaurants à haute teneur en graisse, les teinturiers en prêteurs sur gages. Les caniveaux bouchés formaient des marécages de neige fondue sur lesquels flottaient des radeaux d'anneaux de bière en plastique. Une camionnette passa à tout berzingue, les basses à plein volume, projetant des gerbes d'eau sur le trottoir. Ils longèrent un pâté de maisons constitué uniquement de funérariums, puis tournèrent vers l'est en direction du fleuve, affrontant tout à coup un vent violent. Devant eux se dressait le paysage mort des cités HLM.

— J'ai un autre patient ici que je venais voir en juin dernier, raconta Yvette. Une chaleur ! C'était au moment de la grève des poubelles.

Ils traversèrent une cour et elle tira sur la porte de l'immeuble, qui, cassée, s'ouvrit sans résistance.

Après la chirurgie viscérale, Jonah pensait qu'aucune odeur ne pourrait plus jamais l'indisposer. Il se trompait. De l'urine, rehaussée par une touche de fromage râpé et d'annuaire téléphonique en décomposition. Il avait l'impression qu'on lui avait plongé la tête dans la cuve d'une cabine de WC mobile, et il repensa à Erich qui examinait sa bouteille de vin. *Ce millésime se marie idéalement avec la volaille et les fruits.* L'odeur de l'immeuble de DeShonna se mariait idéalement avec le désespoir et la pauvreté.

Il se fit avoir par une fissure dégoulinante au plafond et secoua la tête comme un caniche.

— Pas très rapide, commenta Soleimani pendant qu'ils attendaient l'ascenseur.

— Il ne sonne pas, précisa Yvette. Vous avez intérêt à bien regarder, sinon vous pouvez rester à poireauter une demi-heure.

— On n'a qu'à monter à pied.

— C'est au dix-septième étage.

— Un peu d'exercice ne me ferait pas de mal, commenta Soleimani avec son éternel optimisme.

Jonah était curieux de savoir comment s'était passé l'enterrement de la mère.

— Je demanderai à la tante, proposa Yvette.

— Comment s'appelle-t-elle ? s'enquit Soleimani.

— Veronica Hutchins, lut Yvette dans son cahier à spirale. C'est la sœur de la mère de DeShonna. Elle a trois gamins de son côté, elle travaille chez un grossiste en parfumerie sur Lexington. J'ai laissé des messages à son patron, mais elle ne rappelle jamais.

— On est sûr qu'il y a quelqu'un à la maison ?

— On le saura très vite.

L'ascenseur arriva et ils s'entassèrent dans une boîte en faux bois toute rayée où l'odeur était encore pire.

Le couloir qui menait à l'appartement 20N-I était tortueux et crasseux. Les paillassons avaient connu des décennies meilleures. Des pots de peinture étaient empilés près du local électrique.

— Travaux d'embellissement, constata Soleimani.

Jonah décida que cette remarque pouvait vouloir dire tout et son contraire, y compris fermer les yeux.

Le générique d'un talk-show télévisé beuglait derrière la porte, couvrant le bruit de la sonnette.

— S'il y a un avantage dans ce boulot, dit Yvette en martelant le battant, c'est que vous vous musclez les phalanges.

Une gamine aux yeux de biche d'environ seize ans vint ouvrir. Toute en jambes, vêtue d'un jean moulant, elle portait de grosses chaussettes jaunes poilues qui ondulaient alors qu'elle recourbait ses orteils de façon compulsive. Elle tenait sur la hanche un bébé de cinq mois maigre et fripé. Derrière elle, l'appartement était plongé dans l'obscurité.

— Ouais ? fit-elle.

— Est-ce que Veronica Hutchins est là ? s'enquit Yvette.

— Nan.

Elle changea le bébé de côté ; une minuscule main tentait d'agripper l'air.

— Nous sommes de l'hôpital de Manhattan-Nord, expliqua Soleimani. On vient voir comment va DeShonna.

— Elle est pas là, rétorqua la fille en pinçant les lèvres.

— Je peux vous demander qui vous êtes ?

— Vous pouvez demander, ouais.

Yvette sourit.

— Vous êtes la fille de Veronica ?

Le bébé se mit à ronchonner et l'adolescente le fit taire.

— Ouais, et alors ?

— Est-ce que DeShonna est allée à l'école aujourd'hui ? l'interrogea Soleimani.

Haussement d'épaules.

— Vous pourrez donner ça à votre maman ?

Yvette lui tendit une carte qu'elle fourra dans sa poche, où Jonah se dit qu'elle allait sans doute séjourner longtemps.

— Vous êtes des services sociaux ? reprit la gamine. Parce qu'on a un problème ici.

Elle pivota et rentra dans l'appartement, espérant clairement qu'ils la suivent.

— Regardez, leur lança-t-elle.

Une télévision constituait la principale source de lumière, bleuissant le sol sur lequel gisait autour des pieds de deux chaises en plastique, comme nageant, une poignée de figurines à fort risque d'étouffement. Dans un coin se trouvait une pile de coussins désarticulés. Jonah percevait du mouvement à la périphérie de son champ de vision, la pénombre elle-même rampant : cafards.

— Regardez.

Le long des plinthes de la cuisine, une substance verdâtre suintait du sol.

— Qu'est-ce que c'est ? s'étonna Soleimani.

La fille le dévisagea du genre : *Comment veux-tu que je le sache, Ducon ?*

— Ça fait combien de temps que c'est là ? s'informa Yvette.

La gamine mâchouilla sa langue d'un air pensif.

— Tous les jours ça en sort un peu plus.

— Vous en avez parlé au syndic ?

Gloussement de rire.

— Je vais appeler quelqu'un à la commission du logement, proposa Yvette.

— On dirait que c'est vivant, dit la fille avant de se tourner vers eux. Vous croyez que c'est vivant ?

Et aussitôt elle fondit en larmes. Personne n'avait l'air de savoir quoi faire : Jonah regarda Soleimani, qui regardait Yvette, qui prit gentiment l'adolescente par le bras et l'entraîna dans une autre pièce. Une porte se ferma.

Jonah resta debout dans la cuisine, mal à l'aise, comptant les fissures au plafond. Soleimani marcha jusqu'à la fenêtre, jeta un coup d'œil entre les stores fatigués. Il baissa la tête vers la pile de coussins et émit un claquement de langue. À l'aide d'un mouchoir, il plongea la main entre les coussins et en retira une petite pipe en verre embuée dont les deux bouts étaient brûlés. Il soupira, l'enveloppa dans son mouchoir et la glissa dans sa poche.

Le grillage entourant l'aire de jeux créait une vision hachurée de la jonction entre le pont suspendu Triborough et la voie rapide FDR. La plupart des équipements avaient été vandalisés ou volés ; il ne restait qu'un seul siège de balançoire intact au portique. C'est là qu'ils trouvèrent DeShonna, mâchonnant ses nattes et chantant tout haut, indifférente au froid dans un jean et une veste assortie légèrement plus claire. Elle ne les vit pas arriver jusqu'à ce que Soleimani siffle. Alors elle leva les yeux et son expression passa d'absorbée à morose.

— Bonjour, DeShonna, lança Yvette. Tu te souviens de moi ?

La petite fille hocha la tête.

— Tu es toute seule dehors ?

— Ouais.

— Et ta tante Veronica, elle est où ?

— Je sais pas, répondit-elle en donnant des coups de pied dans la poussière.

— C'est elle qui t'a dit que tu pouvais venir jouer ici ?

Haussement d'épaules.

— Tu n'as pas froid ? demanda Jonah.

— Si.

— À mon avis tu ferais mieux de rentrer, reprit-il, sinon on va te retrouver congelée comme un Mister Freeze.

Demi-sourire de DeShonna.

— Viens, on remonte, proposa Yvette.

La fillette secoua la tête.

— En tout cas, moi, je remonte, déclara Jonah. Je suis en train de devenir violet.

Cela lui valut un petit gloussement.

— Je vais la ramener, dit Yvette. Il va falloir que je parle à la tante à un moment ou un autre, vous n'êtes pas obligés d'attendre avec moi.

— On n'a rien d'autre à faire, rétorqua Soleimani.

À force de cajoleries, ils réussirent à convaincre DeShonna de les suivre. Dans l'ascenseur, elle attrapa timidement la main de Jonah.

— Ça sent la merde, murmura-t-elle.

— Tu l'as dit ! renchérit Yvette.

Il leur fallut toquer deux fois plus longtemps pour réanimer la cousine, qui s'était débarrassée du bébé mais continuait à se tenir de travers, comme si sa colonne vertébrale s'était remodelée afin de porter un poids sur le côté. Elle se mit à hurler sur DeShonna parce qu'elle était sortie toute seule.

— Toujours à t'échapper !

Yvette intervint et détourna la conversation sur les émanations vertes de la cuisine. Pendant ce temps, Jonah et Soleimani allèrent s'asseoir avec DeShonna dans la chambre qu'elle partageait avec ses deux cousines et le nourrisson, dont le prénom, les informa-t-elle, était Marquise. Soleimani lui demanda comment elle se sentait par rapport à sa mère ; si elle se plaisait chez sa tante ; si elles avaient parlé de commencer l'école. Agrippée à un ours en peluche avachi, toujours en train de mâchouiller ses nattes, elle évitait le regard du médecin. De temps en temps elle jetait un coup d'œil à Jonah, dont les sourires en récoltaient environ un sur cinq en échange.

Au bout de quelques minutes, Soleimani sortit en disant qu'il allait aux toilettes. Sentant que les questions la braquaient, Jonah préféra se taire. Ils restèrent un moment à écouter bébé Marquise gigoter dans ses couvertures.

— Il est mignon, dit DeShonna en lui touchant le bout du nez. J'aimerais bien avoir un bébé.

L'idée de son corps sans poitrine gonflé par un enfant donna la nausée à Jonah.

Soleimani revint en annonçant qu'ils partaient. DeShonna se remit à fixer ses pieds et ne répondit pas quand le psychiatre lui indiqua qu'elle pouvait l'appeler quand elle voulait.

Yvette resta plus longtemps pour parler avec la cousine, qui s'appelait Adia, pendant que les deux hommes redescendaient la 3e Avenue à pied. Le médecin complimenta Jonah sur ses talents d'écoute.

— C'est un don, expliqua-t-il. Certaines personnes, on a d'emblée envie de leur faire confiance.

Au croisement de la 100e Rue, il serra la main de Jonah et se dirigea vers le parking du CHU. Jonah continua plus au sud, passant devant le Centre culturel musulman, avec son dôme vert-de-gris et son haut minaret. Quelques femmes voilées et un homme en gandoura blanche attendaient le bus.

Tous les jours de la semaine, il avait pris un chemin différent pour rentrer chez Vik, rallongeant la centaine de mètres entre l'hôpital et la résidence universitaire en de ridicules et interminables excursions. À présent il marchait sur la 86e Rue, royaume des mannequins sans tête en polaires fluo parés de guirlandes de Noël. Chez Strawberry, une vendeuse se crevait un bouton. Il entra dans la librairie Barnes & Noble et feuilleta les magazines, ce qui lui donna la douillette impression d'être chez ses parents. Bon, ça suffisait. Il ressortit, marcha vers l'ouest jusqu'à la rue suivante et fit demi-tour.

Elle était sur le trottoir d'en face.

Il eut juste le temps d'apercevoir ses cheveux alors qu'elle plongeait derrière un kiosque à journaux. Mais il l'avait reconnue.

Il fonça dans le métro et sauta dans une rame en direction du nord. Il descendit à la station d'après avec l'intention de reprendre un train en sens inverse. Puis il changea d'avis : elle avait pu le voir s'engouffrer sous terre ; elle avait pu le suivre par le métro suivant. Ou peut-être qu'elle l'attendait sur le quai de la 86e Rue. Il n'en savait rien. Elle était capable d'être n'importe où.

Trois heures plus tard, il était rentré.

Le dimanche, il consulta le compte mail qu'il avait utilisé pour contacter la Première Dame et y trouva neuf nouveaux messages, dont huit étaient des spams.

Cher Sam,

Je suis flattée de l'intérêt que vous portez à mon travail et serais heureuse d'en discuter plus en détail avec vous. Je préfère ne pas divulguer mon numéro de téléphone mais, si vous vivez pas loin de New York, je serais d'accord pour vous rencontrer dans un lieu public.

En guise de mise en garde, je dois vous prévenir que les copies de mes œuvres sont chères, dans la mesure où leur acquisition requiert un certain niveau d'engagement de la part de l'acheteur. Cependant tout prix est susceptible de trouver preneur, et peut-être êtes-vous cette personne.

Première Dame.

Il cliqua sur RÉPONDRE.

Chère Première Dame,

Je vis en Floride mais, ça tombe bien, je suis actuellement à New York pour affaires. J'ai des conférences toute la journée et je pourrai me rendre disponible mardi à partir de 19 heures.

Choisissez l'endroit et je serai au rendez-vous.

Il se demanda après coup s'il n'avait pas dégainé un peu trop vite ; peut-être ne lirait-elle pas son message avant mercredi et supposerait-elle alors qu'il était déjà reparti, auquel cas il devrait s'inventer une nouvelle excuse pour justifier sa présence à New York…

Mais à 18 h 03 elle avait répondu :

Rendez-vous devant le Metropolitan Museum à 7 heures et quart. J'aurai une veste rouge.

Chapitre 29

Mardi 7 décembre 2004

PÉDOPSYCHIATRIE, DEUXIÈME SEMAINE

Les foules qui envahissaient les marches du Metropolitan Museum au cours des mois plus cléments s'étaient dissipées depuis belle lurette, ne laissant aucune possibilité de camouflage rapproché. Il la regarda donc arriver de loin, sa veste rouge se détachant sur la pierre saupoudrée de blanc comme une tache de vin sur les draps d'un hôtel. Elle ne parut pas surprise de s'être fait poser un lapin et repartit au bout de cinq minutes.

Il la suivit à distance alors qu'elle s'enfonçait dans Central Park à la hauteur de la 85e Rue, empruntant la piste cavalière le long du réservoir, dont le froid et la pénombre à cette heure-là n'attiraient que les joggeurs les plus intrépides. Ses semelles sur le gravier faisaient plus de bruit qu'il ne l'aurait voulu.

Arrivée du côté ouest du parc, elle pressa le pas – et lui aussi –, s'engouffrant dans un immeuble à l'angle de Columbus Avenue et de la 96e Rue sur lequel une pancarte proposait des « locations de grand standing » et dont le concierge l'accueillit en soulevant son chapeau.

Il était possible, songea Jonah, que ce ne soit pas son immeuble ; peut-être allait-elle chez son petit ami. Il l'imaginait sans peine vivre aux crochets d'une kyrielle d'amants ingénus, l'équivalent féminin de ces polygames piteux qui finissent par se donner en spectacle sur les plateaux de télévision, confrontés à quatre épouses empotées tombant des nues. *Y m'avait dit qu'il en avait jamais aimé une autre.*

Il sortit de sa poche un billet de cinq dollars qu'il froissa dans son poing et traversa la rue.

— La femme qui vient d'entrer, lança-t-il au concierge en lui montrant l'argent, elle a fait tomber ça dehors.

— Comment ça ?

— C'est tombé de son sac au moment où elle descendait du bus. Elle est entrée il y a cinq secondes.

— Sympa de votre part, rétorqua le concierge en souriant.

Il décrocha le combiné de l'interphone et appuya sur un bouton.

— Mademoiselle Cove ? J'ai ici un monsieur qui vient vous rapporter de l'argent que vous avez fait tomber sur le trottoir. D'accord. Elle descend, annonça-t-il en raccrochant.

— Vous savez quoi ? répondit Jonah. Ça ne fait rien. Dites-lui que c'était un bon Samaritain.

Il posa le billet sur le comptoir de la réception et sortit.

— J'ai vu ce que j'ai vu, insista Kate.

— Tu comprends ce que je suis en train de te dire ?

— Je...

— Tu comprends ce que *tu* es en train de me dire ?

— J'ai *vu* ce qui s'est passé, Jonah.

— C'est justement ce que je me tue à t'expliquer.

Il y eut un long silence.

— Kate ?

— Ouais.

— Je suis ton frère.

— Je sais.
— Tu penses vraiment ça de moi ?
— ... Non.
— Tu penses que je suis un monstre ?
— Je n'ai jamais pensé ça.
— Si.
— Tu l'as *frappée,* je suis censée penser quoi ?
— Tu es censée m'accorder le bénéfice du doute.
Elle ne dit rien.
Jonah laissa échapper un soupir.
— Écoute..., commença-t-il.
Un quart d'heure plus tard, il avait fini de parler.
— Putain de putain, fit Kate.
— Ouais, putain de putain.
— Pourquoi tu n'as rien dit ?
— Je ne voulais pas te mêler à ça.
— Jonah, c'est... c'est de la démence, là.
— Je sais.
— Et tu l'as laissée venir *à la maison* ?
— Je...
— Tu l'as laissée s'approcher de Gretchen ? Mais ça va pas ou quoi ?
Kate hurlait à présent.
— Si tu m'avais écouté au lieu de faire copine-copine avec elle...
— Je n'arrive pas à le croire, Jonah.
Elle lui faisait le numéro de la Déception avec un grand D, qui d'habitude l'arrêtait net.
— Je n'arrive pas à croire que tu puisses être aussi irresp...
— Tais-toi. *Tais-toi !* Tu pourras me crier dessus autant que tu voudras d'ici cinq minutes, mais *pour le moment* donne-moi un petit *coup de main* pour que je puisse me débarrasser d'elle avant qu'il m'arrive *vraiment* des emmerdes. Tu peux faire ça juste *une seconde* ?
Silence.

— Je suis désolée, dit Kate.

— C'est pas grave, soupira-t-il.

— Je... Je n'aurais pas dû tirer des conclusions hâtives.

— Laisse tomber. Mais il faut que tu gardes ça pour toi, d'accord ?

— Je te demande pardon.

— Tu m'écoutes ou pas ? Ça m'est égal, ce que tu as pu penser de moi, mentit-il. Promets-moi que tu ne diras rien à papa et maman.

— Ils ne sont pas au courant ? Il faut leur dire.

— Ça ne servirait à rien, à part les faire flipper.

— Et moi, tu crois que ça ne me fait pas flipper ?

— C'est bon, ça va s'arranger. Promets-moi que tu ne vas pas leur dire.

— Je crois que ce serait mieux de...

— Je me fous de savoir si tu trouves que ce serait mieux. D'accord ? *Promets-moi*.

— Je te promets, dit Kate.

— Bien. Merci. Maintenant va chercher ton trombinoscope. Elle s'appelle Cove en fait.

Il l'entendit traîner l'escabeau, respirer bruyamment, tourner les pages.

— Non, j'hallucine, finit-elle par dire tout doucement.

— Elle y est ?

— Elle y est.

— C'est quoi, son prénom ?

— Carmen.

Kate laissa tomber le combiné, le récupéra.

— Elle est là, oui. Maintenant je me souviens d'elle. La vache, qu'est-ce qu'elle a changé !

— Changé comment ?

— À l'époque elle avait cette... cette coiffure de gouine. Elle était tout le temps en salopette. Je pensais qu'elle était lesbienne.

— Tu peux m'envoyer une copie de la page ?

— Jonah...

La voix de Kate s'était voilée.

— ... Jonah... Ça ne peut pas être elle...

— Pourquoi ? Qu'est-ce qu'il y a ?

— Cette fille... Elle a été... Elle a quitté le campus après la mort de sa colocataire. Jonah, sa coloc est morte assassinée.

Bien que Kate ait toujours été la femelle alpha du campus – connaissant tous les visages et les ragots fondamentaux sur chacun –, en l'occurrence la seule chose dont elle réussit à se souvenir fut :

— C'était dans le journal.

Les archives en ligne du *Yale Daily News* livrèrent une série d'articles, dont le premier était daté du 20 novembre 1992.

DISPARITION INQUIÉTANTE D'UNE ÉTUDIANTE EN LICENCE

NEW HAVEN. – La police a déclaré hier n'avoir aucune information après la disparition d'une étudiante de la résidence Calhoun.

Marisa Ashbrook a été vue pour la dernière fois alors qu'elle quittait sa chambre sur le campus lundi soir. Elle a dit à ses colocataires qu'elle se rendait à une fête. On est sans nouvelles d'elle depuis.

« Nous traitons cette affaire comme toute disparition inquiétante, a indiqué le commissaire de la police de New Haven, M. Paul F. Reed. Nous allons mener l'enquête avec toutes les ressources dont nous disposons. »

M. Reed a tenu à préciser que les enquêteurs n'avaient pas pour l'instant éliminé l'hypothèse qu'Ashbrook ait pu quitter le campus de son plein gré. « La police est en contact avec la famille », a-t-il ajouté.

L'article suivant, une semaine plus tard, rapportait que les amis de Marisa Ashbrook et ses camarades de l'équipe féminine de natation avaient prévu une veillée aux chandelles.

Dans un troisième article, juste avant les vacances de Noël, le journaliste couvrant l'affaire prenait des accents élégiaques. Les réussites sportives de Marisa étaient acclamées par ses pairs, qui se souvenaient aussi de son sourire radieux et de son charmant accent du Midwest. Son ex-petit copain disait d'elle que c'était « la personne la plus gentille au monde ».

Le rédacteur en chef avait dû ensuite ordonner à son équipe de s'occuper de choses plus concrètes car Marisa avait disparu des manchettes jusqu'à la première semaine de mars, quand un groupe de randonneurs avait repéré un bras dépassant d'un talus de neige en train de fondre.

LA POLICE IDENTIFIE L'ÉTUDIANTE DISPARUE

NEW HAVEN. – La police a confirmé aujourd'hui que le corps découvert dans une zone rurale du New Hampshire était bien celui de l'étudiante en licence disparue en novembre dernier.

Le corps de Marisa Ashbrook, vingt ans, a été identifié grâce à sa dentition.

Ashbrook, membre de l'équipe féminine de natation, a été vue pour la dernière fois il y a trois mois, alors qu'elle quittait sa chambre à la résidence universitaire de Calhoun pour se rendre à une fête.

« C'est une tragédie pour toute la communauté de Yale, a déclaré le président de l'université, Richard C. Levin. Nous adressons nos sincères condoléances à la famille Ashbrook. »

Même si le bureau du médecin légiste du comté de Grafton (NH) doit encore qualifier d'homicide la mort d'Ashbrook, sur place la police a déjà commencé ses investigations, en collaboration avec les services du shérif du comté de New Haven, a fait savoir un porte-parole du bureau du shérif.

Parce que le corps d'Ashbrook a été retrouvé dans un autre État que le Connecticut, le porte-parole a ajouté que...

Les archives des journaux locaux affichaient toutes la même photo : des cheveux blond sale, un visage rectangulaire, un coûteux appareillage orthodontique qui avait dû faire de l'identification du corps un jeu d'enfant. Jonah était sûr que ses parents pleuraient sur ça : ses bagues. Et son uniforme de l'école primaire. Son argent de poche, sa première voiture, sa robe de bal pour le gala de fin d'année. Ses maladies infantiles, ses entraînements de natation le soir. Son père était avocat fiscaliste à Chattanooga. Un autre article la décrivait comme une jeune athlète prometteuse, même si tout ce qu'il avait lu par ailleurs indiquait qu'elle était plutôt moyenne. Demi-finaliste au championnat du comté. Une jeune fille parfaitement sympathique et intelligente.

Puis il tomba sur un blog intitulé *Les Obscures Forces du mal et autres trucs gore*. L'auteur, tel que décrit sur la page À PROPOS du site, était un thésard en économie au Massachusetts Institute of Technology et un criminologue du dimanche qui aimait se pencher sur les vieilles affaires oubliées. Son analyse du meurtre de Marisa Ashbrook était détaillée et macabre. Comme le corps avait séjourné sous la neige pendant presque quatre mois, écrivait-il, il était à peine décomposé.

Alors pourquoi ont-ils eu besoin d'un relevé dentaire pour procéder à l'identification ? Parce qu'avant de se débarrasser du corps, le tueur l'avait sérieusement amoché. Elle avait été entièrement écorchée.

Il n'y avait pas de suspect.

Mercredi 8 décembre 2004
PÉDOPSYCHIATRIE, DEUXIÈME SEMAINE

Belzer lui avait fait comprendre que les flics n'avaient pas envie de se déranger pour une violation d'ordonnance de protection temporaire ; à moins d'un crime passible de poursuites judiciaires, laisse tomber. Jonah fit donc de son mieux pour dépeindre au fonctionnaire de police du commissariat de son quartier un tableau global du comportement d'Eve/Carmen. Bien que la tentation fût grande de parler de Marisa Ashbrook, il était conscient que prétendre avoir résolu un meurtre vieux de dix ans serait interprété comme un signe infaillible de dinguerie, aussi s'appliqua-t-il à respirer la *rationalité,* évacuant à intervalles réguliers des pelletées de panique de taille *raisonnable* sous la forme de petits rires nerveux.

La tactique avait dû marcher car il reçut dans l'heure la visite de deux flics en uniforme : un costaud au teint basané et une femme aux seins avachis et au regard gentiment bovin. Ils se présentèrent respectivement sous les noms de Degrassi et Villanueva.

— Je vous connais, déclara Degrassi. Superdoc.

Ils interrompirent le récit de Jonah en lui promettant de se pencher sur la question.

— Rappelez-nous si elle vous embête encore, dit Villanueva en lui tendant sa carte.

— C'est la meilleure chose à faire, approuva Belzer. Tu les laisses gérer.

— Mais je dois *attendre* qu'elle fasse quelque chose.

— Bienvenue à New York.

Manquant de vêtements propres, il retourna ce soir-là à l'appartement. À sa grande surprise, Lance s'y trouvait aussi. Depuis deux jours.

— Tu m'avais dit que tu allais squatter chez Ruby, fit Jonah.

— Je t'ai menti, mec. J'en avais marre de ne pas avoir mes affaires.

— Ce n'est pas prudent de rester ici.

— Alors pourquoi tu es revenu ?

— Je viens juste prendre quelques chaussettes et je repars. Et toi aussi.

— Mec, je suis complètement d'accord.

— Tu te fous de ma gueule, rétorqua Jonah. Tu avais déjà dit ça la première fois.

— C'est parce que je ne te croyais pas.

— Et maintenant tu me crois ?

Lance hésita.

— Je vais te dire un truc, mais tu n'as pas le droit de te fâcher.

— Quoi ?

— Promets-moi que tu ne vas pas te fâcher.

— Je ne sais pas si je ne vais pas me fâcher. C'est possible.

— Alors je ne peux pas te le dire. Il me faut l'immunité.

Jonah soupira.

— OK, d'accord.

Ils allèrent dans la salle de montage, où Lance alluma son installation vidéo.

— Je suis tombé là-dessus aujourd'hui en visionnant des archives pour le deuxième volume des meilleurs moments de mon egomentaire.

Il ouvrit son logiciel de montage, sélectionna un média, appuya sur la barre espace. Un plan du salon s'afficha à l'écran, daté du 29/11/04 19:13.

— C'est le soir où on est partis, indiqua-t-il.

Il fit défiler la suite en accéléré, l'horloge avançant par soubresauts jusqu'à 21:00. Il relança alors la lecture.

C'était toujours le même plan qu'avant, statique.

— Je ne..., commença Jonah.

— Regarde.

À 21:01 on entendait un fracas étouffé. À cause de l'angle de la caméra, Jonah ne pouvait pas savoir exactement d'où il venait. De l'escalier de secours ? Ils avaient remis les meubles à leur place avant d'abandonner le navire.

Eve entra dans le champ.

— Merde, souffla Jonah.

Elle déambula dans le salon sans toucher à rien. Pendant plusieurs minutes, elle resta plantée à la fenêtre, près du canapé.

— Je me demande bien ce qu'elle peut regarder de si intéressant, fit remarquer Lance.

— Moi, je sais, répondit Jonah.

Le musée des petites faiblesses humaines.

À 21:10 elle ressortit du champ.

— Je ne comprends pas, réfléchit Jonah à voix haute. La fenêtre...

— N'est pas cassée, c'est ça ? Regarde.

Lance prit la télécommande et régla l'avance rapide pour sauter de minute en minute. La silhouette d'Eve traversa plusieurs fois l'écran en trombe, quittant définitivement la pièce à 23:48.

— Elle est repartie par où elle était entrée.

— Non, rectifia Lance. Elle est partie *de ce côté*. Elle dort dans ta chambre, mec.

L'horloge défila à toute allure : 07:00, 08:00, 08:15.

Eve réémerge, son téléphone portable à l'oreille. Elle dit quelque chose qui ressemble à...

— Elle donne notre adresse, là, ou quoi ?

Nouveau bond en avant jusqu'à 09:58. On frappe à la porte. Eve – qui est restée couchée par terre pendant deux heures – se lève pour ouvrir à un homme en combinaison de travail. Ils sortent du champ tous les deux, en direction de l'escalier de secours. À 10:29 il quitte l'appartement.

— C'était qui, ce mec ? demanda Jonah.

— Tu vas bientôt le savoir.

À 11:22 Eve s'allonge pour faire un somme. À 14:47 elle se relève.

L'homme en combinaison est de retour. Avec un ami. Ils trimbalent un truc de la taille d'une affiche, enveloppé dans du papier kraft. Ils l'emportent hors champ. Bruits de perceuse. Quarante-cinq minutes plus tard, ils repartent. Eve traverse la pièce munie d'un balai. À 16:06 elle sort par la porte d'entrée, et le plan redevient statique.

— Leçon numéro 1, dit Lance. Si besoin est, on peut faire changer une fenêtre dans la journée.

— Je croyais que tu n'étais pas censé avoir de caméra dans le salon, commenta Jonah.

— Euh..., fit Lance avec un sourire penaud. Immunité ?

— Elle est où ?

— Mec, j'ai...

— *Où ?*

Du dessus d'un placard de la cuisine dépassait un objectif vidéo à peine visible. Jonah l'attrapa : un corps carré monté sur un bras articulé, avec un œil au bout.

— Passe-moi le téléphone, putain.

Il composa le numéro de l'officier Villanueva.

— Tu ne bouges pas d'ici, dit-il à Lance qui essayait de s'éclipser furtivement.

Villanueva écouta les dernières informations et promit de le rappeler le lendemain pour pouvoir jeter un œil aux images.

— Je suis désolé, mec.

— Tu ne remets pas les pieds dans cet appart, rétorqua Jonah. Jusqu'à ce que je t'y autorise. Compris ?

Lance opina du chef.

— Tu as pris tout ce qu'il te fallait ?

Nouveau hochement de tête.

— Parfait.

Alors il lui balança un coup de poing dans le plexus solaire et Lance s'écroula au sol en suffoquant.

— *Meeeeec.*

— Allez, viens, on y va, dit Jonah en le secouant du bout de sa chaussure. C'est dangereux par ici.

Chapitre 30

Vendredi 10 décembre 2004

PÉDOPSYCHIATRIE, DEUXIÈME SEMAINE

Alors qu'ils attendaient derrière la porte à laquelle Yvette venait de toquer, Jonah éprouva comme un sentiment de déjà-vu : le couloir toujours aussi froid, la télé à fond. Adia apparut dans le même jean moulant que la fois précédente, par-dessus lequel elle avait enfilé un peignoir miteux. Tremblante, en sueur, elle serrait le bébé Marquise contre elle, ignorant à la fois Jonah et Soleimani pour concentrer ses foudres sur l'assistante sociale.

— J'ai appelé le type que vous m'avez dit, il a rien fait.

Elle continua à engueuler Yvette pendant que Jonah et Soleimani pénétraient dans l'appartement.

DeShonna était assise par terre en tailleur, les cheveux coiffés en deux nattes bien régulières. Elle les accueillit en se tournant aussitôt vers le mur.

— Alors, on t'a manqué ? lança Jonah.

Elle fit non de la tête.

— Ouais, reprit-il, si j'étais toi, je ne me serais pas manqué non plus.

Il leur fallut un moment pour réussir à ce qu'elle daigne les regarder... sans parler de leur répondre. Soleimani parvint à lui arracher que sa tante n'était pas rentrée depuis une semaine et qu'Adia avait pris les commandes.

— Elle est où, ta tante ? demanda le psychiatre.

— Partie.

— Elle n'a pas dit où elle allait ?

DeShonna le dévisagea en ayant l'air de trouver sa question parfaitement débile.

Dans la pièce à côté, Adia haussa le ton de plusieurs crans : *J'en ai rien à battre ! Rien à battre !*

— Si tu as quelque chose à nous dire, ajouta Soleimani, on est là pour t'écouter.

— J'ai pas envie, rétorqua la gamine en fixant Jonah.

— Tu sais quoi ? suggéra le psy. Je vais aller voir comment ça se passe avec Yvette.

Il lança un clin d'œil à Jonah et ferma la porte derrière lui, atténuant les éclats de ce qui était maintenant devenu une dispute en bonne et due forme.

— Elle parle trop fort, commenta DeShonna.

— Tu t'entends bien avec elle ?

— Je la déteste, dit-elle en se mouchant d'un revers de manche. Je voudrais qu'elle meure.

— Tu m'as l'air de souhaiter la mort de beaucoup de gens, dis donc.

Hochement de tête.

— Est-ce qu'elle fume quand tu es là ?

— Ouais.

— Il n'y a pas un autre endroit où tu pourrais aller quand elle est comme ça ? Chez des amis ?

DeShonna haussa les épaules.

— Je suis ici parce que je me fais du souci pour toi, tu sais. Les autres aussi. On est tous revenus exprès pour te voir. Ça fait trois personnes qui pensent beaucoup à toi. Peut-être que ça ne se voit pas, mais je te promets, j'ai pensé à toi toute la semaine.

— Ouais, *c'est ça*.

— Tu crois que c'est pour m'amuser que je monte dans cet ascenseur qui pue ?

Elle esquissa un demi-sourire : elle lui donnait un A d'encouragement.

— Je préférerais aller fourrer mon nez entre les fesses d'un singe, renchérit Jonah.

— Peut-être que tu devrais essayer.

— Peut-être bien, oui.

— Peut-être que tu devrais le faire tout de suite.

— D'accord. Mais toi aussi alors.

— *Non !*

— Ça te ferait du bien, si ça se trouve. Il fait doux et chaud entre les fesses d'un singe.

— Beurk, non, répliqua-t-elle en rigolant. Va te faire foutre.

— Tu as du vocabulaire, dis-moi. Je suis sûr que tu pourrais m'apprendre un tas de mots.

— C'est clair.

Apparemment, Yvette avait touché un point sensible parce que, après avoir dit au revoir pour aujourd'hui à DeShonna, Jonah trouva ses deux collègues sous le feu de la mitraille. Adia alternait des vociférations hystériques sur les services sociaux et des quintes de toux qui lui faisaient cracher ses poumons dans une serviette en papier. Yvette avait beau tenter de lui expliquer qu'elle ne travaillait pas pour l'aide sociale à l'enfance mais pour l'hôpital, Adia la traitait de sale pipoteuse et Soleimani de terroriste tout en agitant le bébé en l'air comme une baguette magique. Elle les poursuivit de ses hurlements jusque sur le palier :

— Ouais, c'est ça, cassez-vous !

Elle les accompagna dans l'ascenseur, sortit de l'immeuble et traversa la cour avec eux en leur lançant des épithètes à la figure. Jonah s'inquiétait qu'elle reste dans le froid avec le bébé, une préoccupation que ne semblaient partager ni Yvette ni

Soleimani, qui préféraient battre en retraite le plus vite possible.

Il était 20 heures quand il arriva, après force détours, à la porte de la résidence universitaire. Le gardien était ivre, comme d'habitude ; il demanda à Jonah d'une haleine épicée ce qu'il voulait pour Noël.

— Euh... je... je ne sais pas encore.

Il avait du mal à trouver sa pièce d'identité dans son sac.

— C'est bon, c'est bon, lui répondit le type en lui faisant signe d'entrer.

— Merci.

— Hé ! l'interpella le gardien en le retenant par la manche. Vous n'avez pas répondu à ma question.

Jonah jeta un coup d'œil anxieux vers le bout de la rue : personne. Le trottoir était dégagé tout du long, à part un tas de sacs-poubelle et une table de nuit disloquée qui bloquaient l'entrée de service de l'immeuble.

— Il faut vraiment que je monte.

— Est-ce que je vais devoir vous tordre les couilles ?

Visiblement, c'était *le* jour pour se faire emmerder par des junkies et des ivrognes.

— Je voudrais un périscope, lâcha Jonah.

— Un *quoi* ?

— Vous chercherez dans le dico.

Une fois là-haut, il rappela l'officier Degrassi qui lui avait laissé un message.

— Nous avons eu Mlle Cove au téléphone dans l'après-midi. Elle dit qu'elle ne voit pas de quoi on parle. On lui a demandé de vous laisser tranquille.

— C'est tout ?

— Je crains qu'il n'y ait pas grand-chose d'autre à faire pour le moment.

— Mais la vidéo...

— L'officier Villanueva et moi ne pensons pas qu'il soit opportun de donner suite à cet élément. Mlle Cove nie avoir été dans votre appartement et…

— Elle est sur les images.

— Écoutez, je comprends votre point de vue, mais réfléchissons deux minutes. Je n'ai pas vu cette vidéo, mais imaginons qu'elle montre effectivement ce que vous dites. Cette jeune femme vous a cassé une fenêtre et l'a fait réparer. Elle ne vous a rien volé, elle ne vous a pas agressé physiquement.

— Pas encore.

— À l'heure actuelle rien ne nous permet de penser qu'elle va le faire.

— Elle s'est introduite chez moi *en mon absence*, insista Jonah.

— Exactement. Donc, de toute façon, elle ne pouvait rien vous faire. Et… attendez un peu… Elle, elle dit que vous *étiez* là.

— Que *j'étais* là ?

— Elle dit que vous l'attendiez dans la chambre.

— C'est faux !

— Vous avez les moyens de le prouver ?

— Écoutez, reprit Jonah. Peu importe si j'étais là ou pas, on n'est pas au trib… Et d'ailleurs, oui, je peux le prouver. Je loge chez un ami, il pourrait…

— Je comprends votre frustration, mais nous n'allons pas donner suite, d'accord ? J'essaye de vous aider, là. Elle n'a pas de casier judiciaire, elle a un travail et elle avait l'air parfaitement normale quand nous l'avons eue au téléphone.

— Quand elle vous parle à *vous*, peut-être. Mais c'est ça que vous ne comprenez pas : la façon dont elle se comporte avec moi est…

— Je ne vais pas l'arrêter, assena Degrassi. Parce que si je le faisais, on la relâcherait aussitôt. Vous écoutez ce que je vous dis ? Elle sera sortie le lendemain. C'est peut-être une emmerdeuse, je vous l'accorde, mais ce n'est pas une raison pour la coffrer. Il y a des gens qui sont des emmerdeurs par nature et on n'y peut pas grand-chose. Si elle continue à vous importuner, passez-nous un coup de fil. Si elle fait quoi que ce soit pour vous menacer…

— C'est déjà fait !

— … *physiquement*, pour vous menacer physiquement… ou verbalement… et que c'est *crédible*, dans ce cas rappelez-moi.

Jonah ne dit rien.

— Ça vous va comme ça ? reprit Degrassi. Allez, bonne soirée.

— Attendez ! Vous dites qu'elle a un travail ?

— Ouais.

— Je peux vous demander où ?

Le policier laissa échapper un soupir.

— Je ne vais pas aller lui chercher des noises, promis. C'est juste que… par curiosité. Je ne savais pas qu'elle avait un boulot.

Degrassi gloussa.

— Eh ben, vous allez tomber de votre chaise quand je vais vous dire ce que c'est.

La très chic école maternelle privée dans laquelle Carmen Cove enseignait se trouvait dans l'Upper East Side, à quatre cents mètres du campus du CHU-Nord.

— Un de ces endroits où ils font passer des tests d'admission aux gamins avant de les inscrire, ajouta Dcgrassi.

Jonah eut du mal à se concentrer sur ses cours ce soir-là, son attention sans cesse déviée par le fait de savoir que, où qu'il soit, au travail ou à la maison, Eve n'était jamais à plus de trois kilomètres de distance. Il n'avait aucun plan d'action, aucun recours légal ; il était à sa merci.

Pour se calmer, il pensait à DeShonna. On pouvait toujours trouver plus malheureux que soi.

Samedi 11 décembre 2004

— Je prends l'avion dans une semaine pile, dit George. Le transfert jusqu'au bateau est compris. Mon vol est à 6 heures, il faut que je parte pour l'aéroport vers 4 heures et demie. Si tu peux être là à midi, comme ça je te donne toutes les consignes. On sera le… le 18. Tu t'es organisé pour…

— Oui.

— Parfait. Parfait.

Jonah entendit un déclic, se demanda si George avait raccroché.

— Jonah ? Juste une question. Tu fais quoi ce soir-là ?

— Quel soir ?

— La veille, le vendredi. Le 17.

— Je serai à Manhattan.

— À faire quoi ?

À flipper.

— À faire ce que j'aurai envie de faire.

— D'accord. Parce que je me demandais si tu ne pouvais pas venir ici.

— Ah, tu te demandais ça ?

— Tu penses que ce serait possible ?

— Ce n'était pas dans les dates que…

— Je sais, je sais. Mais si tu pouvais regarder ton planning et me dire… Disons que si c'était possible, ça m'arrangerait.

— Tu ne pourras pas embarquer en avance.

— Je pensais que ça aurait pu être utile de… de t'intégrer. Comme ça, si tu as des questions de dernière minute, je serai là pour y répondre.

— Tu n'as qu'à me dire maintenant tout ce que tu veux me dire.

— C'est au cas où tu aurais des questions.

— Eh ben, je te les poserai le jour de ton départ. Je ne vois pas l'utilité de venir plus tôt si…

— D'accord, tant pis. Si ça te va comme ça, ça me va. Si c'est possible pour toi de venir la veille, je te demande d'y réfléchir. Parce que tu crois peut-être connaître la maison, mais il y a toujours des choses auxquelles on ne pense pas, et puis sans doute des courses de dernière minute. Tu comprends ? Ou par exemple si je voulais sortir grignoter un truc quelque part.

— Quand ça ?

— Ce soir-là, le vendredi. Je voulais dîner dehors.

Ayant fait une croisière en famille dans les Caraïbes, Jonah savait pertinemment que les paquebots de luxe transportaient la moitié de leur tonnage en nourriture : de quoi alimenter les dîners à thème, les desserts flambés surprises, le choco-buffet de minuit. Vous n'aviez pas besoin d'un dernier repas pour tenir la semaine.

— Tu veux aller dîner avec Louise.

— C'est notre anniversaire, acquiesça George.

Jonah n'était même plus surpris par ce mélange dissonant d'empathie et de colère. C'était comme ça que marchait le monde.

— Je vais réfléchir, dit-il.

Dimanche 12 décembre 2004

Il se leva tard. Vik était déjà parti pour profiter de sa journée de récup ; Mike et Cutler étaient sortis faire leur jogging matinal. Jonah explora la cuisine, parvenant à dénicher un reste de riz précuit, de la sauce de soja et un bouillon-cube. Il décida de se préparer une version austère du petit déjeuner japonais traditionnel. Alors qu'il cherchait une passoire sous l'évier, il entendit la chasse d'eau au bout du couloir.

— Y a quelqu'un ? cria-t-il.

— Mike ? lui répondit une voix féminine.

— C'est Jonah.

Deanna, la petite amie de Vik, apparut dans la cuisine.

— Hé, salut, dit-elle, je ne savais pas que tu étais là.

— Je squatte ici pour quelque temps.

Il s'attendait à devoir lui fournir des explications, mais elle n'avait pas l'air d'en vouloir. Elle resserra la ceinture de son kimono et l'embrassa sur la joue.

— Ça fait plaisir de te voir. Quelle heure il est ? La vache, je viens juste de me réveiller. Tu veux du café ?

— Moi non plus, je ne savais pas que tu étais là.

Deanna ouvrit un placard et fit la grimace.

— Berk ! Je suis rentrée de Hong Kong par un vol de nuit, je suis arrivée à 7 heures. Vik n'est pas au courant, je suis venue directement de l'aéroport. Il y a du café quelque part dans cette maison ?

— Tu as fait bon voyage ?

— Atroce. Mais je vais récupérer huit mille *miles* en plus sur ma carte de fidélité, avec ça j'explose le plafond. Je dois pouvoir me payer un aller-retour sur la lune avec toute ma famille et le chien. Et puis, sur Cathay Pacific, quand tu voyages en business, tu as le droit à plein de petits cadeaux.

Deanna Girardeau était un pur produit du retour en grâce qu'avaient connu les années 1950 au milieu des années 1990 : les robes à ceinture qu'elle portait mettaient en valeur sa silhouette curviligne, et des cosmétiques drastiques donnaient à son visage en cœur un éclat noir et blanc dont l'élégance classique était un défi lancé aux trois cents millions de couleurs du monde moderne. Ses cheveux étaient tirés en arrière et maintenus avec des baguettes chinoises ; le vernis à ongles de ses orteils d'un violet très vamp.

— Je crois qu'on va devoir se replier chez Starbucks. Tu viens ?

— Bonne idée.

Il lui fallut une demi-heure pour se maquiller, arranger sa frange, s'agrandir les yeux à l'aide de mascara et d'un crayon gras, s'épaissir les lèvres en rouge cerise.

— Très Gwen Stefani, commenta Jonah.

— Je pensais plutôt Jayne Mansfield, rétorqua-t-elle, mais soit.

Ils se munirent de parapluies. Le gardien – toujours pas dessoulé – les gratifia d'un rot et d'un salut militaire alors qu'ils sortaient de l'immeuble. Quelques mètres plus loin, Deanna sourit en l'entendant la siffler.

Tout en sirotant son café, elle parla de son travail à Jonah. Elle détestait son boulot, mais elle faisait le bon petit soldat.

— C'est moi qui l'ai choisi, disait-elle, je suis libre de mes mouvements.

Comme ils repartaient, le vent retourna le parapluie de Deanna, brisant deux des baleines. Jonah l'abrita sous le sien pendant qu'elle attendait un taxi pour aller faire ses courses de Noël. Ils se tenaient hanche contre hanche et elle s'agrippait d'une main au dos de sa veste : après tous ses efforts, elle ne voulait surtout pas abîmer sa coiffure.

Un taxi ralentit à leur hauteur et Jonah lui ouvrit la portière.

— Tiens, dit-il en lui donnant son parapluie.

— Tu es sûr ?

— Mademoiselle, brailla le chauffeur, vous êtes en train de mouiller ma banquette.

— Tu es un amour, répondit-elle à Jonah en lui écrasant un baiser sur la joue qui lui laissa une marque sanglante.

Il remonta son col et se dépêcha de rentrer. Il n'avait pas mis le nez dehors depuis vingt-quatre heures et voilà qu'il était trempé. Arrivé là-haut, il étendit ses vêtements mouillés dans la baignoire.

Chapitre 31

Lundi 13 décembre 2004

PÉDOPSYCHIATRIE, TROISIÈME SEMAINE

Il s'attendait à ce que cette dernière semaine en pédopsy lui procure des sentiments mélangés : le regret de ne pas pouvoir continuer à suivre le cas de gamins auxquels il s'était attaché ; le soulagement d'arriver à la fin du semestre ; une certaine fierté du chemin parcouru.

Il ne s'attendait pas à être brutalement exfiltré du service à 11 heures du matin par un homme qu'il n'avait jamais vu de sa vie. Ni à ce qu'on l'emmène dans le bureau de Soleimani et qu'on le fasse asseoir. Ni à s'agiter sur sa chaise comme s'il avait une tarentule coincée dans l'*Agnès*. Il ne s'attendait pas à devoir se défendre.

— Vous devez être bien conscient des enjeux juridiques, résuma le psychiatre.

L'homme assis à sa gauche hocha la tête.

— Je suis votre responsable, Jonah, je suis donc obligé de vous demander sans détour s'il y a un quelconque fondement à...

— *Non*.

— D'accord..., fit Soleimani en s'épongeant le front avec son mouchoir. Je vous pose la question, c'est tout.

— Le simple fait que vous ayez besoin de… Toute cette histoire est…

— Je vous crois, dit Soleimani. Tout le monde vous croit. Il y a une présomption d'innocence.

Il jeta un coup d'œil vers l'autre type avant d'ajouter :

— Je comprends ce que vous devez ressentir.

— Ah oui ?

— Pas… non. Mais je *compatis*. Vous devez un peu avoir l'impression d'être passé au microscope.

— Exactement.

— Et je peux le comprendre.

— Quand est-ce qu'elle a appelé ?

— Ce matin.

— Et qu'est-ce qu'elle a dit ?

Soleimani semblait chercher de l'aide du regard.

— Je… Je ne suis pas sûr qu'il faille en discuter.

— Non mais vous rigolez ? Vous ne pouvez pas être là à m'accuser de…

L'homme assis à la gauche du psychiatre, le Dr Pierre, directeur de la vie étudiante, croisa ses mains veineuses sur son genou et dit :

— Personne ne vous accuse de quoi que ce soit. Nous cherchons simplement à établir la véracité, ou pas, des allégations de Mlle Hutchins. Nous essayons de tirer cette affaire au clair. Vous avez tout intérêt à coopérer.

— Vous étiez avec moi tout du long, fit remarquer Jonah à Soleimani.

— C'est presque vrai, mais pour être parfaitement honnêtes, nous devons nous souvenir que…

— Non mais c'est une *blague* ?

— … que je n'étais pas avec vous exactement *tout* du long.

— Vous *plaisantez* !

— Dix minutes, indiqua le médecin. Sans surveillance. La porte était fermée.

— Putain, mais je *rêve* !

— Calmez-vous, Jonah, s'il vous plaît, intervint le Dr Pierre.

Pièce surchauffée ; des acariens dans la moquette ; des étagères croulant sous les bouquins sur le développement de l'enfant ; les murs tapissés de diagrammes aux courbes grêles, de bibliographies, d'IRM du cerveau. Soleimani refusait de croiser le regard de Jonah, préférant jouer avec un ressort vert géant sur son bureau ou triturer les presse-papiers qui retenaient le manuscrit non relié du *Manuel de la détection et de l'intervention précoce*, éd. S.I. Soleimani, docteur en médecine, chercheur en santé publique.

De toutes les phrases que Jonah avait envie de dire, il n'en trouvait aucune qui ne puisse être aussitôt détournée par une interprétation malveillante.

Je veux travailler avec les enfants.

C'est la première fois qu'on m'accuse d'une chose pareille.

Je demande à parler à mon avocat.

Il paraissait presque plus simple de sortir le drapeau blanc : il comprenait ; bien sûr ; la responsabilité administrative, tout ça, oui, bien sûr. Pour la première fois de sa vie il avait une vague intuition de ce qui pouvait pousser les gens à avouer des crimes qu'ils n'avaient pas commis. Vivre avec des certitudes, si épouvantables soient-elles, recelait de sérieux avantages par rapport au supplice qu'il était en train d'endurer. Et encore, ça ne faisait jamais que dix minutes.

— J'ai demandé à Mlle Hutchins de venir pour que nous puissions en discuter tous ensemble, expliqua le Dr Pierre.

— Et DeShonna, qu'est-ce qu'elle a dit ? rétorqua Jonah. Demandez-lui, elle vous dira la vérité.

— Je vais lui parler, répondit Soleimani, dès que...

— Demandez-lui. Appelez-la tout de suite. *Demandez-lui*.

— Je crois qu'on a tous besoin de respirer un bon coup, suggéra le Dr Pierre.

— Cette histoire risque de ruiner ma carrière, vous croyez que ça va passer en *respirant* un coup ?

— Un problème comme celui-ci..., commença le psychiatre.

— Je ne suis pas un problème.

— Je suis sûr que non, approuva le Dr Pierre. Tout ça va se régler très vite. En attendant, je vous propose de rentrer chez vous pour aujourd'hui. Le Dr Soleimani vous contactera sitôt que nécessaire et nous pourrons tous nous remettre au travail.

— Et mon examen ? s'enquit Jonah.

— Pardon ?

— Je suis censé passer l'examen final de psychiatrie vendredi prochain.

— Dans l'immédiat, occupons-nous de résoudre cette affaire. Vous passerez l'examen en temps voulu.

En sortant, le Dr Pierre laissa la porte entrouverte. Soleimani se leva pour aller la fermer.

— Je suis désolé pour tout ça, dit-il.

Jonah ne répondit pas.

— Si ça peut vous rassurer, je pense toujours que ma première impression de vous était la bonne, ajouta-t-il en faisant le tour de son bureau pour s'asseoir sur le bord.

— Youpi, génial.

— Je cherche à vous aider, insista le psychiatre, sourcils froncés.

— Dans ce cas, faites-moi confiance.

— Je vous fais...

— Vous allez croire sur parole une ado défoncée que même DeShonna *déteste* ? Ce n'est pas le coup le plus classique du monde ?

— Est-ce que vous m'entendez vous contredire ? Nous, l'hôpital, le service, en tant qu'institution, avons un devoir de prudence. Le plus petit soupçon de geste déplacé... Vous devez comprendre, la presse, tout ça. Mettre en doute la parole de la victime...

— Il n'y a pas de *victime*, s'enflamma de nouveau Jonah. C'est juste une *tierce personne*.

— D'accord, mais vous voyez bien qu'une fois que le train se met en marche, peu importe de savoir qui est coupable... Et je ne dis pas que vous l'êtes, OK ? Je ne dis pas ça. Les gens balancent de la boue. Ils ne prennent pas le temps de réfléchir. Ils présument, et ça vous porte préjudice, à vous comme à nous.

— Ça *porterait* préjudice, rectifia Jonah, s'il y avait la moindre chance que ce soit vrai. Il n'y en a aucune.

— La *perception*, la façon dont les gens voient le... et, et OK, OK, je sais que vous ne...

— Non. Non. Non. Non.

— ... laissez-moi... laissez-moi vous poser une question : vous êtes d'accord qu'on fait du bon boulot ici. Pas vrai ? Et vous êtes d'accord qu'il est important qu'on puisse continuer à le faire. Personne d'autre ne s'occupe de ces populations avec autant de professionnalisme et de compétence. Vous avez vu dans quelles conditions vit cette gamine. Notre programme est un refuge. On ne peut pas risquer de le mettre en danger, soit en salissant notre réputation, soit en... Si le problème était vrai... Je vois que vous vous énervez encore.

Jonah secoua la tête.

— C'est n'importe quoi.

— Hypothétiquement. *Si* le problème était vrai, vous seriez d'accord que l'enjeu irait bien au-delà de vous et de votre carrière. Oui ou non ?

— Ouais. Peut-être. Peu importe.

— Non. Pas *peu importe*. C'est un sérieux… Écoutez, confia Soleimani en se penchant en avant. Il se trouve que ce n'est pas la première fois que notre service est confronté à un problème de ce genre.

Jonah ne dit rien.

— Je ne veux pas m'étendre sur le sujet avec vous, parce que ça remonte à très, très loin, mais je vous assure que la *dernière* chose dont cet établissement a besoin, c'est d'un autre pédophile parmi ses équipes.

— Je ne suis pas *pédophile* !

— Bien sûr que non, se reprit Soleimani. Bien sûr.

Comme on le lui avait demandé, il quitta l'hôpital, ratant son TP de l'après-midi.

Ne vous torturez pas avec ça, Jonah, nous allons tirer cette affaire au clair en moins de temps qu'il n'en faut pour dire ouf.

Il était tenté d'aller directement à la cité HLM, de trouver Adia Hutchins et de la traîner de gré ou de force jusqu'au CHU. Ou, mieux, de revenir avec DeShonna elle-même. Elle le vengerait. Si le Dr Pierre avait envie de gober une histoire à dormir debout, grand bien lui fasse. Jonah l'attaquerait en justice. Diffamation. Harcèlement moral. Avec préméditation. Il pourrait engager Roberto Medina.

Il descendit Madison Avenue juste au moment où la cloche sonnait la fin des cours dans les lycées du quartier. Il s'amusa à classer les gamins qui sortaient par tenue vestimentaire et attitude : mixité et pantalons en velours côtelé à l'Hunter College High School ; anorexiques en collants foncés et blouses bleu ciel dans les boîtes privées, qui dévalisaient les épiceries du coin de Coca Light et petits pois au wasabi. Ceux qui engloutissaient des parts de pizza, téléphone portable à l'oreille ; ceux qui comparaient leurs profs particuliers et crachaient sur leurs profs officiels.

La dernière chose dont cet établissement a besoin...

Au cours de sa première année, comme tous ses petits camarades, il avait contracté le Syndrome de l'Étudiant en Médecine. S'il avait mal aux pieds après avoir passé la journée debout en TP d'anatomie, il avait la goutte. S'il sentait des élancements dans la tête et la nuque après des heures penché sur un manuel scolaire, il avait une méningite, la dengue, une tumeur cérébrale.

À présent voilà qu'il se mettait à faire pareil, sauf que les anomalies qu'il détectait étaient mentales plutôt que physiques. Et si DeShonna pensait *réellement* qu'il lui avait fait quelque chose ? Il ne voyait pas bien comment, mais son cerveau était en surchauffe totale. Et s'il avait franchi une limite sans s'en rendre compte ? On ne pouvait jamais savoir ce qu'un enfant avait dans la tête ; surtout une gamine pensive, rétive, abîmée comme elle. Des abus antérieurs pouvaient lui avoir laissé une hypersensibilité au moindre contact, même le plus innocent : une main sur son épaule, qui lui aurait fait régurgiter un traumatisme ancien. Et si, d'une façon ou d'une autre, n'importe laquelle, il avait *réellement* abusé d'elle, un vrai salopard sans états d'âme, mais que, maintenant, il ne s'en souvenait plus ? Il essaya de se convaincre que ce n'était pas possible. Il *savait* que ce n'était pas possible. Mais vous lui auriez dit cinq mois plus tôt qu'il allait tuer un homme à coups de couteau, là aussi il aurait jugé ça impossible. Voyez comme il avait changé. Comme *elle* l'avait changé, faisant remonter toute la laideur à la surface, tels des yeux de graisse dans le bouillon.

Ivre de rage, il marcha d'un pas ferme jusqu'à l'arrêt de bus de la 97ᵉ Rue. Alors qu'il s'enfonçait vers l'arrière du véhicule, il comprit aux réactions effarouchées des autres passagers qu'il devait avoir une expression hostile. *Tant mieux,* pensa-t-il. *Faudra pas trop venir m'emmerder.*

Le concierge de l'immeuble d'Eve n'était pas le même : un jeune Latino à lunettes et cheveux ras.

— Carmen Cove, annonça Jonah.

— Et vous êtes ?

— Jonah.

Le concierge décrocha l'interphone.

— J'ai M. Jonah pour vous à la réception. Bien, madame. Huitième étage, appartement 8G, dit-il à Jonah.

Dans l'ascenseur, il ne pouvait pas s'arrêter de se faire craquer les phalanges. Sortant de la cabine d'un pas déterminé – prêt à aller tambouriner à sa porte –, il lui fonça dedans.

— C'est gentil de passer me voir, dit-elle.

— Cinquante dollars, rétorqua-t-il.

— Pardon ?

— Ou cent ? fit-il en se frottant les paumes sur son pantalon. Tu lui as acheté une fiole de crack, c'est ça ?

— Je dois avouer que je ne sais pas de quoi…

Il lui balança son poing dans la figure. Sa tête rebondit contre le mur derrière elle, avec le bruit de deux livres qu'on aurait claqués l'un contre l'autre ; elle tituba sur le côté, en avant, et finit par s'écrouler au sol.

— Jonah Stem, marmonna-t-elle. Comme tu m'as manqué…

Il s'agenouilla et lui écrabouilla le visage dans sa main ; elle saignait.

— Je me zuis mortu la langue, zozota-t-elle.

— Je sais que c'est toi, reprit-il. Je veux te l'entendre dire.

Elle avait les yeux liquides et vibrants, d'une si honnête perplexité qu'il commença à penser qu'il s'était trompé, qu'elle n'avait rien à voir avec Adia Hutchins. Il ne pouvait pas accuser Eve chaque fois que sa vie dérapait. Il avait commis une erreur, une terrible erreur, et la honte, instantanément, se multiplia, se démultiplia, métastasa. Il lui devait des excuses. Il était sur le point de les lui présenter quand, sous ses doigts, les joues d'Eve se gonflèrent en ce qui aurait été – s'il n'était pas en train de lui compresser le visage – un sourire. Sa transformation lui provoqua un accès de dégoût. Il la lâcha et recula.

— Tu m'as envoyé ces deux molosses en uniforme pour me sermonner, dit-elle en s'essuyant les lèvres. Qu'est-ce que tu voulais que je fasse ? Tu t'es mal comporté, Jonah Stem, tu méritais un avertissement. Je déplore les désagréments que cette récente péripétie a pu te causer, mais, franchement, tu devrais me remercier. J'aurais aussi pu raconter aux flics que tu me frappais.

— Ça ne marchera pas, répondit-il. Tu vas perdre.

— J'ai fait mes études à Yale, je suis une gagneuse.

Elle se racla la gorge avant d'ajouter :

— Tu ne veux pas entrer prendre une tasse de thé ? Je ne tiens pas à poursuivre cette conversation sur le palier.

— Et Marisa Ashbrook, c'est elle qui a gagné ?

Pour la toute première fois, elle parut déstabilisée. Puis elle haussa les épaules.

— Là..., commença-t-elle en s'essuyant à nouveau la bouche, là tu te trompes. Elle n'avait rien à voir avec Raymond, ni avec toi d'ailleurs. Nous avions une relation particulière, et ce qui lui est arrivé, bien que tragique, était purement accidentel.

Elle rampa jusqu'à lui pour lui caresser la cheville. S'il voulait, il pouvait lui donner un coup de pied dans la gorge. Il se força à reculer encore d'un pas.

— Ne me touche pas, sale pute.

— Jonah Stem. Je sais pertinemment que tes parents ne t'ont pas appris à parler comme ça. À propos... comment va la famille ? Je n'ai pas eu la chance de grandir au pays des Bisounours, moi. Mes parents se disputaient comme chien et chat. La vie était dure. J'avais le choix entre rester à écouter papa tabasser maman toute la nuit ou essayer de m'interposer, auquel cas c'était moi qui prenais les coups de ceinture. Parfois je voulais lui venir en aide et c'était *elle* qui me frappait parce que je me mêlais de ce qui ne me regardait pas. Ils avaient des règles très strictes, mes parents, non écrites et sujettes à de constantes révis...

— De quels parents tu parles, au juste ? Ceux qui sont morts du cancer ou ceux qui se sont séparés quand ta mère s'est tirée avec Lou Reed ?

Elle rit.

— Petit malin, va. D'accord, si tu veux savoir, mon père est comptable, ma mère instit. Ils vivent à Baltimore. Est-ce que j'aurais pu inventer une légende plus prosaïque ? Et, pour que les choses soient claires, ils ne se sont jamais disputés. Pas une seule fois, jamais. Quelle barbe ! Et je pense qu'ils n'ont pas fait l'amour depuis la nuit des temps.

Il fallait qu'il parte. Avant de la refrapper. Son double noir était en train de se réveiller, et elle semblait lire dans ses pensées. Elle sourit, se redressa à moitié, écarta un peu les jambes et lui dit :

— Viens là.

Il appela l'ascenseur.

— Tu sais que je t'ai vu l'embrasser, reprit-elle.

Il ne se retourna pas.

— Cette fille. Avec la grosse bouche. Ça m'a rendue très jalouse. Je me demande si je ne vais pas aller lui dire deux mots.

L'ascenseur arriva.

Il n'y monta pas.

Les portes se refermèrent.

— C'est la petite amie de Vik, dit-il.

— En tout cas elle avait l'air drôlement amoureuse de toi.

— Ne t'approche pas d'elle.

— Peut-être que je vais être obligée de marquer mon territoire.

Elle se releva.

Il rappela l'ascenseur.

— Pense aux grandes histoires d'amour, dit-elle. Antoine et Cléopâtre. Roméo et Juliette. Humbert et Lolita. Tom et Jerry. Toutes forgées dans la douleur. Elles sont peut-être imaginaires, mais ce sont nos seules vérités culturelles constantes. Les modes changent, ces histoires-là restent. Tu sais, je m'attendais à te voir débarquer un jour ou l'autre. Ça fait plaisir de savoir que je peux toujours compter sur l'homme dont je suis tombée amoureuse.

Il entra dans l'ascenseur. Au moment où les portes se fermaient, il l'entendit dire :

— Je t'aime.

Chapitre 32

Vendredi 17 décembre 2004
PÉDOPSYCHIATRIE, TROISIÈME SEMAINE

Il ne passerait pas l'examen final ; on lui organiserait une session de rattrapage ultérieurement. Il était assis dans le bureau du Dr Pierre avec Soleimani, Yvette et Adia. C'était le Dr Pierre lui-même qui conduisait les débats, avec une sorte de précision détachée, névrotique : un avocat de la défense tel que l'aurait conçu Franz Kafka. À en juger par sa posture relâchée, Adia était à jeun. Elle s'emmêla les pinceaux dans son récit, avançant un certain nombre de versions contradictoires tout aussi ambiguës les unes que les autres. Lorsqu'on lui demanda de clarifier la façon dont elle avait eu connaissance des abus invoqués, elle répondit :

— C'est elle qui me l'a dit.

Alors ils firent entrer DeShonna pour lui parler en privé. Adia et Jonah sortirent du bureau et patientèrent dans l'antichambre. Adia tantôt lui ricanait au nez, tantôt se rétractait dans l'intimité de son gros anorak vert – dont les coutures fumaient de flammèches de plumes synthétiques –, ce qui lui donnait l'air à la fois terrorisée et très jeune. Exaspéré, Jonah se releva pour aller aux toilettes. Quand il revint, elle avait disparu.

Le Dr Pierre ouvrit la porte du bureau et fit signe à Jonah de revenir.

— Où est Adia ?

— Je ne sais pas. Elle est partie.

Le médecin fronça les sourcils.

— Entrez.

DeShonna pleurait. Debout derrière elle, Yvette lui caressait les cheveux. Dès que Jonah pénétra dans la pièce, elle se tourna vers lui et déclara :

— Je lui ai rien dit, je le jure.

Yvette lança :

— Viens, ma puce, on va se promener.

La promesse d'un esquimau résolut DeShonna à se lever. En passant, elle se jeta à la taille de Jonah. Soleimani et le Dr Pierre fixaient tous les deux la moquette.

— Ça va aller, dit Jonah en s'agenouillant. Va avec Yvette.

Elle opina du chef et le lâcha.

— Chocolat ou vanille ? demanda Yvette.

Soleimani lui paya un sandwich et ils allèrent déjeuner ensemble dans la salle de TP de médecine gé, une vaste pièce sans humour au vingtième étage, avec au nord et à l'est un panorama de tourbillons neigeux, de forêts rouillées, plus deux ponts et Randall's Island.

— Vous saviez que l'East River coulait dans les deux sens ?

Vide, la pièce avait un léger écho.

— Ce n'est pas un fleuve mais un estuaire, il change de direction selon la marée, expliqua le psychiatre entre deux bouchées. Je crois que j'avais conçu cette phrase comme le début d'une métaphore, mais maintenant je ne me souviens plus de ce que je voulais dire.

Jonah ne répondit pas. Soleimani but une gorgée de son café avant de le reposer sur la paillasse en résine noire du poste de travail où ils s'étaient assis. Comme les autres, ce poste était pourvu de deux chaises hautes, deux microscopes et deux casiers fermés à clé, chacun portant le nom d'un étudiant de deuxième année. Jonah pouvait voir son bureau de l'année précédente, où il avait passé tant d'heures à faire semblant de savoir ce qu'était la médecine.

— Je veux que vous sachiez que je vous considère comme un étudiant très talentueux. Les incidents de cette semaine ne doivent pas influer sur l'opinion que vous vous faites de vous ou de votre avenir. Ce n'est que de la politique. Je n'ai jamais douté de vous. Un hôpital, c'est une bureaucratie. J'espère qu'un jour vous comprendrez ma position.

Soleimani essuya ses lunettes sur sa veste, jeta un coup d'œil à travers : encore plus sales qu'avant, désormais barbouillées de sel et de gras de Pringles à l'oignon.

— Qu'est-ce que vous faites pour les vacances ? reprit-il.

— Je vais chez des amis.

— Profitez-en. Vous le méritez. Permettez-moi quand même d'ajouter une chose. Mon intention était de protéger le service, pas de vous nuire. Vous avez fait du très bon boulot, et je m'assurerai que cela n'affecte pas votre note.

Ironie du sort : pour prix de ses tracas, Jonah finirait avec les honneurs. Il faudrait qu'il envoie une carte de remerciements à Eve.

— C'est bon à entendre.

— Je voulais que vous le sachiez.

Soleimani essuya de nouveau ses lunettes, les tendit en l'air devant lui. Toujours sales.

De retour à la résidence, Jonah dégonfla le matelas pneumatique et fit son sac. Après avoir eu droit à toute l'histoire, Vik était parti s'installer chez Deanna pour la semaine, dans le quartier de TriBeCa. Jonah aurait préféré qu'ils avancent leur séjour au ski, mais Vik avait promis de faire attention.

— Tu devrais appeler les flics.

Il expliqua qu'il avait essayé et lui répéta la réponse qu'on lui avait faite.

— Alors tu devrais t'acheter un flingue.

Ce qui avait fait rire Jonah. Mais, à la réflexion, ce n'était pas une mauvaise idée.

Il n'avait ni assez de vêtements ni les bons, aussi prit-il un taxi pour repasser chez lui. L'appartement semblait à l'abandon. Ils avaient coupé le chauffage avant de partir et il dut garder son manteau pendant qu'il cherchait des pulls et des jeans dans sa commode. Dehors, la neige s'était mise à tomber en rafales ; la météo annonçait la première grosse tempête de la saison. Il trouva des chaussettes en laine trouées, et des chaussettes en laine qu'il avait reprisées lui-même. Un jour, pour rigoler, Hannah lui avait appris à coudre.

Vérification rapide : fenêtre intacte, surfaces décemment poussiéreuses. Sans doute ne risquait-il pas grand-chose à passer une nuit ici. Il téléphona à George.

— J'arrive ce soir.

George éternua.

— Qu'est-ce que tu dis ?

— Je suis en route. Je prends le train de 21 h 49.

— C'est vendredi. Je croyais que tu ne devais venir que demain.

— Je devais. Changement de programme.

— Tu aurais pu me le dire plus tôt. J'aurais appelé Louise. Maintenant c'est trop tard.

— Viens me chercher à la gare.

Samedi 18 décembre 2004

Le matelas de la chambre d'amis était mou et bosselé, et Jonah se réveilla de sa nuit agitée avec le dos en morceaux. Les manches en accordéon sous les aisselles, une jambe de pyjama torsadée comme une viennoiserie française, l'air ranci par les émanations fétides de ses cauchemars.

Il remonta du sous-sol et traversa le salon plongé dans l'obscurité, interrompant des rais de lumière occupés à pourchasser des boules de poils de chat. Dehors, les haies semblaient souffler de la neige. À part l'empreinte du *New York Times*, le jardin était vierge, d'une blancheur de bain moussant.

Il se lava le visage et le cou dans la salle de bains du premier étage. Il entendait Hannah parler dans son sommeil, chose qu'elle avait toujours faite, même avant la maladie. Elle dormait sur le ventre, la tête vrillée sur le côté, riant toute seule à des blagues secrètes jusqu'à ce qu'il caresse son dos nu pour la calmer.

Six mois plus tôt, il aurait pu entrer dans sa chambre et faire la même chose. Mais, debout devant le lavabo, il résista à l'envie d'une intimité qui ne rimait plus à rien.

À 9 h 39 George descendit en sautillant, faisant escale devant le bar avant de sortir chercher le journal en courant. Il secoua la neige de ses pantoufles et se dégagea un espace sur la table de la cuisine afin d'engloutir les restes du petit déjeuner de Jonah.

— Tu as bien dormi ? demanda-t-il. Tu as fait sortir le chat ?

— Ouais.

George mordit dans un bout de bacon.

— Je ne savais pas qu'on avait du bacon au frigo.

— Et pourtant si.

— Ça alors... Tu veux la section sport ?

Tout en parcourant d'un œil les résultats de basket, Jonah remarqua que George ne s'était pas rasé. Est-ce qu'il cultivait sa barbe de trois jours pour sa semaine romantique ?

Jonah griffonna une liste de courses sur un bloc-notes à motifs floraux. C'était lui qui le leur avait offert ; il ne se souvenait pas pourquoi. Avait-il pensé que les fleurs plairaient à Hannah ? Espéré qu'un pense-bête désigné améliorerait l'organisation générale de la maison ?

— Je vais faire un saut en ville, déclara-t-il.

George finit son whisky d'un trait et attrapa son carnet de chèques.

— Tu veux que je te dépose ?

— Je vais marcher. Tu as besoin de quelque chose ? ajouta-t-il sans réfléchir.

George commença une phrase, se ravisa, secoua la tête.

— Quoi ? fit Jonah.

— J'irai moi-même, laisse tomber.

— Puisque je sors.

Stem, espèce de pauvre con servile. Mieux valait qu'il parte avant de faire une nouvelle offre déraisonnable : laver les slips de George à la main ou récurer les gouttières à la brosse à dents. Il se leva brusquement.

— Je n'en ai pas pour longtemps.

Alors qu'il était dans le vestibule, George le rattrapa en agitant une page arrachée du bloc-notes.

— Puisque tu sors...

Jonah prit le petit mot.

3 paquets de Durex normales lubrifiées.

— J'ai un taxi qui vient me prendre à 4 heures et quart, indiqua George. Tâche d'être rentré avant.

Les chasse-neige avaient construit d'énormes congères scintillantes. Il marchait au milieu de la chaussée. Des hommes occupés à dégager leur bout de trottoir s'arrêtaient en plein pelletage, la main en visière pour voir qui venait là. Des fils réveillés contre leur gré afin de participer à la besogne s'appuyaient sur leur manche d'un air renfrogné. Une petite fille avait trouvé deux bouchons de bouteille verts pour donner la vue à un bonhomme de neige. Sa mère, derrière la vitre du bow-window, avait une tasse entre les mains et un combiné de téléphone coincé à l'oreille. Une conversation qu'il imaginait sans peine.

Oui, je l'ai sous les yeux à l'instant où je te parle, tu ne peux pas t'imaginer comme elle a grandi, bientôt elle va dépasser Nate. Qu'est-ce que je t'apporte ? Une salade ? Bon, si tu insistes. Et si on louait un film qu'on pourrait regarder tous ensemble ?... Un Lassie, *par exemple...*

Au supermarché, il fit le plein de denrées non périssables. La caissière roula des yeux quand il lui demanda à se faire livrer.

— Ça risque de prendre un moment, dit-elle.

— J'ai tout mon temps, rétorqua-t-il.

Cherchant à en perdre encore un peu, il erra dans le village de Great Neck Plaza, regardant sa respiration cristalliser et disparaître. Il alla chez le coiffeur. Il acheta une collection de photos de danseuses des années 1920 qu'il fit emballer pour Hannah. Il prit pour lui une nouvelle chemise et, sur un coup de tête, se rendit au rayon chasse d'un grand magasin de sports et loisirs.

— Six mois, lui répondit le vendeur quand il se renseigna sur le délai d'obtention d'un pistolet. C'est la loi. Ils doivent faire une enquête sur vous, s'assurer que vous n'allez pas, genre, tuer quelqu'un.

Alors que George mettait sa valise dans le coffre du taxi, le dos de sa parka se souleva, révélant une chemise hawaïenne criarde. Jonah se tenait sur le perron, sentant l'air chaud de la maison lui caresser la nuque et, sur le visage, les froids rayons du soleil couchant.

— Les numéros d'urgence, dit George en remontant l'allée vers lui.

— Oui.

— Et l'argent.

— Oui.

— Je t'appellerai de Miami. Si mon vol a du retard, je t'appellerai de l'aéroport.

George jeta un coup d'œil vers l'intérieur de la maison par-dessus l'épaule de Jonah. Hannah avait refusé de descendre lui dire au revoir.

— Tu lui diras que je l'aime.

— D'accord.

— Dis-lui vraiment. Et aussi qu'il ne se passe pas un jour sans que je pense à sa mère.

— Je lui dirai que tu l'aimes, répondit Jonah.

L'espace d'un instant, George gîta vers la porte d'entrée, comme un navire qui négocierait un virage, comme s'il avait l'intention de retourner voir sa fille et de s'excuser d'avoir une vie à lui ; de s'excuser pour Wendy ; de manquer autant de patience ; de boire. Une partie de cette histoire méritait des excuses, une autre non. Et, incapable de faire le tri, il avait tout laissé pourrir en bloc.

Il fit demi-tour et monta dans le taxi.

Les roues tournèrent sur place jusqu'à ce que les chaînes accrochent et que la voiture se mette en mouvement. Crissements et craquements du caoutchouc vulcanisé sur la neige. Jonah les regarda s'éloigner jusqu'au bout de la rue, mettre le clignotant et disparaître. Il resta un moment dehors à écouter le silence. Puis il rentra s'occuper du dîner.

La pizzeria où ils commandaient d'habitude ne livrait pas par ce temps ; il reçut la même réponse au chinois, au mexicain et au thaï. Il dut se résoudre à faire des œufs brouillés. Ça risquait d'être une semaine chargée en cholestérol.

L'odeur des oignons frits fit sortir Hannah de sa tanière. Elle s'assit sur une chaise de la cuisine, les pieds remontés sous sa chemise de nuit, sa tenue de choix pour dormir quand par miracle elle prenait le temps d'enlever son jean et son peignoir. À la fac, elle dédaignait le pyjama de flanelle standard pour lui préférer une grande robe en dentelle très victorienne qui lui donnait l'air du fantôme d'Ophélie.

— Salut, lança-t-il en souriant.

Elle replaça une boucle de cheveux derrière son oreille.

— J'ai fait des œufs, tu en veux ?

— D'accord.

Mais elle ne toucha pas à son assiette, se contentant de le regarder manger.

— Tu veux autre chose ? De la soupe ?

Elle repoussa ses couverts sans rien dire.

Il laissa la vaisselle dans l'évier.

Sans l'ego de George pour la remplir, la maison paraissait immergée, isolée, telle une capsule spatiale ou une yourte sibérienne. Jonah se promit que si les routes se dégageaient, ils iraient au cinéma. Ils essayèrent de jouer au Scrabble, mais Hannah était constamment distraite. Elle ne cessait de discourir sur le futur, un vague goulasch de numérologie et d'astrologie qu'elle avait entendu dans une émission de télé sur la voyance. Il commença à s'inquiéter qu'elle puisse faire une crise grave. Si ça se produisait, avec ce temps…

Ils abandonnèrent la partie au milieu. Pendant qu'il ramassait les lettres, Hannah partit s'allonger dans la pièce du fond, s'orientant en direction de la télé comme pour se prosterner devant l'autel de sa mère.

— Comment tu te sens ? demanda Jonah.

Il la vit batailler pour contenir les mauvaises pensées et laisser sortir les bonnes. Au bout du compte elle renonça et haussa simplement les épaules.

Il contempla sur la cheminée une photo sur laquelle Wendy portait Hannah bébé dans une sorte de grande écharpe. Dans le coin en haut à gauche de l'image se trouvait la contribution de George à la scène : un doigt obstruant l'objectif.

Dans son dos, Hannah marmonna d'une voix endormie :

— Je t'aime.

Il ne dit rien. Il l'entendit commencer à ronfler.

Rassemblant ses forces, il la porta jusqu'à sa chambre.

À l'intérieur de sa penderie se trouvait une grande boîte en carton estampillée SYLVANIA, dans laquelle Hannah avait entassé deux décennies de lettres, de cartes d'anniversaire, de talons de tickets : les archives de la jeunesse. Des coups de foudre de colo, dont la mystique et épistolaire ténacité flanchait six semaines après la rentrée des classes. Des offres de recrutement d'équipes de softball des quatre coins des États-Unis. Pourquoi n'avait-elle pas accepté celle de l'University of South California ? se demanda-t-il. Ou de n'importe quel autre endroit plus chaud que le Michigan ? Une carte postale de George (BRUXELLES) qu'il voyait pour la première fois :

22 juin 1971.

Chère Wendy,

Il fait très chaud en Europe, nous logeons dans un hôtel près de la gare.

Assis en tailleur, il reformait par terre le contenu du carton en ordre inverse. Hannah se tourna dans son lit, ronfla, se tut.

Tout au fond de la boîte, il trouva un livre. *L'Arbre généreux*. Il l'ouvrit à la page de garde.

Pour mon Hannah, en son vingtième anniversaire. *Je t'aime parce que tu es une belle personne. Garde ta simplicité.*

Ton Jonah.

Il faisait noir, mais il bougea jusqu'à attraper un rayon de lune et il relut le livre d'une traite. L'arbre, effeuillé, démembré, dépouillé, entaillé et, pour finir, abattu, tout ça au nom de l'amour. Il trouvait cette histoire dérangeante, loin du réconfort qu'elle lui procurait, enfant. Quand il la lui avait offerte, ça partait d'un bon sentiment, c'était pour exalter l'altruisme d'Hannah.

Il resta assis dans le clair de lune, noyé dans ses souvenirs.

Columbus Day, troisième année de fac. Ils passent ce long week-end d'octobre tous les deux dans un chalet sur le lac Huron prêté par les parents d'une amie. Le petit village et ses magasins déserts. Elle explore avec enthousiasme les brocantes poussiéreuses ; il joue au mec vieux jeu. Elle lui achète une vieille boîte à cigares, lui un bijou fantaisie. Ils discutent avec le marchand, qui leur dit que c'est la saison creuse. Le type qui organise les randonnées en forêt a justement levé le camp pour la Floride ce jour-là. À l'épicerie générale, ils trouvent de quoi se ravitailler et une brochure intitulée *La Flore et la faune de la péninsule supérieure du Michigan*. Ils s'enfoncent en voiture dans l'arrière-pays, passent devant une clairière présentée comme un ancien cimetière indien. Hannah prend un grand plaisir à utiliser la brochure pour identifier les arbres. Sapins et trembles, bouleaux et cèdres blancs. Ils se garent et continuent à pied à la recherche de myrtilles sauvages. Elle lui dit de faire attention au sumac vénéneux ; elle était scout dans sa jeunesse. Il l'ignorait et ça l'enchante. Chaque nouveau détail est un trésor.

Ce soir-là Hannah cuisine du saumon poché, une des trois recettes qu'elle connaît par cœur. Ils boivent la moitié d'une bouteille de vin blanc bon marché. Faire l'amour devant la cheminée peut paraître romantique comme ça, mais le parquet est dur et n'a pas été balayé depuis des mois : ils se mettent tous les deux à éternuer. Ils abandonnent et se replient dans la chambre, revenant plus tard devant le feu pour finir la bouteille et jouer au Scrabble.

Il fait « vide » ; elle fait « boue ». Il fait « bœuf » ; elle fait « fshiit ». Il lui signale que ce n'est pas un mot.

— C'est un son, elle rétorque.

— Quel son ? il demande.

— Fshiit, dit-elle.

Ils sortent sur le balcon. Le ciel est nuageux, mais les étoiles font beaucoup de lumière. Il recroqueville ses orteils dans ses pantoufles et dit :

— À quoi tu penses ?

— À ma mère.

Ils se taisent.

Il dit :

— Ça t'arrive de penser au mariage ?

Elle hoche la tête.

— Alors ?

— C'est tellement beau ici, dit-elle. Merci de m'y avoir emmenée.

Il sourit.

— C'était ton idée.

Elle lui sourit à son tour et il se demande si c'est censé répondre à sa question. Et puis elle dit :

— Je sais.

Ils contemplent le lent ballet des nuages.

Les gens aiment faire croire que les accidents sont des choix, et inversement. Vanter ses pieds pour les grands bonds en avant ; imputer ses genoux écorchés à une terre qui tourne trop vite.

Dimanche 19 décembre 2004

Vers la fin de sa première journée complète, la solitude commença à se faire sentir. Il y avait des limites au nombre d'heures qu'il pouvait passer devant la télévision, de pages qu'il pouvait lire ; au temps à rester regarder Hannah. La neige – qui continuait à tomber en grosses bourres de coton – s'entassait sur le bord des fenêtres, plongeant la maison dans la pénombre dès midi. Le peu de lumière du jour qui réussissait à filtrer déclinait à partir du début de l'après-midi. Le chauffage ne marchait pas bien ; il se déplaçait en chaussettes et en pull. Hannah portait une couverture jetée sur les épaules comme une cape de super-héros.

La chatte lui grattait la cheville.

Il entendait le bruit de l'air.

Il éprouva un accès de remords – passager – à l'idée d'avoir jamais refusé quelque chose à George. Quoi que ce soit. Ce n'était pas une vie. Bien qu'il ne faille pas oublier que l'isolement de George était un choix ; c'était lui qui refusait de placer Hannah en institution. Il ne tenait qu'à lui d'abandonner sa bouteille d'Old Overholt et de se mettre au jogging et au végétarisme. Les grasses matinées jusqu'à midi, le laisser-aller, tout ça avait déjà commencé avant, à la mort de Wendy.

Hannah en avait honte. À chaque période de vacances, au cours de l'année ou l'été, c'était toujours elle qui se déplaçait à Scarsdale, même si Jonah lui avait répété un milliard de fois que ce n'était pas plus long pour lui de venir la voir.

— Je vais prendre la voie express, je serai là dans une heure.

— Non, mon père ne se sent pas très bien.

Une fois malade, bien entendu, ça ne lui importait plus. Une des nombreuses contradictions de la schizophrénie était la façon dont elle remplaçait la pudeur normale par une autre complètement irrationnelle. Le monde conspirait contre vous en raison de votre importance… pas parce que vous vous baladiez à poil dans la rue.

Sur le coup de 5 heures, il était au bord du pétage de plombs. Il lui semblait qu'une éternité s'était écoulée depuis le matin et, ne serait-ce que pour entendre le son de sa propre voix, il se mit à passer des coups de fil. D'abord à sa mère, ce qu'il regretta aussitôt.

— J'arrive, déclara-t-elle quand il lui dit qu'il mangeait des œufs depuis vingt-quatre heures. Je vous emmène dîner dehors tous les deux.

— Ça va aller, maman. Je préfère rester seul.

— Mais tu te plaignais justement d'être seul.

— C'est pour ça que je t'appelle. Pour me plaindre.

— Mais puisque je peux venir te voir en chair et en os, ce ne serait pas mieux ?

Il appela Lance dans le presbytère de sa mère à Amagansett.

— Je porte une chemise à neuf cents dollars, mec.

Jonah rit.

— Tant mieux pour toi.

— Elle n'est pas à moi, rectifia Lance. J'ai laissé toutes mes fringues à l'appart, j'ai été obligé d'en emprunter au comte. Il m'a fait des cadeaux, j'ai l'impression d'avoir six ans. Tu trouves ça bizarre qu'il m'ait offert de l'herbe ?

— Pas plus bizarre que le reste en ce qui te concerne.

— J'ai le sentiment qu'il faisait partie de ces types qui se sont mis pas mal de coke dans le pif au début des années 1980. Cloison nasale bousillée, etc. En tout cas il s'est fait refaire le nez, ça, c'est clair.

— Ta mère doit être sur un petit nuage.

— Mec, je crois même qu'il ne va pas tarder à lui faire sa demande.

— Tu déconnes ?

— Simple intuition. Ma mère a des spasmes de l'annulaire, genre il lui faudrait un truc lourd pour le faire tenir en place.

— Eh ben, félicitations.

— Tu m'imagines en demoiselle d'honneur, putain ? Et attends : il est venu avec son cuisinier perso. Ce soir on a un dîner de gala, tenue de soirée et serveurs. Ça va être comme ça toute la semaine. Ma mère a invité des tas de copains à elle. C'est genre la nuit des morts vivants, je te jure. Le matérialisme me donne envie de vomir, à part qu'ils ont des belles bagnoles. Ils sont tous dans l'immobilier sauf une, la plus vieille amie de ma mère, qui enseigne l'histoire des sexes à la fac de Sarah Lawrence et qui a élevé son fils en lui faisant porter des strings. Le pauvre, j'ai pitié de lui. Il sort avec une fille qui est productrice. Je vais essayer de lui vendre les épisodes 1 et 2 de mon egomentaire.

— Bonne chance.

— Merci. Tu me connais, fidèle à la cause depuis 1977. Comment va la vie à l'asile ?

— Pas trop mal.

— Cool. Quand est-ce qu'on pourra rentrer chez nous ?

— Je n'en sais rien.

— Tu as envoyé la vidéo aux flics ?

— Ils ont parlé à Eve.

— Et ?

— Et ils n'ont pas l'intention de… Sincèrement, je ne vois pas trop ce qu'il leur faudrait. Peut-être qu'elle devra d'abord me tuer.

— C'est pas drôle. Tu es en sécurité là-bas ?

— Je ne pense pas qu'elle puisse savoir où je suis. C'est une chose de suivre quelqu'un dans Manhattan, mais ici, impossible.

— Si tu le dis.

— Ouais. On se réinstallera après les vacances. On ajoutera un verrou.

Il appela sa sœur ; puis Vik, qui ne répondit pas. Deanna et lui étaient sans doute paumés dans la montagne, leur réseau entravé par des kilomètres de sapins. Jonah laissa un message en leur souhaitant de bien s'amuser.

La maison paraissait plus silencieuse que jamais, à la fois immense et de plus en plus exiguë.

Il alla voir ce que faisait Hannah : elle chantonnait tout haut en regardant la télé. Elle se tortillait les cheveux et se rongeait les peaux, et elle ne répondit pas à son prénom.

Vers 8 heures, il sortit sur le perron. Leur maison était la plus sombre du quartier : toutes les ampoules le long de l'allée avaient grillé et ils n'avaient accroché aucune guirlande lumineuse. En comparaison, le pavillon d'en face avait l'air d'une baraque de fête foraine avec sa façade tout illuminée et son Père Noël clignotant sur la pelouse. Jonah compta les étoiles en frissonnant ; fredonna des cantiques dont il ne connaissait pas les paroles ; écouta les hiboux.

Il commençait à se détendre lorsqu'un grand fracas le fit rentrer à toutes jambes. Après avoir dompté son système nerveux, il colla son œil au judas.

Rien.

Il alla chercher un gros bougeoir en verre. Alors qu'il ouvrait la porte et sortait timidement sur le seuil, il vit une rafale de vent décharger un gros paquet de neige dans les buissons décharnés, qui s'affaissèrent et se brisèrent sous le poids. Il s'en voulut d'être aussi bête et retourna au chaud.

Lundi 20 décembre 2004

— Je ne peux pas parler trop longtemps, dit George, ça me coûte quatre dollars la minute. Tout va bien ?

— Ça va. On s'ennuie un peu, mais...

— Deux secondes.

Le téléphone tomba et Jonah entendit un rire de femme. Puis une voix : « Arrête. Georgie, arrête ! » Il se mit à faire les cent pas dans la pièce, promenant ses doigts sur le piano transformé en dépotoir pour livres imbitables. Pour quelqu'un soucieux de ses sous, Georgie-chéri n'avait apparemment rien contre une bataille de guili-guili à huit dollars les deux minutes.

Au moins il s'amusait. Ah, ça ! Jonah espérait bien que Georgie-chéri était en train de passer les meilleures putains de vacances de sa putain de vie.

— Donc ça va, tout va bien ?

— Dis-moi, à quelle heure doit venir l'infirmière vendredi ? Je vais...

— Jonah ? Il faut que j'y aille.

— Attends, attends, attends...

— Je te rappellerai. Désolé... Je... *Lou !*...

Jonah continua à dire « Allô ? George ? » alors que dans son oreille résonnait la tonalité.

— Et merde.

Une marche craqua dans l'escalier. Il se retourna et vit Hannah en chemise de nuit.

— C'était ton père. Il te passe le bonjour.

Mardi 21 décembre 2004

Il découpa sa journée en tranches : faire des pompes, courir sur le tapis de jogging, lire. Il donna à manger au chat et changea sa litière. La neige s'était remise à tomber, cicatrisant les traces de pas et rebouchant les marques de pneus. Les fenêtres de la chambre étaient fermées de l'intérieur, le verrou et la chaîne tirés sur la porte principale comme sur les entrées latérales. Quant à la porte de derrière, il l'avait renforcée en la bloquant avec une chaise.

Le ménage ne relevait pas de ses attributions, mais ça lui donnait une occupation et la maison en avait rudement besoin : hors de question de tout laisser partir en couilles, pas sous son commandement. Il songea qu'il commençait à ressembler aux sergents-chefs aigris des films de guerre. *Les Viets sont partout, les gars. Vous tournez le dos et ils vous volent votre cul. Je dirige mon unité avec discipline, c'est ce qui fait la différence entre un soldat digne et un soldat mort. On est tous dans le même bateau, alors j'en veux pas un qui bronche, sinon c'est le naufrage assuré.*

Il sortit l'aspirateur.

La neige avait muré les vitres.

On ne voyait plus l'extérieur.

Mercredi 22 décembre 2004

George n'avait pas rappelé depuis deux jours. Dans le Rolodex, Jonah trouva le téléphone de Bernadette, l'infirmière habituelle d'Hannah. Il n'y avait plus d'abonné au numéro demandé.

Personne, personne ne va venir, personne ne viendra plus jamais.

Depuis la table de la cuisine, Hannah le regarda négocier avec la compagnie maritime pour qu'ils le mettent en relation avec le paquebot. Non, il ne voulait envoyer ni un fax ni un e-mail ; c'était une urgence. Pourquoi était-ce si compliqué d'obtenir la connexion ? Il connaissait déjà la réponse : ils voulaient que ce soit *George* qui l'appelle, à quatre dollars la minute.

Le navire devait rester à quai plusieurs heures d'affilée cet après-midi-là. Quand le téléphone sonna sur le coup de 5 heures, il prépara son ton le plus indigné et moralisateur.

— Allô, dit-il. Allô.

La communication se coupa.

Il appela Villanueva, qui appela le commissariat de Great Neck de sa part et rappela pour l'informer qu'une patrouille passerait sous peu.

Les flics du coin étaient sympas, la police de quartier d'une banlieue résidentielle. Ils écoutèrent ce qu'il avait à leur dire et lui promirent de faire une ronde environ toutes les deux heures. Il aurait voulu leur demander de rester, de rester pour de bon, de carrément s'installer jusqu'à la fin de la semaine.

— S'il y a quoi que ce soit, passez-nous un...

Ils lui souhaitèrent une bonne soirée et partirent.

Hannah et lui regardèrent plusieurs « rediffusions exceptionnelles » d'épisodes de vieilles séries télévisées qui avaient disparu des écrans depuis des années ; les blagues éculées semblaient encore plus déprimantes maintenant qu'on savait que nombre de ces enfants stars étaient devenus junkies, braqueurs ou présentateurs de télé-achat.

Il décongela un vieux poulet qu'il arrosa de sauce *teriyaki* avant de le mettre au four. Au bout d'une heure, il avait réussi à enfumer la cuisine d'une épouvantable odeur âcre. Ils durent se contenter d'une purée de pommes de terre au micro-ondes et d'une salade. Demain il faudrait qu'il sorte faire des courses.

Elle fit une tache de vinaigrette à la framboise sur son tee-shirt, un large maillot portant le logo de la marque Stüssy qui appartenait jadis à Jonah et qu'il avait oublié lui avoir donné.

Il rêva d'une croisière. Une sirène hurlait. Le paquebot était en flammes. Les fraises Melba foutaient le camp ; un geyser de sirop jaillissait d'une crevasse dans le parquet de la salle de bal, plus haut que les cheminées, inondant le pont. Les gilets de sauvetage en feu, les passagers hurlant, se bousculant pour monter dans les canots, patinant sur des nappes de coulis brûlant en smokings débraillés et robes du soir déchiquetées. Eve observait la scène depuis la proue, remuant calmement une assiette de glaçons tout en lui souriant ; il était près d'elle mais incapable de l'atteindre, ses doigts s'allongeant jusqu'à l'infini sans jamais réussir à la toucher bien qu'elle fût juste là, à quelques millimètres du bout de ses ongles. La carcasse du navire penchait de plus en plus en émettant des glapissements gutturaux, les tubas jazzy du malheur structurel. L'orchestre continuait à jouer. L'orchestre regardait Rome couler. Ils faisaient naufrage. L'alarme incendie le sectionnait en tranches. Il glissait dans une mélasse sucrée de jus de fraise en ébullition, les lattes du plancher submergées de chaussures, de rongeurs en pleine convulsion, d'insectes noyés, il glissait loin d'elle en amassant des copeaux de bois sous ses ongles à force de s'agripper, de se débattre, de tomber, tout son corps était en feu, et la douleur invraisemblable, si totale qu'elle surpassait sa capacité à la ressentir, se transformant plutôt en une sensation d'expansion, d'explosion, un milliard de molécules puzzles éparpillées aux quatre vents par la main de Dieu. Il glissait de plus en plus vite, la pente empirait, des échardes s'empilaient sous ses ongles et tout d'un coup ses ongles s'arrachèrent simultanément comme huit allumettes prenant feu, ses doigts aussi se détachèrent, il ne lui restait plus que ses pouces, et il essayait d'attraper Eve, figée dans l'espace, souriant, remuant ses glaçons. Le paquebot se brisa en deux alors que la peau de ses paumes partait en lambeaux…

Allô.

Le sous-sol était noir. Il n'avait pas la moindre idée de l'heure. Il ne se rappelait pas s'être réveillé, ni avoir répondu au téléphone, pourtant il l'avait dans la main.

Un murmure sec : *Ne réveille pas le bébé...*

— Jonah Stem...

Sa tête pataugeait encore dans les flammes et le sucre fondu.

Il avait envie de raccrocher, mais il savait qu'il ne fallait pas.

La garder au bout du fil. Comprendre où elle était. Appeler les flics. Il avait le numéro du commissariat de Great Neck au rez-de-chaussée, sur le bloc-notes à fleurs. Le bloc-notes était là-haut, dans la cuisine. La cuisine était de l'autre côté par rapport au sous-sol, de l'autre côté du salon, derrière une porte ; il – le bloc-notes, donc le numéro de téléphone, les secours –, il était sur la table de la cuisine. C'était là qu'il l'avait laissé après dîner ; il devait le récupérer. Il pouvait aussi appeler les urgences. Il faisait noir. Il devait récupérer ce numéro. Il se leva et tituba, désorienté.

Il trouva son chemin à tâtons jusqu'à l'escalier du sous-sol. Eve parlait toujours. Il se mit à sentir son cœur dans ses boyaux, ses boyaux qui se recroquevillaient sur eux-mêmes. Il était tellement ensuqué, pris de vertiges et de nausée qu'il devait se tenir au mur pour monter dans l'obscurité, le téléphone coincé entre son visage brûlant et la chair moite de son épaule. Il l'entendait parler, on aurait dit qu'elle était dans sa tête, beaucoup plus près qu'elle n'aurait dû, plus près qu'une voix au bout du fil.

— Où es-tu ? dit-il.

Il arriva en haut des marches et poussa la porte. Toutes les lumières du salon étaient éteintes ; la neige obstruait la lune. Il traversa la pièce, alluma la cuisine. Une grille de mots croisés cachait à moitié le bloc-notes. Il allait la garder en ligne pendant qu'il appellerait les flics depuis le téléphone fixe. Il lui tirerait les vers du nez pour qu'elle révèle où elle était. La pendule indiquait 4 h 11. Son esprit se désembuait. Il se sentait capable d'avoir le dessus.

— Dis-moi où tu es, répéta-t-il.

— Dans ton cœur.

Chapitre 33

En ressortant de la cuisine, il actionna l'interrupteur près de la porte et le salon s'illumina. Il eut un mouvement de recul. Il fallait qu'il ouvre les yeux. Groggy, endolori, déshydraté, pétri d'effroi, il n'avait surtout pas envie d'ouvrir les yeux, mais il le fallait.

Alors il les ouvrit, et ce faisant il enregistra un certain nombre d'éléments à la fois, comme on avale d'un coup un repas entier. Des traces de pas mouillées couraient depuis la pièce du fond sur tout le parquet du salon, se muant en taches sombres sur la moquette de l'escalier. Il avait raté Eve parce qu'elle était au premier. À présent elle redescendait.

— Bonjour, lança-t-elle.

Elle s'arrêta au bas des marches : pieds nus, sans son manteau – sans doute abandonné par terre dans la chambre d'Hannah, d'où elle venait. Les lèvres blêmes de froid. Les cheveux rigidifiés, comme ceux d'Hannah quand ils gelaient les fois où elle sortait de sa douche en quatrième vitesse et filait à la fac sans les sécher. Un connard en cours d'espagnol en avait cassé une poignée et la lui avait tendue en disant, hilare : « Ch'veux pas dire, mais bon », l'obligeant à retourner chez le coiffeur alors qu'elle venait d'y aller quatre jours plus tôt, et pour une coupe chère en plus, la coupe qu'elle s'était faite pour le gala de Noël. Jonah s'était mis dans une rage folle ; mais elle, Hannah, avait simplement dit : « C'est jamais que des cheveux, ça repousse. »

Dans la main droite, Eve tenait un couteau.

Sur le dessus de la cheminée vrombissait un caméscope numérique.

— J'ai l'impression qu'un petit café ne te ferait pas de mal, dit-elle.

Il hocha la tête. Il était en train de faire des calculs. La distance entre elle et lui. Entre lui et la porte. Entre lui et Hannah. Si le train A quitte la gare à la vitesse de la peur au même moment où le train B quitte sa gare à lui à la vitesse du désir pendant que le train C reste à l'étage… Il n'avait jamais été doué pour les problèmes de maths. Ni pour les maths en général, d'ailleurs. Il était plutôt branché par l'humain. Il était con.

— Je suis désolée de te réveiller de si bonne heure. J'avais envie de prendre une longueur d'avance sur la journée.

Le temps qu'il lui faudrait pour retourner à la cuisine et appeler la police, elle pouvait facilement l'atteindre ; facilement atteindre Hannah dans sa chambre. À supposer qu'elle ne lui ait pas déjà fait quelque chose. Le train C est au point mort. Le train C se vide de son sang.

— Ç'a été un enfer pour arriver ici, poursuivit Eve. Les routes sont fermées. Tu le savais ? Il n'y a aucune voiture dehors, je ne sais même pas si les ambulances circulent. J'ai dû faire tout le chemin à pied. Ça m'a pris une éternité. Regarde, dit-elle en lui montrant sa main, bleue et tremblante. Je ne me suis pas encore réchauffée. J'ai l'impression d'être un zombie, Jonah Stem. Je t'assure, je pourrais m'amputer un membre sans rien sentir. C'est drôle, non ?

Il pouvait se servir de son téléphone comme projectile, le lui balancer au visage. Non mais il plaisantait ? C'était un pauvre truc en plastique de dix centimètres de long. Le bougeoir en verre était à l'autre bout de la pièce. (Les craquements dans les buissons, la neige qui cassait des branches ; ou bien des pas qui piétinaient les plates-bandes mortes ? L'avait-il *ratée* ? Était-ce *elle* ?) Il pouvait aller chercher un couteau à la cuisine, mais il ne voulait pas la quitter des yeux. S'il se retournait pendant… quoi ? Trente secondes ? C'était assez. Elle pouvait remonter au premier. Ou bien se jeter sur lui. Même s'il ne pensait pas qu'elle veuille lui faire du mal. Pourquoi, puisqu'elle l'aimait ?

— Eh bien, reprit-elle. Dis quelque chose.

Le plus lourd objet en vue était un dictionnaire de mots croisés posé sur la table basse entre le canapé et le fauteuil.

— Dis quelque chose.

Elle fit un pas dans sa direction. La peau autour de ses yeux était bouffie et marbrée, et elle tremblait de partout, comme le soir chez lui où elle avait cassé la tasse et s'était coupée. Il se souvenait de son sang tourbillonnant dans l'évier en inox, formant des fractales avant de disparaître, englouti par les boyaux en plomb de la ville, une ville qui se nourrissait du sang de ses habitants, il se souvenait d'Eve tremblant contre lui.

— Si tu ne dis rien, je vais me fâcher. Dis quelque chose. *Maintenant*.

Il dit son prénom.

Alors elle arrêta de trembler. Elle retrouva sa contenance. Sa dignité. Elle recula d'un pas, bloquant de nouveau l'entrée de l'escalier.

— Tu n'es pas obligé de chuchoter, précisa-t-elle. Personne ne dort.

— Où est Hannah ?

— C'est tout ce qui t'intéresse ? Je fais tout ce chemin pour venir jusqu'ici, jusqu'à ce trou perdu où il gèle à pierre fendre, et la seule chose que tu trouves à demander, c'est : « Qu'est-ce qu'il y a derrière le rideau ? » Tu galèjes, j'imagine. Tu dois faire erreur. Je te donne une seconde chance, Jonah Stem. Et je te donne un indice. Essaye « Bonjour », par exemple.

— Bonjour, dit-il.

— *Bonjour, Eve.*

— Bonjour, Eve.

Il pouvait l'assommer avec une chaise.

— *Comment vas-tu ?*

— Comment vas-tu ?

Il pouvait jeter le téléphone, mais ça casserait le téléphone, ça ferait une marque sur le mur, et tout ce qu'il y gagnerait, c'est qu'il serait privé de téléphone et elle furieuse. Ça risquait de la déconcentrer. Il pouvait pousser le... Il pouvait lui balancer le chat. Ou la caméra vidéo. Il pouvait carrément lui foncer dessus, à mains nues... Malheureusement, il connaissait bien les conséquences imprévisibles d'un corps à corps avec un couteau.

— Avec un peu plus de pompe, je te prie.

Il pouvait...

— *Répète.*

— Comment vas-tu, Eve ?

— Ça va mieux. Ça va mieux, répondit-elle avec un petit rire forcé. Ça ne se passe pas exactement comme je l'avais prévu. Pour être honnête, je ne sais pas très bien par quoi continuer. Comme tu as pu t'en rendre compte, je n'ai jamais été une très bonne réalisatrice. Mon talent réside davantage dans le concept que dans l'exécution. En basse lumière, par exemple, l'autofocus a du mal. Tu t'en es aperçu sur le DVD ?

Il acquiesça.

— Nous n'avons jamais eu l'occasion d'en discuter, d'ailleurs. Qu'est-ce que tu en as pensé ? Dis-moi. Mais, je t'en prie, épargne-moi les commentaires du genre « très intéressant ». Je crois que j'en pleurerais. Tu as trouvé ça intéressant ?

— Non.

— Quoi alors ?

— Dégoûtant.

— Ah. J'imagine que c'est raisonnable. Le dégoût est l'une des émotions humaines de base. Tu as peut-être entendu parler du travail de Paul Ekman.

Il ne dit rien.

— Non ? Dans ce cas, prends des notes. Ekman a identifié la colère, le dégoût, la peur, la tristesse, la surprise et la joie comme les six expressions de base communes à toute l'humanité. C'est assez remarquable, tu ne trouves pas ? Sur les six, une seule est positive. Quatre sont négatives. J'imagine qu'on peut classer la surprise d'un côté ou de l'autre. Qu'est-ce que tu en penses ?

— On peut, oui.

Même s'il arrivait d'une façon ou d'une autre à la contourner et à monter à l'étage, ils ne seraient toujours pas en sécurité : la chambre d'Hannah ne fermait pas à clé. George avait supprimé le verrou sur les recommandations du psychiatre.

— Mais revenons à nos moutons. Le film. Est-ce qu'il t'a surpris ?

— Oui.

— Vraiment ?

Il opina du chef.

— Ah, tant mieux. C'est ce que j'espérais. Du *suspense*. Le cinéma y parvient comme nul autre média. C'est l'un de ses nombreux atouts. L'écrit ne peut jamais vous sauter au visage comme un film. Tu n'es pas d'accord ?

— Si.

— Tu n'es pas très bavard, Jonah Stem. Je vais te mettre une mauvaise note en participation.

Il garda le silence.

— J'ai fait des études de cinéma, je te l'avais dit ? Je crois que je t'avais dit que j'avais étudié le théâtre et la littérature. Enfin, je ne me souviens plus de ce que je t'ai dit, mais cette fois c'est la vérité. Tu m'écoutes ? Qu'est-ce que je disais ? Ah oui.

Elle s'était remise à trembler.

— L'autre aspect du cinéma que je trouve particulièrement fascinant, c'est son éternel présent. Qui pourrait dire, par exemple, que cette scène entre Raymond et toi n'est pas en train de se dérouler en ce moment même, à chaque instant ? Quelque part, sur une cassette, vous êtes tous les deux. Encore et encore, tu le tues, et tu ne t'arrêteras jamais, jusqu'à ce que la dernière copie redevienne poussière numérique. Et même alors, ça restera dans ta tête. L'image dure pour l'éternité. C'est la raison pour laquelle il est essentiel pour moi de filmer mon travail, par nature éphémère. Personne ne veut *vraiment* que son quart d'heure de gloire dure aussi longtemps. J'ai donc choisi de travailler sur le média de la mémoire. Ne fais pas ça.

— Quoi ?

— Bouger.

— Je croyais que tu me voulais près de toi.

— Pas pour l'instant.

Il s'immobilisa.

— J'ai un aveu à te faire, reprit Eve. Je suis quelqu'un qui manque terriblement de confiance en soi. Tu t'en étais rendu compte ?

— Je m'en doutais.

— Tu m'as psychanalysée pendant tout ce temps ?

— Non.

— À quelle autre conclusion es-tu parvenu ?

— Je ne t'ai pas psychanalysée.

— Eh bien, moi oui. Es-tu toujours attiré par des femmes qui manquent de confiance en elles ?

— Non.

— Hannah ne manque pas de confiance en elle ?

Il secoua la tête.

— C'est difficile de savoir quel genre de femme c'est, en la voyant. Elle est assez différente de ce à quoi je m'attendais.

— À quoi tu t'attendais ?

— Pour être honnête, je n'en sais trop rien. Mais pas... pas à *ça*.

Il avait envie de la frapper. Ce qui, après tout, était le but unique de cet exercice. Il ne pouvait pas, bien sûr, par principe. Est-ce que cela avait encore de l'importance ? Il se disait que s'il commençait à la frapper, il ne s'arrêterait que lorsque quelqu'un ou quelque chose viendrait les séparer. Peut-être que c'était ce qu'elle voulait. Peut-être qu'il allait le faire. Leurs intérêts avaient fini par converger.

— Chérie, appela Eve, viens, descends, montre-toi.

Il n'y avait rien. Rien. Du silence. Alors il imagina le pire : Hannah vidée de son sang comme un homme dans un caniveau, comme une baudruche dégonflée.

— Hannah, chérie, viens ici. N'aie pas peur.

Elle apparut en haut de l'escalier. Le soulagement de la voir vivante et indemne était annihilé par l'horreur de sa proximité avec Eve.

— Hannah, dit-il, retourne dans ta chambre.

— Descends ici, chérie, on veut te voir.

— Hannah, *retourne dans ta chambre*.

— Chhh, on est de vieilles amies, pas vrai, chérie ? Et les vieux amis ne se fâchent pas. Ils s'entraident dans les moments difficiles. Là, voilà.

Hannah, respirant par la bouche, laissa Eve lui prendre la main et la guider jusqu'au bas des marches.

— Voilà. Regarde-toi un peu. Par pitié, mais *regarde-toi*. Je ne sais pas comment je me l'étais représentée, mais dans tous les cas je m'étais trompée.

— Hannah, dit-il d'une voix qui manquait terriblement d'autorité, viens ici tout de suite.

Eve sourit, caressa la joue d'Hannah, un geste qui aurait dû la faire se rétracter, mais pourtant pas ; elle avait l'air hypnotisée.

— S'il te plaît, insista-t-il. Remonte.

— *Arrête de bouger.*

Il s'arrêta.

— *Excuse-toi.*

— Je suis désolé.

— Tu m'as interrompue.

— Je suis désolé.

— Je te pardonne. Mais je suis en colère, Jonah Stem. Tu aurais dû me le dire avant. Tu aurais dû dire quelque chose plus tôt et m'épargner le voyage. Ménager mon ego.

Elle prit Hannah dans ses bras.

— Tu es hideuse, ma chérie. Chhh, ça va aller, ne t'énerve pas. Tu ne comprends même pas ce que je dis, pas vrai ?

Eve le regardait par-dessus l'épaule d'Hannah.

— Tu aurais dû me le dire plus tôt. Tu aurais dû me montrer une photo récente. Pour que je me rende compte par moi-même de la monstruosité qu'elle est. Ma pauvre fille. Espèce de petit laideron.

Leurs deux corps tremblaient ; ou peut-être un seul.

— Pour l'amour de Dieu, Hannah, est-ce que tu n'es pas la créature la plus repoussante de tout le comté de Nassau ? Un vieux plâtre rance. À côté de toi, je suis une déesse ; la beauté incarnée. À côté de toi, je mesure cent mètres. On devrait t'enfermer dans une cage et te couler au fond de l'océan.

Elle riait, elle pleurait.

— Tu n'es pas comme moi. Nous n'appartenons même pas à la même espèce. Tu ne comprends pas, n'est-ce pas ? Comment comprendrais-tu ? Tu ne peux rien comprendre, tu es aussi idiote que laide. Tu n'es même pas un être humain, Hannah. Ça me tue. *Tu* me tues. On ne peut pas te demander de comprendre ce que ça veut dire, le fait qu'il te choisisse, toi. Ça en dit beaucoup…

Elle rompit leur étreinte, et la main tenant le couteau monta…

— beaucoup sur les…

… à la hauteur du plan où leurs regards se croisaient ; et il constata…

— beaucoup sur les sentiments…

… qu'elles faisaient exactement la même taille ; qu'à une…

— beaucoup sur les sentiments qu'il a…

… époque, dans un monde meilleur, on aurait même pu les prendre pour…

— beaucoup sur les sentiments qu'il a pour moi.

… des sœurs.

En chaussettes, il glissa sur les lattes du parquet, se rattrapant à l'accoudoir du fauteuil juste à temps pour lever les yeux et voir le tunnel muet du visage d'Hannah, baigné de sirop de fraise.

ÉPILOGUE

MÉDECINE GÉNÉRALE

Ces jours-ci, il rentre à la maison tous les week-ends. Il a envie de passer du temps avec son très jeune neveu, que leur mère appelle *Ange* comme si c'était son nom à l'état civil, et pas Graham Alexander Hausmann. Kate alterne entre (à la troisième personne) *le Bébé* et (quand elle s'adresse à lui) *Guh-ram*. *Guh-raham*, dit-elle en lui titillant le ventre jusqu'à ce qu'il pète, qu'il sourie, ou les deux à la fois. *Guh-rahahahaham*.

Erich appelle son fils *Alex*, le prénom qu'il aurait préféré lui donner, en l'honneur de son grand-père maternel, Alexander Schlierkamp. Pendant les quatre derniers mois de la grossesse, Erich a fait campagne auprès de Kate pour reléguer *Graham* en deuxième position ; enfin, si quoi que ce soit venant de la part d'Erich peut être décrit avec autant d'effervescence que « faire campagne ». Qu'est-ce qui n'allait pas dans *Alexander Graham Hausmann* ? D'un air désinvolte, Kate lui rétorquait qu'il avait choisi le prénom de Gretchen ; en toute équité, c'était donc son tour. Sans compter qu'*Alexander Graham* faisait penser à Alexander Graham Bell et qu'elle n'avait pas envie que les gens surnomment leur fils *Baby Bell* ; ou, encore moins, qu'ils fassent la paire avec Gretchen : *le Bell et la Bête*.

Le père de Jonah n'arrive pas à comprendre l'intérêt de choisir un nom à un enfant pour finalement en utiliser un autre ; ça le dépasse. Et puis il a observé que le bébé a les yeux d'un blond-roux cassonade qui n'est pas sans évoquer les céréales Golden Grahams. Raison de plus pour appeler son premier petit-fils par son prénom officiel. Il fait remarquer à Jonah à quel point il est fascinant que Kate (marron) et son mari (gris) aient pu produire un enfant aux yeux dorés. Mais il est vrai que la génétique n'est pas ce qu'on vous apprend au lycée, où tout résultat phénotypique peut être déterminé grâce à un échiquier de Punnett. Il existe un tas d'interactions complexes... et puis, en plus, tout ça change quand le bébé grandit ; Jonah, par exemple, avait les yeux bleus pendant les six premiers mois de sa vie, après quoi une nouvelle feuille de route avait activé des enzymes et des protéines qui allaient lui léguer en héritage son vert trouble. Jonah connaît déjà l'histoire, mais la conversation lui est douce.

Gretchen n'appelle pas son frère du tout. Elle s'obstine dans le déni et se comporte comme si ce machin grincheux qui pompe une part exponentielle de l'énergie de ses parents était un désagrément passager plutôt qu'une véritable atteinte à sa souveraineté. Elle a sérieusement suggéré qu'ils le remettent dans le ventre de maman, une idée que Kate trouve à la fois charmante et répugnante.

— Les bébés, ça ne marche pas comme ça. Et les mamans non plus.

Quant à Jonah, il ne s'est pas encore décidé. Pendant un moment il a appelé son neveu par ses initiales : GAH. Le diminutif *Gragra* n'était pas très seyant. *KiloGraham, Graminou, Titi et Graminet, Jean-Claude Van Graham*. Il s'est mis à parler au bébé avec un pseudo-accent scandinave, à la façon du chef suédois du *Muppet Show*. *Ja de fürden blurden bårdy førdy fırk*. Dans ce système, Graham est devenu *Sven*. Kate ayant menacé de révoquer son droit de visite, il est passé à « G » – « Hé, ça gaze, G ? » –, un choix par défaut et loin d'être satisfaisant, qui ne durera vraisemblablement pas plus de quelques semaines.

Erich prétend que tout ça va perturber l'enfant. Publiquement, Jonah acquiesce, bien qu'il ne se fasse pas trop de souci. C'est une décision qui mérite réflexion. La façon dont on nomme les choses détermine la forme qu'elles prennent dans votre cœur.

Extrait de la page 42 du *Guide de l'étudiant de troisième année* :

> Votre troisième année sera une période de développement émotionnel et intellectuel. Devenir médecin est un processus graduel, l'acquisition d'un savoir et d'une compassion qui viennent de l'expérience. La plupart des étudiants en apprendront davantage sur eux-mêmes que dans n'importe quel cadre scolaire précédemment rencontré.

Extrait de la page 67 de la Bible :

DEUX OU TROIS RÉFLEXIONS EN GUISE DE CONCLUSION

ou

COMMENT J'AI APPRIS À ARRÊTER DE STRESSER ET À AIMER LES ÉTUDES DE MÉDECINE

> Bon, maintenant, sérieusement, tu vas t'éclater. La troisième année peut être une vraie tornade, mais c'est ça qui est **marrant** !! Pense à toutes les fois où tu t'es privé(e) d'aller à une fête pour réviser ta chimie organique. Pense à la petite copine – ou au petit copain – qui t'a traité(e) de loser et est allé(e) se taper quelqu'un d'autre parce que tu devais rester travailler chez toi comme un(e) con(ne). Pense à tous les **prêts** que tu vas devoir rembourser. Tu as

fait tous ces sacrifices **pour pouvoir devenir médecin**. Alors maintenant que tu as l'occasion d'**être** médecin, profites-en. Tu vois ? Est-ce que ça ne te console pas ?

Non, c'est bien ce qu'on pensait. Nous aussi, ça nous donne envie de gerber. Mais comment pourrait-on apprécier les bonnes choses de la vie sans avoir envie de gerber une fois de temps en temps ?

Alors pense plutôt à ça : la quatrième année, c'est de la rigolade, ensuite la première année d'internat, puis les *deuxième* et *troisième* années d'internat... Dans un rien de temps tu seras un *vrai* médecin, si ça se trouve avant cinquante ans. Il faut bien que ça commence quelque part, alors autant que ce soit tout de suite. Pas à la fac, pas pendant tes deux ans d'amphi. Ici et maintenant, le premier jour de ton premier stage en hôpital. Bienvenue dans un monde de souffrance... et de guérison. On s'en est sortis, toi aussi.

Il n'en était pas encore sorti.

Les « vacances de Noël » s'étaient désagrégées dans un brouillard de dépositions enregistrées et de témoignages de sympathie. Il avait l'impression de faire la tournée des talk-shows, comme une star invitée pour annoncer son dernier scoop : des interrogatoires de la police de Great Neck, de la police de New York, trois adjoints différents du bureau du procureur. Scottie Vaccaro avait lu la brève dans le *Times* – il était passé en catégorie supérieure, apparemment – et l'avait appelé pour avoir des détails. Un journaliste s'était pointé chez ses parents, où Jonah avait trouvé refuge juste après les événements. Ses copains lui avaient écrit des mails. Vik et Lance étaient venus lui rendre visite, chacun son tour. Et puis il avait eu une série d'engueulades avec George.

Six mois plus tard, ce qui lui reste de tout ça est un effet de déplacement et une sorte de soulagement infect : l'horreur de se voir aller mieux.

Ses parents – et l'administration de l'hôpital – étaient convaincus qu'un peu de repos lui ferait le plus grand bien. Sur le moment il était trop secoué pour discuter. Il n'avait pas eu la présence d'esprit de rétorquer que s'il ratait le début du second semestre, il devrait ensuite rattraper le stage manqué… pendant sa quatrième année, aux dépens des vacances qu'il aurait pu prendre alors ; et que cet arrangement se paierait plus cher au final. Sans compter qu'il avait aussi l'examen de psychiatrie à repasser. Son dossier allait témoigner d'une paresse suspecte. Il n'avait pas envie d'apparaître sur le papier comme un tire-au-flanc, pas après toutes ces années à bosser comme un dingue. Et puis il serait remis d'aplomb en quelques jours, il le savait, dès que la panique serait retombée, dès qu'il aurait retrouvé le sommeil ; la bouche béante d'Hannah, comme un flash fossilisé dans sa mémoire.

Janvier avait été un mauvais mois.

La cassette vidéo de la fameuse nuit est entre les mains de l'inspecteur Luther Van Voorst des services de police de Great Neck. Jonah ne l'a vue qu'une seule fois, la semaine d'après, quand il s'est rendu au commissariat accompagné de ses parents et de Chip Belzer.

Van Voorst avait voulu se servir de la cassette pour diriger son interrogatoire.

— Si vous êtes d'accord pour voir ça.

— Je l'ai déjà vu en personne, avait répondu Jonah.

Pendant les cinq premières minutes, c'est juste un plan du salon. L'image n'est pas très nette. Eve traverse le cadre à plusieurs reprises, déplaçant des meubles çà et là. Toujours son perfectionnisme d'artiste. Puis elle disparaît à l'étage.

— Pourquoi est-elle montée là-haut ?

— Pour voir Hannah.

— À votre avis, pourquoi voulait-elle voir Hannah ?

— Elle était jalouse d'elle.

— Par rapport à vous ?

Après un temps de réflexion, il avait dit :

— Je ne sais pas trop dans quelle mesure ça avait à voir avec moi.

Ce que l'inspecteur cherchait à cerner, c'était l'état d'esprit d'Hannah ; cela serait déterminant pour décider si l'on pourrait l'inculper de meurtre. Il avait mis la cassette sur PAUSE.

— Vous êtes sûr que vous êtes d'accord pour revoir ça ?

Jonah avait opiné du chef.

La lutte dure au plus six secondes, et son interprétation la plus évidente est un acte d'agression de la part d'Hannah. Elles tiennent toutes les deux le couteau. Eve tente de s'écarter, même si, d'après Jonah, ce qu'elle essaye réellement de faire est d'attirer Hannah vers elle. La lame brille avant de disparaître dans la gorge d'Eve et d'y découper un grand sourire narquois. Les mains d'Hannah sur le manche. Les mains d'Eve sur les mains d'Hannah. Ou bien… l'inverse. Les mains d'Eve aux commandes, Hannah n'étant qu'une couverture, un prête-nom, une marionnette.

La pression du sang en mouvement varie selon les parties du corps. Elle est la plus forte près du cœur. Quand elle est déchirée à l'unisson, la vasculature du cou – l'artère carotide commune et la veine jugulaire interne, ainsi que de plus petits vaisseaux tels que l'artère thyroïdienne inférieure et l'artère vertébrale – forme un geyser d'une force presque comique. La moquette, la litho au mur, le parquet : entièrement inondés. Et Hannah aussi, pauvre Hannah, l'air électrocutée, basculant en tandem avec Eve, nageant dans sa gorge béante.

Jonah savait ce que l'inspecteur pensait ; il pensait la même chose. Pouvait-on sincèrement croire qu'Hannah n'avait pris aucune part à l'action, qu'elle n'avait pas exercé la moindre petite pression sur le couteau ? Était-il possible qu'Eve – que n'importe qui – se déteste au point de se trancher à moitié la tête toute seule ?

Jonah avait surestimé ses forces ; il avait dû se lever et quitter la pièce. Il s'était agenouillé dans le couloir. Quelques instants plus tard, il avait senti une main dans son dos.

— Prenez le temps qu'il vous faut.

Lorsqu'il était revenu dans la salle d'interrogatoire, avec la chaise, la table, l'avocat, l'inspecteur et le verre d'eau, la télé était éteinte. Van Voorst lui avait tendu une serviette en papier dont il s'était servi pour s'éponger le visage.

— Vous savez, il s'est écoulé un certain laps de temps avant que… Je veux dire, je vois que vous vous êtes occupé de… de certaines choses.

Il s'était *occupé* d'Hannah en la traînant loin du corps d'Eve, glissant dans la flaque, elle se débattant comme un diable, lui décochant un coup de genou dans le bas-ventre alors qu'il rampait tant bien que mal. Elle avait une force incroyable.

— À quel moment avez-vous appelé la police ?

— Quelques minutes plus tard.

— Combien de minutes, vous vous souvenez ?

— Trois ou quatre.

L'inspecteur avait hoché la tête.

C'était plus que ça. Jonah le savait car, quand il était allé chercher le téléphone de la cuisine – son portable, qui était tombé et avait glissé sous le fauteuil, il ne le retrouverait qu'au mois de mai, lorsque la police le lui renverrait par la poste dans un sachet en plastique transparent –, l'horloge du micro-ondes affichait 4 h 24.

— J'étais, avait-il expliqué. J'étais…

Il avait attendu dans la cuisine, le combiné à la main. Hannah par terre près de la porte d'entrée, embrasant la maison de ses hurlements.

— … L'ambulance a mis un moment à arriver.

— La neige, avait supputé l'inspecteur.

Il avait attendu huit minutes. Entre-temps, Eve ne bougeait plus. Alors il avait appelé les secours.

— J'ai oublié de vous demander, avait ajouté l'inspecteur, comment se fait-il que vous étiez dans cette maison, qu'est-ce que vous faisiez là-bas ?

— Bonne question, avait répondu Jonah.

Il ne va pas voir Hannah. L'institution dans laquelle elle séjourne indéfiniment se trouve à plusieurs heures de route dans le nord de l'État de New York. La fois où il a téléphoné, il s'est entendu dire que, pour obtenir la permission de lui parler ou de la voir, George devait inscrire son nom sur une liste. Ce qui, Jonah en est aisément convaincu, n'arrivera jamais. George le tient pour responsable de tout en général, et en particulier de tout désagrément juridique qui pourrait incomber à Hannah suite au décès de Carmen Cove.

En mars, la décision du procureur n'est toujours pas prise. En juin, Jonah comprend qu'elle risque de se faire attendre un bout de temps. Van Voorst pense qu'Hannah a pu agir de son plein gré. Le procureur lui confie qu'ils doivent composer avec plusieurs vérités contradictoires : il y a la main d'Hannah sur le couteau, la main d'Eve sur le couteau ; il y a le flou des images. Légitime défense ? Acte volontaire ? Et si oui, de qui ? Il y a le passif : Raymond Iniguez et les menaces contre Jonah, qui brusquement paraissent tout à fait pertinentes. On lui demande, sur un ton qui dénote la faible opinion qu'on se fait de son jugement, pourquoi il n'a pas prévenu les autorités du comportement d'Eve des jours, voire des semaines plus tôt. Hannah est une malade mentale ; est-ce qu'ils vont l'accuser d'une activité *criminelle* quand la plupart des gens *normaux*... etc.

En lisant l'article du *Times*, on devine en filigrane le spectre menaçant d'un procès au civil. Les parents de Carmen Cove sont un comptable et une institutrice de Lauraville, dans le Maryland. Ils sont interloqués et furieux de voir ce qu'est devenue leur fille pourtant diplômée d'une des meilleures universités du pays.

Quant à Hannah, sa version de l'histoire reste un mystère ; elle n'a plus dit un mot depuis cette nuit-là. La dernière fois que Jonah a entendu sa voix, c'est quand les policiers l'ont mise dans l'ambulance pour l'emmener à l'hôpital de Great Neck. Elle a dit « non ».

Il l'appelle en avril, pour son anniversaire, mais l'infirmière refuse de la lui passer. Il envoie une carte quelques jours plus tard. On y voit une vache avec un chapeau pointu sur la tête. JE TE SOUHAITE UN VACHEMENT BON ANNIVERSAIRE.

George dit à Jonah qu'il l'a trahi. Jonah n'a jamais su si oui ou non George avait embauché un suppléant pour Noël.

Il a quitté l'appartement de l'East Village et trouvé un studio dans le nord de Manhattan, un grand immeuble de la 3e Avenue. Lance a compris ; lui-même s'apprêtait à fermer boutique de toute façon après avoir découvert un programme *fa-bu-leux* de relations internationales à Amsterdam, mec, l'avenir de la diplomatie mondiale, à partir de septembre.

Dans son nouveau quartier – qui n'est pas nouveau du tout, ça fait près de trois ans qu'il vient y travailler tous les jours –, Jonah s'est remis à courir. Il veut s'entraîner pour le marathon. Avec quatre mois et demi devant lui, il va peut-être y arriver.

Il court sur la promenade le long de l'East River, une portion baptisée « quai John Finley » à en croire l'enseigne en fer forgé représentant un homme en chapeau melon marchant contre le vent. Il court dans Central Park, il fait deux fois le tour complet. Il court jusqu'au pont de Brooklyn et retour, ou jusqu'à l'emplacement du World Trade Center. Il court à en avoir la migraine et ça fait tellement du bien quand ça passe.

Chez lui, il se gave de pâtes. L'été a déboulé à toute allure, dénudant les jambes, et depuis ses fenêtres du cinquième étage il regarde les gens marcher vers le nord, les voitures filer vers le sud. Il écoute la vibration sourde de New York, une vibration qui ne vient de nulle part et ne s'arrête jamais. C'est le son du mouvement, le son de mots prononcés derrière des portes closes, l'émanation globale de la vie en public et de la mort en privé, de drames qu'il ne verra jamais.

Mardi 21 juin 2005

MÉDECINE GÉNÉRALE, PREMIÈRE SEMAINE

— Gamin, ça fait un bail !

La clinique, dans le quartier de Jamaica, au fin fond du Queens, est mitoyenne d'un grand complexe immobilier en construction. Les rues alentour sont jonchées de prospectus froissés invitant les gens à venir s'informer auprès d'un bureau d'étude à Kew Gardens, APPTS T1, T2 ET T3. Tous les jours en sortant du métro, il passe devant le chantier, où de gigantesques panneaux en couleurs promettent à une communauté d'individus sans visage et de race indéterminée une vie meilleure dans un immeuble qui, en dehors de ses briques pimpantes, n'a pas grand-chose à envier à n'importe quelle autre cage à lapins de banlieue.

L'érection d'un mur de soutènement a transformé l'allée derrière la clinique en impasse, et quelqu'un a tiré avantage de ce calme nouveau en installant une série de meubles en plastique assortis : cinq chaises pliantes et une table couverte de suie. C'est là qu'il déjeune avec ses collègues ou, comme aujourd'hui, tout seul.

— Il faut que tu voies cette lettre, gamin, j'en suis resté comme deux ronds de frite. « Si mon client et moi-même demeurons convaincus que notre action était et est toujours justifiée », blablabla, « insister », blablabla, « Raymond Iniguez était un », blabla, « sous », blablablaaaa, « effrontément », « cependant », virgule. *Cependant*. « La poursuite de », blablabla... Je cite : « une source de stress excessif aux membres survivants de la famille Iniguez ». Fin de citation. « Aux membres survivants ». Putain, comme si t'étais une invasion de sauterelles qui avait bouffé leur récolte. Ce mec est un tel roi du baratin qu'il faudrait le foutre dans un *musée*. Qu'on lui file un *mégaphone*. « Stress excessif » ? Arrête ton char, ils renoncent parce qu'ils *ne peuvent pas* gagner. La seule source de stress pour la famille Iniguez, c'est peut-être ça : l'incompétence de leur avocat. Je crois que je vais me la faire encadrer, sans déconner. La prose de ce mec est un morceau d'anthologie. Il arrive quand même à insinuer qu'il pense qu'ils auraient gagné devant, dit-il, « ce qui était sûr qui aurait été un jury acquis d'avance à votre cause ». J'adore cette construction : « ce qui était sûr qui aurait été ». N'importe quoi. Il a dû se faire maltraiter quand il était enfant, je sais pas. Mais bon, on ne va pas s'appesantir.

— ... Je...

— Tu as le droit d'être content.

— Je suis surpris.

— Il n'y a *rien* de surprenant. Je t'avais dit qu'ils se coucheraient. Maintenant tu peux retourner à des choses plus importantes. Sauver des vies, par exemple. Et cette autre histoire, ça en est où ? Ils l'ont inculpée ?

— Non. Pas encore.

— Ils ne le feront pas. Crois-moi. Tout finira par s'arranger. Mes amitiés à tes parents.

Jonah raccroche. Il n'a plus d'appétit. Il jette son sandwich à la poubelle et retourne travailler.

Plus tard, beaucoup plus tard, il reçoit un paquet posté dans le Bronx. À l'intérieur se trouve un CD. Il le met dans son ordinateur, pose l'ordinateur sur ses genoux, sent la platine tourner. Dans ses écouteurs se répand une mélodie familière, une guitare narquoise et une contrebasse légère, cramponnées l'une à l'autre. Il se souvient du solo ascendant/descendant.

Il transfère le morceau sur son lecteur MP3 et l'ajoute à la liste qu'il écoute quand il court. Ce n'est pas un bon choix – trop lent pour être entraînant –, mais il le laissera au moins une journée, ça ne pourra pas le tuer d'y penser une journée.

Cet après-midi-là il part en direction du nord, il passe devant la cité HLM où habite DeShonna. Ça lui arrive souvent. Son chemin longe l'aire de jeux, bien qu'il ne l'ait jamais revue sur la balançoire. Et sans doute ne la reverra-t-il jamais. Et même s'il la voit, peut-être qu'elle ne le verra pas. Et même si elle le voit, peut-être qu'elle ne le reconnaîtra pas ou qu'elle ne répondra pas à son salut. Ça lui ferait drôlement mal si c'était le cas. Mais peut-être aussi qu'elle lui sourira et lui fera bonjour de la main. Alors il trouve que ça vaut le coup de venir courir là, au cas où.

Remerciements

Une fois encore je suis infiniment redevable à tous ceux dont les conseils experts m'ont aidé à masquer l'ignorance qui, d'une façon générale, me caractérise. Bien que de nombreuses erreurs aient pu se glisser entre les mailles du filet, il y en aurait eu largement davantage sans la sagesse de Michael Rosen, de Michael Strapp, du Dr Daniel Stein, d'Ehud Waldoks, de Stephen Provine, du Dr Michael Seider, de Phil Figueroa, de Frank Skrelja, du rabbin John Keefe, des Drs Benjamin Galper, Robert Adler, Cathy Ragovan, Derek Polonsky et Alexander Stein. Merci également à Debbie Brindley du feu et formidable Café Repast.

Cinq personnes méritent une mention spéciale pour m'avoir accordé une quantité exorbitante de leur temps et m'avoir autorisé à piller impunément leur histoire. Sur les questions juridiques : Ben Mantell et Wes Shih. Sur les questions médicales : les Drs Jon Kessler, Eli Diamond et Elena Resnick.

Merci à mon superbe agent, Liza Dawson, et à ma splendide éditrice, Christine Pepe, dont l'enthousiasme et les conseils m'ont poussé jusqu'à la ligne d'arrivée. Et même un peu plus loin, jusqu'à la buvette.

Merci à Amy Brosey et à Eve Adler.

Merci à mes frères et sœurs et à mes grands-parents.

Merci à Ema, Abba, papa et maman.

La source d'inspiration première pour ce livre fut, bien sûr, ma ravissante épouse, la *doctoresse*.